mtb

Zum Buch:

Sie ist verdammt heiß! Es ist nicht so, dass Declan entgangen wäre, wie attraktiv seine Assistentin Brooke ist. Den Kommentar hätte sich sein Bruder sparen können. Brookes Reize sind ihm sehr wohl aufgefallen – ihre üppige Sanduhrfigur, die langen Beine und die sanften Augen. Und auch ihr fröhliches Naturell, das ihn manchmal zum Lachen bringt, weiß er zu schätzen. Doch Brooke ist seine Assistentin. Die beste, die er jemals hatte. Er würde auf keinen Fall den Anfängerfehler begehen und Berufliches und Privates miteinander vermischen. Dass sich Brooke immer öfter in seine Gedanken schleicht, versucht er beharrlich zu ignorieren.

„Liebe am Arbeitsplatz hat nie mehr Spaß gemacht."

Samantha Chase, NYT-Bestsellerautorin

Zur Autorin:

Candis Terry wuchs im sonnigen Kalifornien auf und lebt inzwischen auf einer Farm in Idaho. Sie hat sich in vielen Jobs ausprobiert, von der Arbeit in einem Tonstudio in Hollywood bis hin zum Einfangen von eigensinnigen Rindern. Dabei hat sie herausgefunden, dass eine Leidenschaft immer geblieben ist: die Liebe zum Schreiben, die Begeisterung, Romances zu verfassen, die spätestens auf der letzten Seite in ein großes Happy End münden.

Lieferbare Titel:

Neue Träume in Sunshine Valley

Candis Terry

Neue Liebe in Sunshine Valley

Roman

Aus dem Amerikanischen von
Gabriele Ramm

mtb

MIRA® TASCHENBUCH
Band 26051

1. Auflage: September 2017

Deutsche Erstveröffentlichung

Titel der amerikanischen Originalausgabe:
Perfect For You

erschienen bei: Avon Books, New York

Published by arrangement with Avon Books,
an imprint of HarperCollins Publishers, LLC

Umschlaggestaltung: büropecher, Köln
Umschlagabbildung: PitGreenwood / GettyImages
Redaktion: Sonja Fiedler-Tresp
Satz: GGP Media GmbH, Pößneck
Printed in Germany
Dieses Buch wurde auf FSC®-zertifiziertem Papier gedruckt.
ISBN 978-3-95649-716-2

www.mira-taschenbuch.de

Dieser Roman ist für meine Leserinnen und Leser.
Danke, dass ihr meine Bücher aufschlagt
und meine Fantasiewelt in euer Leben lasst.

1. Kapitel

Declan Kincades Problem mit der Freizeit war, dass er einfach keine Zeit dafür fand.

Vom Fenster seines Büros in einem Hochhaus in Newport Beach aus betrachtete er den Sonnenuntergang, der sich auf den Wellen des Ozeans spiegelte. Unten am Strand packten die Sonnenanbeter wie beim Wachwechsel ihre Handtücher, Sonnencremes und Sonnenschirme zusammen und gingen nach Hause, während die Einheimischen sich ihre Surfbretter schnappten, um Strand und Wellen zu genießen. Auch wenn sich der Himmel im Juni häufig bedeckt zeigte, war der Frühsommer für die Südkalifornier die ideale Zeit, sich am Strand zu vergnügen, ehe Horden von Feriengästen die Strände und Bars bevölkerten.

Declan hatte im Grunde keine Ahnung, wie man sich heutzutage vergnügte. Genau genommen hatte er sich nicht mehr richtig amüsiert, seit … verdammt, er konnte sich nicht einmal erinnern. Er hatte die letzten acht Jahre fast nonstop an seiner Karriere gebastelt und seine Finanz- und Investmentberatung hier in Südkalifornien aufgebaut. Und als hätte er nicht ohnehin zu viel zu tun, dachte er seit einer Weile über eine Zweigniederlassung in Chicago nach.

Er wollte sich nicht beschweren, aber … in letzter Zeit spürte er, dass die viele Arbeit ihren Tribut forderte. Er war jetzt 33 Jahre alt, und es kam ihm vor, als wäre seine Jugend vergangen, ohne dass er irgendwelche bedeutsamen Erfahrungen gemacht hatte. Der tragische Tod der Eltern vor einigen Monaten hatte ihm vor Augen geführt, dass das Leben verdammt schnell zu Ende sein konnte und man das Beste daraus machen sollte, ehe es zu spät war. Aber es war schwierig, solchen Gedanken auch Taten folgen zu lassen.

Mit den Händen in den Taschen seiner maßgeschneiderten Hose trat er noch näher an das Fenster heran und wippte auf seinen teuren, schwarzen Oxfords auf und ab. Wie schön wäre es, jetzt am Newport Pier entlangzuschlendern und die frische Seeluft einzuatmen. Er stellte sich vor, wie die Wellen gegen die mächtigen Pfeiler der Seebrücke krachten und er zusah, wie die Fischer ihren Tagesfang einbrachten, während die Möwen kreischend über ihnen kreisten und auf Abfälle hofften. Er stellte sich vor, wie er in eine der Austernbars einkehrte, um ein kühles Bier zu trinken und die Ruhe zu genießen, während die letzten Bikini-Schönheiten zu ihren Autos gingen. Stattdessen würde er auch diesen Abend in seinen schlichten weißen Büroräumen verbringen und einen Geschäftstermin wahrnehmen, der in … Er blickte auf seine Citizen-Signature-Uhr am Handgelenk … vier Minuten beginnen sollte.

Es genügte ihm nicht mehr, sich das Leben nur vorzustellen. Er hatte einen Punkt erreicht, an dem er mehr brauchte. Etwas … anderes. Er musste am Leben teilnehmen und es nicht nur von der Seitenlinie aus beobachten. Das Problem war, er hatte vergessen, wie das ging.

Die Leute am Strand, die er von hier oben sehen konnte, kämpften bestimmt auch täglich mit Problemen, und doch hatten sie einen Weg gefunden, Spaß und Verantwortung so in Einklang zu bringen, dass sie das Leben genießen konnten.

Wann hatte er aufgehört, das zu versuchen?

Ihm war immer alles schwerergefallen als seinen vier Brüdern. Bevor er in der siebten Klasse erfahren hatte, dass er Legastheniker war, waren die Schuljahre ziemlich schwierig für ihn gewesen. Frustrierend. Während Jordan, sein Zwillingsbruder, die Hausaufgaben in Windeseile erledigt hatte, damit er nach draußen stürmen und spielen konnte, hatte Dec stundenlang am Küchentisch gesessen und mit jedem Wort, jeder Zahl gekämpft.

Damals hatte er das Gefühl gehabt, anders zu sein, ein Außenseiter, obwohl er körperlich gesehen durchaus mit seinem Bruder mithalten, wenn ihn nicht sogar übertrumpfen konnte. Vielleicht hatte er sich schon damals unbewusst von denen zurückgezogen, die ihm eigentlich am nächsten standen. Hatte Abstand zu den Menschen gehalten, denen er so gern ähneln wollte. Die nicht so hart daran arbeiten mussten, einfach nur … normal zu sein.

Nachdem er auf Legasthenie getestet worden war, hatte man ihm eine Lernmethode beigebracht, die ihm weiterhalf. Er war nicht von Natur aus superschlau. Er musste hart daran arbeiten, sich und allen anderen zu beweisen, dass seine Lernbehinderung ihn nicht sein ganzes Leben lang einschränken würde. Diese Herausforderung hatte ihn zu dem Mann gemacht, der er heute war. Ein erfolgreicher Geschäftsmann, der in Herzensangelegenheiten hinterherhinkte.

Wenn er müde war, hatte er auch jetzt noch Probleme mit dem Schreiben, aber er hatte gelernt, sich durchzubeißen. Sein Leben lang hatte er hart arbeiten müssen, wirklich hart, um dazuzugehören. Trotzdem war es ihm nie so richtig gelungen. Als Ersatz dafür hatte er sich auf Job und Karriere fokussiert.

Das war seine Art der Genugtuung.

Seine Belohnung.

Schon früh war ihm klar: Wenn er sich und allen anderen beweisen wollte, dass er mithalten konnte, dann musste er auf dem Gebiet Erfolg haben, das ihn am meisten herausforderte. Nur war ihm nicht bewusst gewesen, dass er dabei alle anderen wichtigen Dinge im Leben vernachlässigen würde.

Hinter ihm wurde die Bürotür geöffnet.

„Sie sind da. Bist du bereit?"

Er drehte sich um, statt einfach nur zu nicken. Während der letzten vier Jahre hatte er diese leicht raue weibliche Stimme wohl eine Million Mal gehört, doch erst in letzter Zeit ließ sie seine Fantasie in verbotene Gefilde abdriften. Grund dafür war die Bemerkung, die sein Zwillingsbruder neulich über Decs Assistentin gemacht hatte.

Sie ist verdammt heiß.

Nicht dass Declan die üppige Sanduhrfigur, die langen Beine und die dunklen braunen Augen von Brooke Hastings vorher nicht bemerkt hätte.

Natürlich hatte er das.

Seine Libido funktionierte einwandfrei.

Es war auch nicht so, dass ihr fröhliches Naturell ihn nicht manchmal zum Lachen gebracht hätte, selbst in Situationen, die eigentlich zum Haareraufen waren. Und es war auch nicht so, dass er ihren hohen IQ nicht zu schätzen wusste oder ihre Fähigkeit, ihm geschäftlich den Arsch zu retten. Aber Brooke war seine Assistentin, der Mensch, der seine Karriere in der Spur hielt. Und selbst wenn sein seit Kurzem verlobter Bruder das Vergnügen über die Arbeit stellte, wusste Dec, dass es ein großer Fehler wäre, beides miteinander zu vermischen.

Trotzdem war Brooke im Laufe der Zeit sehr viel mehr geworden als nur eine Angestellte. Sie war der Grund, warum er jeden Morgen aufstand und zur Arbeit kam. Und seit ein paar Wochen sah er in ihr all das, was er immer gewollt hatte, aber niemals haben konnte.

„Dec?" Brooke legte den Kopf leicht zur Seite. Ihr honigblondes Haar fiel ihr dabei wie ein Wasserfall auf die Schulter, die unter einer weißen Seidenbluse verborgen war. „Alles in Ordnung?"

Verdammt, nein, nichts war in Ordnung.

Obwohl er wusste, dass es falsch war, stellte er sich vor, wie sich dieses weiche, glänzende Haar an seinen Händen anfühlen würde, wenn er sie an sich reißen und ihr diesen verführerischen, eng anliegenden Rock über die Hüften schieben würde. Er stellte sich vor, ihren warmen, weichen Körper zu berühren, und wie wunderbar es wäre, sie die ganze Nacht in den Armen zu halten. Und er überlegte, wie herrlich es wäre, ihr Lachen zu hören, wann immer er wollte, oder wenn sie ihn noch öfter mit diesen süßen Grübchen anstrahlte.

Er musste diesen Gedanken Einhalt gebieten, die sich wie eine schlechte Eigenschaft eingeschlichen hatten, ehe sie zu einem echten Problem wurden. Brooke war viel zu wichtig für ihn, als dass er die gute Arbeitsbeziehung, die sie während der vergangenen vier Jahre aufgebaut hatten, aufs Spiel setzen würde.

„Dec? Bist du bereit für das Treffen mit den Flavios?“ Declan musste blinzeln, um seine Augen von den üppigen Kurven loszureißen, die Brookes schlichte Bluse aussehen ließen wie etwas, das entfernt werden musste.

Langsam.

Knopf für Knopf.

Mit den Zähnen.

Verdammt.

„Ja.“ Er holte tief Luft, aber auch das half nicht gegen die verführerischen Bilder, die sein Kopfkino lieferte. „Bring sie rein.“

„Bist du sicher?“ Noch einmal neigte sie den Kopf und sah ihn an, als hätte er nicht alle Tassen im Schrank. In letzter Zeit hatte sie ihn öfter so gemustert.

„Ja, alles gut. Machen wir uns an die Arbeit.“

Ehe sie in die Lobby verschwand, um die Klienten zu holen, schenkte sie ihm ein Lächeln, das ihre perfekten Grübchen zur Geltung brachte. Seit vier verdammten Jahren sah er diese Grübchen Tag für Tag. Wieso verspürte er jetzt auf einmal das dringende Bedürfnis, seine Lippen daraufzupressen, um anschließend mit der Zunge langsam über ihren langen, zarten Hals zu gleiten?

Bisher war er nie auf die Idee gekommen, er könne eine masochistische Ader haben, aber angesichts dieser abwegigen Gedanken war es durchaus möglich.

Ehe er weiter darüber nachgrübeln konnte, wurden James und Josh Flavio von Brooke in sein Büro geführt. Das Vater-Sohn-Duo brauchte eine Investment-Beratung, da die beiden planten, ein Strandrestaurant im Karibik-Stil zu errichten. Es sollte ein weiterer Baustein in ihrem wachsenden Gastronomie-Unternehmen werden.

„Meine Herren." Declan streckte die Hand aus. „Willkommen."

Nachdem sie die üblichen Begrüßungsfloskeln ausgetauscht hatten, deutete Declan zur Konferenzecke. Die Männer nahmen Platz und Dec beobachtete, wie Brooke sich auf einen Lederstuhl am Ende des Granittisches setzte und die Beine übereinanderschlug.

Ihre nackten, gebräunten, weichen und wohlgeformten Beine.

Die schwarzen Sandalen mit den hohen Absätzen hätten auch zu einer Domina gepasst und machten ihn echt an. Was nicht heißen sollte, dass er auf dieses *Fifty Shades of Grey*-Zeug stand, aber er hätte absolut nichts dagegen, Brooke in einem kleinen schwarzen Teil aus Spitze und Leder zu sehen.

Als sie den Aktenordner auf dem Tisch öffnete, bemerkte er einmal mehr ihre schlanken Finger und den hellrosa Nagellack. Letzte Woche hatten ihre Nägel in einem Tiffany-Blau gestrahlt. Die Woche davor waren sie blutrot gewesen. Und in der letzten Nacht hatten diese bunten Fingerspitzen die Hauptrolle in einem Traum gespielt, aus dem er heiß, verschwitzt und ziemlich geil aufgewacht war.

Ein filigraner, weißgoldener Ring zierte ihre rechte Hand und ein silbernes Armband mit einem kleinen Talisman, auf dem *Furchtlos* stand, ihr linkes Handgelenk.

Von vielen gemeinsamen Geschäftsessen und Mittagspausen wusste er, dass sie ihr Sandwich lieber mit Hühnersalat als mit Ei aß, Steak am liebsten halb durchgebraten mochte und Caesar Salad einem Gartensalat vorzog. Er wusste, dass sie mit dem rechten Fuß zu einer Musik in ihrem Kopf wippte, wenn sie die Beine übereinanderschlug. Und wenn sie besonders konzentriert war, tippte sie sich mit dem Stift gegen die weichen Lippen. Außerdem wusste er, dass sie sich, wenn abends alle anderen außer ihm schon Feierabend gemacht hatten, die Schuhe von den Füßen streifte und barfuß weiterarbeitete.

Was er nicht wusste, war, was sie *furchtlos* machte, wie der Talisman an ihrem Armband behauptete.

Extremsport? Das Überwinden von Ängsten? Risikobereitschaft? Warum wusste er das nicht? Und warum fragte er sich das ausgerechnet jetzt? Schließlich gab es weitaus wichtigere Dinge, über die er nachdenken musste. Er hatte Klienten an seinem Konferenztisch sitzen, die darauf warteten, dass er sich in das Finanzgenie verwandelte, dem sie viel Geld bezahlten. Außerdem waren seine Eltern vor nicht einmal drei Monaten gestorben, und er kämpfte mit seinen Brüdern darum, das Weingut der Familie am Laufen zu halten. Und er steckte knietief in den Plänen, ein Büro in Chicago zu eröffnen.

Und was machte er? Statt sein Augenmerk auf das Wesentliche zu richten, verschlang er seine Assistentin mit Blicken, als wäre sie ein köstliches Fünf-Sterne-Gericht.

Zur Hölle mit seinem verdammten Zwillingsbruder.

Das war alles Jordans Schuld.

Vier Jahre lang hatte Declan sich auf die Arbeit konzentriert und die Finger von Brooke gelassen. Aber das weiterhin durchzuhalten fiel ihm von Tag zu Tag schwerer.

Abgesehen von der Tatsache, dass er ohne Brooke verloren wäre, wusste er eigentlich nicht viel über sie. Was tat sie zum Beispiel in ihrer Freizeit, wo war sie geboren, wie war sie aufgewachsen? Er wusste nicht, ob sie allein lebte, einen Mitbewohner hatte oder mit ihrem Freund zusammenlebte. Verflixt, er wusste nicht einmal, *ob* sie einen Freund hatte.

„Soll ich Protokoll schreiben?"

Aus seinen Tagträumen gerissen, hob Dec ruckartig den Kopf. „Was?"

Brooke verzog die Lippen zu einem koketten Lächeln. Okay, vielleicht war es auch nur ein ganz normales Lächeln. Aber zu dem, was er gerade gedacht hatte, passte kokett besser.

„Ich habe gefragt, ob ich Protokoll schreiben soll."

„Meine Herren?" Er blickte zu den beiden Männern am Tisch. „Was meinen Sie?"

„Josh kann sich Notizen machen", sagte der Vater.

„Ich übernehme das gerne für Sie." Brooke lächelte. „Dann können Sie sich auf das Gespräch konzentrieren."

„Das wäre nett", antwortete Mr. Flavio.

„Wollen wir dann beginnen?" In diesem Moment machte Dec den Fehler, noch einmal zu Brooke zu schauen. Als sie nach ihrem Laptop griff, erhaschte er einen Blick auf den Ansatz ihrer Brüste, der sich zwischen den geöffneten Blusenknöpfen abzeichnete. Und als sie dann auch noch mit der Zungenspitze über ihre Unterlippe glitt, entglitt ihm alles. Er konnte nur noch daran denken, wie gern er diese Lippen küssen würde.

Er wusste, seit wann er Brooke in einem anderen Licht sah, aber er verstand nicht, warum er seine erotischen Gedanken nicht unter Kontrolle bringen konnte. Bisher war er stets die Selbstbeherrschung in Person gewesen. Es war auch keine Ewigkeit her, dass er zuletzt Sex gehabt hatte. Und selbst wenn dies der Fall wäre, gab es andere Frauen, die dieses Bedürfnis befriedigen konnten.

Nur eins war in diesem ganzen Durcheinander sicher. Sobald er zurück zum Weingut fuhr, würde er seinen Bruder verprügeln – einen Schlag für jeden verrückten Gedanken, den er Dec in den Kopf gepflanzt hatte.

Irgendwas machte ihm zu schaffen.

Brooke schrieb Protokoll, während Declan die Besprechung auf die übliche kluge, professionelle Art führte, die er beherrschte, seit sie sich erinnern konnte.

So war er: cool, selbstbewusst und richtig gut in allem, was er tat. Erst in letzter Zeit schien er oft abgelenkt. Gereizt. Manchmal sogar schlecht gelaunt. Früher hatte er sie nie angemotzt, doch in den letzten Wochen war das zu seiner bevorzugten Art der Kommunikation geworden. Die Fragen und Sorgen der Flavios nahm er ernst, erteilte hervorragende Finanzratschläge. Aber auch jetzt war da etwas in dem Blick aus den tiefblauen Augen, das sie verwirrte.

Sie arbeitete jetzt so lange mit ihm zusammen, dass sie spürte, wenn etwas nicht in Ordnung war. Wenn er die Brauen zusammenzog und sich die Spannung in kleinen Fältchen an seinen Augenwinkeln zeigte. Früher aber hatte dieser Blick nie ihr gegolten. So intensiv hatte er sie nicht angesehen.

Hatte sie etwas falsch gemacht?

Vielleicht hätte sie sich letzte Woche doch lieber nicht krank melden sollen, als ihr so übel gewesen war. Dummerweise war das Sandwich aus dem kleinen Laden um die Ecke schlecht gewesen. Sie fehlte nie im Büro, aber dieses Mal hing sie mit dem Kopf über der Schüssel; es ging einfach nicht anders. Ihr übereilter Griff ins Kühlregal und die Missachtung des Verfallsdatums hatten dazu geführt, dass sie eine wichtige Besprechung versäumt hatte. Als sie am nächsten Tag wieder zur Arbeit gekommen war, schien Dec auf Distanz gegangen zu sein.

Vielleicht dachte er, sie hätte Läuse oder sei ansteckend. Oder vielleicht war er mit ihrer Arbeit nicht mehr zufrieden.

Nein. Das konnte nicht sein.

Sie analysierte nicht nur Dokumente, bereitete Berichte vor und beaufsichtigte die Sekretärinnen, sondern kümmerte sich auch um Geschenke für neugeborene Babys oder verdiente Kollegen. Sie war ein unverzichtbarer Teil des Teams. Als Assistentin des Geschäftsführers war sie weit mehr als ein Tippse, die nur Nachrichten entgegennahm und Termine organisierte. Sie sorgte dafür, dass Decs Tage und Termine reibungslos abliefen. Und sie hatte dazu beigetragen, dass sein Unternehmen einer der Top-Finanzdienstleister in Südkalifornien geworden war. Noch nie hatte sie von ihm Kritik oder gar eine schlechte Beurteilung bekommen.

Trotzdem, Arbeitnehmer ahnten ja selten, wann das Beil niedersausen würde. Vor allem, wenn sie glaubten, einen guten Job gemacht zu haben.

War sie kurz davor, gefeuert zu werden?

Bitte nicht. Sie hatte gerade einen Tauchurlaub in Costa Rica gebucht. Da konnte sie es sich nicht leisten, ihren Job zu verlieren. Andererseits gab es dafür ohnehin keinen richtigen Zeitpunkt.

Eine an sie gerichtete Frage ihres Chefs zwang sie, ihre Sorgen fürs Erste beiseitezuschieben und das zu tun, wofür der Mann sie bezahlte.

Während sich die Besprechung mit den Flavios hinzog, mühte Brooke sich, sich auf ihre Aufgabe zu konzentrieren.

Mit jeder Sekunde wurde sie nervöser, weil sie sich fragte, was in Decs vielschichtigem Gehirn vor sich ging. Dass sie sich so ablenken ließ, machte ihr Angst. Bisher hatte sie sich noch nie während der Arbeitszeit ablenken lassen.

Moment. Wenn sie ehrlich war, entsprach das nicht ganz der Wahrheit.

Sie ließ sich häufig von ihrem Chef – ihrem fantastischen Chef – ablenken, diesem stets perfekten Gentleman. Der nie andere Absichten hatte erkennen lassen als die, gute Arbeit zu leisten. Er hatte ihr nie einen Blick zugeworfen, der über das Berufliche hinausging. Hatte nie unanständige Witze gerissen oder einen Annäherungsversuch gewagt.

Obwohl sie durchaus offen dafür gewesen wäre.

Er arbeitete zu hart, und ja, er schien ein wenig steif und reserviert, aber das rief in ihr nur den Wunsch hervor, ihn näher kennenzulernen. Um herauszufinden, welche Knöpfe man bei ihm drücken musste, damit er ein bisschen lockerer wurde. Er zeigte eine derartige Leidenschaft für die Finanzwelt und seine Firma, dass er bestimmt auch außerhalb der Büromauern zu Leidenschaft fähig war. Oder war das nur Wunschdenken?

Ein schrecklicher Gedanke schoss ihr durch den Kopf.

Was, wenn ihre Verliebtheit zu offenkundig gewesen war? Wenn er sich unwohl fühlte, weil sie sich manchmal zu sehnsüchtigen Blicken in seine Richtung hinreißen ließ? So wie jetzt. Wie entspannt er auf seinem Stuhl saß, wie selbstbewusst und mächtig er wirkte! Was, wenn ihr gänzlich unbeabsichtigt die Fantasien von seidenen Laken ins Gesicht geschrieben standen?

Nein. Das konnte nicht sein. Es war ja nicht so, dass sie angefangen hätte zu sabbern. Sie war immer vorsichtig gewesen.

Hoffentlich.

Vielleicht.

Sie blickte von der Tastatur auf und sah zu, wie er die Besprechung zu Ende brachte. Es lag mehr an seinem Verstand, dass er die Geschäftstermine stets mit so viel Präsenz beherrschte, als daran, dass er mit seinen fast schwarzen Haaren und den blauen Augen so gut aussah. Er war geschickt und clever, und die Flavios sogen jedes seiner Worte so auf, als wäre er eine Art Finanz-Halbgott. Brooke vergötterte ihn ebenfalls, aber für sie war er eher eine Art sexy Superhero, auch wenn sie ihn nie anders als im Anzug zu Gesicht bekommen hatte. Die dunkelblaue Krawatte, die er heute trug, passte perfekt zu seiner Augenfarbe. Er hatte wirklich erstaunliche Augen. Vor allem, wenn er lächelte. Was, genau genommen, nicht allzu häufig vorkam.

Ohne dass sie es wollte, meldete sich ihr furchtloses Alter Ego. Wie wäre es wohl, wenn sie ihm ein befriedigtes Lächeln auf diese sinnlichen Lippen zaubern könnte? Oder wenn sie ihn mit dieser blauen Seidenkrawatte fesseln würde. Was für ein Lächeln konnte sie ihm wohl entlocken, wenn sie dann seinen Körper erkundete? Mit der Zunge?

Ein kleiner Seufzer entschlüpfte ihr, und Dec bedachte sie mit einem düsteren Blick.

Oh ja.

Es bestand kein Zweifel mehr. Irgendetwas war definitiv nicht in Ordnung.

Als die Männer aufstanden und damit das Ende der Besprechung andeuteten, klickte Brooke auf ihrem Laptop auf Drucken. Perfektes Timing. So lief sie nicht Gefahr, ihre unangemessenen Gedanken in noch gefährlicheres Fahrwasser zu lenken.

„Ich hole das Protokoll schnell aus dem Drucker." Sie stand auf und spürte sofort Decs hitzigen, missbilligenden Blick.

Ihre Hände zitterten, als sie die Seiten aus dem Drucker nahm, und sie überlegte, ob sie wohl die Vorauszahlung zurückbekam, die sie für den Urlaub hatte leisten müssen. Sie hätte das Kleingedruckte genauer lesen sollen. Welch Glück, dass sie noch nicht den kompletten Preis bezahlt hatte. Sie hatte zwar einiges gespart, sodass kein allzu großes Loch in ihr Konto gerissen wurde, aber damit wollte sie eigentlich ihre eigenen beruflichen Träume und Sehnsüchte verwirklichen. Auch wenn sie gern für Dec arbeitete, wollte sie nicht für immer seine Assistentin bleiben. Egal, wie sehr er ihr Blut in Wallung brachte.

Dec hatte ihr Mut gemacht, an sich selbst zu glauben. Er bezahlte sie gut, gab ihr hervorragende Finanz-Tipps, und da sie sich ein Haus mit ihrem besten Freund teilte, war auch ihre Miete nicht astronomisch hoch. Sie war auf dem besten Weg in eine glorreiche Zukunft. Aber ohne den Job wären ihre Ersparnisse schnell dahin, und ihr Traum, eines Tages selbst ein Unternehmen zu leiten, würde sich ebenfalls in Luft auflösen. Zudem wäre sie wirklich traurig, wenn sie nicht länger jeden Tag ins Büro kommen und Dec hinter seinem großen, eleganten schwarzen Schreibtisch sehen könnte.

Während ihr all das durch den Kopf schwirrte, holte sie tief Luft, klopfte die Seiten mit dem Protokoll zu einem ordentlichen Stapel zusammen und ging in Decs Büro zurück. Er schenkte ihr einen düsteren Blick. So wie es aussah, würde ihr Arbeitstag nicht halb so gut enden, wie er begonnen hatte.

Vor allem, weil sie heute Morgen beim Aufwachen noch einen Job hatte.

Brooke schob eine Kopie des Gesprächsprotokolls in einen Umschlag und reichte ihn Mr. Flavio. Die andere Kopie behielt sie in der Hand, um sie abzuheften, ehe sie nach Hause ging, wahrscheinlich joblos und mit gebrochenem Herzen. Oder bildete sie sich das alles nur ein? Vielleicht galten Decs böse Blicke gar nicht ihr. Vielleicht stand er einfach nur zu sehr unter Druck, und sie befand sich zufällig in der Schusslinie.

„Meine Herren", sagte sie. „Wenn so weit alles geklärt ist, bringe ich Sie gern zur Tür."

Die beiden Flavios schüttelten Dec die Hand und folgten Brooke hinaus.

„Brooke?" Sie drehte sich zu ihrem Chef um und sah, dass er die Lippen zu einer grimmigen Linie zusammengepresst hatte. „Sobald du die Herren Flavio hinausbegleitet hast, komm doch bitte wieder in mein Büro."

„Natürlich."

Auf dem Weg zurück in Decs Zimmer klopfte ihr Herz wie das eines verängstigten Hasen. Mit dem Protokoll in der Hand klopfte sie an seine Tür.

„Herein." Decs knappe Antwort war für sie Beweis genug, dass sie tatsächlich Grund zur Sorge hatte.

Obwohl alle Kollegen bereits Feierabend gemacht hatten, schloss sie die Tür hinter sich. Das miese Karma musste nicht unbedingt nach draußen dringen. Es machte auch keinen Sinn, darauf zu warten, dass das Beil niedersank. Es war an der Zeit, die Sache und die Frage nach ihrem Job selbst in die zitternde Hand zu nehmen.

Der Mann, der über ihre unmittelbare Zukunft entscheiden würde, starrte mit angespannten Schultern, die sich deutlich unter seinem Hugo-Boss-Anzug abzeichneten, hinunter auf den Strand. Mit keiner Regung ließ er erkennen, dass er ihre Rückkehr registriert hatte.

Jetzt reichte es.

„Willst du mich feuern?"

Er fuhr mit dem Kopf herum und starrte sie mit seinen blauen Augen an. „Was?"

„Willst du mich entlassen?" Sie umklammerte das Protokoll fester, stemmte die Hände in die Hüften und hob das Kinn. „Falls ja, werde ich kämpfen. So einfach lasse ich mich nicht um meinen Job bringen. Ich habe hart gearbeitet. Und du würdest lange suchen, ehe du jemanden findest, dem die Firma so am Herzen liegt wie mir."

„Wovon redest du?" Er trat vom Fenster weg und machte einen Schritt auf sie zu, bis er zurückzuckte, als hätte ihn eine Hitzewelle getroffen. „Ich will dich nicht feuern."

Sie blinzelte. „Nicht?"

„Nein, wieso sollte ich?"

Erleichtert ließ Brooke die Hände sinken. „Wieso schaust du mich dann die ganze Zeit so böse an?"

„Was mache ich?"

„Du schaust mich böse an." Sie nickte. „Jetzt zum Beispiel."

„Natürlich schaue ich dich böse an. Oder eher beunruhigt. Weil ich glaube, dass du verrückt geworden bist. Oder in der Mittagspause ein Gläschen zu viel hattest."

Sie schnappte nach Luft. „Ich trinke nicht während der Arbeitszeit."

„Vielleicht solltest du das mal. Das würde dich ein bisschen lockerer machen."

„Das sagt der Richtige."

Schon wieder dieser Blick. „Willst du sagen, ich sei zu verkrampft?"

War dem Mann etwa nicht klar, dass *verkrampft* sein zweiter Vorname war?

„Jedenfalls habe ich mich während der ganzen Besprechung gefragt, warum du mich feuern willst."

„Das ist nicht dein Ernst."

„Mein voller Ernst."

„Ist es so schwierig, für mich zu arbeiten?"

„Hin und wieder bringst du mich tatsächlich fast so weit, dass ich mich zum Lunch betrinke." Sie versuchte witzig zu klingen, was ihr aber nicht wirklich gelang. „Aber ich hatte schon schlimmere Chefs. Immerhin erwartest du nicht, dass ich die Klos putze."

„Ich glaube, das steht nicht in deiner Jobbeschreibung."

„Gut. Denn da hätte ich definitiv die Grenze gezogen."

„Wie kommst du bloß darauf, dass ich dich feuern will?" Er ging zurück zum Schreibtisch. Seine großen Hände glitten über die Lehne seines Chefsessels und krallten sich in das Leder. „Es sei denn, es gäbe einen Grund, den ich nicht kenne."

Sie schnalzte kurz mit der Zunge. „So misstrauisch, Boss?"

„Sollte ich?"

„Vertraust du mir oder nicht?"

Er zögerte, und eigentlich wollte Brooke seine Antwort gar nicht hören. Wie skeptisch er sie ansah! Vertrauen war bei ihrem Chef sicher nicht die ausgeprägteste Eigenschaft. Bevor sich sein Argwohn wie eine dunkle Wolke im Raum ausbreitete, machte sie einen Versuch, die Stimmung ein wenig aufzuheitern.

„Vielleicht hast du recht", sagte sie. „Vielleicht war das alles nur ein Trick, um eine Gehaltserhöhung auszuhandeln."

„Die solltest du auf jeden Fall einfordern." Er schien zu erkennen, dass sie Spaß machte, und zeigte es mit einem kleinen Lächeln. „Perfektes Timing."

Ein köstlicher Schauer rieselte ihr über den Rücken. Doch nicht sein Lächeln war schuld daran. Vielmehr wurde dieses lustvolle Empfinden von dem Blick hervorgerufen, den er langsam über ihren Körper wandern ließ. So, als würde er überlegen, ob er eine Probefahrt mit einem schnittigen Sportwagen unternehmen sollte.

Bildete sie sich schon wieder etwas ein?

Da sie sowieso schon mit dem Feuer spielte, wagte sie sich einen Schritt weiter vor.

„Ich werde nicht betteln, das tue ich nie." Sie beobachtete ihn, als sie hinzufügte: „Jedenfalls fast nie."

Sein Gesichtsausdruck blieb zwar angespannt, aber seine Augen glänzten auf einmal gefährlich heißblütig. Als er sich räusperte und die Hand ausstreckte, fragte Brooke sich, wie weit sie noch gehen konnte.

„Ist das das Protokoll?“ Er nickte kurz.

„Oh.“ Sie blickte hinab, als sie die Hand ausstreckte, um ihm die Papiere zu reichen. „Hätte ich fast vergessen.“ Wahrscheinlich würde sie für diese kleine Notlüge in die Hölle kommen. Oder vielleicht bescherte ihr auch das, was sie jetzt vorhatte, ein Ticket nach unten.

Sie öffnete die Finger ein wenig und ließ wie aus Versehen ein paar Seiten auf den Boden fallen. Als sie sich bückte, um sie aufzuheben, sah sie zu, dass sie Dec möglichst tiefe Einblicke gewährte. Zu ihrem schamlosen Entzücken folgte sein Blick jeder ihrer Bewegungen ... glitt über sie wie warmer Honig, der über ihren Kurven zu schmelzen schien.

Dec hatte sie noch nie so angesehen, und es gefiel ihr weitaus besser als die Blicke der letzten Zeit. Auch wenn er nicht vorhatte, sie zu entlassen, wusste sie immer noch nicht, was mit ihm los war.

Der Mann verstand sich gut darin, seinen weichen Kern zu verstecken, doch Brooke war ebenso gut darin, winzige Details wahrzunehmen. Es waren die kleinen Taten, die zeigten, dass er ein großes Herz hatte. Die überraschende Zahlung eines Bonus an Andrea aus der Personalabteilung zum Beispiel, als ihr Mann sich das Bein auf der Baustelle gebrochen hatte, drei Monate nicht arbeiten und somit nichts zum Familieneinkommen beitragen konnte. Oder Decs Engagement für verschiedene Wohltätigkeitsorganisationen.

Aber wie weit durfte sie sich auf die persönliche Schiene begeben, ehe er entweder Gas gab oder auf die Bremse trat?

War sie bereit, alles zu riskieren, um es herauszufinden?

„Tut mir leid." Als sie ihm die aufgesammelten Protokoll-Seiten reichte, berührten sich ihre Finger, und seine Augen leuchteten wieder auf.

Das war zwar noch kein Beweis, dass er mehr in ihnen beiden sah als Chef und Angestellte, aber es kam ihr vor, als würden sie direkt an der Klippe stehen. Genug Grund, nicht gleich aufzugeben.

Nachdem Dec kurz auf das Protokoll geblickt und es dann auf den Schreibtisch gelegt hatte, fragte sie: „Da der Gang zum Arbeitsamt für mich nun doch nicht ansteht, frage ich mich, weshalb du mich eigentlich sprechen wolltest?"

Er sah auf und war wieder ganz der alte Declan Kincade, der nichts als Arbeit im Sinn hatte.

„Ich weiß, dass es eine Belastung für dich war, hier die Stellung zu halten und mich zu vertreten, nachdem meine Eltern gestorben waren. Dafür wollte ich mich bedanken."

„Das brauchst du nicht." Sie fragte sich, ob er ahnte, wie sehr der Schmerz sich in seinem schönen Gesicht spiegelte, wenn er vom Verlust seiner Eltern sprach. Oder wie sehr sie sich wünschte, ihm diesen Schmerz abnehmen zu können, damit er wieder lächelte. „Das alles war für dich und deine Familie sicher schwer."

„Es war nicht einfach. Und es wird auch noch nicht besser. Ryan meint, ich müsste so schnell wie möglich hochkommen."

Brooke kannte zwar keine Details, aber sie hatte gespürt, dass in Decs Familie weit mehr vor sich ging als bei Todesfällen üblich. Sie war froh gewesen, ihn unterstützen zu können. Und sie würde auch weiterhin alles tun, um es für ihn leichter zu machen. Plötzlich kam sie sich albern und lächerlich vor, weil sie nur an sich und ihren Job gedacht hatte und daran, wie er sie ansah. Dabei galt seine Sorge einzig seinen Geschwistern und dem Familienerbe.

„Wie kann ich helfen?", fragte sie.

„Wir haben für die nächsten zwei Wochen ziemlich viele Termine im Kalender. Darunter einige, die wir schon mal verschieben mussten, weil ich bei meiner Familie war. Es wäre mir gar nicht recht, wenn ich sie schon wieder absagen müsste."

„Ich bin sicher, dass deine Klienten Verständnis haben."

„Darauf möchte ich es nicht ankommen lassen. Es wäre nicht fair, wenn sie ihre Finanzplanung wegen meiner Problemchen aufschieben müssten."

„Aber es sind doch keine Problemchen, Dec. Und wer das nicht versteht, ist vielleicht nicht die Art von Klient, die du wirklich brauchst."

„Ich wünschte, es wäre so einfach. Aber wir brauchen jeden einzelnen Klienten, wenn wir die Zweigstelle in Chicago eröffnen wollen."

„Vielleicht ist es kein guter Zeitpunkt, das Projekt in Angriff zu nehmen, wenn du schon so viel anderes auf dem Zettel hast."

„Das verstehst du nicht."

Oh doch.

Sie wusste, dass dies für ihn die ideale Ablenkung war. Er brauchte etwas anderes, auf das er sich konzentrieren konnte. Etwas, das ihn von seinen Problemen und der Trauer um seine Eltern ablenkte.

Wie gern hätte sie selbst für seine Zerstreuung gesorgt, ihn dazu gebracht, dass er all seine Energie auf sie richtete. Aber sie verstand, was er meinte. Schließlich litt sie mit ihm. Und weil die winzige Möglichkeit bestand, dass sie vermutlich, höchstwahrscheinlich, auf jeden Fall und definitiv in ihn verliebt war, wollte sie in jeglicher Hinsicht für ihn da sein.

„Im Moment versuche ich einen Weg zu finden, wie ich meine Termine wahrnehmen und gleichzeitig bei meiner Familie sein kann." Sowohl seine Stimme als auch der angespannte Kiefer verrieten, unter welchem Stress er stand.

„Na ja …“ Eine Sekunde lang dachte sie über ihre Idee nach, ehe sie sie aussprach: „Ich könnte mitkommen.“

„Nein. Nicht nötig.“

Seine spontane Ablehnung tat weh, hielt sie aber nicht davon ab, einen weiteren Vorstoß zu wagen.

„Warum nicht? Wir könnten wie gewohnt arbeiten, während du dich zwischendurch um deine Familie kümmerst. Es wäre viel einfacher, als wenn du mich ständig anrufen und mit mir absprechen müsstest. Ich könnte Telefonkonferenzen per Skype mit deinen Klienten planen, damit du die Termine nicht verschieben musst. Ich wäre vor Ort und könnte mich wie gewohnt um alles kümmern.“

Eine ganze Weile schwieg er, schien über ihren Vorschlag nachzudenken. „Ich kann nicht von dir verlangen, dass du das tust.“

Das *für mich* sprach er nicht aus, doch sie hörte die Worte laut und deutlich.

Wie konnte sie diesem Mann begreiflich machen, dass sie *alles* für ihn tun würde, ohne allzu verzweifelt und aufdringlich zu wirken?

„Verlangen nicht. Aber ich biete es dir an. In meiner Jobbeschreibung steht nicht, dass ich nur hier im Büro arbeiten muss, oder?“

„Ich bezweifle, dass ich eine derartige Klausel in den Vertrag geschrieben habe.“

„Wenn es dort Internet gibt, brauche ich nur meinen Laptop und ein Telefon, und schon sind wir im Geschäft.“

Er musterte sie und wog ganz offensichtlich Pro und Kontra gegeneinander ab, obwohl er das Ganze für eine Schnapsidee hielt.

„Komm schon, Dec. Es ergibt doch total Sinn.“

Zu ihrer Erleichterung gab er nach. „Wenn du sicher bist, dass es sich nicht mit deinen Terminen überschneidet.“

„Deine Termine sind meine Termine“, sagte sie lässig. „Was macht es da für einen Unterschied, wo ich mich darum kümmere?“

Seine Schultern entspannten sich ein wenig. „Also gut. Könntest du noch die Flüge buchen, bevor du nach Hause gehst?“

„Kein Problem.“ Sie ging zu ihrem Laptop, der noch immer auf dem Konferenztisch stand, und öffnete ihren Browser. „Wann soll es losgehen?“

„So bald wie möglich.“

Sie klickte sich durch die Websites einiger Fluglinien, doch alle Flüge waren in den nächsten Tagen ausgebucht.

„Abgesehen von der Möglichkeit, per Standby zu fliegen oder einen Jet zu chartern, ist für die nächsten 48 Stunden nichts zu machen.“

„Überrascht mich nicht.“ Wieder ging er von seinem Schreibtisch zum Fenster und starrte mit den Händen in den Taschen nach draußen.

„Eine Idee hätte ich noch.“

Er drehte sich zu ihr um. „Und die wäre?“

„Wir fahren mit dem Auto.“

„Mit dem Auto?“ Ganz offensichtlich hielt er den Vorschlag für völlig aberwitzig.

„Sicher. Wie bewegst du dich normalerweise vor Ort fort?“

„Ich nehme mir einen Mietwagen.“

„Na also …“ Schnell checkte sie die Fahrtzeit und die Entfernung zu dem kleinen Ort Vancouver, der direkt an Portland angrenzte. „Wir würden ungefähr 15 Stunden brauchen. Du kannst natürlich auch deine Zeit damit verschwenden, am Flughafen auf einen Standby-Platz zu warten, oder ein Vermögen für ein gemietetes Charterflugzeug ausgeben. Du brauchst aber sowieso einen Wagen, wenn du angekommen bist, also ist es schneller, ökonomischer und eine vernünftige Alternative, wenn du selber fährst."

Er verharrte völlig ausdruckslos und schweigend vor dem Fenster.

„Wenn du nicht so lang hinterm Steuer sitzen willst, kann ich dich auch ablösen. Ich schwöre, ich habe noch nie einen Strafzettel kassiert."

„Ich glaube dir, dass du gut fährst."

„Wo liegt dann das Problem?"

„Dass es eine lange Zeit ist. Im Auto."

„Hast du Angst, dich zu langweilen?"

„Nein."

„Hast du Angst, dass du dir den Hintern platt sitzt?"

„Nein."

„Ha!" Sie zeigte auf ihn. „Du hast gelächelt."

„Nein, habe ich nicht."

„Hast du wohl."

Sein Blick verdüsterte sich, als sei es eine Sünde, etwas lustig zu finden.

„Sei doch realistisch, Dec. Mit dem Auto zu fahren ist eine vernünftige Alternative." Sie hatte sich weit genug vorgewagt und hoffte, dass er nachgab. „Ich will, dass du alles hast, was du brauchst. Das ist mein einziges Ziel."

Selbst wenn das, was er wirklich brauchte, ihm noch gar nicht in den Sinn gekommen war.

2. Kapitel

Für Decs Geschmack zeigte sich die Sonne am nächsten Morgen viel zu früh am Horizont, denn er hatte die ganze Nacht kein Auge zugemacht. Seine Laken waren zerwühlt, sein Kopf schmerzte angesichts böser Vorahnungen, fast so wie bei einem Kater nach billigem Whiskey.

Normalerweise war er ein Frühaufsteher. Selbst am Wochenende kochte er Kaffee und schaute die Finanznachrichten im Fernsehen an, noch ehe der Wecker klingelte.

Doch heute war kein normaler Tag.

Heute erwartete ihn ein Desaster, das er sich selbst eingebrockt hatte. Wie es Brooke gelungen war, ihn zu überreden, mit dem Auto nach Vancouver zu fahren, war ihm immer noch schleierhaft. Eine derartige Aufregung hatte er nicht mehr verspürt, seit ... Er konnte sich gar nicht mehr daran erinnern, seit wann.

Gestern Abend wollte er unbedingt noch eine neutrale Meinung dazu hören, ob seine Pläne völlig abwegig waren. Oder völlig irre. Seine Brüder waren meilenweit weg und mit ihrem eigenen Leben beschäftigt, trotzdem brauchte er jemanden, der ihn ein wenig beruhigte. Denn das Gefühl, wer weiß was angerichtet zu haben, machte ihn ziemlich fertig.

Kaum war Brooke in ihrem kleinen roten Wagen vom Parkplatz gefahren, hatte er den Bruder angerufen, den er für den vernünftigsten hielt.

Die Unterhaltung mit Ryan begann mit dem üblichen Small Talk über Geschäft und Familie. Dec erfuhr, dass Ryans kleine

Tochter Riley schlecht schlief, weil Albträume sie quälten. Jordan und seine Verlobte Lucy bereiteten ihre Hochzeit vor, indem sie Hochzeitstorten durchprobierten. Ethan räumte den alten Schuppen aus – anscheinend auf der Suche nach irgendwelchen Schätzen. Parker teilte seine Zeit zwischen langen Arbeitstagen in seinem Food Truck und seinen Pflichten auf dem Weingut auf. Und ihre kleine Schwester Nicole, die vor Kurzem die Highschool abgeschlossen hatte, überlegte, nach Nashville zu gehen, um eine Musikerkarriere zu starten.

Dec fand, dass es für Nicki der denkbar schlechteste Zeitpunkt war, eine derartig gravierende Entscheidung zu treffen. Ihr ganzes Leben war gerade auf den Kopf gestellt worden. Nicht nur, dass sie ihre Mutter verloren hatte, der sie sehr nahegestanden hatte. Sie war noch immer aufgewühlt wegen einer Bemerkung, die ihr Vater direkt vor seinem Tod gemacht hatte. Eine Bemerkung, die Nicki glauben ließ, dass er sie nicht geliebt hatte und sie womöglich gar nicht seine Tochter war.

Je länger die Unterhaltung mit Ryan dauerte, desto klarer wurde Dec, wie wichtig es war, nach Hause zu fahren. Selbst wenn er dafür 15 Stunden im Auto verbringen musste, Ellenbogen an Ellenbogen mit seiner umwerfenden, köstlich duftenden Assistentin.

Am Ende des Telefonats fragte er Ryan wie nebenbei, ob er wohl in die Hölle käme, wenn er Brooke auf diese lange Autofahrt mitnahm. Sein großer Bruder hatte gelacht und nach kurzem Zögern eine unerwartete Antwort gegeben.

„Brüderchen, ich habe deine Assistentin gesehen. Und glaub mir, sie wäre eine Reise in die Hölle wert."

Bei Licht besehen war Dec sich dessen nicht mehr so sicher.

Die ganze Nacht hatte er mit sich gerungen, ob er den Trip absagen sollte, sich dann aber doch dagegen entschieden. Jetzt hielt er vor Brookes Haus in einem Vorort von Orange County, einem schlichten Haus mit gepflegtem Rasen im Vorgarten. Und in der Einfahrt stand – direkt neben Brookes Honda – ein riesiger schwarzer SUV.

Verdammte Scheiße.

Bequemerweise hatte er den Gedanken ignoriert, Brooke könne mit jemandem liiert sein, der ihre Reise mit einem anderen Mann nicht gutheißen würde. Noch dazu mit ihrem Chef. Keine Frage, Decs erste Reaktion auf ihren Plan hatte die Grenze zwischen Arbeit und Vergnügen klar überschritten. Aber egal, was sein Bruder dachte, Brooke war seine wertvollste Angestellte.

Schluss. Aus. Ende.

Egal, wie lange er im Wagen sitzen blieb und die Gründe durchging, warum das Ganze eine schlechte Idee war, er konnte die Sache jetzt nicht mehr stoppen. Er musste zu seiner Familie. Entscheidungen mussten getroffen werden. Seine Firma musste vorangebracht werden. Und dafür brauchte er seine Assistentin. Dass sie mit ihm reiste, war nichts anderes, als wenn er sie tagtäglich im Büro sah. Er konnte seine lüsternen Gedanken unter Kontrolle halten. Konnte sein Verlangen nach ihr im Zaum halten. Egal, wie gut sie aussah, wie wunderbar sie duftete oder wie köstlich sie schmecken mochte.

15 Stunden waren doch Peanuts.

Er würde das schaffen.

Ehe er noch Gefahr lief, einen auf Hulk Hogan zu machen und anzufangen zu grunzen, ging er zur Haustür und klingelte. Als ein Mann die Tür öffnete, war er nicht überrascht.

Der Fremde auf der anderen Seite der Türschwelle war wie Dec gut 1,80 Meter groß, hatte kurz geschorene Haare, wirkte sportlich und war ganz offensichtlich verärgert.

Einen Moment lang standen sich Dec und der Mann gegenüber und musterten sich, ehe Dec sich vorstellte. Dass der andere darauf nichts erwiderte, konnte Dec ihm nicht verübeln. Hätte er eine Frau, die irgendein Kerl auf eine lange Fahrt in einen anderen Bundesstaat mitnehmen wollte, hätte er ganz sicher auch etwas dagegen.

Genau genommen würde er Nein sagen.

„Brooke, Schätzchen, dein *Chef* ist hier“, sagte der Mann schließlich, als könne er bis in Decs Seele blicken und wüsste von all den nicht gerade professionellen Gedanken, die dort zu finden waren.

Mist. Reiß dich zusammen, ermahnte Dec sich.

Krampfhaft bemühte er sich um eine seriöse Miene und wartete darauf, dass Brooke zur Tür kam. Ohne ein weiteres Wort mit Dec zu wechseln, verschwand der andere Typ im Haus. Als Brooke auftauchte, wich Dec unweigerlich einen Schritt zurück und musste sich kurz festhalten, um an seinen guten Vorsätzen festzuhalten.

Vier Jahre lang war Brooke mit einer Professionalität im Büro aufgetreten, die zu ihren schmal geschnittenen Röcken und den schlichten Blusen passte. Heute Morgen aber sah sie aus, als wäre sie einem Countrymusik-Video entsprungen. Ihr honigblondes Haar war frisch gewaschen und leicht zerzaust. Es fiel ihr in langen, sexy Locken den Rücken hinunter, statt wie zumeist zu einem Knoten zusammengebunden zu sein. Ein eng anliegendes weißes Tanktop betonte ihre perfekten Brüste. Um ihre schlanke Taille hatte sie eine rot karierte Bluse geknotet. Die langen, gebräunten Beine steckten in abgeschnittenen Jeans, die Füße in graublauen Sneakers.

Wenn er ihr Freund wäre, hätte er sie niemals in diesem Aufzug aus der Tür gelassen. Nicht, weil er ein Problem mit ihrem Look hätte oder jemals das Recht haben würde, ihr Kleidervorschriften zu machen. Nein, er wäre einfach nur zu sehr damit beschäftigt, ihr die Kleider vom Leib zu reißen, sie ins Schlafzimmer zu schleppen und sie zu lieben, bis die Sonne unterging. Brookes Typ hingegen tauchte nicht einmal mehr auf, während seine höllisch sexy Freundin Dec ein Lächeln zuwarf, bei dem ihre Grübchen aufblitzten.

„Ja, sieh mal einer an." Anerkennend ließ sie den Blick über ihn gleiten. „Ich habe dich noch nie in etwas anderem als Anzug mit Krawatte gesehen. Jeans und T-Shirt stehen dir. Bin ich froh, dass ich für die Fahrt Freizeitkleidung vorgeschlagen habe."

Darüber war er auch froh. Aber aus ganz anderen Gründen.

„Komm noch mal kurz rein." Sie winkte ihn ins Haus. „Ich muss noch schnell meine Sachen holen. Dann können wir los."

Dec trat in das Haus, das nett und ordentlich wirkte, ohne steril zu sein. Ein paar Grünpflanzen standen auf den Regalen, und einige hübsche Schwarz-Weiß-Fotos zierten die Wände. Schlichte schwarze Ledermöbel waren mit Blick auf den großen Flachbildschirm ausgerichtet.

Hier und da standen einige wenige Deko-Gegenstände, doch der Raum wirkte weder sonderlich feminin noch maskulin. Eher wie eine Kombination aus beidem.

Brookes Freund aber blieb verschwunden.

„Warte, ich helfe dir mit der Tasche", sagte Dec und fragte sich, warum ihr Freund seine Hilfe nicht anbot.

„Oh, wie süß von dir. Aber ich schaffe das schon."

Süß?

So hatte ihn wirklich noch nie jemand genannt.

In sich gekehrt, entschlossen, zurückhaltend und erfolgreich. Das ja. Aber süß? Im Leben nicht.

Er beobachtete, wie ihre Hüften hin und her schwangen, als sie den Flur entlangging.

Okay, sie war vergeben, und, ja, er war ihr Chef, aber das hieß ja noch lange nicht, dass er wegschauen musste, oder?

Schon einen Moment später kam sie zurück. Über ihrer

Schulter baumelte eine Stofftasche in knalligem Orange, und sie zog mit einer Hand einen roten Rollkoffer hinter sich her. In der anderen hielt sie einen kleinen dreifarbigen Hund. Einen echten Hund, der Dec mit großen blauen Augen überrascht ansah. Kein Stofftier, mit dem sie nachts kuschelte. Aber sie hatte ja auch schon jemand anderen zum Kuscheln, auch wenn Dec darüber lieber nicht nachdenken wollte. Selbst wenn dieser namenlose Idiot es anscheinend nicht einmal für nötig hielt, aus seinem Versteck zu kommen, um sich von ihr zu verabschieden, als sie rief, dass sie losfahren würde.

Trotz ihres Protestes nahm Dec ihr Koffer und Tasche ab, sodass sie nur noch den Hund zu tragen brauchte, dem etwas aus dem Maul hing, das groß, haarig, grau und glitschig aussah.

„Wen haben wir denn hier?" Dec nickte in Richtung Hund. „Und was ist *das*?"

„Das …" Sie gab dem Hund lachend einen Kuss auf den Kopf. „Ist Moochie. Sie ist ein australischer Mini-Schäferhund, der das Mini in seinem Namen total vergisst, sobald er eine Katze sieht. Und das da ist ihr Lieblingsspielzeug. Das war mal ein Elefant, ehe sie ihm das gesamte Innenleben herausgebissen hat."

Mit misstrauischem Blick schaute der Hund zu ihm auf.

„Sie wirkt verängstigt." Dec stellte Brookes Koffer in den Kofferraum des roten Infiniti-Q60-Cabrios.

„Das liegt nur an ihren hellen Augen. Sie wirkt immer so." Brooke nahm den Hund auf die Hüfte. „Ich hoffe, du hast nichts dagegen, dass ich sie mitnehme. Ich habe leider niemanden, der auf sie aufpassen könnte, und sie in eine Hundepension abzuschieben, bringe ich nicht übers Herz."

„Was ist mit deinem Freund?"

„Meinem …" Sie warf einen Blick über die Schulter zum Haus. „Kyle?"

Dec zuckte mit den Schultern. „Er hat sich nicht vorgestellt."

„Kyle ist mein bester Freund und Mitbewohner. Nicht mein Freund. Genau genommen ist er sogar verlobt." Sie lachte leise. „Mit Marc."

„Marc?" Dec hob ruckartig den Kopf. „Das hätte ich nicht gedacht, so böse, wie er mich angestarrt hat. Ich dachte, er will dich beschützen."

„Er sendet Männern keine Signale mehr aus, seit er Marc hat. Sie sind ein tolles Paar." Sie warf ihre Stofftasche auf den Rücksitz. „Und sein Beschützerinstinkt mir gegenüber ist auch nicht gerade ausgeprägt, weil er genau weiß, dass ich auf mich selbst aufpassen kann."

Dec dachte an das *Furchtlos*-Armband und fragte sich, ob da ein Zusammenhang bestand. Als sie sich jedoch ins Auto beugte, hörte er mehr oder weniger auf zu denken, seine gesamte Aufmerksamkeit richtete sich auf den Anblick ihrer Hotpants.

„Du bist so eine toughe Lady?"

Sie stieg ein. „Es gibt eine Menge Dinge, die du nicht über mich weißt."

Ganz offensichtlich.

„Ach, und übrigens, die Antwort lautet Nein."

„Nein?"

„Nein, ich habe keinen festen Freund. Nur für den Fall, dass du dich das gefragt hast."

Natürlich hatte er sich das gefragt. Er war schließlich ein Mann aus Fleisch und Blut.

„Also ..." Sie stellte ihre riesige Handtasche zwischen die Füße. „Beginnt jetzt offiziell der Arbeitstag? Soll ich meinen Laptop rausholen und mich an die Arbeit machen? Ich weiß nicht, wie es mit dem Internet klappt, aber ich habe auch noch ein paar andere Sachen zu erledigen."

„Das lenkt mich zu sehr ab." Als wäre er nicht ohnehin

schon total abgelenkt. „Ich muss mich auf den Verkehr konzentrieren."

„Wie schön. Dann brauche ich mich also nicht total professionell und langweilig zu geben, bis wir angekommen sind?"

War sie jemals langweilig?

„Du kannst dich zurücklehnen und entspannen."

„Entspannen kann ich mich, wenn ich schlafe." Sie sah ihn grinsend an. „Jetzt möchte ich Spaß haben."

Oh nein. Das würde es ihm noch schwerer machen, seine guten Vorsätze einzuhalten.

„Ehe wir auf den Freeway fahren, könnten wir doch noch kurz anhalten, um uns mit Getränken und Snacks einzudecken."

„Wasser und Proteinriegel?"

„Ich dachte eher an Koffein und Pork Cracklings."

„Ich weiß nicht mal, was das sein soll."

„Du ahnst nicht, was dir bisher entgangen ist, Boss."

„Verstopfte Arterien?"

Der Wind blies durch ihr Haar, als sie lachend den Kopf zurückwarf. „Ich wusste gar nicht, wie risikolos du lebst. Scheint, als könnte ich noch eine Menge über dich lernen."

Ehe seine Gedanken eine gefährliche Richtung einschlagen konnten, entdeckte er einen Starbucks und lenkte den Wagen in die Drive-thru-Spur. Zusammen mit seinem einfachen schwarzen Kaffee bestellte er einen Latte macchiato für sie.

„Was, wenn ich etwas anderes gewollt hätte?" Sie zog die Nase kraus.

„Wolltest du denn was anderes?"

„Nein." Sie sank ein wenig tiefer in den Beifahrersitz. „Ich wollte nur nicht, dass du denkst, ich wäre eins von *diesen* Mädchen."

Er fuhr vor zum Drive-thru-Fenster und reichte seine Kreditkarte hinein. Kurz war er von dem abgelenkt, was die Frau im Fenster zu ihm sagte, dann aber hakte er nach. „Was für ein Mädchen?"

„Du weißt schon … berechenbar und langweilig."

Himmel hilf, dachte er nur.

„Berechenbarkeit ist doch was Gutes", sagte er, in der Hoffnung, wieder in sicheres Fahrwasser zu gelangen.

Sie blickte ihn über ihre nackte Schulter an. „Auch Langeweile?"

Er schwieg eine Sekunde zu lange.

„Hätte ich nicht von dir gedacht. Ich weiß zwar nicht, was du in deiner Freizeit tust, aber du scheinst mir nicht die Art von Mann zu sein, die nur vor dem Fernseher sitzt und sich Wiederholungen von *Two and a Half Men* anschaut."

„Die sich was anschaut?"

Sie lachte. „Guckst du überhaupt fern?"

„Natürlich."

„Lass mich raten." Amüsiert drehte sie sich in ihrem Sitz herum, um ihn direkt anschauen zu können. „*Once Upon a Time, Game of Thrones* und *Let's Dance*?"

„Eher CNN, Börsennachrichten und politische Talkrunden."

„Wie langweilig."

„Das Fernsehen sollte nur der Weiterbildung und Informationssammlung dienen."

„Ich verspreche, ich verrate all den Pornostars nicht, dass du das gesagt hast. Andererseits …" Sie hob eine Augenbraue. „Vielleicht fällt das ja auch unter Weiterbildung?"

Ehe er antworten konnte, fügte sie hinzu: „War nur ein Witz! Bitte sag mir, dass du wenigstens ab und zu zappst und bei *Naked Survival – Ausgezogen in die Wildnis* hängen bleibst."

Nackt in der Wildnis. Was für eine Vorstellung.

„Das kenne ich sogar. Es ist eine von Parkers Lieblingsserien."

„Und Parker ist Bruder Nummer …"

„Vier."

„Ah, wenigstens einer, der es draufhat."

Wenn sie meinte … Sendungen mit nackten Menschen im Dschungel sollten angeblich den Horizont der Zuschauer erweitern. Aber wenn Dec eine Frau nackt sehen wollte, dann wollte er auch derjenige sein, der sie auszog. Da dieser Gedanke ihn direkt zu seiner Reisegefährtin führte, wechselte er lieber schnell das Thema. Sonst würde diese Fahrt für ihn sehr viel länger werden, als ihm lieb war.

„Hat dein Fernsehgeschmack etwas mit deinem *Furchtlos*-Armband zu tun?" Er reichte ihr ihren Latte.

„Ha!" Sie stieß ein köstlich diabolisches Lachen aus, das den Körperteil hinter seinem Hosenschlitz in Aufregung versetzte. „Du hast ja keine Ahnung."

Vielleicht nicht.

Aber er konnte es kaum erwarten, es herauszufinden.

Rein beruflich natürlich.

Brooke musste tief Luft holen, ehe sie an ihrem Kaffeebecher nippte. Nicht weil das Getränk so heiß war. Nicht weil sie gestern noch gedacht hatte, sie würde gefeuert werden. Sondern weil sie heute neben ihrem unglaublich fantastisch aussehenden Chef in einem sexy Cabrio saß und Gedanken nachhing, die so gar nichts mit ihrem Job zu tun hatten. Zum Beispiel, wie die Sonne sein fast schwarzes Haar glänzen ließ. Oder dass er mit der Ray-Ban-Sonnenbrille zum Niederknien aussah. Das hellblaue T-Shirt spannte sich perfekt über seine breiten Schultern und den kräftigen Brustkorb, und der Stoff schmiegte sich geschmeidig über ein, wie sie vermutete, äußerst ansehnliches

Sixpack. Wie makellos die kurzen Ärmel seinen ausgeprägten Bizeps umspannten! Die eng anliegende Jeans betonte Körperteile, die ihre Fantasie und Neugier mehr als anregten. Sie wünschte, sie könnte ihm all diese Kleidungsstücke nacheinander ausziehen, um herauszufinden, ob er Boxershorts, einen engen Slip oder womöglich gar nichts darunter trug.

Sie wusste, dass er gerne laufen ging, da er schon an vielen Wohltätigkeits-Marathons teilgenommen hatte. Doch obwohl er groß und schlank war, besaß er nicht dieses hagere Aussehen, das so viele Läufer kennzeichnete. Andererseits sah er auch nicht aus wie die Typen aus der Muckibude. Dementsprechend war ihre Neugier geweckt, woher Dec wohl all diese herrlichen, geradezu nach Berührung schreienden Muskeln hatte und wie er sich fit hielt.

Aber sie schweifte ab.

Sie musste sich wieder darauf konzentrieren, die hilfsbereite Assistentin zu spielen, damit Dec Zeit für Wichtigeres hatte. Nur weil er sie einige Male interessiert gemustert hatte, bedeutete es nicht mehr, als dass ein Mann eine Frau ansah. Keine große Sache. All den abwegigen Gedanken, die ihr durch den Kopf schossen, musste sie dringend Einhalt gebieten.

So viel zur Theorie. Praktisch würde das wohl schwierig werden.

Er hatte etwas an sich, was sie nicht losließ. Wobei sie nicht wirklich etwas von ihm erwartete, weder eine Gehaltserhöhung noch eine Romanze oder sonst was, sie wollte ihn nur lächeln sehen. Lachen. Ihm beibringen, die Zügel auch mal locker zu lassen, statt sich selbst so an die Kandare zu nehmen. Sie wollte, dass er in seinem Leben nicht nur erfolgreich war, sondern auch Spaß hatte.

Sie hatte viel zu viele Jahre in einer Welt verbracht, in der Lächeln einer Sünde glich. Zu wissen, dass Dec vielleicht in einem ähnlichen Gefängnis lebte, brach ihr fast das Herz.

Als sie an einer Tankstelle in der Nähe des Freeways hielten, versuchte Brooke, sich zur Vernunft zu rufen und alle albernen Gedanken zur Seite zu schieben. Aber Decs angespannte Miene ließ sie eine 360-Grad-Wendung machen, sodass sie wieder dort landete, wo sie angefangen hatte.

Bei dem Entschluss, ihn zum Lächeln zu bringen.

Eine Einführung in die schönen Dinge des Lebens, in diesem Fall in die Welt der Snacks, stand als Erstes an.

Im Tankstellenshop sah Brooke, wie Dec die Augen aufriss. War er bisher immer nur bis zur Zapfsäule gekommen, wo er gleich mit Karte bezahlt hatte? Wahrscheinlich waren Speisekammer und Kühlschrank bei ihm mit gesunden, langweiligen Sachen wie Salat, Naturreis und geschmacklosem Proteinpulver bestückt.

Es war an der Zeit, seine Geschmackswelt ein bisschen auf den Kopf zu stellen.

„Wie ich sehe, bist du noch Jungfrau." Sie versuchte ernst zu bleiben.

Er fuhr zu ihr herum und sah sie an, als wäre sie völlig durchgedreht. „Wie bitte?"

„Entspann dich, Chef. Ich habe dich mit genügend Frauen ausgehen sehen, ich habe nicht diese Art von Jungfrau gemeint. Aber du bist wohl noch nie in einem derartigen Sündenpfuhl gewesen."

Sein Blick wanderte über die endlosen Regalreihen mit Snacks und wirkte dabei, als hätte man ihn in einer fernen Galaxie ausgesetzt. „Ich hatte bisher noch nie Grund oder den Wunsch, so einen Laden zu betreten."

„Hab ich mir gedacht. Keine Sorge, ich pass auf dich auf."

„Ach ja?"

„Würde ich dich jemals auf Abwege locken?“

Sein Blick verriet ihr, dass er das durchaus für möglich hielt, es aber nicht ausprobieren wollte.

Natürlich hatte er recht.

„Als Erstes ...“, sie ließ den Blick durch den Laden wandern, „... sollte ich erwähnen, dass die Sandwiches im Kühlregal zwar unschuldig aussehen, du dir aber unbedingt das Verfallsdatum anschauen solltest.“

„Sprichst du aus Erfahrung?“

„Frag nicht.“ Sie machte eine abwehrende Handbewegung. „Sollen wir?“

„Ich glaube, ich höre deinen Hund bellen.“

„Du fährst ein Cabrio, hast vor der Tür geparkt, und ich kann sie von hier aus sehen. Sie bellt nicht. Und wenn du aufhörst, Theater zu machen, dauert es nicht länger als eine Minute.“

„Sagte der Henker zum Todeskandidaten.“

„Ha. Der war gut.“ Sie legte die Fingerspitzen beider Hände aneinander. „Wusstest du, dass man hier eine Mahlzeit zusammenstellen kann, in der die gesamte Ernährungspyramide enthalten ist?“

„Kann ich mir kaum vorstellen.“

„Stimmt aber.“ Sie führte ihn durch die erste Regalreihe. „Hier kannst du mit der Brotgruppe anfangen. Rice-Krispies, Donuts, Müsliriegel.“

„Ich würde sagen, in Schokolade getränkte Müsliriegel zählen nicht.“

„Alles, was in Schokolade getränkt ist, zählt.“ Sie erwartete Widerstand, und um nicht aus dem Fluss zu kommen, ging sie zur nächsten Regalreihe. „Hier haben wir die Gemüse- und Fleischgruppe.“

„Kartoffelchips und getrocknete Rindfleischstreifen zum Knabbern?“

„Vergiss das Studentenfutter nicht.“ Sie grinste, obwohl er weiter die Stirn runzelte. „Da drüben ist die Milchgruppe.“

Dec stopfte die Hände in die Taschen seiner Jeans. „Lass mich raten, Smoothies?“

„Sei nicht albern. Kakao und Eis.“

„Dann fehlen noch Eier. Die kann ich nirgends entdecken.“

Sie schnappte sich einen Ei-Käse-Burrito aus dem Kühlregal und hob ihn in die Höhe. „Bitte schön.“

„Gefährlich. Und Obst?“

„Ich empfehle dir, die gesunden Bananen am Ausgang zu ignorieren und stattdessen lieber zum glasierten Apfelkuchen zu greifen.“

„Du scheinst dich ja bestens auszukennen. Isst du öfter hier?“

„In Augenblicken schierer Verzweiflung. Zu Hause muss ich leider allzu häufig allein essen. Und Kochen für einen allein macht keinen Spaß.“

„Du kannst kochen?“

Sie zuckte mit den Schultern. „Ich kann mit Topf und Pfanne umgehen.“

„Du machst mir Angst.“

„Bist du immer so …“

„Vorsichtig?“

„Skeptisch.“

„Ich finde das absolut gerechtfertigt, wenn jemand versucht, dich umzubringen.“

„Das würde ich doch niemals tun.“ Sie tat, als wäre sie beleidigt. „Ich würde dich nicht mal auf Abwege führen.“ Sie zuckte noch einmal mit den Schultern. „Wie wäre es, wenn wir dir den Einstieg hiermit ermöglichen?“

Misstrauisch beäugte er eine Tüte Käsecracker. „Ich bin nicht sicher, ob ich wissen will, was das ist.“

Sie seufzte theatralisch. „So viel zu lernen. So wenig Zeit.“

Sehr zu Decs Bestürzung verließen sie den Laden mit einer großen Tüte, die sich mit Sicherheit als ein Albtraum für den Magen erweisen würde. Moochie witterte die Snacks, die Brooke ihr gekauft hatte, kaum dass sie wieder im Wagen saßen.

„Willst du wissen, wie Moochie zu ihrem Namen gekommen ist?" Brooke öffnete die Tüte und legte den Hundeleckerbissen auf Decs Oberschenkel. „Pass auf."

Hatte der Hund eben auf dem Rücksitz noch ungeduldig gejault, verfiel er jetzt in ein um Aufmerksamkeit heischendes Japsen, ein Tänzeln und ein schon fast komisch anmutendes grollendes Bellen. Dec bewegte sich nicht, als Moochie die Vorderpfoten auf die Mittelkonsole stellte und ihn erneut auf diese Weise anknurrte. Mit der langen Schnauze stupste sie seinen Arm an und blickte ihn mit ihren großen blauen Augen flehentlich an. Als er sich noch immer nicht regte, krabbelte der Hund auf die Mittelkonsole.

Dec hatte noch nie ein Haustier besessen und keine Ahnung, was ihn erwartete. Und da die Hundebesitzerin in nichts mehr an seine Assistentin erinnerte, war er auf alles gefasst.

Der Hund gab jetzt ein leises Bellen von sich, das fast wie ein Flirtversuch wirkte, während er sich näher und näher an den Snack heranarbeitete. Dann stellte Moochie die Vorderpfoten auf seinen Arm und leckte Dec über das Kinn. Er lachte leise und erlaubte dem Hund, sich den Snack zu nehmen. Das ließ Moochie sich nicht zweimal sagen, sie schnappte zu und verschlang das Leckerli, während sie auf Decs Schoß saß und ihn anhimmelte.

„Eine echte Persönlichkeit." Dec streichelte den Hund, ehe er den Wagen vom Parkplatz lenkte. „Jordan hat Nicole vor Kurzem ein Kätzchen geschenkt, davor hatten wir nie Haustiere."

„Nie?"

Er schüttelte den Kopf. „Unsere Eltern wollten keine, und später hatte ich nie Zeit für Tiere."

„Wer leistet dir denn nachts Gesellschaft?"

Was wurde das denn?

Zu spät wandte er den Blick zur Seite, um das herauszufinden. Sie hatte die Sonnenbrille, die sie auf dem Kopf gehabt hatte, wieder auf ihre kleine, gerade Nase heruntergezogen.

„Normalerweise mein Laptop", antwortete er.

„Declan Kincade, das ist echt traurig."

Was hatte sie denn erwartet? Dass er zahllose willige Frauen kannte, die ihm das Bett wärmten?

Sie hatten sich schon viel zu weit von der sicheren Linie entfernt, die den Chef von der Angestellten trennte. Die Grenze, die er niemals aus den Augen verlieren durfte. Denn diese lustige, flirtende Brooke, die er gerade kennenlernte, war schwer zu übersehen.

Er hatte im Leben auf vieles verzichten müssen. Wenn er sich jetzt auch versagte, eine kleine Kostprobe von Brooke zu bekommen, war das, als würde er vor einem köstlichen Schokoladenkuchen sitzen – mit einem Haifischbecken dazwischen.

Kurz bevor er den Wagen auf den Freeway lenken wollte, sagte Brooke plötzlich: „Halt mal an."

„Was?"

„Da drüben." Sie deutete auf eine weitere Tankstelle.

Wider besseres Wissen – weil er heute anscheinend nicht alle Tassen im Schrank hatte – gehorchte er. „Hast du was vergessen?"

„Nein. Aber du."

Er hielt in der Nähe des Eingangs an. „Ich bin mir ziemlich sicher, dass ich nichts vergessen habe."

Übermütig sah sie ihn an und verschränkte grinsend die

Arme vor der Brust. „Würdest du dich als abenteuerlustig bezeichnen?"

Oh, oh.

„Hängt davon ab, was für eine Art von Abenteuer du meinst." Im Bett? Auf jeden Fall! Wenn es darum ging, herauszufinden, was wirklich in Brookes wachem Verstand vor sich ging? Ein Tag hatte nicht annähernd genügend Stunden.

Sie hob die Schultern leicht an. „Im Leben allgemein."

„In dem Fall ziehe ich es vor, Informationen zu sammeln und dann wohldurchdachte und angemessene Entscheidungen zu treffen."

Sie beugte sich ein klein wenig in seine Richtung, und seine Sinne waren auf einmal erfüllt von ihr und ihrem köstlichen Duft. „Natürlich tust du das."

„Worauf willst du hinaus?"

„Wohldurchdachte und angemessene Entscheidungen sind im Geschäftsleben und in Notsituationen sicherlich angebracht. Aber wenn es um dein Privatleben geht?" Sie zuckte noch einmal mit den Achseln.

Vielleicht hatte sie recht. Aber diese Frage steckte unterschwellig so voll mit Versuchung, dass er es wagen konnte, einen weiteren Schritt Richtung Abgrund zu gehen.

„Mit meinem Privatleben ist alles bestens."

Sie neigte den Kopf, sodass ihr die sexy Locken über die Schulter fielen. „Tatsächlich?"

„Ja. Alles in Ordnung. Großartig. Perfekt." Er umklammerte das Lenkrad fester. „Können wir jetzt weiterfahren?"

„Nicht so schnell." Sie nahm die Sonnenbrille ab und steckte einen der Bügel in den Ausschnitt zwischen ihren Brüsten.

Ja.

Zweifellos.

Sie wollte ihn umbringen.

Sie blickte ihn an. „Wann erwartet deine Familie dich in Vancouver?“, fragte sie.

„Es geht nicht um Leben und Tod, daher habe ich keine genaue Zeit genannt. Ich hab nur gesagt, dass ich in den nächsten ein, zwei Tagen komme.“

„In dem Fall … wie wäre es, wenn wir deine Theorie einem Test unterziehen?“

Er blickte gen Himmel. *Lieber Gott, bitte, lass mich nicht fragen.* „Was für eine Theorie?“

„Ob in deinem Leben alles in Ordnung ist. Großartig. Perfekt.“

„Mich nachzuäffen bringt dir bestimmt keine Gehaltserhöhung ein.“

Sie lachte. „Gut, ich werde also weiterhin jeden Cent umdrehen müssen. Da wir das jetzt wissen: Wie wäre es, wenn du wendest?“

„Warum sollte ich?“

„Weil du darauf brennst, dich in ein Abenteuer zu stürzen.“

„Du schätzt mich falsch ein.“

„Nein, ich gebe nur die Hoffnung nicht auf, dass ich recht haben könnte.“

„Das würde ich an deiner Stelle nicht tun.“

„Ach, komm schon.“ Sie machte Anstalten, seinen Arm zu berühren, überlegte es sich in letzter Sekunde aber anders und zog die Hand weg. „Es wird Spaß machen.“

„Angenommen, ich stimme zu – was ich nicht tun werde –, wohin genau wird uns dieser Spaß führen?“

„Nach Vancouver natürlich“, sagte sie voller Enthusiasmus. „Aber über die Panoramastraße.“

„Ich glaube, die Panoramastraße ist nicht ganz mein Ding.“

„Bist du schon jemals die ganze Küste entlanggefahren?“

„Nein.“

„Warum sperrst du dich dann?"

Er bräuchte den ganzen Tag, um alle Gründe aufzuzählen.

„Dec, komm schon. Du fährst ein Cabrio, ein Auto, das richtig Spaß macht. Und nicht irgendeins, sondern ein rotes. Das heißt, doppelter Spaßfaktor."

„Bist du je die ganze Küstenstraße abgefahren, von Kalifornien bis Oregon?", fragte er.

„Nein. Aber ich hab ja auch nur einen Honda. Und auch wenn wir den Geschmack bei der Autofarbe teilen, kann ich dir garantieren, dass das Fahrerlebnis ein gänzlich anderes ist."

„Und die Küste hochzufahren ist etwas, was du unbedingt tun willst?"

„Auf jeden Fall. Steht auf meiner Löffel-Liste. Die Liste der Dinge, die ich machen will, bevor ich den Löffel abgebe."

„Du bist zu jung für so eine Liste."

Sie lachte. „Ich führe diese Liste, seit ich zehn bin."

Er versuchte, sich Brooke als kleines Mädchen vorzustellen, doch es gelang ihm nicht. Sie war einfach zu erwachsen und sexy mit ihren Hotpants und dem hautengen Top. „Welches Kind macht denn so was?"

„Wenn du die Küstenstraße nach Vancouver nimmst, verrate ich es dir vielleicht."

Er hatte ja nicht geahnt, dass sie so eine Hexe sein konnte. Bei dem Wonneschauer, der ihn bei dem Gedanken durchfuhr, hob der Chef in ihm mahnend den Finger. Aber das hinderte ihn nicht daran, einen Blick in den Rückspiegel zu werfen und gegen alle Vernunft eine Kehrtwende zu machen und den Pacific Coast Highway anzusteuern.

„Yippie!" Brooke reckte triumphierend die Arme in die Höhe. Ihr Freudenschrei und der begeisterte Ausdruck auf ihrem Gesicht ließen seinen Adrenalinspiegel sprunghaft in die Höhe schnellen.

Für einen atemberaubenden Augenblick glaubte Dec tatsächlich, dass sie dabei waren, sich auf ein großes Abenteuer einzulassen.

Rein beruflich natürlich.

„Vielleicht sollten wir anhalten und uns eine Karte besorgen."

Ein leiser Seufzer entschlüpfte Brookes hübschen rosa Lippen. „Fahr einfach, Boss. Lebe ein wenig. Ich sorge schon dafür, dass wir nicht vom Wege abkommen."

Heilige Scheiße.

Ihre Worte mochten unschuldig gemeint sein, doch vor seinem inneren Auge erschienen Bilder, in denen sie mehr als nur vom Wege abkamen.

„Du bist die Küstenstraße also auch noch nie gefahren?", fragte er.

„Stimmt."

„Warum nicht?"

„Es ist nicht so einfach, jemanden zu finden, der sich ein, zwei Tage freinimmt und einfach losfährt." Sie gab Moochie ein Leckerli. „Und welche Ausrede hast du?"

„Zu beschäftigt."

„Ich hab es immerhin schon bis Malibu geschafft, um mich zu sonnen."

Er drehte den Kopf und sah, dass sie das Gesicht in die Sonne hielt, die Sonnenbrille auf der Nase. Ein Lächeln umspielte ihre Lippen. „Du bist bis nach Malibu gefahren, nur um dich zu sonnen?"

„Natürlich nicht. Ich wollte auch zum Santa Monica Pier, Karussell fahren und Trampolin springen. Und natürlich Austern bei Gladstones in Malibu am Strand essen. Die Sonnenbräune war sozusagen nur das Sahnehäubchen."

„Woher kennst du den Weg nach Vancouver?" Na ja, die Antwort war einfach. Es gab eine App auf dem Handy, die ihnen problemlos den Weg bis zur verdammten Haustür weisen würde. Vielleicht war es falsch, seine Nase zu tief in ihre Angelegenheiten zu stecken, aber es faszinierte ihn, wie Brookes Verstand funktionierte. Er konnte einfach nicht anders, ob er wollte oder nicht.

„Ich kenne den Weg nicht“, sagte sie. „Aber es wird Spaß machen, ihn zu entdecken.“

„Du gehst wohl gerne Risiken ein, was?“ Okay, er kannte die Antwort. Trotzdem drängte sich die Frage auf.

Sie hob den Arm, und ihr *Furchtlos*-Armband funkelte in der Sonne.

„Hat das was damit zu tun, dass du schon als Zehnjährige eine Löffel-Liste geschrieben hast?“

„Ganz genau.“ Sie ließ sich tiefer in den Sitz sinken und reckte ihr Gesicht wieder der Sonne entgegen. „Na los, mach schon. Frag mich. Ich weiß doch, dass du darauf brennst, es zu erfahren.“

„Oder auch nicht.“

„Ach, komm, natürlich. Gib es zu. Du willst wissen, was mich furchtlos macht.“ Sie lehnte sich zu ihm. „Und was noch auf meiner Liste steht, willst du auch wissen.“

Natürlich wollte er das. Er war schließlich nicht tot.

„Im Büro liegst du nicht so oft falsch.“

„Aber wir sind nicht im Büro.“ Sie grinste. „Und dein Blick verrät mir, dass du herausfinden willst, wie ich ticke. Du möchtest mich analysieren und enträtseln, wie du es mit all diesen Zahlen tust, mit denen du tagtäglich spielst.“

„Ich spiele nicht. Ich arbeite.“

„Spielen würde vielleicht mehr Spaß machen.“ Sie verschränkte die Arme. „Also los. Frag mich.“

„Ist das eine Bitte? Oder ein Befehl?“

„Weder noch. Es geht um deine Neugier.“

„Was, wenn ich nicht neugierig bin?"

„Dann könnte es sich als spaßig erweisen, wenn du es mal lernst."

Nie zuvor hatte er so sehr das Gefühl gehabt, einen Abhang hinunterzugleiten, wie jetzt. „Wenn ich dich frage, gibst du dann Ruhe, damit ich mich darauf konzentrieren kann, uns sicher nach Vancouver zu bringen?"

„Vielleicht."

Du meine Güte.

Das wurde ja immer schlimmer. Es war wie die Einladung zu einer Party, auf die er eigentlich nicht gehen wollte. „Was lässt dich furchtlos sein?"

„Die Geschichte ist zu lang, um sie zu erzählen."

Das Lenkrad fest umklammert, riskierte er einen Seitenblick zu ihr. „Warum hast du das Thema denn angeschnitten?"

„Weil diese Fahrt dazu dienen soll, dass wir uns besser kennenlernen."

„Ich dachte, diese Fahrt sei die schnellere Variante, Vancouver zu erreichen, als auf einen Standby-Flug zu warten."

„Aber das klingt nicht nach Spaß. Mir gefällt meine Version besser."

Er hatte das Gefühl, jemand würde ihm einen Vorschlaghammer über den Kopf ziehen. „Brooke?"

„Ja, Dec?"

„Wäre ein Augenblick der Stille zu viel verlangt?"

„Ich fürchte, ja."

„Können wir dann nicht einfach Radio hören? Du darfst auch den Sender aussuchen."

„Wie wäre es, wenn wir Radio hören und reden?" Sie beugte sich vor und stellte einen Sender mit Country-Musik ein, wo Florida Georgia Line gerade einen Song schmetterte. „Ich bin erstaunlich gut im Multitasking."

Auf der Küstenstraße herrschte reger Verkehr, und Dec mühte sich, den Wagen zwischen all den Touristen hindurchzulenken. „Ich muss mich auf den Verkehr konzentrieren."

„Willst du damit sagen, dass du nicht sonderlich gut im Multitasking bist?"

„Das will ich damit überhaupt nicht sagen. Vielmehr möchte ich am liebsten gar nichts sagen."

„Also … kommen wir auf meine Liste zurück."

Kein Zweifel. Das würde der längste Trip seines Lebens werden. Es war keine Frage mehr, ob er am Ende der Reise noch bei Verstand sein würde.

„Warum nennst du mir nicht einfach die Highlights?"

„Es sind alles Highlights."

Gütiger Himmel. „Dann nenn mir die fünf Dinge, die an erster Stelle stehen."

Moochie krabbelte vom Rücksitz auf Brookes Schoß. Der Hund blickte sie bewundernd an, ehe er mit seiner langen rosa Zunge über ihr Kinn leckte.

„Die Top Five? Okay." Sie hob den Zeigefinger. „Ich möchte ein Faultier umarmen …"

„Halt, stopp." Er nahm den Blick von der Straße und schaute Brooke entgeistert an. „Hast du gerade Faultier gesagt? Meinst du wirklich das Tier?"

„Klingt das verrückt?" Sie neigte den Kopf, als verstünde sie seine Frage nicht.

„Ein wenig."

„Oh, ich finde die einfach so süß."

„Na schön, wenn du meinst. Weiter. Wenn es schon sein muss."

Ihr zweiter Finger schoss in die Höhe. „Ich möchte einmal das Polarlicht sehen. Auf einem Berggipfel unter dem Sternenhimmel schlafen. Den Blarney Stone in Irland küssen." Vier

Finger zappelten in der Luft herum, und nun kam auch noch der Daumen hinzu. „Und meine eigene Firma leiten."

„Na, das ist endlich mal was, was ich nachvollziehen kann."

„Aber das Allerwichtigste auf meiner Liste ist, dass ich die Liebe meines Lebens heiraten möchte."

Dec verdrängte das unschöne Bild von Brooke in den Armen eines gesichtslosen Mannes und ließ sich widerstrebend auf die Unterhaltung ein. „Was? Kein Sprung aus dem Flugzeug oder die Ersteigung des Mount Everest?"

Sie zog die Nase kraus. „Du hast gesagt, nur die fünf wichtigsten."

„Aus einem Flugzeug springen steht auf deiner Liste?"

Sie nickte. „Genauso wie Tauchen am Great Barrier Reef und der Kampf mit einem Alligator. Obwohl ... das macht mir eigentlich doch Angst, könnte sein, dass es wieder von der Liste gestrichen wird." Sie streichelte Moochie den Kopf und wurde dafür erneut am Kinn abgeschleckt. „Was ist mit dir? Hast du so eine Liste?"

„Nein."

„Warum nicht?"

Er zuckte mit den Schultern. „Hab nie drüber nachgedacht."

„Ernsthaft nicht?"

Er nickte.

„Na, dann wäre jetzt ein guter Zeitpunkt, damit anzufangen. Was wäre das Erste, was du auf die Liste schreiben würdest?"

Er konnte ihr wohl kaum erzählen, dass seine Nummer eins wäre, sie nackt auszuziehen und leidenschaftlichen Sex mit ihr zu haben. Daher nahm er etwas völlig Belangloses. „Vielleicht mich durch all die kleinen Pubs in Irland zu trinken." Die Vorstellung, sich bis zur Bewusstlosigkeit zu betrinken, klang im Augenblick ziemlich verlockend.

„Das ist doch ein toller Anfang. Ich könnte dir glatt dabei Gesellschaft leisten.“ Ihre Grübchen erschienen, als sie lachte. „Und dann könntest du mit mir kommen, um den Blarney Stone zu küssen.“

Als sie ihn so hoffnungsfroh und munter anschaute, geriet er fast in Versuchung, überall mit ihr hinzufahren. Aber einen alten Stein zu küssen erschien ihm doch vergeudete Zeit, die man lieber damit zubringen könnte, etwas, besser gesagt, jemand anderes zu küssen.

„Was noch?“, hakte sie nach.

Er überlegte einen Moment und wusste, dass es eigentlich nur eine Sache gab, die nichts mit ihr zu tun hatte. „Ich würde gern meinen Eltern zu Ehren dafür sorgen, dass unser Familienbetrieb wieder in die Spur kommt.“

„Das wirst du schon schaffen.“ Ihre Stimme wurde weicher, und er hörte echte Anteilnahme heraus. „Und ich bin sicher, dass deine Eltern bereits wussten, was für ein großartiger Sohn du bist.“

Oder auch nicht. Sein Vater hatte ihn nicht einmal um Rat gefragt, als er dringend Hilfe in Decs Fachgebiet gebraucht hatte.

Dec verzog das Gesicht.

Was seine Eltern anging, war im Grunde nichts mehr gewiss.

Sie kamen bis nach Santa Barbara, ehe Brooke Dec bat, kurz anzuhalten. Sie und Moochie brauchten beide eine Pinkelpause, und außerdem war es eine gute Gelegenheit für alle, sich die Beine zu vertreten. Brooke war noch nie so weit nördlich gewesen, aber die Landschaft war genauso atemberaubend, wie es in den Reisemagazinen immer aussah.

Und das schloss ihren gut aussehenden, wenn auch leicht grummeligen Fahrer ein, der wissen wollte, ob sie hungrig war.

Sie nickte, obwohl sie sich den Bauch mit einer kleinen Packung Weingummi vollgestopft hatte und noch immer im Zuckerrausch war.

„Vielleicht finden wir ja etwas mit einer Außenterrasse, damit dein Hund uns Gesellschaft leisten kann."

„Das hört sich gut an. Sie ist gern überall dabei. Wenn nicht, fängt sie an zu schmollen."

„Ernsthaft?"

„Ja."

„Die Welt ist voller Wunder."

Sie parkten, und nachdem sie kurz die Toiletten aufgesucht hatten, spazierten sie an einem hübschen Delfin-Brunnen vorbei in Richtung Hafendamm. Es war ein sonniger Tag, die Berge hinter ihnen ragten in den blauen Himmel, und die Mittagssonne strahlte über den grenzenlos erscheinenden Pazifik.

Brooke konnte es noch immer nicht glauben, dass sie etwas so Wunderschönes mit dem Mann teilen durfte, in den sie seit fast vier Jahren verliebt war. Sie mochte davon geträumt haben, aber dass es jetzt tatsächlich wahr wurde, weckte in ihr den Wunsch, ein paar Selfies als Beweisfotos zu machen. Hätte sie nicht das Gefühl gehabt, Dec für heute schon genügend aus der Reserve gelockt zu haben, hätte sie nicht eine Sekunde lang gezögert.

Auf halbem Weg zum Hafendamm blieben sie stehen, damit ein kleines Mädchen Moochie streicheln konnte. Natürlich erwiderte der Hund, der Kinder liebte, den Gefallen, indem er der Kleinen übers Kinn leckte. Das Mädchen kicherte, genau wie Brooke. Dec beobachtete das Intermezzo mit ausdrucksloser Miene aus einigen Schritten Entfernung.

„Magst du keine Kinder?", fragte Brooke, als sie weitergingen.

„Ich mag meine neunjährige Nichte. Und obwohl ich schon 16 war, als meine kleine Schwester geboren wurde, hatte ich viel Spaß mit ihr."

„Willst du selbst welche?", fragte sie.

„Eigene?" Er antwortete, als hätte sie ihn gefragt, ob er Sex mit Außerirdischen hätte.

„Ich schätze, das war ein Nein."

„Ist so wie mit der Liste. Ist mir noch nie in den Sinn gekommen."

„Glaubst du, du wärst ein guter Vater?"

„Keine Ahnung."

„Hm."

Er schob die Sonnenbrille ein Stück hinunter und sah Brooke über den Rand der dunklen Gläser an. „Erläutere ‚hm'."

„Na ja … normalerweise ist es doch so, dass Menschen aus großen Familien entweder selber große Familien gründen wollen oder genau das Gegenteil anstreben."

„Ich strebe gar nichts an. Weder Ehe noch Kinder."

„Niemals?"

Er zuckte mit diesen breiten Schultern.

Wie enttäuschend.

Fragend hob er eine Augenbraue. „Und du?"

Brooke biss sich auf die Zunge. Wenn sie diese Frage beantwortete, würde das unweigerlich zu weiteren Fragen nach ihrer Familie führen, und dafür war sie noch nicht bereit.

Vielleicht war sie es niemals.

Jahrelang war sie nach dem Glauben ihrer Eltern und auf den Grundlagen der Gemeinschaft, in der sie gelebt hatte, beurteilt worden. Es war kein Ort gewesen, an dem sie sich sicher und geliebt gefühlt hatte, und sie hatte nicht vor, je wieder dorthin zurückzukehren.

Seit sie geflohen war, hatte sie alles darangesetzt, das Thema zu meiden. Je weniger Menschen davon wussten, desto weniger Gelegenheit hatten sie, Kritik zu üben. Decs Meinung war ihr wichtig. Sie könnte es nicht ertragen, von ihm abgeurteilt zu werden. Obwohl sie ihm vertraute, wusste sie, dass manche Menschen nur die schmutzigen Details sahen. Die Situation, über die sie keine Kontrolle gehabt hatte, hatte einen dunklen Fleck in ihrem Leben hinterlassen. Und wie jeder wusste, konnte man derartige Spuren nur schwer ignorieren.

„Ich habe doch schon gesagt, dass ich die Liebe meines Lebens finden und heiraten möchte." Sie gewährte Moochie noch ein wenig mehr Auslauf.

„Und möchtest du gern Mutter werden?"

„Ich weiß nicht", antwortete sie ehrlich. Sie hatte in ihrer Mutter nicht gerade das beste Vorbild gehabt. Andererseits hatte sie mit ihrer Pflegemutter einen wahren Glücksgriff getan. Daher war sie hin- und hergerissen. „Ich werde mich mit dem Thema ernsthaft auseinandersetzen, wenn die Zeit gekommen ist. Ich mag Kinder. Jedenfalls, bis sie zu Teenagern werden. Dann machen sie mir Angst."

„Wem sagst du das."

Ein älteres Paar schlenderte Händchen haltend an ihnen vorbei. Die beiden lächelten auf diese besondere Weise, wie es zwei Menschen tun, die ihr Leben zusammen verbracht haben. Brooke verspürte einen Stich im Herzen. Sie wollte irgendwann genauso sein.

Dec bemerkte die beiden nicht einmal.

„Meine Schwester Nicole wurde mit jedem Jahr, das sie älter wurde, verrückter", erzählte Dec, ohne auf das Paar zu achten. „Leider ist es auch nicht besser geworden, seit sie 18 ist."

„Gib die Hoffnung nicht auf. Noch ist sie nicht aus dem Gröbsten raus."

„Kennst du dich damit aus? Mit schwierigen Teenagern?"

„Nee." Sie hatte viel zu viel Angst gehabt, dass man sie dorthin zurückschicken würde, wo sie hergekommen war, um

Schwierigkeiten zu machen. „Aber ein Engel war ich trotzdem nicht." Manchmal hatte sie die Grenzen doch ausgetestet, einfach nur um zu sehen, ob die Hastings sie nicht doch – entgegen ihrem Versprechen – abgeben würden. „Auch wenn ich mich normalerweise an die Regeln gehalten habe, die man mir auferlegt hat."

Als eine Möwe kreischend über sie hinwegschoss, erschrak Brooke und stieß mit Dec zusammen. Er hob schützend die Hand, um sie aufzufangen.

„Wie war das bei dir?" Sie versuchte, die Hitze zu ignorieren, die sich bei dieser unerwarteten Berührung schlagartig in ihrem Körper ausbreitete „Warst du ein schlimmer Junge?"

„Und wie." Offenbar hatte ihr kleiner Zusammenstoß ihn nicht im Geringsten tangiert.

„Wusste ich's doch."

Ohne zu antworten, blieb Dec vor einem Fischrestaurant mit überdachter Terrasse stehen.

Wie es schien, hatte ihr großer, dunkler und umwerfender Boss selbst ein paar Geheimnisse. Die sie alle noch zu erkunden gedachte.

„Wie wäre es hiermit?", fragte er.

„Sieht gut aus. Ich bin hungrig", erwiderte sie und wusste sehr wohl, dass er das Einzige war, was genauso gut schmecken würde, wie es aussah.

Er ließ sie die Treppe zum Restaurant vorausgehen.

Brooke wusste, es war eine Geste, die ihn als Gentleman auswies. Gleichzeitig hoffte sie insgeheim, er hätte ihr auch deshalb den Vortritt gelassen, weil er sie in Hotpants die Treppe raufgehen sehen wollte. Für den Fall der Fälle sollte er nicht enttäuscht werden.

„Wow." Sie schnappte nach Luft, als sie die Terrasse auf dem Dach erreicht hatten. „Tolle Aussicht."

„Ausgezeichnete Aussicht", erwiderte er und blickte dabei auf ihre Beine statt auf Berge und Meer.

Es war so ungewöhnlich, dass er von seinem professionellen Gebaren abwich und zum sexuellen Alpha-Männchen wurde, dass sie Hoffnung schöpfte.

Als er seinen Blick schließlich zu ihrem Gesicht hob und sich wieder unter Kontrolle hatte, fragte er: „Hungrig?"

„Du ahnst nicht, wie sehr."

Eine Kellnerin lud sie ein, sich einen Tisch auszusuchen, und versprach, gleich mit Speisekarten und Wasser bei ihnen zu sein. Nachdem Moochie einen niedlichen kleinen Tanz aufgeführt hatte, sagte sie zu, auch für den Hund einen Napf mit Wasser und vielleicht sogar ein Hundeleckerli zu besorgen.

Sie entschieden sich für einen Tisch unter einem Sonnenschirm mit Blick auf die im Wasser dümpelnden Boote und die Seelöwen, die um eine Boje herumschwammen.

„Hast du dich schon mal gefragt, wie es wäre, auf dem Meer zu leben?", wollte Brooke wissen.

„Übelkeit erregend?"

Sie lachte. Er mochte es nicht oft zeigen, aber der Mann besaß einen Sinn für trockenen Humor, den sie sehr erfrischend fand. „Wirst du seekrank?"

„Keine Ahnung." Einmal mehr zuckte er mit seinen breiten Schultern. „Ich war noch nie auf einem Boot. Abgesehen von dem verrotteten Kanu, mit dem meine Brüder und ich auf dem See gepaddelt sind, wenn wir die Sommerferien bei meinem Großvater verbracht haben."

„Da anscheinend keiner von euch ertrunken ist, hört sich das nach großem Spaß an." Sie schob ihre Sonnenbrille hoch. „Habt ihr auch gezeltet?"

„Na klar. Hätten ein- oder zweimal fast den Wald abgefackelt, als wir versucht haben, ein Lagerfeuer anzuzünden." Ein nostalgisches Lächeln umspielte seine Lippen. „Meistens taten wir, als wären wir die großen Abenteurer. Indiana Jones war nichts im Vergleich zu uns.“

„Ich würde zu gern wissen, wie du als Kind ausgesehen hast.“

„Nein, das möchtest du nicht wissen.“ Er schüttelte den Kopf. „Ich war groß und schlaksig, und es hat ewig gedauert, bis mein Gesicht endlich so mitgewachsen war, dass es zu meinen Vorderzähnen passte.“

„Nun, jetzt sind sie perfekt.“

„Zahnspange. Zwei Jahre lang mörderische Metall-Folter.“

„Es fällt mir schwer, mir dich mit dem Mund voll Metall vorzustellen.“

„Der Anblick wird dir wohl nicht erspart bleiben. Meine Mom hat überall im Haus Fotos aufgehängt. Im Flur gibt es eins von mir mit Zahnspange und neongrünen Gummibändern. Damals hielt ich das wohl für cool.“

Das war wahrscheinlich das persönlichste Detail, das sie je aus ihm herausbekommen hatte. Sicher, sie wusste, dass er einer von fünf Brüdern war und noch eine Schwester hatte, aber sie wusste nicht, in was für einer Art von Haushalt er aufgewachsen war. Hatten die Eltern ihre Kinder übermäßig behütet oder eher antiautoritär erzogen? Und was für ein Kind war er gewesen? Ein Unruhestifter? Liebling der Lehrer? Klassenclown? Sie konnte ihn sich als das Erste und Zweite vorstellen, aber nicht als Klassenclown. Als Erwachsener war er viel zu angespannt, als dass er der witzigste Junge der Klasse gewesen sein könnte.

Vielleicht würde ihm die Distanz zum Büro und zur Hektik in der Großstadt guttun. Er wirkte jetzt schon gelassener. Jedenfalls für einen ewig angespannten, immer professionell agierenden Geschäftsmann, der hohe Ansprüche stellte und ständig unter Leistungsdruck zu stehen schien.

„Hast du damals auch schon Anzüge und Krawatten getragen?“, fragte sie grinsend.

„Nee. Damals bekam man mich nicht aus meiner Jeans oder dem Baseball-Trikot.“

„Du hast Baseball gespielt?“ Wieso überraschte sie das eigentlich? Es war ja nicht so, dass er im Giorgio-Armani-Anzug und mit Master-Abschluss in der Hand auf der Erde aufgetaucht wäre.

Er nippte an seinem Eiswasser und nickte. „Hat mir ein Vollstipendium an der Uni in San Diego eingebracht. Dann habe ich mich schnell entschieden, in Kalifornien zu bleiben.“

„Aha. Das heißt, du warst ein Aztec.“

„War ich. Aber ich habe nur eine Saison gespielt.“

„Verletzung?“

Er schüttelte den Kopf. „Mein Bruder Jordan war zu dem Zeitpunkt bereits Eishockeyprofi. Alle wussten, dass er ein Sport-Ass war und weit kommen würde. Da entschied ich mich, für meine eigene Karriere lieber auf Köpfchen zu setzen.“

„Also gibt es zwischen euch beiden nicht diese spezielle Verbundenheit, die Zwillinge oft haben?“

„Mein Zwillingsbruder und ich sind totale Gegensätze. Vor allem jetzt, da er bald heiraten wird.“

Brooke hatte Declans Zwillingsbruder bereits kennengelernt und musste zugeben, dass sie sich wirklich nicht ähnelten. Jordan Kincade war eine typische Sportskanone und obendrein ein Playboy, der die Titelseiten der Klatschpresse zierte, jedes Mal mit einer anderen Frau am Arm.

Aber wenn ein Spieler wie Jordan von der Liebe gezähmt worden war, wer sagte dann, dass Dec nicht der Nächste sein konnte?

Vor der Verlobung seines Zwillingsbruders hatte Dec nicht viel übers Heiraten nachgedacht. Genauer gesagt, hatte er überhaupt keinen Gedanken daran verschwendet. Warum sollte er auch nur darüber nachdenken, sich an einen Menschen zu binden, wenn er sich schon ganz seiner Karriere verschrieben hatte? Das wäre keiner Frau gegenüber fair gewesen. Schon gar nicht, wenn sie ihm viel bedeuten würde. Seit seine Eltern gestorben waren, hatten sich Decs Ansichten etwas gewandelt. Sie hatten sich verzogen wie eine alte Schallplatte in der Sonne. Seine Mom und sein Dad waren 35 Jahre lang verheiratet gewesen. Sie waren großartige Eltern gewesen und hatten eine wunderbare, harmonische Ehe geführt.

Jedenfalls hatten er und seine Geschwister das immer geglaubt.

Inzwischen war die Fassade gebröckelt, und es gab mehr Fragen als Antworten, daher fragte Dec sich, warum man sich den Stress machte, zu heiraten. Seiner Meinung nach war eine kurze, leidenschaftliche Beziehung besser, als Zeit in jemanden zu investieren, der vielleicht gar nicht an einer langfristigen Geschichte interessiert war.

Wobei er nicht vorhatte, sich in absehbarer Zeit in irgendeine Art von Beziehung zu stürzen – sei sie nun kurz oder lang.

In diesem Moment erschien die Kellnerin mit dem Wassernapf für Moochie und fragte, was sie essen wollten. Brooke bestellte die Krabbenküchlein nach Maryland-Art und eine Pepsi light.

Als er an der Reihe war, sagte er: „Ich nehme den kurz gebratenen Thunfisch. Und einen Kaffee. Schwarz."

Brooke sah ihn mit einem merkwürdigen Gesichtsausdruck an. Nicht belustigt, sondern eher, als überlege sie, was zum Teufel er sich dachte.

„Was ist?", fragte er. Beunruhigt, was sie in ihrem hübschen, aber leider auch ziemlich abgedrehten Köpfchen schon wieder ausbrütete.

„Macht es dir was aus, wenn ich doch etwas anderes bestelle?", fragte sie und zog komisch die Nase kraus, was ein bisschen so aussah, als hätte sie ein schlechtes Gewissen.

„Nur zu."

„Streichen Sie beide Bestellungen", sagte sie zur Kellnerin.

„Hey, warte mal ..."

Sie hob einen Finger. „Könnten Sie uns stattdessen bitte die Triple Trouble Tacos bringen? Ist Ihre Salsa scharf oder mild?"

„Wir haben beides", antwortete die Kellnerin und blickte immer wieder zu Dec. „Die scharfe Salsa ist mit Habanero. Wir haben da eine spezielle Salsa mit extra scharfen Chilis und ..."

„Nein." Dec beendete den Unsinn, ehe es noch schlimmer wurde. Er war nicht bereit, einen Großbrand in seinem Mund zu riskieren, der seine sämtlichen Geschmacksnerven abtöten würde. Die konnte er vielleicht noch für etwas Köstlicheres gebrauchen. Etwas, was nichts mit Essen zu tun hatte.

„Keine extra scharfen Chilis." Brooke grinste. Ihr war bewusst, dass sie ihn schon genug in die Enge getrieben hatte – kulinarisch gesehen. „Und wenn Sie das Ganze dann noch einfach auf einer großen Platte servieren und uns jedem einen kleinen Teller bringen könnten, wäre das großartig."

Seit Ethan als Teenager die Popcorn-Schale, die er sich mit Parker geteilt hatte, ausgeleckt hatte, weil er wegen irgendetwas sauer gewesen war, widerstrebte es Dec, mit jemandem vom selben Teller zu essen.

„Und statt der Pepsi und dem Kaffee bringen Sie uns bitte ...", ihr Finger wanderte über die Getränkekarte und stoppte dann, „... einen Shipwreck und einen Voodoo Crush."

„Kommt sofort."

Als die Kellnerin den Tisch verlassen hatte, umspielte ein leicht durchtriebenes Lächeln Brookes sinnliche Lippen.

„Ich will gar nicht erst wissen, was in diesen Drinks drin ist", sagte er. „Aber dir ist schon klar, dass wir nachher noch Auto fahren müssen?“

„Uns steht all das da zur Verfügung …“ Sie machte eine ausladende Handbewegung zum langen Strand, der sich direkt hinter der Hafenmauer erstreckte. „Um es uns vorher abzulaufen.“

Ihre Frechheit weckte in ihm den Wunsch zu lächeln. Entspannt lehnte er sich zurück. „Das war ganz schön dreist, einfach meine Bestellung zu ändern, Ms. Hastings.“

Die Sonne ließ ihre weichen Locken wie gesponnenes Gold aussehen. Es gefiel ihm, dass Brooke ungeschminkt war, aber vor allem gefiel ihm, dass sie keine Maske brauchte, um selbstsicher aufzutreten. Nicht dass er vorhatte, je mit ihr auszugehen, aber er war schon mit vielen Frauen unterwegs gewesen, die das Haus erst verließen, wenn sie Kriegsbemalung aufgetragen hatten und jedes einzelne Haar perfekt saß.

Ihm nahmen all diese Vorbereitungen die Möglichkeit, sich spontan zu verabreden. Und bei seinem vollen Terminplan war dies häufig das Einzige, was er zustande brachte – eine Einladung in letzter Minute. Brooke war von Natur aus schon so sexy, dass sie all das Zeug gar nicht brauchte. Und heute hatte sie bewiesen, dass sie wirklich spontan sein konnte. Beeindruckend.

„Auf wie vielen gemeinsamen Geschäftsessen waren wir schon, Mr. Kincade?“

Er zuckte mit den Schultern. „Zu viele, um sie zählen zu können.“

„Bingo.“ Sie zeigte mit dem Finger auf ihn. „Und weißt du auch, was du fast immer bestellst, egal ob mittags oder abends?“

„Nein.“

„Kurz gebratenen Thunfisch.“

„Und wo liegt das Problem?“

„Das ist so langweilig.“

„Ich mag Thunfisch."

„Schön für dich. Aber warum erweiterst du deinen Horizont nicht mal? Tagaus, tagein immer dasselbe zu essen ist so, als käme beim Sex nur die Missionarsstellung infrage."

Musste sie diesen Vergleich bringen? Seine Fantasie brauchte nun wirklich keinen zusätzlichen Schubs in diese Richtung.

„Sei offen für Veränderungen." Sie hob die Hände in die Luft, als wollte sie gleich losfliegen. „Sei mutig. Riskiere mal was."

Verdammt, sie war echt so was von lebendig. Wie zum Teufel wurde man so?

„Ich bin eigentlich ganz zufrieden mit allem."

„Wirklich?" Sie beugte sich über den Tisch, und Decs Aufmerksamkeit wurde plötzlich einzig und allein von dem weißen Stoff ihres Tanktops in Anspruch genommen, der sich über ihre Brust spannte.

Er antwortete nicht.

Konnte einfach nicht.

Er war zu … abgelenkt.

„Du weißt doch, was man sagt: Arbeit allein macht nicht glücklich."

„Willst du damit sagen, dass sich mein Leben ändern wird, nur weil ich heute Tacos esse?"

„Wenn du aus deinem alltäglichen Trott ausbrichst und etwas wagst, verändert sich etwas, ja. Sobald du eine Tür geöffnet hast, kann alles Mögliche passieren. Bist du denn gar nicht neugierig?"

Die Kellnerin unterbrach ihr Gespräch, als sie einen großen Teller mit dampfenden Soft-Tacos, Schüsseln mit Salsa und Sour Cream sowie zwei riesige Cocktailgläser mit Ananasscheiben und Cocktailkirschen, verziert mit pinkfarbenen Schirmchen, auf den Tisch stellte.

Oh nein! Niemals!

Er würde auf keinen Fall etwas trinken, was ihm den sofortigen Rauswurf aus dem Club echter Männer garantierte. Doch als Brooke die Kirsche von ihrem Cocktail pickte, sie kurz in der Luft balancierte, ehe sie sie mit der Zunge auffing, kam ihm ein anderer Gedanke. Und als sie auch noch den knallrosa Strohhalm zwischen die Lippen nahm und den orangefarbenen schaumigen Drink in den Mund sog, wurde ihm klar, dass er alles, aber auch alles mitmachen würde, solange er ihr dabei zuschauen konnte, wie sie *das* hier machte.

Er musste eine Weile blinzeln, ehe seine grauen Zellen wieder funktionierten. „Nein."

„Nein was?"

„Ich bin nicht neugierig."

„Oh, komm schon. Spiel mit."

Anscheinend mochte sie das Wort spielen, so oft, wie sie es benutzte.

Noch einmal sog sie am Strohhalm, ehe sie ihn mit einem schelmischen Grinsen ansah. „Wenn du dir ein paar Dinge für deine Liste überlegen würdest, könntest du anfangen, sie in die Tat umzusetzen. Stell dir vor, wie viel Spaß du dabei haben könntest."

„Wie wäre es, wenn wir einfach bei deiner Liste bleiben?"

Sie zog sich einen Lachs-Taco auf den Teller, löffelte sich Salsa darauf und biss zu. Mit geschlossenen Augen seufzte sie zufrieden auf. Dec war es schleierhaft, wie jemand, der einfach nur von einer Tortilla abbiss, so sinnlich aussehen konnte; aber bei Brooke wirkte es so.

„Das ist köstlich." Sie wedelte mit dem Taco. „Du bist dran."

„Weichen Sie aus, Ms. Hastings?" Er nahm sich einen Hummer-Taco, biss ab und hätte auch fast gestöhnt, als der butterige Geschmack sich auf seiner Zunge ausbreitete. Als Brooke den nächsten Bissen nahm, wurde ihm langsam klar, wie sexy das Spiel mit dem Essen tatsächlich sein konnte.

Vor allem, als sie auch noch begann, sich die Finger abzulecken.

„Das Dilemma ist“, meinte Brooke, nachdem sie wieder an ihrem Cocktail genippt hatte, „dass ich bereits eine Liste habe. Was bedeutet, dass ich mich mit dem Thema schon reichlich beschäftigt habe. Ich bin viel mehr an dir und deiner Liste interessiert.“

„Ich bin ziemlich uninteressant“, beharrte er.

„Ach ja?“ Zweifelnd und herausfordernd hob sie eine schmale Augenbraue.

„Kommt drauf an, wen du fragst.“

„Ich frage dich.“ Sie biss erneut vom Taco ab, und genauso, wie er atmen musste, musste er zuschauen, wie sich Brookes Lippen um die Tortilla schlossen.

„Mein Leben besteht fast nur aus Routine“, merkte er an.

„Möchtest du wissen, was ich denke?“ Mit dem Taco in der Hand neigte sie den Kopf zur Seite und betrachtete Dec wie ein Rätsel, das es zu entschlüsseln galt.

„Ich vermute mal, ich werde es gleich erfahren.“

Sie riss ein Stück Taco mit den Zähnen ab und musterte kauend sein Gesicht. Schließlich grinste sie. „Ich glaube, du hast Angst, Spaß zu haben.“

„Ich habe vor gar nichts Angst.“ Er sah sie empört an.

„Außer davor, Spaß zu haben.“

„Wieso sagst du das ständig?“ Würde sein scharfer Tonfall sie aufhalten?

Nein.

„Weil du, wenn du dich selbst beschreibst, Worte wie uninteressant, Routine und beschäftigt benutzt.“

„Angst hat damit nichts zu tun. So sehe ich mich nun einmal.“

„Und ich sehe dich als scharfsinnigen, intelligenten, gewissenhaften, sturen Mann. Als einen Familienmenschen, der gern anderen hilft und …" Sie hielt kurz inne, während ihr Blick über sein Gesicht wanderte und schließlich bei seinem Mund verharrte.

Himmel. Der Blick war so heiß, dass Dec am liebsten jeden einzelnen guten Vorsatz, den er ihretwegen gefasst hatte, über Bord geworfen hätte.

„Und?"

„Und …" Ihre vollen, sinnlichen Lippen formten sich zu einem Lächeln. „Und ein Angsthase ist."

„Angsthase?"

„Ja. Ich muss mich gerade sehr beherrschen, um nicht dir zu Ehren lange Ohren zu machen."

„Brooke?" Während er sich vorbeugte, um seinen Worten mehr Gewicht zu verleihen, fiel es ihm schwer, ihr Lachen nicht zu erwidern. Die Vorstellung war absurd, aber er nahm an, dass sie das wusste. „Ich bin kein Angsthase."

„Behauptet der Mann, der sich nicht mal traut, etwas auf eine Löffel-Liste zu schreiben."

„Na schön. Wenn du dieses … Spielchen spielen willst, dann mache ich mit. Aber da du den Mund so voll nimmst, fängst du an und verrätst mir mehr von deiner Liste."

Mehr über Brooke zu erfahren war durchaus etwas, womit er den ganzen Tag zubringen könnte. Und dabei ging es nicht nur um ihre Antworten, sondern auch um die Art und Weise, wie sie reagierte. Sie besaß mehr Leidenschaft in ihrem kleinen Finger als die meisten Menschen im gesamten Körper. Und als ein Mann, der sich verbotenerweise zu ihr hingezogen fühlte, würde er gern herausfinden, wie weit diese Leidenschaft reichte.

„Dann musst du nachher aber auch die Karten auf den Tisch legen. Kein Ausweichen mehr." Sie streckte die Hand über den Tisch. „Abgemacht?"

„Abgemacht." Sie schüttelten sich die Hände, und Dec musste sich sehr bemühen, ihre wieder loszulassen.

„Okay, lass mal sehen." Tief in Gedanken blickte sie gen Himmel, bevor sie die schokobraunen Augen wieder auf ihn richtete. „Ich würde mir gern Hobbiton anschauen."

„Und was, bitte schön, ist Hobbiton?"

„Du bist wohl kein Fan von Bilbo, Gandalf und Gollum."

„Von wem?" Sein Bruder Ethan war Fan der Bücher, daher wusste er vage, um wen es sich handelte. Aber Brooke zu ärgern, indem er sich dumm stellte, machte viel mehr Spaß.

Sie seufzte. „In Hobbiton ist ‚Herr der Ringe' gedreht worden. Abgesehen von Disneyland ist es der coolste Ort überhaupt."

„Ich muss gestehen, ich bin kein großer Leser." Weil es so verdammt lange gedauert hatte, es zu lernen. „Die Filme hab ich auch nicht gesehen. Und in Disneyland war ich noch nie."

„Das ist unverzeihlich für jemanden, der in Südkalifornien wohnt", meinte sie empört. „Magst du fantasievolle Dinge nicht?"

„Kommt drauf an, wovon wir hier reden."

„Hm, ich glaube, das Thema sollten wir besser bei einem Glas Wein diskutieren." Sie lachte leise, ehe sie wieder ernst wurde. „Als Kind durfte ich nichts anderes als Schullektüre und religiöse Bücher lesen. Als ich dann endlich Romane entdeckte, habe ich sämtliche Klassiker verschlungen. Noch immer lese ich lieber, als dass ich Fernsehen schaue."

Er konnte sich lebhaft vorstellen, wie sie im Pyjama in einem gemütlichen Sessel vor dem Kamin saß, die Locken auf dem Kopf hochgebunden, vertieft in das Buch in ihrer Hand.

„Ich hab mir als Kind gern vorlesen lassen", gab er zu. Denn das war so viel entspannter gewesen, als seine Versuche, Buchstaben zu Wörtern und Sätzen zusammenzufügen und das Ganze dann auch noch zu verstehen. „Im Sommer hat mein Großvater uns Geschichten wie *Die Schatzinsel* und *Die Abenteuer von Tom Sawyer* vorgelesen. Anschließend sind meine Brüder und ich dann losgezogen und haben so getan, als wären wir Forscher und Abenteurer. Meist hat das zu einem gebrochenen Handgelenk, einem schrecklichen Sonnenbrand oder heftigem Hautausschlag von irgendeinem giftigen Efeu geführt."

Brooke lachte. „Da ihr fünf im Alter nicht weit auseinander seid, hattet ihr bestimmt viel Spaß zusammen."

„Definitiv."

„Okay, Schluss jetzt mit den Ausweichmanövern." Sie zeigte mit einem Tortilla-Chip auf ihn. „Du bist dran. Was würdest du als Erstes auf deine Liste schreiben?"

Er war nie ein Träumer gewesen. Wenn er mal Zeit hatte, nutzte er sie, um zu planen, sich auf irgendetwas vorzubereiten und dafür zu sorgen, dass die Dinge vorangingen. Er blickte hinaus auf die Wellen, die an den Strand schwappten, und äußerte das Erste, was ihm in den Sinn kam.

„Im Mondschein im Meer schwimmen."

„Keine Angst vor Haien. Okay."

„Nur vor denen in den Konferenzsälen."

Sie funkelte ihn vergnügt an. „Mit oder ohne Badehose?"

„Im Konferenzsaal? Wow, du bist ja wirklich abenteuerlustig."

„Im Meer."

„Kommt drauf an."

„Ah, jetzt kommen wir der Sache schon näher." Sie nippte an ihrem Glas und betrachtete Dec über den Rand hinweg. „Und bevor du auf die Idee kommst, ich würde keine Grenzen kennen, lass mich dir sagen, dass dem nicht so ist."

„Und wo wären deine Grenzen?"

„Ich versuche, nicht im Gefängnis zu landen. Oder mir das Herz brechen zu lassen."

Auch wenn sie es nicht sagte, hörte er ein *wieder* heraus.

Sofort verkrampfte sich sein Magen. „Wer hat dir das Herz gebrochen?"

Kaum wahrnehmbar hob sie die Schultern. „Jemand, der behauptet hat, mich zu lieben, aber gelogen hat."

„Das sind keine Worte, die man leichtfertig äußert", sagte er. Gern hätte er Namen und Adresse des Mistkerls erfahren und ihm einen Besuch abgestattet.

„Wohl wahr." Sie nahm den Strohhalm zwischen die Lippen und trank ihr Glas leer. „Und genau deshalb habe ich sie auch noch nie zu jemandem gesagt."

„Aber vorhin hast du doch erzählt, die Liebe deines Lebens zu heiraten stünde ganz oben auf deiner Liste."

„Weil ich irgendwann hoffentlich mutig genug bin, diese drei kleinen Worte zu einem besonderen Menschen zu sagen." Sie warf ihm ein zurückhaltendes Lächeln zu. „Es ist nicht so, dass ich nicht an sie glaube. Aber ich werde erst einmal wirklich an diesen Menschen glauben müssen, der sie dann hoffentlich erwidert."

Der Typ, der ihr das Herz gebrochen hatte, musste ein Idiot gewesen sein. Brooke war etwas ganz Besonderes. Die Art von Frau, die einen Mann dazu bringen konnte, sich zurück auf den Pfad der Tugend zu begeben.

Wenn das möglich war.

Nach dem Essen war Dec ein paar Schritte hinunter zum Hafendamm gegangen, als er bemerkte, dass Brooke und ihr kleiner Hund nicht mehr zu sehen waren. Während seine innere Uhr ihm sagte, dass es an der Zeit war, wieder ins Auto zu steigen, gab Brookes innere Uhr anscheinend einen ganz anderen Takt vor.

Er entdeckte sie vor einem kleinen pinkfarbenen Laden namens Fantasy Island, wo sie die Nase gegen das Schaufenster gedrückt hatte.

„Wir müssen weiterfahren."

„Ja, was du nicht sagst. Aber vorher müssen wir uns noch den Schuss Rum ablaufen." Sie schaute ihn an. Das Gold in ihren Augen funkelte in der Sonne. „Gib es zu, du willst doch eigentlich auch wissen, was sich in diesem Laden verbirgt."

Langsam ließ er den Blick nach links schweifen, wo das Meer gegen die Hafenmauer brandete.

„Oh, mein Gott." Sie stemmte die Fäuste in die Hüften. „Du hast keinen Gedanken daran verschwendet, stimmt's?"

„Stimmt."

„Ich glaube, ich muss dich völlig neu programmieren."

„Es wird Zeit, dass wir weiterkommen", beharrte er.

„Quatsch." Sie hob Moochie auf den Arm. „Wir gehen rein."

Angesichts des kitschigen Zeugs im Schaufenster konnte er sich nicht vorstellen, dass diese Version einer Fantasie-Insel nach seinem Geschmack war.

„Ich nicht."

„Dann bleib halt draußen und schmore in der Sonne. Ich gehe rein."

Sie verschwand hinter der Glastür, und schon überkam ihn doch Neugier, und er folgte ihr. Überraschenderweise hatte der Laden drinnen mehr zu bieten, als Dec vermutet hatte. Eine Seite war offensichtlich den kleinen Mädchen vorbehalten. Dort gab es Tutus und Zauberstäbe, Märchenschlösser und Kronen. Auf der Seite mit den Sachen für große Mädchen, da, wo Brooke stand, waren Kleider und Schmuck ausgestellt, Parfüm und Dessous in Form von Kostümen. Ausgesprochen verführerische, zum Teil wirklich winzige Kostüme, die die Träume jeden Mannes beflügeln würden.

Obwohl er Dessous für Frauen durchaus zu schätzen wusste, riss er seinen Blick widerstrebend von der Seide und den Spitzen los. Vor allem, als Brooke mitten zwischen die Sachen trat. Bevor seine Fantasie überzuschäumen begann, floh er zur sichersten Ecke im Laden.

„Haben Sie schon etwas entdeckt, was Ihnen gefällt?", fragte die Frau hinter dem Verkaufstresen, als er in eine Glasvitrine schaute. Instinktiv hob er den Kopf und schaute hinüber zu Brooke, die gerade ein rosafarbenes, sehr leichtes, sehr kurzes und sehr durchsichtiges Teil hochhielt.

„Ja", sagte er, ohne zu zögern. „Habe ich."

Die Frau folgte seinem Blick und lächelte. „Suchen Sie ein Geschenk für sie?"

Eigentlich nicht.

Aber als er wieder in die Vitrine schaute, entdeckte er ein silbernes Bettelarmband mit zwei Anhängern. Daneben lagen weitere, ganz unterschiedliche Anhänger. Er zeigte auf einen. „Können Sie den zu dem Armband hinzufügen?"

„Natürlich." Die Frau hob den Schmuck aus der Vitrine. „Das passt gut zu ihr."

Kurz zögerte er, ein so persönliches Geschenk zu kaufen, und drehte sich erneut zu seiner Assistentin herum.

Brooke aus dem Büro war wunderbar. Aber die Freizeit-Reise-Brooke gefiel ihm noch viel besser.

Sein Schicksal schien besiegelt. Es blieb ihm nichts anderes übrig, als seine Kreditkarte zu zücken.

Nachdem sie den Prinzessinnenladen verlassen hatten, steckte Brooke sich ihre neu erstandene Feenkrone mit den glitzernden rosa Bändchen auf den Kopf. Dann setzte sie Moochie auf den Boden, damit sie neben ihnen hertrotten konnte. Der Hund hatte jedoch andere Vorstellungen. Sofort stemmte er die Vorderpfoten gegen Decs Bein und sah ihn voller Bewunderung an, während er ein niedliches Jaulen ausstieß und einen kleinen Stepptanz auf den Hinterpfoten hinlegte.

„Was soll das denn jetzt bedeuten?"

„Das bedeutet, dass du sie hochnehmen und tragen sollst. Ich glaube, sie hat sich in dich verguckt."

„Wie soll das denn gehen?"

Brooke lachte über seine verwirrte Miene. „Sie ist ein Weibchen. Vermutlich bist du ziemlich gut darin, die Damen zu bezirzen." Egal, wie genervt und missmutig er sich gab, er konnte auch sie jederzeit um den Finger wickeln. Wenn er es jetzt sofort versuchen würde, hätte sie nicht das Geringste dagegen.

„Aber keine mit Fell."

„Es gibt immer ein erstes Mal. Keine Sorge", sagte sie. „Sie kann laufen. Tut ihr bestimmt ganz gut."

Moochie stieß erneut ein mitleiderregendes Jaulen aus und hüpfte weiter auf und ab.

„Meine Güte." Er schnappte sich den Hund und schmiegte ihn an seine Brust. „Tut mir leid. Dem Hundeblick konnte ich nicht widerstehen."

Brooke hätte schwören können, dass sie ihren Hund seufzen hörte. Und das war noch bevor Moochie mit einem selbstgefälligen *Ha, ich wusste es doch*-Blick zu ihr hinüberschaute.

„Weichei."

Schon an jedem normalen Tag war Dec eine Augenweide. Aber heute, mit dem blauen T-Shirt, das seine Muskeln so vorteilhaft betonte, mit der Sonne, die sein fast schwarzes Haar glänzen ließ, der Sonnenbrille in dem markanten Gesicht und dem niedlichen Hündchen auf dem Arm, raubte er ihr im wahrsten Sinne des Wortes den Atem.

Und offensichtlich war sie nicht die Einzige, der es so ging.

Ohne mitzubekommen, dass sämtliche Frauen, die an ihnen vorbeigingen, ihn mit Blicken geradezu verschlangen, schlenderte er mit ihr bis zum Ende des Hafendamms.

„Schau mal." Sie deutete auf ein Gebäude. „Eine Weinverkostung. Wollen wir?"

„Wir müssen uns wieder auf den Weg machen."

Genau diese Antwort hatte sie erwartet. Es würde nicht einfach werden, Dec aus seiner Komfortzone herauszulocken, in der das Motto galt ‚nur die Arbeit, kein Vergnügen'. Pech für ihn, dass sie noch ein paar Trümpfe im Ärmel hatte und ziemlich entschlossen war.

„Oh, komm schon." Sie marschierte auf das rustikale Gebäude zu, das einem Segelboot nachempfunden war. „Mach dich mal ein bisschen locker. Es ist ein herrlicher Tag. Die Straße läuft uns nicht weg. Und deine Familie erwartet nicht, dass du in halsbrecherischem Tempo angereist kommst. Falls sie doch sauer sein sollten, nehme ich alle Schuld auf mich. Das bin ich gewöhnt."

Die Glut seines Blickes war sogar durch die Sonnenbrille hindurch zu spüren.

„Was soll das heißen, das bist du gewöhnt?"

„Du glaubst doch wohl nicht, dass deine Klienten immer gut auf dich zu sprechen sind, oder?" Sie zuckte mit den Schultern. „Ich bin der Puffer zwischen ihnen und dir. Wenn sie ein Problem haben, schreien sie mich an. Wenn du dann mit ihnen sprichst, haben sie sich abgeregt, und du kannst den heldenhaften Prinz Charming der Finanzwelt spielen."

„So was sollst du nicht machen! Das ist reinste Schikane. Das kann die Firma nicht gutheißen."

„Entspann dich, Cowboy. Es ist keine große Sache. Ich komme schon damit klar."

„Es ist inakzeptabel. Wie oft musst du mir auf diese Weise den Arsch retten?"

„Fast täglich." Sie drängte ihn in den Verkostungsraum. „So, jetzt lass uns den leckeren Wein probieren."

„Ich muss fahren. Kein Wein für mich."

„Pech gehabt. Dann gibt's mehr für mich."

„Diesmal nicht." Er machte auf dem Absatz kehrt und ging zurück in Richtung Parkplatz, ihren Hund noch immer auf dem Arm.

Brooke seufzte. Sie dachte, sie hätte ihn so weit gehabt. Wäre sie bloß nicht mit ihrem kleinen Geheimnis herausgeplatzt! Anscheinend hatte er keine Ahnung, wie häufig er jemandem auf die Zehen trat und wie oft sie die Wogen wieder glätten musste.

Tja, jetzt wusste er es.

Die Zeit würde zeigen, wie weit sie das zurückwarf.

3. Kapitel

Der Sonnenuntergang ließ den Himmel am Horizont orange und golden leuchten, ehe die samtene Schwärze der Nacht sich über alles legte. Die Küstenstraße wurde nur von dem fast vollen Mond erleuchtet, der über dem Pazifik glitzerte.

Inzwischen war die Abendessenszeit längst vorbei, und Dec hatte sich mit Nüssen über Wasser gehalten, bis ihm fast schlecht wurde. Er brauchte etwas Richtiges zu essen. Und ein Becher Kaffee würde auch nicht schaden. So langsam setzten ihm die Stunden hinter dem Lenkrad doch zu. Und das war noch harmlos im Vergleich zu dem Stress, den ganzen Tag auf engem Raum mit seiner atemberaubenden Assistentin zusammenzuhocken.

Ihr zuzuhören war unterhaltsam und aufschlussreich, aber ihren süßen Duft einzuatmen und ständig diese gebräunte Haut vor Augen zu haben, die unter Tanktop und Shorts hervorlugte, war die reinste Folter.

Als sie jetzt in ein hübsches kleines Küstenstädtchen fuhren, entschied er, dass er unbedingt eine Pause brauchte, ehe er etwas tat, was er hinterher bestimmt bereuen würde.

„Wie wär's, wenn wir hier was essen?"

„Ich wäre dafür, dass wir uns ein Hotel zum Übernachten suchen." Brooke zog ihren kleinen Hund näher an die Brust und tätschelte ihn liebevoll. „Du siehst erschöpft aus."

„Ich fasse das mal nicht als Beleidigung auf."

„Gut. War auch nicht so gemeint. Du fährst jetzt schon seit …" Sie linste auf die Uhr am Armaturenbrett. „Acht Stunden. Also, entweder übernehme ich jetzt das Steuer, oder wir bleiben hier. Ich bin sicher, deine Familie möchte, dass du ausgeruht und in einem Stück bei ihnen ankommst."

„Ich kann noch weiterfahren", entgegnete er. Es war ungewohnt für ihn, dass sich jemand um sein Wohlergehen sorgte, der nicht zur Familie gehörte. „Ich brauche nur etwas zu essen und Koffein."

„Dann könnten wir ja an einer Tankstelle anhalten, damit du dich mit ein paar Dosen Red Bull und einer Tüte Chips eindecken kannst."

„Keine gute Idee."

„Genauso wenig wie deine, noch weiterzufahren, obwohl du müde bist." Sie blickte durch die Windschutzscheibe und deutete auf ein kleines Häuschen, über dem „Touristeninformation" stand. „Wie wäre es, wenn du dort fragst, wo wir ein gutes Restaurant finden, und dann reden wir weiter?"

„Darüber brauchen wir nicht zu reden. Aber ich halte an und frage nach einem Restaurant."

Nach einigen Minuten kam Dec mit den Händen voller Broschüren, die er weder wollte noch brauchte, zurück zum Wagen. Die ältere Dame im Touristenbüro war so nett und beharrlich gewesen, dass er es nicht übers Herz gebracht hatte, die Prospekte abzulehnen. „Einige Meilen weiter gibt es ein paar Restaurants", erzählte er Brooke.

„Ich habe uns schon was reserviert." Brooke wedelte mit ihrem Handy herum.

„Ist das dein Ernst?", fragte er, obwohl es ihn eigentlich nicht überraschte. Im Büro hatte Brooke stets alles unter Kontrolle und die meisten Dinge schon erledigt, ehe er überhaupt wusste, dass er sie brauchte.

„Zweifelst du etwa an meinen Qualitäten als Assistentin?", fragte sie grinsend, wohl wissend, dass sie eine der Besten ihres Fachs war.

„Das würde ich niemals wagen."

„Gut. Ich kann so was nämlich wirklich. Schließlich kümmere ich mich seit Jahren um jedes Detail deiner Geschäftsreisen. Ich kenne sämtliche Geheimtipps im Web, um das zu finden, was du willst."

Was er wollte, war, aus diesem verdammten Auto herauszukommen, bevor er schwach wurde, Brooke in die Arme zog und genussvoll und ausgiebig küsste.

Die hübsche, von Bäumen gesäumte Straße, die zu ihrem Ziel führte, war gesprenkelt mit Strandhäusern, üppig blühenden lila Blumen und einzelnen, süßlich duftenden Jasminbüschen.

Während Dec den Anweisungen des Navis lauschte, spürte Brooke der Aufregung in ihrem Inneren nach.

Sie hatte Dec nur die halbe Wahrheit gesagt und keine Ahnung, wohin das führen würde. Entweder war er zu müde, um mit ihr zu streiten, oder er würde ausflippen. Da er schon seit Tagen komischer Stimmung war, würde sie sich davon nicht im Geringsten einschüchtern lassen.

Selbst wenn das vielleicht klüger wäre.

Als die Stimme des Navis verkündete, dass sie ihr Ziel erreicht hatten, lehnte Dec sich nach vorne und starrte missmutig durch die Windschutzscheibe. „Das sieht überhaupt nicht nach Restaurant aus."

„Es ist auch keins." Brooke zog Moochie noch enger an sich. „Es ist eine Pension am Meer."

„Mit Restaurant." Er drehte den Kopf herum und nagelte sie mit seinem misstrauischen Blick fest. „Richtig?"

„Nicht ganz. Aber die Frau am Telefon meinte, sie könnte uns Essen liefern lassen. Oder wir könnten in eins der Restaurants in der Nähe gehen."

Er kniff die Augen zusammen. „Warum halten wir denn dann hier?"

„Weil ich hier für uns reserviert habe. Und wir hatten ziemliches Glück. Waren nämlich die letzten freien Betten im Umkreis von hundert Meilen."

„Ich habe doch gesagt, dass ich weiterfahren kann."

„Und du bist auch gar nicht gereizt, was?" Sie seufzte, als ein Nerv in seinem Kiefer zuckte. „Hör zu. Du bist müde. Du brauchst eine Pause. Es ist offensichtlich, dass du mir nicht zutraust, deinen Wagen zu fahren ..."

„Habe ich nie gesagt."

„Du hast aber auch nie gesagt, dass ich fahren soll." Sie schüttelte kurz den Kopf. „Also, ob es dir nun gefällt oder nicht, wir bleiben hier, damit du dich ausruhen kannst. Wir stehen früh auf und fahren morgen bis nach Vancouver, sodass du frisch und munter bei deiner Familie ankommst."

„Wenn ich was gegessen und getrunken habe, bin ich auch wieder frisch und munter."

„Vergiss es, Boss. Wir bleiben hier."

Er hielt auf einem kleinen Parkplatz neben der Pension. Ehe er weiter protestieren konnte, schnallte Brooke sich ab und öffnete die Beifahrertür. „Es sieht toll aus."

Das Haus im Kolonialstil lag abgeschieden am Ende einer Sackgasse und war nur wenige Schritte vom Meer entfernt.

„Ich habe schon immer davon geträumt, mal an solch einem Ort zu übernachten", sagte sie.

„Mach die Tür zu. Wir bleiben nicht hier."

„Natürlich bleiben wir."

„Ich werde mich nicht mit dir darüber streiten."

„Gut." Sie schnappte sich Moochies Leine und setzte den kleinen Hund auf den Boden, weil sie ahnte, dass die Blase ihres kleinen Lieblings vermutlich kurz vor dem Platzen war.

„Komm, Mooch.“

„Brooke“, rief Dec so grollend, dass ihr ein Schauder über den Rücken lief. „Ich meine es ernst.“

„Ich auch. Ich habe keine Lust, als Verkehrstote zu enden, nur weil du zu stur bist zuzugeben, dass du fix und fertig bist“, rief sie ihm über die Schulter zu und ging einfach weiter. Ein schlechtes Gewissen überfiel sie. Ein doppelt schlechtes Gewissen.

Wenn er jetzt schon so sauer war, wie würde er erst reagieren, wenn er die Wahrheit erfuhr, die ganze Wahrheit und nichts als die Wahrheit?

Weil Brooke nicht wiederkam, blieb Dec nichts anderes übrig, als ihr zu folgen. Er fluchte leise vor sich hin, musste aber zugeben, dass sie recht hatte. Er sollte heute nicht mehr fahren. Aber er würde einen Teufel tun und das zugeben.

Er schloss in der Lobby an einem kleinen Check-in-Tresen neben der Eingangstür zu ihr auf. Überall in dem großen Raum waren gemütliche Sitzecken verstreut, wo man lesen konnte, und ein langes Sofa stand vor einem gemauerten Kamin. Sobald Dec die Tür hinter sich geschlossen hatte, war das Rauschen der Wellen, die ans Ufer krachten, kaum noch zu hören. Keltische Harfenmusik ertönte leise aus versteckten Lautsprechern.

„Mr. Kincade?“ Als er nickte, winkte die ältere Frau hinter dem Tresen sie heran. „Wir freuen uns sehr, Sie heute Abend noch begrüßen zu können.“

Er warf Brooke einen bösen Blick zu. „Vielen Dank.“

„Wie ich Ms. Hastings schon am Telefon erklärt habe, hatten Sie großes Glück, weil in letzter Minute jemand abgesagt hat. Anscheinend hat der Bräutigam kalte Füße bekommen. Wir haben das letzte verfügbare Zimmer in der Stadt für Sie. Sie haben gerade zur rechten Zeit angerufen!“

Das Zimmer? Eins?

Scheiße. Scheiße. Scheiße.

„Das ist …“ Er sah Brooke an, die seinem Blick auswich. „Großartig.“

Die Frau hinter dem Tresen streckte die Hand aus. „Wenn ich kurz Ihre Kreditkarte haben könnte, um die Nummer zu checken?“

Während er die Karte suchte, flüsterte Brooke ihm zu: „Lass mich das machen, ich hab dir das schließlich eingebrockt.“

Dec sah sie grimmig an. „Auf keinen Fall.“

Er gab die Kreditkarte der Frau.

„Sind Sie das erste Mal hier?“, fragte sie lächelnd.

Dec gehörte nicht zu den Menschen, die gern mit Fremden plauderten. „Mmm-hmm.“

„Auf Hochzeitsreise?“

Während Dec sich vor Schreck fast verschluckte, meldete Brooke sich zu Wort.

„Wir sind auf dem Weg zum Weingut seiner Familie und haben spontan beschlossen, die Küstenstraße zu nehmen. Es ist für uns beide das erste Mal.“

„Das ist ja wunderbar. Freunde von uns haben hier in der Nähe ein kleines Weingut. Ich schicke Ihnen gern eine Flasche auf Ihr Zimmer.“

„Das wäre unheimlich nett. Vielen Dank.“

Als Dec sich umdrehte, um Brooke mit grimmigem Blick anzuzeigen, dass sie nicht zu viele Informationen preisgeben sollte, sah er, dass sich ein strahlendes Lächeln auf ihrem hübschen Gesicht ausgebreitet hatte. Sie liebte es, neue Leute zu treffen und sich mit ihnen zu unterhalten, einer der vielen Gründe, warum er sie als Assistentin so schätzte. Er selbst war schließlich kein besonders umgänglicher Mensch. Brooke dagegen strahlte etwas aus, was die Leute anzog, und er wusste, dass viele seiner Klienten nicht zuletzt ihretwegen bei ihm blieben.

Aber das war es nicht, was ihn im Augenblick in eine Zwickmühle brachte. Entweder musste er dieser lächerlichen Idee jetzt und hier ein Ende bereiten und weiterfahren oder einen Weg finden, die Nacht mit Brooke zu verbringen, ohne völlig durchzudrehen. Ihm war völlig schleierhaft, wie er es schaffen sollte, gegen diese Anziehungskraft anzukämpfen und die Finger von ihr zu lassen.

„Brauchen Sie Hilfe mit Ihrem Gepäck?", fragte die Frau, als sie ihm seine Kreditkarte zusammen mit dem Zimmerschlüssel zurückgab.

„Das schaffen wir schon, danke", meinte Dec. „Wie ich hörte, gibt es hier in der Nähe ein Restaurant?"

„Es gibt sogar mehrere in fußläufiger Entfernung. Wenn Sie jedoch zu müde sind nach der langen Fahrt oder für sich sein wollen, kann ich Ihnen auch etwas kommen lassen. Ihr Zimmer hat einen schönen Kamin, und da Sie im zweiten Stock wohnen, haben Sie auch einen herrlichen Balkon mit Blick aufs Meer. Oder ich könnte das Essen im Garten servieren lassen. Auch dort haben wir eine Feuerstelle."

Oh, mein Gott!

Dec blickte zu Brooke. Er hoffte, sie würde sich für das Restaurant entscheiden. Es wäre verdammt viel einfacher, ihr in einem belebten Lokal gegenüberzusitzen, als bei einem intimen Essen vor dem Kamin, mit Wein und dem Rauschen des Meeres unter ihnen. „Was wäre dir lieber?"

„Auf dem Zimmer."

Hätte sie nicht wenigstens kurz zögern können?

Er musste sie ziemlich böse angesehen haben, denn sie fragte nervös: „Wenn das okay für dich ist."

Okay? Himmel, nein. „Sicher."

„Wunderbar.“ Die Frau hinter dem Empfang legte zwei Speisekarten auf den Tresen, damit sie wählen konnten. „Ich würde Ihnen diese beiden empfehlen.“

Dec schob Brooke die Karten zu. „Italienisch oder Meeresfrüchte?“

„Wie wäre es, wenn du diesmal entscheidest?“

Sie sah ihn an wie ein verängstigter Hase, als fürchtete sie, er würde ihr gleich etwas abbeißen, weil sie so dreist gewesen war.

Er hasste diesen Blick.

Selbst wenn ein Stück von ihr vermutlich viel köstlicher war als alles auf den Speisekarten.

Seine Entscheidung war schnell gefällt. Es war schon spät, und italienisches Essen lag schwer im Magen. Und nein, er würde keinen kurz gebratenen Thunfisch bestellen. Er hatte seine Lektion gelernt. „Wie wäre es mit Hummerschwänzen, gegrilltem Lachs, vielleicht einer Crème brulée und ... einem Stück Karamell-Käsekuchen?“

So viel zum Thema leichtes Essen.

Die Frau am Empfang grinste. „Oh, gute Wahl, das wird Ihnen schmecken.“

„Wow.“ Brooke rückte die glitzernde Feenkrone auf ihrem seidigen Haar zurecht. „Bist du so hungrig?“

Am Verhungern.

Aber das hatte verdammt noch mal nichts mit Essen zu tun.

Brooke folgte Dec die Treppe hinauf zu ihrem Zimmer.

Ihrem gemeinsamen Zimmer.

Sie war vorher schon nervös gewesen, aber jetzt raste ihr Herz wie ein Rennpferd auf der letzten Runde.

War er richtig wütend oder nur leicht irritiert, dass sie ihn so überrumpelt hatte? Sein störrisches Schweigen, seit sie das Gepäck aus dem Wagen geholt hatten, verriet ihr nicht viel. Sie hatte sich inzwischen an seine grimmige Miene gewöhnt, das half daher auch nicht unbedingt weiter. Vielleicht hatte sie es diesmal zu weit getrieben. Vielleicht war es aber auch genau der Schubs, den er brauchte.

Wobei sie nicht glaubte, dass ein Mann wie Declan Kincade einen Schubs brauchte, wenn er an einer Frau interessiert war. Es konnte also auch durchaus sein, dass er einfach nichts von ihr wollte.

Na ja …

Sie hatte häufig genug seine Blicke auf sich gespürt. Und der Ausdruck in seinen Augen ermutigte sie, noch ein Stück weiter zu gehen.

Während er die Tür aufschloss und ihr Gepäck ins Zimmer brachte, beobachtete Brooke das Spiel der Muskeln an seinem kräftigen Rücken und den Oberarmen. Das Einzige, woran sie denken konnte, war, wie sich diese Arme wohl anfühlen würden, wenn sie um ihren Körper geschlungen waren.

Dec ertappte sie dabei, wie sie ihn eingehend musterte, und räusperte sich. Trotz der Tatsache, dass sie bestimmt errötete, tat sie, als wäre nichts, und trat ins Zimmer.

„Oh, was für eine Aussicht!"

Die offenen Vorhänge rahmten das traumhafte Bild eines Mondstrahls ein, der auf dem Meer glitzerte. Brooke konnte nicht widerstehen, und sie musste sich ohnehin ablenken. Schnell setzte sie Moochie auf den Boden, öffnete die Glasschiebetüren und trat auf den großen Balkon, wo ein Bistrotisch und gepolsterte Stühle nur darauf zu warten schienen, dass jemand Platz nahm. Brooke stellte sich ans Geländer, schloss die Hände um das Gusseisen und atmete tief ein. Ein Hauch von Jasmin mischte sich in die salzige Luft, und sie wünschte, sie könnte dieses köstliche Aroma in eine Flasche füllen und mitnehmen.

Unter ihr rollten die Wellen unablässig auf den verlassenen Strand zu. Und sobald die Schaumkronen zurück ins Meer schwappten, wischten sie sämtliche Fußspuren, die im Sand gewesen sein mochten, wieder fort.

Es war so unglaublich romantisch.

Als Dec hinter sie trat, spürte sie seine Wärme. Er roch nach frischer Baumwolle und Sonnenschein. „Ich habe deinen Koffer auf die Gepäckablage im Schrank gestellt."

Das tiefe Timbre seiner Stimme streichelte ihre Haut und ließ ihr einen Wonneschauer über den Rücken rieseln, gegen den sie machtlos war. Auch wenn sie fürchtete, dass Dec niemals die Grenze zwischen Chef und Angestellter überschreiten würde, träumte, wünschte, hoffte und fantasierte sie, dass die Blicke, die er ihr gelegentlich zuwarf, sehnsuchtsvolle Blicke waren. Sie sollte mal ein ernstes Wörtchen mit ihren hyperaktiven Hormonen reden und diese Gedanken aus ihrem Kopf verbannen. Andererseits hatte sie sich jetzt schon zu weit vorgewagt und war erst auf schwache Anzeichen von Gegenwehr gestoßen.

Sie trug ihr *Furchtlos*-Armband ja schließlich nicht ohne Grund.

War sie jedoch wirklich willig, alles zu riskieren – einschließlich ihres Jobs –, nur um eine Nacht mit diesem Mann zu verbringen? Oder glaubte sie etwa allen Ernstes, dass mehr daraus werden könnte? Die wichtigste Frage aber war: Konnte sie weiterhin so tun, als würde sie in ihm lediglich den Chef sehen?

Seit Jahren schon versuchte sie, mehr über ihn herauszufinden, als was er an seinem freien Tag tat oder für eine Besprechung brauchte. Während der ganzen Zeit hatte sie eine Art Seelenverwandtschaft zu ihm verspürt. Die Fahrt heute hatte definitiv bestätigt, dass sie beide – zu bestimmten Zeiten im Leben – einen Auffrischungskurs darin gebraucht hätten, Spaß im Leben zu haben. Beide wussten sie, wie einengend Familienbande sein konnten. Aber was für ein Mensch war Declan Kincade hinter dem Anzug und der Krawatte? Was erhoffte er sich wirklich vom Leben? Was brauchte er? Was machte ihn glücklich?

Und konnte sie ihn glücklich machen?

„Danke", sagte sie, als ihr einfiel, dass er eine Erwiderung erwartete.

Als er noch näher kam, um die Aussicht zu genießen, reagierte ihr Körper erneut mit einem elektrisierenden Kribbeln. Keine Frage: Sie war ihm mit Haut und Haar verfallen. Trotzdem ... besaß sie genügend Mut, bis zum Äußersten zu gehen, unabhängig von den Konsequenzen?

„Das ist mal eine Aussicht." Seine tiefe Stimme vibrierte in ihrem Inneren wie ein Schwarm glücklicher Honigbienen.

„Es ist atemberaubend. Der perfekte Ort, um ein paar Tage Spaß in der Sonne zu genießen. Schade, dass wir nicht bleiben können."

„Warum eigentlich nicht?"

Sie drehte sich herum, und weil ihr nicht bewusst gewesen war, wie nahe er bei ihr stand, streifte sie mit der Brust seinen Arm. „Meinst du das ernst?"

Ohne in irgendeiner Form erkennen zu geben, dass sich ihre Körper gerade auf sehr intime Art und Weise berührt hatten, machte er einen Schritt zur Seite und schlang die Finger um das Geländer. „Na ja, du kannst natürlich bleiben, wenn du willst. Es gibt keinen Grund, warum du unbedingt mit mir fahren musst. Du arbeitest hart und nimmst dir selten frei. Du hast dir einen kleinen Urlaub redlich verdient. Ich kann auch mal für mich allein einstehen", meinte er und spielte wohl auf das an, was sie ihm vorhin gestanden hatte.

Es war nur leider überhaupt nicht das, was sie hören wollte.

„Mal davon abgesehen, dass das nicht infrage kommt, wie sollte ich wieder nach Hause kommen? Wir sind fast acht Stunden von zu Hause weg.“

„Ich bin sicher, hier gibt es irgendwo in der Nähe eine Mietwagenfirma. Du kannst es ja mal googeln.“

„Ich werde gar nichts googeln.“ Enttäuscht ging Brooke zurück ins Zimmer, und Dec folgte ihr. „Ich bleibe bei dir, egal, was kommt.“

Okay, das klang jetzt vielleicht nicht ganz so, wie es gemeint war.

„Vor morgen früh brauchst du dich nicht zu entscheiden. Mein Angebot steht dann noch.“

Getrennte Wege zu gehen war nun wirklich das totale Gegenteil von dem, was ihr vorschwebte.

„Da es hier nur ein Bett gibt …“ Er zeigte mit dem Daumen ins Zimmer. „Nehme ich das Sofa.“

„Auf keinen Fall lasse ich dich auf dem Sofa schlafen.“

„Und ich werde nicht zulassen, dass du dort schläfst.“

„Keine Sorge.“ Sie warf ihm ein strahlendes Lächeln zu, das besagen sollte, dass sie das Kind schon schaukeln würde. „Hatte ich auch nicht vor.“

„Brooke?“ Er zog die dunklen Augenbrauen zusammen. „Im Büro bist du der organisierteste Mensch, den ich kenne. Du machst immer alles goldrichtig. Außerhalb des Büros …“

Sag es.

Ihr hoffnungsvolles Herz horchte auf.

Sag, dass du mich willst. Dass du mich brauchst. Dass du ohne mich nicht leben kannst.

„Seit wir unterwegs sind, verwirrst du mich höllisch.“

Puff.

Sie hatte versagt. Es sei denn, Verwirrung war der Schlüssel, um seinen Widerstand zu brechen.

„Im Büro bezahlst du mich dafür, dass ich alles organisiere und goldrichtig mache", erwiderte sie. „Im Augenblick bezahlst du mich nicht. Es ist schon Feierabend."

„Und das heißt …?"

„Habe ich doch schon gesagt. Ich möchte weder vorhersehbar noch langweilig sein. Also erwarte nicht von mir, dass ich zur Spielverderberin werde." Sie lächelte ihn kokett an. „Außerdem halte ich es mit Mae West, die immer gesagt hat: ‚Wenn ich mich zwischen zwei Übeln entscheiden muss, wähle ich das, was ich noch nie ausprobiert habe.'"

„Ich bin für dich also ein Übel?"

„Sei nicht albern." Als sie seinen fassungslosen Blick bemerkte, nahm sie Moochie vom Bett hoch, und zwar so, wie sie es in dem Film *Sweet Home Alabama* gelernt hatte. Bücken … und hepp. Wollen wir doch mal sehen, ob er Interesse hat, dachte sie. „Und versuch bloß nicht, aus mir schlau zu werden. Das treibt dich nur in den Wahnsinn."

Er verfolgte jede ihrer Bewegungen, bevor er die Schultern fallen ließ und den Kopf hin und her drehte, als hätte er körperliche Schmerzen. „Das Gefühl habe ich langsam auch."

Brooke machte einen schnellen Rundgang durchs Zimmer, damit Dec Zeit hatte, sich zu beruhigen. Vielleicht würde er zu der Erkenntnis kommen, dass sie in irgendeinem coolen und sexy Universum zusammengehörten. Ein Universum, das möglichst in dem riesigen Himmelbett in diesem Zimmer begann.

Das blaue Cape-Cod-Dekor und der glänzende Holzfußboden wirkten gleichzeitig elegant und gemütlich. Im Kamin tanzten die Flammen und tauchten den Raum in romantisches Licht.

Als sie ins Badezimmer trat, schnappte sie nach Luft. Elegante Granitplatten, Doppelwaschbecken, eine riesige Wanne und eine ebenso große Dusche mit Glasabtrennung.

„Oh, mein Gott. Dieses Bad ist fünfmal so groß wie meins zu Hause.“ Sie öffnete die Tür zur Dusche. „In diesem Ding gibt es eine Regendusche und sechs Massagedüsen. Und bunte LED-Lichter.“ Wenn man hier zu zweit drin war, ging es bestimmt richtig ab. Glücklicherweise behielt sie diesen Gedanken für sich und platzte nicht damit heraus.

Von nebenan meinte sie, Dec leise lachen zu hören. Konnte aber auch sein, dass es sich nur um den Nachhall der Fahrgeräusche handelte, die in ihren Ohren rauschten.

„Bedeutet deine Ich-will-nicht-vorhersehbar-und-langweilig-sein-Masche, von der du ständig redest, dass du dich lieber in einem Schaumbad rekelst oder dass du schnell duschst?“

Gute Frage, heiß und knackig. Sie lächelte. „Kommt drauf an.“

„Worauf?“

Sie schloss die Duschtür und kam wieder aus dem Bad. Eigentlich hatte sie gehofft, wenigstens die Andeutung eines Lächelns auf Decs Gesicht zu sehen. Stattdessen runzelte er schon wieder die Stirn. Vermutlich ärgerte er sich, dass er die Frage gestellt hatte und nicht mehr zurücknehmen konnte.

„Es hängt davon ab, ob du mich im Büro zur Weißglut getrieben hast“, antwortete sie. „Oder ob ich eine Auszeit brauche. Oder ob ich nur fünf Minuten Zeit habe, um mich aus dem Bett zu quälen und mich auf den Weg zu machen. Wie ist es bei dir?“

„Ich habe nicht mehr gebadet, seit ich ungefähr fünf war.“

„Ernsthaft?“

Er nickte. „Fünf chaotische Jungs, ein Badezimmer, das bedeutete schnelles Duschen.“

„Dann weißt du gar nicht, was du verpasst. Vor allem, wenn du noch mindestens ein Dutzend Kerzen, schöne Musik und ein gutes Glas Wein dazunimmst.“ Sie zeigte mit dem Daumen nach hinten zum Bad. „Nicht zu vergessen diese LED-Lichtershow da drinnen.“

„Ich dachte, so was machen die Leute nur im Film."

„Das Leben ist, was du daraus machst, Dec. Du kannst es wie ein langes, heißes Bad genießen, oder du lässt es wie eine kalte Dusche schnell an dir vorüberziehen. Die besten Ideen kommen mir, wenn ich nass und nackt bin."

Zack! Na, was hältst du davon, du Spaßbremse, hm?

Der Mann war selten um Worte verlegen. Aber ehe er eine intelligente Erwiderung auf ihre unverfrorene Äußerung formulieren konnte, klopfte es an der Zimmertür.

„Magst du aufmachen?", fragte sie zuckersüß und konnte sich gerade noch beherrschen, mit den Wimpern zu klimpern. Sie bemerkte, dass er ganz kurz zögerte, dann aber öffnete.

Ein älterer Mann stand vor der Tür, in der einen Hand einen Eiskübel mit einer Flasche Wein, in der anderen ein großes Tablett mit zugedeckten Schüsseln.

„Oh!" Brooke atmete tief ein. „Das riecht köstlich."

„Ich garantiere Ihnen, dass es sogar noch besser schmeckt, als es riecht", sagte der Mann. „Und der Wein wird Ihnen auch ein Lächeln entlocken. Wo soll ich alles abstellen?"

„Auf dem Balkon bitte", antwortete Brooke, während Dec dem Mann ein Trinkgeld gab. Nachdem der sich mit einem Nicken und Dankeschön wieder verabschiedet hatte, setzte Brooke ihre Hündin in den kleinen Hundekorb. „Sie wird unglücklich sein, dass sie nichts von diesen Köstlichkeiten probieren darf."

„Einen kleinen Happen wird sie doch wohl abbekommen, oder?"

Brooke lachte. „Oh nein, das ist alles viel zu üppig. Da führt selbst ein kleiner Happen zu einem Desaster. Sie hat einen empfindlichen Magen. Ich dagegen kann es kaum erwarten."

Dec deutete zur Balkontür, und sie ließ sich nicht zweimal bitten. „Sie haben einen ausgezeichneten Geschmack, was Essen angeht, Mr. Kincade." Sie hob die Deckel, sodass sich das Aroma ausbreiten konnte. „Wenn Sie nicht gerade mal wieder bei kurz gebratenem Thunfisch gelandet sind."

In ihren Ohren klang sein leises Lachen wie Musik. Dec lachte genauso selten, wie er lächelte. Für sie war es daher ein wahres Geschenk, wenn sie ihn dazu brachte, mit einer gewissen Leichtigkeit auf ihre Sprüche zu reagieren.

Sie setzte sich, und er gesellte sich zu ihr. „Früher kannten wir kaum etwas anderes als Hotdogs und Eintöpfe. Meine Eltern haben beide gearbeitet. Mit fünf Jungs, die ständig hungrig waren, war Sparsamkeit angesagt. Und viel Zeit zum Kochen blieb auch nicht. Erst als Parker von einem Kochkurs in Idaho wiederkam, hat sich etwas geändert."

„Echt?" Sie tauchte einen Hummerschwanz in die Butter und steckte ihn in den Mund, ehe sie genüsslich stöhnte, als sich das Aroma auf ihrer Zunge ausbreitete. „Erzähl mir mehr."

Als sie nicht sofort eine Antwort bekam, schaute Brooke auf. Erstaunt stellte sie fest, dass Dec auf ihren Mund starrte. Im gleichen Moment merkte sie, dass ihr Butter den Mundwinkel hinunterlief. Mit der Zunge leckte sie hastig die Butter auf.

Er ließ sie nicht eine Sekunde lang aus den Augen, bis er schließlich kurz blinzelte und sich wieder auf die Unterhaltung konzentrierte.

„Auf einmal gab es nicht mehr Moms Überraschungsnudelauflauf, sondern Hähnchen-Curry-Salat und perfekt gegrillte Steaks."

„Das ist eindeutig eine Verbesserung."

Anscheinend hatte er sich wieder im Griff, denn er nickte. „Das Beste war, dass sich auch Parker verändert hatte. Vor dieser Ausbildung war er der Unruhestifter schlechthin und ziemlich unausstehlich. In dem Lehrgang hat er nicht nur gekocht, sondern auch gelernt, was es braucht, ein guter Angestellter zu sein und wie man eine eigene Firma leitet. Er hat diese Fähigkeiten gut genutzt. Und gleichzeitig hat er sich von einem fiesen, wütenden Jungen zu einem witzigen, zugänglichen Mann entwickelt."

„Du scheinst richtig stolz auf ihn zu sein."

„Ich bin stolz auf alle meine Brüder. Und auf meine Schwester auch. Wir sind ein ziemlich unabhängiger Haufen."

„Und erfolgreich."

„Jeder auf seine Weise. Ich nehme an, es hängt davon ab, wie du erfolgreich definierst."

Man musste einen Mann, der seine Familie liebte, einfach lieben. Wäre Brooke ihm nicht schon längst verfallen, hätte sie sich spätestens jetzt Hals über Kopf in ihn verliebt, in dieses Lächeln, das sich auf seinem Gesicht ausbreitete, während er über seine Familie sprach.

„Was ist mit dir?", fragte er.

„Mit mir?"

„Du hast gesagt, du hättest keine richtige Familie. Aber von irgendwoher musst du ja stammen."

Ich komme aus der Hölle.

Verdammt. Brooke hatte übersehen, dass sie in ihre eigene Falle geraten war. „Ich hatte eine Schwester und einen Bruder."

Sein Kopf fuhr hoch. „Hattest?"

„Wir … stehen uns nicht nahe."

„Warum nicht?"

Sie zuckte mit den Schultern.

„Du weißt es nicht?", hakte er nach. „Oder willst du es mir nicht erzählen?"

Noch vor einem Augenblick war sie glücklich gewesen, hatte mit dem umwerfenden Mann, der ihr gegenübersaß, hemmungslos geflirtet. Wie kam es, dass die Unterhaltung auf einmal so eine schreckliche Wendung genommen hatte?

Sie blickte über die Schulter. „Der Mond sieht heute Abend wirklich toll aus."

„Brooke." Seine Stimme verriet Besorgnis. „Du weißt, dass du mir vertrauen kannst, oder?"

Sie nickte.

„Warum dann die Geheimniskrämerei?"

Scheiße. Scheiße. Scheiße.

Was sollte sie preisgeben? Was sollte sie für sich behalten?

Sie sprach nie von ihrer Vergangenheit. Die wenigen Male, die sie es getan hatte, hatte sie nichts als Erniedrigung erfahren. Seitdem hatte sie immer Angst gehabt, die Menschen würden sie schonungslos verurteilen oder, noch schlimmer, bemitleiden.

Ob auch Dec sie verurteilen würde? Vermutlich nicht. Aber sein Mitleid könnte sie auch nicht ertragen. Sie wollte nicht wegen dem, was sie durchgemacht hatte, in seiner Achtung sinken. Trotzdem konnte sie seinen Fragen auch nicht länger ausweichen. Einen kleinen Teil musste sie enthüllen.

Selbst wenn es nur die Andeutung der Wahrheit war.

„Hast du schon mal jemanden getroffen, den du wirklich gemocht oder bewundert hast?", fragte sie. „Und dann etwas über diesen Menschen herausgefunden, das alles verändert hat?"

Er ließ die Gabel, die auf halbem Weg zum Mund war, wieder auf den Tisch sinken. „Versuchst du mir gerade zu erzählen, dass deine Familienmitglieder Massenmörder sind?"

„Natürlich nicht."

„Dass sie Geld veruntreut haben?"

„Nein."

„Dass sie Brandstifter sind?"

„Nein."

„Brechen sie in irgendeiner Form das Gesetz?"

Sie antwortete nicht.

„Brooke?"
„Kommt drauf an, von wessen Gesetz wir reden."

Dec lehnte sich zurück und musterte die brillante, sexy Frau, die ihm gegenübersaß.

Wessen Gesetz?

Gab es nicht eigentlich nur eins?

„Der Käsekuchen sieht wirklich lecker aus." Sie stach mit der Gabel die Spitze des Kuchens ab. „Möchtest du probieren?"

Vermied sie das Thema, weil sie sich wegen ihrer Familie schämte? Was konnte so schlimm sein? Er würde sie nie wegen etwas verurteilen, was andere getan hatten. Das sollte sie doch wissen. Aber es war so klar wie der Sternenhimmel über ihnen, dass sie über das Thema nicht reden wollte und nicht reden würde.

Jedenfalls nicht jetzt.

„Nein danke."

Er füllte ihr Weinglas noch einmal nach, bevor er selbst einen Schluck trank, um den Kopf freizubekommen. Oder ihn zu benebeln, was auch immer zuerst passieren würde. Unabhängig davon, wie herrlich ihr lockiges Haar im Mondschein schimmerte, wie weich ihre Haut sein mochte oder wie köstlich sie nach exotischen Düften und dunkler Schokolade duftete, verspürte er auf einmal das dringende Bedürfnis, sie zu beschützen. Mehr noch als von ihrem Körper – der ihn schon fast den Verstand kostete – war er besessen von dem Rätsel, das sie darstellte.

Sie war die erste Frau, die in ihm den Wunsch weckte, aus seinem selbst errichteten Käfig auszubrechen. Er wollte sich um sie kümmern. Sie glücklich machen. Wollte die Schatten vertreiben, die sich manchmal über ihre hübschen braunen Augen legten. Aber dummerweise arbeitete sie für ihn. Und das bedeutete, dass sein Herz unter Verschluss bleiben und er die Finger von ihr lassen musste.

„Wir tragen alle dunkle Seiten in uns, Brooke. Glaub mir. Wenn du je darüber reden möchtest …“ Ein Bild, wie er mit ihr in den Armen in dem großen Bett lag und die Dunkelheit verscheuchte, schoss ihm durch den Kopf, auch wenn er wusste, dass er zur Vernunft kommen musste. „Meine Tür steht immer offen.“

„Klar. Im Büro.“ Sie nippte an ihrem Wein. „Arbeit ist etwas, worin du unheimlich gut bist.“

„Vielleicht das Einzige.“ Nein, es gab auch noch andere Dinge, in denen er gut war. Aber die standen hier definitiv nicht zur Debatte.

Sie runzelte ihre zarte Stirn, und es tat ihm fast körperlich weh, dass er nicht darüberstreichen durfte, um die Sorgenfalten zu vertreiben.

„So geht das nicht.“ Sie stand vom Tisch auf und ging zurück ins Zimmer. „Komm mit.“

„Wohin willst du?“, fragte er, ehe er ihr folgte, überzeugt, sich damit noch mehr Probleme einzuhandeln.

„An einen Ort, der absolut nichts mit der Arbeit zu tun hat.“ Übermütig lächelte sie ihn an. „Wir haben noch einen ganzen Tag, ehe wir uns wieder in die Arbeit stürzen müssen. Ich möchte gern etwas tun, was ich zu Hause nicht tun kann. Bist du dabei?“

Es wäre der reinste Wahnsinn, Ja zu sagen. „Warum nicht.“

Okay, es war kein richtiges Ja, aber gefährlich genug.

„Super.“ Sie stieß einen Pfiff aus. Ihr kleiner Hund sprang aus seinem Korb und lief zu seinem Frauchen.

Ehe Brooke die Zimmertür öffnete, blieb sie noch einmal stehen. „Lass uns das richtig ausnutzen, okay?“ Sie schaute ihn mit einem Funkeln in den Augen an, sodass er am liebsten seinen Instinkten gefolgt wäre und sie ins Bett gezerrt hätte.

Jahrelang hatte er daran gearbeitet, nicht impulsiv zu handeln. Als er Brooke jetzt aus dem Zimmer folgte, wurde diese löbliche Charaktereigenschaft mit einem Schlag zunichte gemacht. Denn der Anblick von Brooke in diesen Hotpants war eine Versuchung, die stärker war als alle Vernunft.

4. Kapitel

Als der Fußweg endete und in den weitläufigen Strand überging, blieb Brooke stehen und zog sich ihre Sneakers aus. Dramatisch seufzend grub sie die rosa lackierten Zehen in den Sand.

„Jetzt bist du dran." Sie deutete auf seine Füße.

Er war noch nie gern barfuß gelaufen. Trotzdem schlüpfte er aus seinen Schuhen.

„Und jetzt grab dich rein", befahl sie.

Er bedachte sie mit einem vielsagenden Blick.

„Ach, komm schon, sei kein Spielverderber." Sie zog die Nase kraus und stemmte die Hände in die wohlgeformten Hüften. „Grab sie in den Sand."

Wer hätte gedacht, dass eine herrische Frau so sexy sein konnte? Und so gefährlich?

Der Sand, der noch ganz warm war von der Sonne, fühlte sich herrlich unter den Fußsohlen an, und fast hätte er wohlig geseufzt. Das war genau das, wovon er gestern geträumt hatte. Ein Spaziergang am Strand, ein gutes Essen und ein Drink. In seiner Fantasie war er jedoch nicht in Begleitung einer solch interessanten und attraktiven Frau gewesen.

„Bist du jetzt zufrieden?", wollte er wissen.

„Beinahe." Sie deutete erneut auf seine Beine. „Krempel deine Hose hoch."

„Warum?"

„Sei nicht immer so skeptisch." Sie schüttelte den Kopf. „Vielleicht will ich sehen, ob du einer der Typen bist, die alles an Haaren entfernen, was südlich des Kinns wächst."

„Ich kann dir versichern, zu denen gehöre ich nicht.“

„Gut zu wissen. Ich ziehe Männer vor, deren Haut nicht weicher ist als meine.“

„Und welche Eigenschaften und Fertigkeiten sollten Männer deiner Meinung nach noch vorweisen?“ Himmel. Wollte er das wirklich wissen? Er musste diese Art von Gedanken verdammt noch mal für sich behalten.

„Ach, du weißt schon …“ Ihr freches Grinsen beflügelte seine Fantasie noch mehr. „Dinge wie … mir den Reißverschluss am Kleid hochzuziehen. Mir beim Anziehen der Schuhe zu helfen. Das Bett zu machen.“

Genau genommen stellte er sich lieber das genaue Gegenteil vor: Reißverschluss aufziehen, Schuhe ausziehen, Bett aufschlagen.

„Mit anderen Worten, du suchst nach einem Liebessklaven?“

„Genau!“ Sie kicherte. „Roll deine Hosenbeine hoch und komm.“

Hmmm. Vielleicht sollte er sich selbst feuern und sich um diesen Job bewerben?

„Die Hosenbeine bleiben, wo sie sind.“

„Selbst schuld.“ Brooke tänzelte den Strand entlang, während ihr Hund hinter ihr her jagte.

Dec fand es schade, dass sie ihre Feenkrone abgenommen hatte. Damit hätte sie jetzt ausgesehen wie eine heidnische Prinzessin, die es feierte, in ihrer natürlichen Umgebung zu sein.

Er stopfte die Hände in die Taschen und stapfte den Strand hinunter in ihre Richtung. Kurz darauf gingen sie Seite an Seite am Flutsaum entlang und ließen sich das kühle Meerwasser über die Füße schwappen.

Mit ausgestreckten Armen drehte Brooke sich ein paarmal um die eigene Achse, ehe sie wieder davonhüpfte und durchs Wasser lief, bis es an ihren nackten Beinen hochspritzte. Ihr kleiner Hund entschied, dass er das viele Wasser nicht mochte, und tapste in trockenere Gefilde, wo er sich hinlegte und die lange Schnauze auf die Vorderpfoten bettete.

Dec beobachtete, wie Brooke herumtobte, während die Wellen immer höher gegen ihre Beine schlugen. Schon immer hatte er Frauen auf eine sinnliche Weise genossen und war auch nie schüchtern gewesen, seine Wünsche kundzutun, wenn er sich zu einer Frau hingezogen fühlte. Aber er hatte sich nie auf eine feste Beziehung eingelassen. Himmel, er hatte noch nicht einmal eine ganze Nacht mit einer Frau verbracht, selbst wenn sie ihn dazu eingeladen hatte. Eine ganze Nacht im Bett mit einer Frau bedeutete ihm mehr als nur ein *Hey, ich erfreue mich für ein paar Stunden an deiner Gesellschaft und an deinem Körper.* Für ihn war eine ganze Nacht der Auftakt für etwas Dauerhaftes. Und das war etwas, was er noch nie in Betracht gezogen hatte.

Nicht einmal in den leidenschaftlichsten Augenblicken.

Und doch war er kurz davor, genau das zu tun und zwar ausgerechnet mit der Frau, mit der er definitiv nicht im Bett landen sollte. Die Frau, an die er gerade *nicht* denken sollte, wenn er Gedanken verfolgte wie: *Ich möchte dir die Kleider vom Leib reißen, dich gegen eine Wand pressen und lieben und anschließend in deinen Armen liegen.* Die Frau, die ihm half, seine fünf Sinne beisammenzuhalten, und ihn gleichzeitig innerlich zerriss.

Jeder Muskel, jede einzelne Faser seines Körpers schrie geradezu vor Verlangen, als er sie beobachtete. Verlangen nicht nur nach Befriedigung, sondern Verlangen nach ihr.

Er presste die Lippen zusammen.

Du darfst sie nicht haben, Kumpel. Pech gehabt. Weder jetzt noch sonst wann.

Brooke tobte noch immer im Wasser herum, und inzwischen brachen sich die Wellen an ihren Knien. Eine frische Brise ließ die Enden der karierten Bluse flattern, die sie sich über das hautenge Tanktop gezogen hatte. Das Mondlicht schimmerte in ihren goldenen Haaren. Noch nie hatte Dec etwas Schöneres und Atemberaubenderes gesehen.

„Willst du nicht auch reinkommen?“, rief sie.

„Mir geht es hier oben ganz gut.“ Das kalte Wasser hatte seine Zehen schon ganz taub werden lassen. Wie hielt sie es bloß aus, so weit reinzugehen?

„Angsthase, Angsthase“, rief sie und hob die Arme so über den Kopf, dass sie wie zwei lange Ohren aussahen.

„Du willst mich nicht ernsthaft herausfordern, oder?“

Sie lachte so melodiös, dass es wie ein warmer Frühlingsregen über ihn hinwegrieselte. „Komm schon, Boss. Hast du Angst, dass du schmilzt?“

Er wollte nicht. Er wollte ihr nicht noch näher kommen. Es fiel ihm jetzt schon so verdammt schwer, sich zu beherrschen. Dass sie aussah wie eine Wassernixe, machte die Sache nicht gerade einfacher.

„Komm wenigstens bis zu den Knöcheln rein“, rief sie über das Krachen einer Welle hinweg. „Ich verspreche auch, dass ich die Haie vorher verscheuche.“

„Du bist sehr witzig, Brooke.“

„Ich weiß.“ Sie kicherte und kam auf ihn zu. „Komm, komm, komm.“

Fuck.

Es war die Art und Weise, wie sie ihn mit dem Finger lockte, die ihn dazu brachte, nachzugeben. Alle Vernunft in den Wind schlagend, marschierte er mitten in eine Welle hinein, sodass seine Hosenbeine sofort völlig durchnässt waren und sich anfühlten, als würden sie hundert Pfund wiegen.

„Noch ein Stückchen“, lockte Brooke ihn mit ihrer sexy Stimme.

Ehe er wusste, wie ihm geschah, stand er bis zu den Knien im Wasser neben ihr. Das Wasser war so kalt, dass es richtig wehtat. Er hatte keine Ahnung, wie Brooke es aushalten konnte, bis zu den Oberschenkeln im Wasser zu waten.

„Bist du jetzt glücklich?"

Mit der Unterlippe zwischen den Zähnen blickte sie zu ihm hoch. Das Mondlicht spiegelte sich in ihren Augen. Das Einzige, was er sich in diesem Augenblick wünschte, war, seinen Mund auf diese vollen, köstlichen Lippen zu pressen. Um all das zu vertreiben, was sie verunsicherte, damit sie nur noch ans Vergnügen dachte und alles andere vergaß.

„Ich rede nie über meine Familie", sagte sie plötzlich und unerwartet. „Genau genommen betrachte ich sie gar nicht mehr als meine Familie."

Wie konnte jemand sich von seiner Familie lösen? Selbst wenn sie einen manchmal in den Wahnsinn trieb, war sie doch immer für einen da. Etwas Einschneidendes musste in Brookes Leben vorgefallen sein. Er wollte mehr darüber erfahren. Unbedingt. Aber er würde nicht fragen. Sie musste ihm genug vertrauen, um es ihm von sich aus zu erzählen.

„Nicht, dass du denkst, ich sei unhöflich, weil ich deine Fragen ignoriere", fuhr sie fort. „Es fällt mir nur unendlich schwer, sie zu beantworten."

„Vielleicht fällt es dir eines Tages leichter."

„Vielleicht." Sie schien die düsteren Gedanken zur Seite zu schieben und grinste. „Wie mutig fühlst du dich jetzt?"

„Mutig?"

Der plötzliche Themenwechsel bescherte ihm fast ein Schleudertrauma.

„Mutig." Sie nickte, machte einen Schritt nach hinten und hob eins ihrer wohlgeformten Beine, um ihn mit Wasser zu bespritzen.

Im gleichen Moment kam eine Riesenwelle angerauscht, eine, die viel größer war als alle, die ihr bisher um die Beine geschwappt waren, und riss Brooke um. Sie tauchte unter und verschwand, als hätte sie nicht vor einer Sekunde noch dort gestanden.

„Brooke!" Dec sog panisch die Luft ein. Er sprang ins Wasser und schwamm hastig zu der Stelle, wo sie abgetaucht war. Sein Herz klopfte, und das Salzwasser brannte in seinen Augen, als er durch die trübe Dunkelheit spähte.

Was, wenn sie nicht schwimmen konnte?

Wenn sie sich den Kopf gestoßen hatte, als sie von der Welle umgerissen worden war?

Ein Mondstrahl erhellte das Wasser, und aus dem Augenwinkel sah er einen rudernden Arm. Er packte ihn und zog Brooke zur Wasseroberfläche.

Prustend kam sie hoch und ließ sich in seine Arme fallen. Ehe er noch das Salzwasser aus den Augen blinzeln konnte, hatte sie sich wie ein Affe an ihn geklammert. Die Arme um seinen Hals geschlungen, die Beine um seinen Hintern. Gänsehaut bedeckte ihren Körper, während ihre aufgerichteten Nippel sich gegen seine Brust pressten. Der Schritt ihrer Hotpants presste sich gegen seinen Hosenschlitz. Und mit den Händen hielt er ihren herrlich runden Arsch umfangen.

Weil sie die Arme um seinen Nacken geschlungen hatte, waren sich ihre Gesichter ganz nahe, während das Auf und Ab der Wellen sie erst näher zueinander- und dann wieder weiter auseinandertrieb. Ihr Herz hämmerte wie wild gegen seine Brust, und er war sich verdammt sicher, dass sein eigenes im gleichen Rhythmus klopfte.

Dec hoffte, es war Erleichterung, was da durch seine Adern floss, aber trotz des eisigen Wassers hatte er das Gefühl, in Flammen zu stehen. Und er war hart. So hart, dass es wehtat.

Von dem Moment an, als er sie in die Arme gezogen hatte, hatte er das Gefühl gehabt, *er* sei derjenige, den es umgehauen hatte. Eine Berührung mit ihrem herrlichen Körper, und er kam sich vor, als wäre er im Zentrum eines Sturms gelandet, aus dem es kein Entrinnen mehr gab.

Vor Kälte und Schreck zitternd, blickte sie ihm tief in die Augen. „Danke, dass du mich gerettet hast", flüsterte sie.

Als ihre Zunge über die verführerische Unterlippe fuhr, um einen Tropfen Meerwasser aufzufangen, lösten sich seine guten Vorsätze in Luft auf, und er konnte einfach nicht länger dagegen ankämpfen.

Eine Hand fest auf ihren niedlichen Hintern gepresst, ließ er die andere über ihren Körper gleiten, bis er ihren Hinterkopf sanft umfassen konnte. Sie schauten einander tief in die Augen, und Dec war sich sicher, dass sie ahnte, was er vorhatte.

„Sag jetzt nichts", brummte er. „Kein einziges, verdammtes Wort."

Als er seinen Mund auf ihren senkte, setzte sein Verstand völlig aus, und er konnte nur noch fühlen. Der Geschmack von Salzwasser haftete noch an ihren Lippen, als er mit der Zunge darüberstreifte, um sie dazu zu bewegen, sie zu öffnen. Brooke klammerte sich noch fester an ihn und drängte sich instinktiv eng an ihn, während er tief in ihre Mundhöhle vordrang. Seine Zungenschläge fanden einen Rhythmus, nach dem sich die unter Hälfte seines Körpers sehnte. Sie schmeckte so herrlich süß nach Karamell und Käsekuchen. Nach Wein und Sex. Nach einem Versprechen von etwas, was er nicht länger leugnen konnte.

Ein lang gezogenes, lustvolles Stöhnen vibrierte an seiner Brust – ihres, nicht seins –, und das Feuer in seinem Inneren loderte immer stärker. Hier und jetzt hätte er ihr am liebsten die Shorts ausgezogen und sich wieder und wieder tief in ihr vergraben, bis sie beide von besinnungsloser Lust übermannt wurden.

Jetzt wusste er, warum er in letzter Zeit so reizbar gewesen war.

Jetzt wusste er, wie weich sie sich anfühlte und wie köstlich sie schmeckte.

Und jetzt wusste er, dass dieser Moment – dieser Kuss – alles war, was ihm jemals vergönnt sein würde. Auch wenn es ihn fast umbrachte, sie loszulassen. Denn wenn es jemals einen Zweifel gegeben hatte, hatte er sich jetzt verflüchtigt.

Dec war ihr verfallen.

Verlangen schoss wie ein heißer Pfeil in Brookes Schoß und setzte ihre Brüste in Brand, die gegen Decs harten Oberkörper gepresst waren.

Sie küsste Declan Kincade.

Wow.

Brooke hat sich schon immer gefragt, wie es wohl im Himmel war, jetzt wusste sie es. Seit vier Jahren war sie seine Assistentin. Woche für Woche hatte sie diesen Mann besser kennengelernt. Sie liebte die Hingabe, mit der er sich um seine Familie und seine Klienten kümmerte. Sie liebte es, dass er sich um Kinder und Kranke sorgte und großzügig für Hilfsprojekte spendete. Sie liebte seine Ernsthaftigkeit, sein Lächeln, sein Herz. Je besser sie ihn kannte, desto heftiger verliebte sie sich in ihn.

Anders als bei den Männern in ihrer Vergangenheit wusste sie, dass er niemals unrealistische Erwartungen an die stellen würde, die ihm am Herzen lagen. Vielmehr würde er sie beschützen und zusehen, dass sich ihre Wünsche erfüllen.

Noch nie hatte es in ihrem Leben jemanden wie ihn gegeben.

Niemals.

Es kam ihr vor, als hätte sie jetzt, in Decs Armen, endlich ihren Platz in der Welt gefunden. Nun musste sie ihn nur noch dazu bringen, dasselbe zu empfinden. Vier Jahre lang hatte sie Hemmungen gehabt, ihm zu zeigen, was sie fühlte. Heute Abend erkannte sie, dass es das Risiko wert war.

Sie konnte sich einen anderen Job suchen.

Einen anderen Declan Kincade hingegen gab es nicht.

Hoffentlich sah er das genauso wie sie.

Doch kaum hatte sie den Gedanken zu Ende gedacht und sich schon fast siegessicher gefühlt, zog Dec den Kopf zurück und beendete den Kuss.

Einen Moment lang ließ er den Blick über ihr Gesicht gleiten, bevor er zu ihrem Mund schaute.

Küss mich noch einmal.

Bitte.

Wassertropfen hingen an seinen dichten dunklen Wimpern, und als er sie mit seinen tiefblauen Augen wieder direkt ansah, ließ die Glut, die sie darin entdeckte, sie erzittern. Seine Erektion presste sich gegen ihre Shorts, während er sie noch immer fest mit den Armen umschlossen hielt.

Sie ahnte, dass die Realität gleich wie ein Vorschlaghammer auf sie niedersausen würde. Er würde sich von ihr zurückziehen.

Bitte nicht.

„Schalt den Kopf aus, Dec." Sie schaute ihm tief in die Augen. „Ich flehe dich an. Versuch einmal im Leben nicht nachzudenken. Fühl einfach nur."

„Zu spät."

Er sah gequält aus, und am liebsten hätte sie ihm Sorgenfalten und Verwirrung fortgeküsst.

„Lass mich raten. Wir haben die Grenze zwischen Chef und Angestellter überschritten, und das hätte nicht passieren dürfen, richtig?"

„Genau richtig." Er hatte die Hände noch immer um ihren Po geschlossen, und sie umschlang ihn mit Armen und Beinen, während er sie zum Strand zurücktrug.

Kaum waren sie auf dem trockenen Sand angekommen, ließ er sie los. Sie klammerte sich weiter an ihn.

„Lass los, Brooke."

„Und wenn ich nicht will?"

Er warf ihr einen scharfen Blick zu und hob die Hände, um ihre Arme von seinem Hals zu ziehen.

Widerstrebend ließ sie ihn los und glitt an seinem Körper hinab. Kaum waren sie getrennt, setzte Dec sich in Richtung Hotel in Bewegung. Moochie, die kleine Verräterin, trottete hinter ihm her.

„Hey, was ist, wenn ich noch mal von einer Welle umgerissen werde?", rief Brooke in dem Versuch, die Situation mit Humor zu retten.

„Geh nie wieder ins Wasser", rief er, ohne sich auch nur umzudrehen.

In verzweifelter Hoffnung griff sie in die nutzlose Kiste der unlogischen Waffen einer Frau. „Willst du mir nicht wenigstens dafür danken, dass ich dir geholfen habe, einen Punkt von deiner Liste zu streichen?"

Die Hoffnung starb einen schnellen Tod, als er mit einem Schimpfwort antwortete und zielstrebig davonmarschierte.

Zurück im Zimmer verfluchte Dec sich, während er darauf wartete, dass Brooke unter der Dusche hervorkam. Sie war schon so lange im Bad. Und sang. Aus voller Kehle. Sie schmetterte einen Song von Carrie Underwood und klang wie eine völlig unmusikalische Kreischeule – schrecklich. Er blickte zu Moochie, die es sich auf dem Bett gemütlich gemacht hatte. „Ich nehme an, dass du daran gewöhnt bist."

Moochie hob eine Pfote, ehe sie sich auf dem Bauch heranrobbte und im nächsten Moment auf seinem Schoß lag.

Haustiere waren nie Teil seines Lebens gewesen, aber als er

das weiche Fell des Hundes streichelte, wurde ihm bewusst, was er versäumt hatte. Vielleicht war es nur die gleichmäßige Bewegung, die seine Nerven beruhigte, aber letztlich war es ihm egal. Denn er wusste, wenn Brooke aus dem Bad kam, würde er sich entschuldigen müssen, und sie würden reden müssen. Das, was am Meer passiert war, durfte keinen Einfluss auf ihr Verhalten im Büro haben, das musste er sicherstellen.

In dem Moment wurde das Wasser in der Dusche ab- und das Singen glücklicherweise eingestellt.

Einige Minuten später öffnete sich die Badezimmertür, und warmer Wasserdampf waberte ins Zimmer. Brooke kam heraus, ein flauschiges weißes Handtuch um den Kopf gewickelt und ein anderes um den Körper. Ein Wassertropfen rann über ihr Dekolleté und verschwand genau dort, wo sie das Handtuch über den Brüsten locker zusammengesteckt hatte. Wie gern hätte Dec jetzt die Hand ausgestreckt, um es runterzuziehen, doch er ließ seine Hände brav auf Moochies Fell.

„Wie ich sehe, habt ihr zwei Freundschaft geschlossen", sagte Brooke.

„Sie ist ein süßer Hund." Moochie blickte bewundernd mit diesen verrückten blauen Augen zu ihm auf.

„Ich glaube, sie ist in dich verliebt. Und das überrascht mich. Normalerweise mag sie nämlich keine Männer."

„Was ist mit deinem Mitbewohner?"

„Oh, Kyle liebt sie." Sie zog sich das Handtuch vom Kopf und benutzte es, um sich das Wasser aus den Haaren zu drücken. „Er ist in einer Familie groß geworden, die eine Tierpension betrieben hat, daher liebt er Tiere, und das spürt sie genau."

„Na, dann habe ich ja Glück gehabt. Ich weiß nämlich gar nichts über Haustiere."

„Sieht so aus, als würdest du schnell lernen."

„Brooke? Wir müssen reden."

„Verdammt." Sie verzog das Gesicht. „Es ist mein Gesang, stimmt's?"

„Was?"

„Mein Gesang unter der Dusche. Ich weiß, es klingt schrecklich, aber ich kann nichts dafür. Es muss die reinste Folter für dich gewesen sein. Ich habe nicht dran gedacht, dass ich nicht allein bin. Tut mir leid."

Ihr fürchterlicher Gesang interessierte ihn im Augenblick einen Scheißdreck.

„Nun, ich glaube nicht, dass Carrie Underwood Angst vor Konkurrenz haben muss, aber dein Gesang ist nicht das, worüber wir reden müssen."

Eine Falte erschien auf ihrer Stirn. „Also sind wir wieder zurück in unseren Rollen als Chef und Angestellte?"

„Zu hundert Prozent." Sehr zu seinem Bedauern.

„Ich nehme mal an, dass du dich jetzt auch noch für den Kuss entschuldigen willst?"

„Das hätte nie passieren dürfen. Ich bin dein …"

„Chef. Ja, ja, ich weiß." Sie spannte die Schultern an. „Wie sollte ich das vergessen? Du erinnerst mich ja ständig daran."

Jetzt war sie sauer. Auf ihn. Weil er so ein verdammter geiler Hund gewesen war, der sich nicht zusammenreißen konnte.

„Brooke …"

„Keine Sorge, *Chef*. Ich werde mich ab jetzt absolut professionell verhalten."

Ehe er etwas antworten konnte, verschwand sie wieder im Bad und schloss die Tür hinter sich. Laut und vernehmlich. Eine Sekunde später wurde der Föhn eingeschaltet, und wenn Dec richtig hörte, ertönten neben dem Brummen des Geräts einige deftige Flüche.

Moochie schaute zu ihm auf, als wolle sie sagen: *Das hast du jetzt ja mal richtig schön versaut, du Blödmann.*

Leider musste er ihr zustimmen.

Sie wechselten die Plätze, Dec ging unter die Dusche, und Brooke durfte sich Gedanken darüber machen, wer wo schlief.

Verdammt.

Sie schlug auf ein Kopfkissen ein.

Ihm hatte der Kuss gefallen.

Sie brauchte kein Gehirnchirurg zu sein, um zu erkennen, wie erregt er gewesen war. Sein Körper hatte das mehr als deutlich zum Ausdruck gebracht. Und wenn sie nicht seine dumme Untergebene wäre, hätte er niemals aufgehört, sie zu küssen. Aber jetzt waren sie hier und lebten *la vida loca*, weil Dec sich schuldig fühlte.

Vielleicht sollte sie auch ein schlechtes Gewissen haben.

Hatte sie aber nicht.

Sie hatte von Anfang an gewusst, dass er einen ziemlich heftigen Schubs brauchen würde. Und auch wenn sie natürlich nicht geplant hatte, sich von einer Welle umreißen zu lassen, war sie nicht böse, dass Mutter Natur sich eingemischt hatte. Sie wünschte nur, dass Dec nicht zum falschen Zeitpunkt wieder zur Vernunft gekommen wäre.

Oder jemals.

Er war wütend auf sich, weil er sich nicht unter Kontrolle gehabt hatte, und Brooke wusste, dass er eine Weile wütend bleiben würde. Sie hatte das schon öfter mitbekommen: Er grübelte, bis sie am liebsten *Stopp* schreien würde. Das war seine Art, Dinge aufzuarbeiten. Er dachte zu viel, plante zu viel, regelte zu viel. Mit ein bisschen Glück und vielleicht dem einen oder anderen Stoß in ihre Richtung würde er hoffentlich noch erkennen, dass nicht der Kopf entschied, wann man sich verliebte. Dec besaß ein großes Herz. Irgendwann, so hoffte sie zumindest, würde es die Oberhand über alles andere gewinnen.

Wenn er sich heute nicht in sie verliebte, gab es immer noch ein Morgen.

Bei einigen Dingen lohnte sich das Warten.

Und auf ihn zu warten lohnte sich definitiv.

Auch wenn sich ihre Mädels in der Dessous-Abteilung da unten in der Zwischenzeit auch über ein wenig Aufmerksamkeit freuen würden.

Einige Minuten später kam Dec aus dem Bad. Seine dunklen Haare waren noch feucht, und er trug eine kurze Sporthose und ein T-Shirt. Brooke konnte fast seine Gedanken lesen – vollständig angezogen würde es leichter sein, der Versuchung zu widerstehen.

Aber vorhin im Meer waren sie auch beide angezogen gewesen, und es hatte keine Rolle gespielt.

Verstohlen musterte er sie und die Shorts und ihr Tanktop. Nachdem er einmal tief Luft geholt hatte, deutete er zum Bett, wo sie zusätzliche Laken, die sie sich an der Rezeption besorgt hatte, diagonal von einem Eckpfosten zum anderen gespannt hatte. „Was … ist das?"

„Das habe ich mal in einem alten Film mit Clark Gable gesehen. Ich dachte mir, wenn das bei ihm und Claudette Colbert funktioniert hat, funktioniert es bei uns bestimmt auch. Du weißt schon, damit alles schön professionell bleibt."

„Nette Idee, aber nicht nötig." Er stemmte seine großen Hände in die schlanken Hüften und betonte damit seine körperlichen Vorzüge noch zusätzlich. „Ich habe vor, auf dem Sofa zu schlafen."

„Das ist nicht nötig. Die Konstruktion hat in dem Film gute Dienste geleistet."

„Kenne ich nicht."
„Nicht?"
Er schüttelte den Kopf.
„Es ist ein wunderbarer Film von Frank Capra über eine Erbin, die vor ihrem Vater davonläuft und sich in einen Zeitungsreporter verliebt, der eine Story wittert. Er verspricht ihr, sie zu dem Mann zu bringen, den sie gerade geheiratet hat, aber sie müssen sich auf dem Weg dorthin ein Zimmer teilen. Also hängt er ein Laken zwischen die Betten und nennt die Konstruktion Mauer von Jericho. Natürlich verlieben sie sich, und die Mauer fällt."
„Natürlich."
„Glaubst du etwa nicht an Happy Ends?"
Er hob seine breiten Schultern. „Ich glaube nicht, dass es jedem vergönnt ist."
Das glaubte sie auch nicht. Aber sie hoffte, dass sie nicht auf der schwarzen Liste des Weihnachtsmanns stand und noch beschenkt werden würde.
„Kann sein." Sie zog die Decke auf ihrer Seite des Bettes zurück. „Aber ich glaube daran, dass wir alle für unser eigenes Glück verantwortlich sind. Leider ziehen manche Menschen es vor, teilnahmslos dazustehen und es durch die Finger schlüpfen zu lassen."
„Hm."
Sie hoffte, dieses *Hm* bedeutete, dass er darüber nachdachte, aber als sie aufschaute, musterte er nur das Bett und rieb sich sein stoppeliges Kinn.
„Und wie soll das jetzt gehen? Das Bett ist ja nicht gerade in der Mitte geteilt."
„Doch, allerdings diagonal, so wie ein Sandwich. Einer von uns muss andersherum schlafen. Auf diese Weise hat man mehr Platz für den Körper, aber weniger für die Beine."

Bei dem nachdenklichen Blick, den er ihr zuwarf, fing ihr Magen an, Purzelbäume zu schlagen. Entweder hielt er sie für völlig verrückt oder … er hielt sie für völlig verrückt.

„Ich sollte dich vermutlich warnen“, sagte sie.

Er riss die Augen auf. „Wovor?“

„Moochie schläft bei mir. Auf der Decke. Und meistens an meinen Füßen. Ich könnte sie natürlich zwingen, sich woanders hinzulegen, doch dann jault sie womöglich die ganze Nacht.“

Ergeben nickte er. „Ich habe noch nie mit einem Hund im Bett geschlafen.“

„Ich weiß.“ Sie seufzte theatralisch. „Ich habe schließlich die Frauen gesehen, mit denen du ausgehst.“

„Ha, sehr witzig.“

„Und noch eins“, fügte sie hinzu. „Kyle meint, ich würde schnarchen. Ich glaube ihm zwar nicht, aber ich schlafe ja immer, woher soll ich es also wissen.“

„Ich kann dir morgen früh einen Bericht abstatten.“

„Ach, eigentlich bin ich gar nicht sonderlich scharf auf diese Information.“ Sie zog die Nase kraus. „Ich habe schon genügend Komplexe.“

„Noch was, worauf ich mich gefasst machen muss?“ Er verschränkte die Arme vor der Brust, und der Stoff des T-Shirts schaffte es kaum, sich gegen die hervortretenden Muskeln zu wehren. „Dass du zum Beispiel eine heimliche Serienmörderin bist, wenn du schlafwandelst?“

„Nein.“

„Dann schlage ich vor, dass wir uns jetzt hinlegen“, sagte er. „Wir haben morgen eine lange Fahrt vor uns.“

„Stimmt.“

Als ob sie Schlaf finden würde, wenn er neben ihr im Bett lag.

„Können wir den Kamin anlassen?“, fragte sie. „Ich liebe es, den tanzenden Flammen zuzusehen. Sie sind faszinierend.“

Dann hatte sie wenigstens in der Nacht etwas zu tun, statt nur von unerreichbaren Dingen zu träumen.

„Kein Problem." Er ging um das Bett herum, und sie hörte, wie er unter die Decke schlüpfte.

Sie stellte sich vor, wie er da lag, das dunkle Haar auf dem weißen Kissen, die Decke nur bis zur Taille hochgezogen, sodass sein kräftiger, wohlgeformter Oberkörper sich unter dem T-Shirt abzeichnete. Ja, diese Vorstellung würde sie mit in ihre Träume nehmen.

Sie drehte sich auf die Seite, schob eine Hand unter die Wange und beobachtete die Flammen im Kamin.

„Schlaf gut", murmelte er.

Fraglich.

Brooke seufzte.

Sehr, sehr fraglich.

5. Kapitel

Als das Morgenlicht sich durch die Ritzen der Fensterläden einen Weg bahnte, öffnete Dec die Augen. Für einen Augenblick hatte er vergessen, wo er war. Sein rechter Arm war eingeschlafen und kribbelte. Die ganze Nacht über war ihm höllisch warm gewesen, weil er ein T-Shirt und Shorts trug. Normalerweise schlief er nackt. Aber mit Brooke …

Brooke.

Er drehte den Kopf und stellte fest, dass während der Nacht die Mauern von Jericho gefallen waren.

Er lag mitten im Bett, mit Brookes Kopf auf seiner Schulter. Sie schmiegte sich an ihn, einen Arm über seine Brust, ein langes Bein über seine Hüften gelegt. Eine gesunde Morgenlatte spannte sich unter seinen Shorts.

Oh, verdammt!

In einem hoffnungslosen Versuch, seine Hormone unter Kontrolle zu bringen, blickte er zur Decke. Aber als Brooke einen leisen Seufzer ausstieß, ignorierte sein Körper alle vorherigen Warnungen. Das Verlangen meldete sich mit aller Macht zurück.

Ihr Haar roch wie eine tropische Nachspeise. Ihre Haut war weich und glatt. Und alles Männliche in ihm schrie geradezu danach, sie herumzudrehen und jede einzelne Zelle ihres Körpers vor Wonne erzittern zu lassen. Er wollte ihre Haut schmecken und sich tief in ihr vergraben, bis sie beide völlig erschöpft und befriedigt waren. Er hatte keine Ahnung, wie es kam, dass die verdammte Mauer eingefallen war, oder wie sie es geschafft hatten, sich auf so interessante Art und Weise miteinander zu verschlingen, aber bis Brooke die Augen öffnete und diesen Fehltritt bemerkte – oder seine heftige Erektion –, würde er einfach ganz egoistisch den Moment genießen.

Nachdem er sie verlangend betrachtet hatte, schob er ihr sanft ein paar Locken aus dem Gesicht. Sie hatte dichte, dunkle Wimpern und glatte, reine Haut. Ihre Grübchen waren nicht zu sehen, aber er wusste genau, wo er jedes einzelne finden könnte.

Oh Gott, sie war wirklich schön. Und witzig. Und süß.

Wenn sie doch bloß nicht seine Angestellte wäre …

Moochie, die sich an Brookes köstliches Hinterteil gekuschelt hatte, nieste und weckte damit ihr Frauchen. Erst streckte Brooke sich, schlug dann die Augen auf und setzte sich abrupt auf. Weder Dec noch seiner Erektion entgingen die harten Nippel, die sich unter ihrem Tanktop abzeichneten.

„Ah herrje.“ Sie fuhr sich mit den Fingern durch ihre zerzausten Locken. „Sieht so aus, als wenn das mit der Mauer nicht funktioniert hätte.“

„Definitiv nicht.“

„Tut mir leid. Wahrscheinlich habe ich sie runtergerissen. Ich schlafe sonst mit einem megagroßen Kissen, einem Riesenteddy, den Kyle mir vor ein paar Jahren zu Weihnachten geschenkt hat, falls ich mal eine richtige Umarmung bräuchte. Er meinte, der Bär würde mich davor bewahren, mir noch einmal so einen Loser von Freund anzulachen.“

„Noch einmal?“

Sie nickte seufzend. „Meistens lerne ich meine Lektionen beim ersten Mal.“

Meistens?

Jetzt war seine Neugier wirklich geweckt.

Er rollte sich zur Seite und stützte den Kopf mit einer Hand ab. „Wie hieß der Loser und was hat er getan, um sich als Loser zu qualifizieren?“

Wieso wollte er das wissen, und was spielte es überhaupt für eine Rolle?

„Zachary. Ein Profi-Surfer. Er wollte mich heiraten."

„Er ist ein Loser, weil er dich heiraten wollte?" Und wieso zum Teufel verspürte Dec den dringenden Wunsch, diesen Surfer-Boy aufzuspüren, um ihm einen Schlag auf die mit Sonnenmilch eingecremte Nase zu verpassen?

„Nein. Er war ein Loser, weil er jeden Cent, den er verdiente, für Surfboards, Wachs und teures Bier ausgab. Und er wollte mich heiraten, damit wir auf ewig in der kleinen Junggesellenbude im Haus seiner Eltern herumhängen und chillen konnten."

„Hört sich an, als hätte der Kerl hochfliegende Ziele verfolgt."

„Es hat Spaß mit ihm gemacht – ungefähr drei Verabredungen lang."

„Also wart ihr nicht länger zusammen?"

„Nein, Gott sei Dank nicht." Mit einer Hand strich sie sich die wilden Locken zurück und rutschte dabei zur Bettkante. „Männer für langfristige Beziehungen sind in Südkalifornien schwer zu finden. Es sei denn, man steht auf Muckibuden-Typen, Möchtegern-Schauspieler, Models oder …"

„Oder was?"

„Oder Typen, bei denen die Karriere an erster Stelle steht."

Autsch.

Sie zog die Knie hoch und schlang die Arme um die Beine, wobei sie leider, leider die beste Aussicht verdeckte, die er seit … gestern Abend, als sie nass und kalt gewesen war, gesehen hatte. „Und du? Auch keine langjährige Freundin?"

„Seit der Highschool nicht mehr."

„Ernsthaft?" Als er nickte, hakte sie nach. „Wie hieß sie? Und wie lang war langjährig?"

„Cindy, und langjährig wäre auch maßlos übertrieben. Sechs

Monate. Traurigerweise wurde ich wegen eines Gitarristen sitzengelassen, der Haare bis zur Taille hatte. Er trug schwarzen Eyeliner, schwarzen Nagellack und spielte in einer Heavy-Metal-Band."

„Oooh." Ihre Grübchen kamen zum Vorschein. „Und du warst nicht musikalisch?"

„Nee. Und schwarzen Nagellack hatte ich auch nicht."

„Wie traurig."

Ihre theatralische Pose mit dem zur Seite geneigten Kopf und dem übertriebenen Schmollmund brachten ihn zum Lachen. „Das ist über 15 Jahre her. Bis eben hatte ich seitdem keinen Gedanken mehr an sie verschwendet."

„Also hat sie dir nicht das Herz gebrochen, und du hast nicht Tag und Nacht damit verbracht, sehnsüchtig auf ihr Foto zu starren?"

„Wohl kaum. Du weißt doch, wie es auf der Highschool zugeht. Das sind doch alles keine festen Geschichten."

„Offensichtlich war ich auf einer anderen Art von Schule. Entweder das, oder ich hab nicht mitbekommen, was da lief. Wie auch immer, wir alle brauchen jemanden, den wir lieben, sonst werden wir alt und verbittert."

„Ist das so?"

„Ja, klar." Sie nickte. „Deshalb habe ich Moochie. Sie kann mich zwar nicht ins Kino oder zum Essen einladen, aber im Schmusen ist sie großartig. Und sie hält mich davon ab, eine verrückte Katzenlady zu werden."

Zu gern hätte er ihr erzählt, dass auch sie beim Schmusen ziemlich weit vorn dabei war. Aber damit würde er zu viel preisgeben. Besser, er ließ sie jetzt erst einmal ins Bad, damit er sich sammeln konnte. Oder zumindest seine untere Körperhälfte davon überzeugen konnte, dass in absehbarer Zeit keine Action zu erwarten war.

„Also hattest du keine große Highschool-Liebe?“, wollte er wissen.

„Doch, natürlich.“ Sie seufzte. „Er hieß Mr. Cruz und war mein Geschichtslehrer. Er hatte verträumte dunkle Augen und seine Krawatte passte immer perfekt zu seinem Hemd. Es versteht sich von selbst, dass die Anziehung sehr einseitig war.“

„Zum Glück, sonst müsste ich ihm mal die Gedanken polieren.“

„Oh, also bist du doch ein wahrer Ritter.“

„Vielleicht prügele ich mich einfach nur gern.“

„Vielleicht bist du aber auch zu bescheiden, um zuzugeben, dass du einer Jungfrau in Nöten zur Hilfe eilen würdest.“

Ende der Unterhaltung.

Er wusste, dass sie in Gedanken dort war, wo er sie gestern Abend aus dem Meer gefischt hatte. Auch seine Gedanken wanderten zu dem Kuss und wie sehr er sich gewünscht hatte, sie auszuziehen und direkt dort am Strand zu lieben.

Doch das würde nie und nimmer passieren.

„Wird Zeit, dass wir uns anziehen und auf den Weg machen.“

Als sie endlich auf dem Sunshine-Creek-Weingut ankamen, war es spät und dunkel. Nichts regte sich. Abgesehen von kurzen Kaffee- und Pinkelpausen waren sie schnurstracks durchgefahren.

Kein Spaß mehr.

Kein Flirten mehr.

Und definitiv keine Küsse mehr.

Je weiter sie sich dem Sunshine Valley genähert hatten, desto stiller war Dec geworden. Als sie jetzt das Tor zum Weingut durchfuhren, wirkte er erschöpft und schien möglichst schnell aus dem Auto springen zu wollen. Vor allem aber hatte Brooke den Eindruck, dass er von ihr wegwollte.

Es war nicht so leicht, etwas zu erkennen, als sie den langen, kurvenreichen Weg durch die Weinberge entlangfuhren und schließlich vor einem kleinen Backsteingebäude stehen blieben.

„Das war das Haus meiner Großeltern", erklärte Dec und stellte den Motor aus. „Es war das erste Gebäude auf dem Besitz. Hier haben meine Brüder und ich die Sommer verbracht. Es macht nicht viel her, aber es ist abgeschieden genug, dass wir in Ruhe arbeiten können."

„Also … übernachten wir beide auch hier?" Sie versuchte, nicht allzu hoffnungsvoll zu klingen. Dec für sich ganz allein zu haben kam ihr vor wie ein Traum.

Selbst wenn er das nicht so sah.

Er nickte kurz. „Das Haus hat mehrere Schlafzimmer und eine Terrasse nach hinten raus zum Bach. Es gibt Internet und einen Festnetzanschluss. Also sind wir bestens versorgt." Er stieg aus und brachte ihr Gepäck ins Haus.

Mit Moochie auf dem Arm folgte sie und schaute zu, wie er aufschloss, das Licht anschaltete und zur Seite trat, um sie vorzulassen.

„Solange ich morgens irgendwie an Kaffee komme, ist alles bestens", sagte sie.

„In der Küche ist alles, was wir brauchen." Er warf die Schlüssel auf den Tisch. „Ich habe Ryan von unterwegs eine Nachricht geschrieben, damit er dafür sorgt."

Natürlich. Wäre ja auch ein Wunder gewesen, wenn Mr. Nur Arbeit – Null Vergnügen an irgendetwas nicht denken würde.

Das Haus war gemütlich. Ein Kamin bildete den Mittelpunkt des Wohnzimmers, und Ledercouch und Sessel sahen weich und einladend aus. Auch wenn sie keine einzige Meile selbst gefahren war, spürte Brooke, dass sich Erschöpfung in ihr breitmachte, während sie gleichzeitig vor Aufregung ein Kribbeln im Bauch verspürte. Solange Dec hierbleiben wollte, würde sie im Grunde mit ihm in diesem herrlichen Haus eingesperrt sein. Und wer wusste schon, was auf so engem Raum alles passieren konnte.

Mit einem an Lächerlichkeit grenzenden Optimismus, das Feuer in dem Mann, der sie so leidenschaftlich geküsst hatte, wieder entfachen zu können, schlenderte sie durchs Haus, bis sie zu den Schlafzimmern kam. „Welches ist meins?“

„Such dir eins aus. Das nach vorne raus ist größer, aber das hintere liegt direkt am Bach.“

„Dann nehme ich das hintere. Ich liebe das Geräusch von plätscherndem Wasser.“

„Soweit ich mich erinnere, ist das hier ein ziemlich friedlicher Ort.“ Mit den Händen in den Hüften blickte er sich im ehemaligen Haus seiner Großeltern um. „Ich denke, es gibt hier nichts, was dich von der Arbeit ablenkt.“

Arbeit.

Brooke hätte ihm am liebsten einen Tritt verpasst.

Im Moment wollte sie gar nicht an Arbeit denken. Und sie wollte auch nicht, dass er an Arbeit dachte. Er sollte vergessen, dass er ihr verdammter Chef war, sie in eins der Schlafzimmer zerren und sie lieben, bis sie nicht mehr gerade laufen konnte.

„Wie ich schon sagte, ich bin gut im Multitasking. Unruhe stört mich nicht.“ Sie hoffte inständig, dass er nicht vorhatte, sie hier einzusperren und von allen fernzuhalten, als hätte sie Lepra.

„Mag sein, aber ich werde trotzdem dafür sorgen, dass dich hier keiner bei der Arbeit stört.“ Er brachte ihr Gepäck in das kleine blaue Zimmer mit dem hübschen Quilt auf dem Bett. „Bist du hungrig?“

„Ich könnte ein Glas Wein oder Bier vertragen, um ein wenig abzuschalten, wenn es so was gibt.“

„Ich bin sicher, dass Ryan uns nur mit dem Besten versorgt hat."

Mit Moochie auf den Fersen gingen sie in die Küche, wo Dec im Kühlschrank eine Flasche Wein fand.

„Das ist ein würziger Moscato. Oder hättest du lieber etwas weniger Süßes?"

„Nein, das hört sich gut an." Sie brauchte nur irgendetwas, womit sie ihre hyperaktive Fantasie eindämmen oder ausschalten konnte. In Richtung Hintertür nickend, fragte sie: „Meinst du, wir können uns raussetzen?"

„Hast du eine wärmere Jacke dabei?"

„Natürlich." Obwohl sie viel lieber seine großen, kräftigen Arme um sich gehabt hätte.

„Gut. Am Bach weht meist eine leichte Brise, und durch die Feuchtigkeit wird es schneller kühl. Wenn du länger draußen bleiben willst, brauchst du eine Jacke."

„Kommst du nicht mit raus?"

Seine zögerliche Miene sprach Bände. Er sah aus wie ein Mann, der die Flucht ergreifen wollte. „Morgen wird wohl ein langer Tag, da sollte ich lieber zusehen, dass ich ein bisschen Schlaf bekomme."

Dec war zweifellos müde, aber das hier klang doch sehr nach einer Ausrede, um von ihr wegzukommen.

Sie hatte verstanden.

„Ist okay. Normalerweise trinke ich zwar nicht allein, aber Angst im Dunkeln hab ich auch nicht. Es macht mir nichts aus, nur mit Moochie draußen zu sitzen. Ist also gar nicht nötig, dass du mich unterhältst."

„Sicher?"

Brooke nickte und versuchte, nicht allzu enttäuscht zu sein. Sie ging in ihr Zimmer, öffnete ihre Tasche und zog einen Kapuzenpulli heraus. Als sie wieder zurück in die Küche kam, war die Tür nach draußen geöffnet, auf der Arbeitsplatte wartete ein volles Glas Wein, und auf der Terrasse loderten bereits Flammen aus der Feuerschale.

Hinter dem orangen Schein des Feuers hob sich Decs Silhouette ab. Als Brooke nach draußen trat, schaute er auf. Das Funkeln, das kurz in seinen Augen aufblitzte, ließ sie neue Hoffnung schöpfen.

„Der Hoodie wird dich nicht sehr warm halten."

„Das passt schon", antwortete sie, obwohl sie viel lieber seine Körperwärme spüren und sich an ihn schmiegen würde.

„Wenn du noch mehr Wein möchtest, ich habe die Flasche wieder in den Kühlschrank gestellt, damit sie kalt bleibt." Er streckte seinen großen, muskulösen Körper. Wenn er jetzt noch so tat, als müsste er gähnen, würde sie anfangen zu heulen. „Wenn du noch etwas brauchst, lass es mich wissen."

Die Hände über all die angespannten Muskeln gleiten zu lassen, wäre für den Anfang schon ganz nett.

„Alles gut."

Ehe er die Tür hinter sich schloss, zögerte er eine Sekunde lang, fast, als würde er es sich am liebsten anders überlegen. Als er dann verschwand und die Tür schloss, war klar, dass ihre Meinung hier nicht gefragt war.

Erschrocken fuhr Dec hoch, als er Lärm von der Rückseite des Hauses hörte. Er blickte auf den Wecker auf dem Nachtschrank und stellte fest, dass er noch nicht einmal eine Stunde geschlafen hatte. Eine kleine Ewigkeit hatte er dagelegen und versucht, die ganze Fahrt aus seinem Gedächtnis zu verbannen.

Nicht, dass er gelitten hatte. Brooke war ein unkomplizierter Mensch. Und ihre lockere Art war einfach unwiderstehlich. Ein Teil von ihm wollte einfach weiter gen Norden fahren und in jedem kleinen Ort am Wegesrand anhalten, nur um zu sehen, wie sich Brookes Miene bei dem erhellte, was sie die unerwarteten Freuden des Lebens nannte.

Aber je näher sie dem Weingut gekommen waren, desto fester hatte sich der Knoten um seine Brust geschnürt. Mit jeder Meile hatte er sich weiter von Brooke distanziert, obwohl sie gar nichts mit seiner Anspannung zu tun hatte.

Nach Hause zu kommen bedeutete, sich vielen Problemen stellen zu müssen. Die ganze Familie – er eingeschlossen – war noch immer geschockt von dem plötzlichen Tod der Eltern. Und auch, dass ihr Vater Geld aus der eigenen Firma veruntreut hatte. Warum zum Teufel hatte er das getan?

Eine Weile hatte Dec es geschafft, die drängenden Fragen zur Seite zu schieben und Brookes Gesellschaft zu genießen. Doch er focht zu viele innere Kämpfe aus, konnte diese nicht länger ignorieren. In der Vergangenheit hatte er Frauen benutzt, um Stress abzubauen oder um die Einsamkeit zu bekämpfen, aber bei Brooke verweigerte er sich solch egoistische Motive.

Sosehr er es auch genossen hätte, mit ihr am Feuer zu sitzen, Wein zu trinken und ihren wunderbaren Körper und Geist zu bewundern, er hatte Abstand gebraucht. Vor der Reise hatte er nicht einmal geahnt, wie viele Risse in seinem Panzer sie entdecken würde. Und niemals hätte er geahnt, wie weit sie jeden einzelnen aufreißen konnte.

Brooke mochte keine teuflischen Absichten verfolgen, aber der Teufel in ihm hatte ihn gedrängt, sämtliche Gelegenheiten zu ergreifen, die sie ihm präsentiert hatte. Und dieser innere Kampf hatte ihn völlig erschöpft.

Obwohl er fix und fertig und obendrein gereizt war, hielt Dec es für seine Pflicht, aufzustehen und nachzusehen, ob alles in Ordnung war. Es war seine Pflicht, dafür zu sorgen, dass Brooke sicher war.

Auch sicher vor ihm selbst.

Er eilte durchs Haus in die Richtung, aus der der Lärm kam. Als er die Terrassentür erreichte, brachte das dröhnende Lachen eines Mannes ihn dazu, ruckartig den Kopf zu heben. Hastig riss er die Tür auf. Neben Brooke am Feuer saß sein Bruder Ethan. An dem Feuer, das Dec für sie angezündet hatte, damit sie es warm hatte. Die beiden lachten und schienen sich köstlich zu amüsieren.

„Was ist denn hier los?" Bei seinem plötzlichen Auftauchen zuckten die beiden zusammen.

„Oh! Tut mir leid." Brookes Lachen erstarb. „Haben wir dich geweckt?"

„Er hat mich geweckt." Dec deutete mit dem Kopf in Ethans Richtung. „Was treibst du denn hier?"

Sein Bruder zuckte mit den Schultern. „Brooke Gesellschaft leisten."

„Mir war nicht bewusst, dass sie Gesellschaft gebraucht hat." Du meine Güte, hatte er tatsächlich gerade geknurrt?

Ethan bedachte ihn mit einem hinterhältigen Grinsen und legte die Hand auf Brookes Arm. „Ich konnte den Gedanken nicht ertragen, dass solch eine schöne Frau an solch einem schönen Abend ganz allein ist."

Ethans Stichelei besiegelte es. Dec war jetzt offiziell angepisst.

„Ich habe ihr gesagt, wenn sie etwas braucht, soll sie zu mir kommen." Dec verschränkte die Arme vor der nackten Brust, weniger, weil ihm kalt war, sondern vielmehr, um sich davon abzuhalten, seinen Bruder zu erwürgen.

„Aber Bro' …" Ethan grinste. Wieder. „Als ich das Feuer gesehen habe, kam der Feuerwehrmann in mir durch, und da habe ich nachgesehen, ob alles in Ordnung ist. Brooke hat gesagt, sie habe nichts gegen ein bisschen Gesellschaft. Schließlich warst du schon in die Heia verschwunden und hattest sie ganz allein gelassen."

„Ähm." Als Brooke aufstand, sprang Moochie von ihrem Schoß. „Ich wollte keinen Ärger bereiten."

„Was heißt hier Ärger?" Ethan stand ebenfalls auf. „Ist doch alles gut, oder, großer Bruder?"

Dec funkelte seinen gut aussehenden jüngeren Bruder an, der bei Frauen immer Extra-Punkte sammelte, weil er bei der Feuerwehr war. Frauen schienen auf Typen zu stehen, die Leben retteten, Feuer löschten und Kätzchen bargen. Ethan hatte recht; er hatte Brooke allein gelassen. Also gab es keinen Grund, ihm die hübsche Fresse zu polieren. Überhaupt keinen Grund. Brooke war Decs Assistentin. Er war ihr Chef. Schluss. Aus. Ende. Wenn sein Bruder mit ihr den Abend verbringen wollte, sollte es Dec nichts ausmachen.

Oder?

Doch. Es machte ihm, verdammt noch mal, definitiv etwas aus.

„Richtig, *kleiner Bruder*." Dec betonte die Worte. „Aber hast du nicht irgendwas anderes zu tun oder so?"

„Nee." Ethan zuckte mit seinen breiten Schultern. „Ich kann morgen früh ausschlafen."

Verwirrt ließ Brooke den Blick zwischen ihnen hin und her schweifen.

„Aber wenn du ausschläfst, was bringt das dem Weingut?", fragte Dec. „Ich dachte, du wolltest uns helfen, wieder in die schwarzen Zahlen zu kommen?"

Ehe Ethan antworten konnte, nahm Brooke ihren Hund auf den Arm. „Ich bin plötzlich schrecklich müde. Ethan, vielen Dank für die nette Unterhaltung. Gute Nacht, Dec. Der Terminplan für morgen liegt für dich bereit, wenn du aufwachst."

Ethan wünschte ihr eine gute Nacht.

Dec wartete, bis Brooke verschwunden war, ehe er lospolterte. „Was zum Teufel?"

Ethans Grinsen war die reinste Provokation. „Gibt es ein Problem, Alter?"

„Ja. Du bist das Problem. Du und die Tatsache, dass du meine Assistentin anbaggerst."

„Sie hat gesagt, sie hat keinen Freund."

„Willst du mich verarschen?" Dec stemmte die Fäuste in die Hüften. „Bitte sag mir, dass ich dich nicht erst in den Boden rammen muss, um es in deinen Dickschädel reinzubekommen."

„Ich kann dir nicht folgen." Unschuld mimend hob Ethan die Hände. „Was genau soll ich in meinen Dickschädel reinkriegen?"

„Ich habe Brooke nicht mitgebracht, damit du dich an sie ranmachen kannst. Wir müssen arbeiten, und ich brauche ihre Hilfe. Wie soll das gehen, wenn du ihr die Zeit stiehlst?"

„Und das ist wirklich der einzige Grund, warum sie dabei ist?"

Dec funkelte Ethan böse an. Nie im Leben würde er Dinge zugeben, die er nicht einmal vor sich selbst zugeben wollte. Schon gar nicht würde er sie laut aussprechen.

„Oh, Scheiße." Ethan lachte. Und bekam sich gar nicht wieder ein. „Warum hast du das nicht eher gesagt?"

„Du wusstest, dass wir arbeiten wollten."

„Nicht das, du Idiot. Sondern dass du scharf auf sie bist. Warum hast du mir nicht erzählt, dass du hinter ihr her bist?"

Dec ballte seine Hände zu Fäusten. In die Enge getrieben, blieb ihm nichts anderes übrig als zu lügen. „Weil es nicht so ist."

„Dann ist sie also Freiwild?"

„Nein. Geh und such dir jemand anderes zum Spielen, Ethan. Sie braucht diese Ablenkung nicht."

„Ha." Ethan verpasste Dec einen leichten Schlag auf die Schulter. „Du meinst, du willst keine Konkurrenz."

„Ich glaube, der Qualm hat dir das Gehirn vernebelt."

„Ach komm, gib doch einfach zu, dass es dich erwischt hat. Sonst brauchst du es der restlichen Männerwelt nicht zu verübeln, wenn wir sie anbaggern." Ethan winkte ihm kurz zu. „Gute Nacht, großer Bruder. Träum was Schönes."

Als Ethan von der Terrasse in die Dunkelheit verschwand, ahnte Dec, dass er heute Nacht keinen Schlaf mehr finden würde. Nebenan schlief Brooke, und seine Gefühle für sie waren anscheinend nur allzu offensichtlich. Das alles konnte nur zu einem Desaster führen.

Schon im Morgengrauen war Brooke auf und joggte zusammen mit Moochie an ihrer Seite die friedliche Landstraße entlang. Leider schwirrten ihr zu viele Gedanken durch den Kopf, als dass sie die Aussicht genießen konnte. Der Schlagabtausch zwischen Dec und seinem Bruder gestern Abend hatte sie verwirrt. Dec war hereingeplatzt (oder, besser gesagt, heraus, da sie ja draußen auf der Terrasse gesessen hatten) und hatte getan, als müsse Ethan sich rechtfertigen, weil er mit ihr sprach. Was glaubte er denn? Dass Ethan ihr gefährlich werden könnte? Gewiss nicht. Ethan war einfach ein gut aussehender netter Typ, der sie mit seinen witzigen Bemerkungen gut unterhalten hatte.

Welche Laus war Dec also über die Leber gelaufen?

Sie konnte sehr gut auf sich selber achtgeben. Schließlich hatte sie als Dreizehnjährige ganz allein ihre Flucht geplant, um sich vor ihren religiös übereifrigen Eltern und deren perversen Plänen in Sicherheit zu bringen. Mutig hatte sie sich lieber in der Dunkelheit der Nacht auf den langen, Angst einflößenden Weg in eine ungewisse Zukunft begeben, statt sich einsperren zu lassen und einem Leben voller Verzweiflung zu ergeben. In dem vollen Bewusstsein, alles, was sie kannte, hinter sich zu lassen. Denn sobald sie die hohe Steinmauer überwunden hatte, den einzigen Weg in die Freiheit, war sie für immer von ihrem alten Leben ausgeschlossen.

Sie blickte auf das Armband an ihrem Handgelenk.

Furchtlos.

Wie gern wollte sie daran glauben, doch jeder Mensch hatte seine Grenzen.

Nachdem sie die Straße überquert hatte, lief sie mit Moochie einen Feldweg entlang, der durch das Weingut führte. Die sanft ansteigenden Hügel waren eine zusätzliche Herausforderung für ihr Fitnessprogramm. Außerdem boten sie einen Ausblick, der kaum zu übertreffen war. Ein von Bäumen gesäumter Bach schlängelte sich durch das Anwesen die Wiesen entlang, was ihr nicht nur den Atem raubte, sondern auch eine innere Ruhe schenkte, die sie in Südkalifornien nie fand. Statt hupender und vorbeirauschender Autos hörte sie nichts als zwitschernde Vögel und das Knirschen von Kies unter ihren Laufschuhen. Ehe sie sichs versah, war sie den ganzen Weg bis in die Stadt hineingejoggt.

Der kleine Ort Sunshine Valley kam ihr vor wie eine Filmkulisse. Rechts und links von der Hauptstraße reihten sich unterschiedlichste interessante Läden und herrlich weiß blühende Bäume aneinander. Und noch viel besser, es duftete nach Zimtschnecken. Als sie und Moochie ihr Tempo drosselten, folgte Brooke dem Duft, der ihr das Wasser im Mund zusammenlaufen ließ, bis zu einem rosafarbenen Gebäude, auf dessen Schild in schnörkeliger Schrift „Sugarbuns Bakery“ stand.

„Mooch? Wir können uns die Kalorien später wieder ablaufen, aber jetzt werden wir hier anhalten.“ Ihr Hund tapste aufgeregt mit den Vorderpfoten auf das Kopfsteinpflaster. „Ich verspreche dir, ich bringe dir auch was mit“, fügte sie hinzu, als sie die Hundeleine an einer Bank im Shabby-Chic-Stil vor dem großen Schaufenster festband.

Das köstliche Aroma von Zimtschnecken, frisch gebackenem Brot und anderen Köstlichkeiten traf sie schon an der Eingangstür, über der eine Glocke fröhlich bimmelte, als Brooke eintrat. Das Innere des Ladens wurde der pinkfarbenen Außenfassade gerecht, die Farben orientierten sich offensichtlich an Cupcake-Streuseln. Am Fenster himmelte sich ein augenscheinlich frisch verliebtes Paar gegenseitig an. Die beiden teilten sich einen Teller, auf dem Zimtschnecken mit dickem Zuckerguss lagen. Weiter hinten an einem Ecktisch aus weißem Gusseisen saß eine Frau mit auffallend orangen Haaren in einem blauen Kleid im 1960er-Jahre-Stil mit Paisleymuster. Ihre weißen Go-go-Stiefel aus Vinyl hatte sie an den Knöcheln gekreuzt, während sie an einem großen Kaffeebecher nippte und sich einen Muffin schmecken ließ.

„Willkommen!" Die rundliche Frau hinter der Glasauslage ließ vermuten, dass sie die süßen Sachen, die sie herstellte und verkaufte, auch gern genoss. Das breite Lächeln und die gesunde Gesichtsfarbe verrieten außerdem, dass sie ihren Job liebte. In Brookes Augen gab es keinen besseren Beweis für die Qualität von Produkten.

„Ich bin Pearl", sagte die Frau. „Und Sie sind neu in der Stadt."

Anscheinend kannte man sich in einer Kleinstadt. Brooke war sich klar darüber, dass sie hier nicht dazugehörte, aber der Gedanke, ein Teil dieser Stadt zu sein, hatte etwas.

„Hallo, ich bin Brooke." Sie streckte die Hand über den Tresen. „Ich war joggen und konnte dem Duft einfach nicht widerstehen."

„Tja." Die Frau zwinkerte ihr lachend zu. „Wir locken unsere Kunden mit allen Mitteln an. Ist gut fürs Geschäft, wissen Sie. Also, wofür haben Sie eine Schwäche?"

„Hm." Brooke beugte sich vor und schaute sich den süßen

Inhalt der Auslage an. Eine Köstlichkeit sah verlockender aus als die andere, einschließlich der süßen kleinen Mäuse, die aus Schokotropfen, einer mit Schokolade überzogenen Kirsche und Mandelsplittern gestaltet waren. „Der Duft von Zimtschnecken hat mich angelockt, daher nehme ich eine davon. Dazu bitte einen großen Karamell-Latte. Und haben Sie zufällig auch noch etwas für meine kleine Freundin draußen?"

Pearl linste um Brooke herum, um einen Blick auf Moochie zu werfen, die die Vorderpfoten gegen die Glastür gestemmt hatte, hineinschaute und mit ihrem schwanzlosen Hinterteil wackelte.

„Oh, was für eine Süße. Da habe ich genau das Richtige." Pearl zwinkerte Brooke noch einmal zu. „Die hab ich direkt hier unterm Tresen, und sie sind ganz frisch." Sie stellte ein Glas mit Hundeleckerlis auf den Tresen. „Ich mach sie selbst, ich kann also garantieren, dass sie ganz gesund sind. Die wedelnden Schwänze verraten mir, dass sie auch gut schmecken."

Sie öffnete den Deckel und packte Leckerlis in eine Papiertüte. „So, und wo kommen Sie her, Schätzchen?"

„Südkalifornien. Ich bin mit meinem Chef hier auf Geschäftsreise."

„Na, da haben Sie ja Glück. Jetzt, wo alles blüht, haben Sie die schönste Jahreszeit erwischt. Für wen arbeiten Sie? Jemand von hier?"

„Sie arbeitet für meinen Neffen." Die Frau mit den orangefarbenen Haaren stand auf einmal neben Brooke am Tresen und zog sie in eine Umarmung. „Ich bin Declans Tante Pippy."

Brooke seufzte erleichtert, dass die auffällig gekleidete Frau mit den strahlend blauen Lidschatten und den Plastikfrüchten an den Ohren nicht irgendeine Spinnerin war, und erwiderte die Umarmung. „Ich freue mich, Sie kennenzulernen."

Tante Pippy musterte sie ausgiebig. „Und ich bin froh, dass du hier bist. Wir duzen uns hier alle. Also, wann seid ihr angekommen?"

„Gestern Abend spät. Dec hat mit Ryan gesprochen, und der hat uns das Häuschen ihrer Großeltern herrichten lassen."

„Hmmm. Also übernachtet ihr beide zusammen in diesem abgeschiedenen Haus." Pippy nickte, sodass ihr knallig leuchtendes und hoch aufgetürmtes Haar ins Schwanken geriet. „Sehr schön."

Nicht ganz sicher, was sie damit andeuten wollte, meinte Brooke: „Es ist ein nettes Häuschen und eignet sich perfekt, um dort für eine Weile unser Büro aufzuschlagen."

„Und romantisch ist es obendrein." Sie versetzte Brooke einen kleinen Stoß mit dem Ellenbogen. „Plätschernder Bach, schattige Terrasse, ein Kamin und der weltweit beste Wein."

„Hey, wenn sie genug von dem gut aussehenden und reichen Kerl hat, nehme ich gern ihren Platz ein." Pearl lachte, als sie Brookes Zimtschnecke auf den Tresen stellte und sich dann daranmachte, ihren Latte zuzubereiten.

Brooke hatte nicht vor, sich zu Klatsch und Tratsch hinreißen zu lassen. Schon gar nicht, da sie selbst auch das Häuschen für äußerst romantisch hielt. Leider war Dec ja nur auf die Arbeit und seine Pflichten konzentriert.

„Ich hatte vor, meine Zimtschnecke und den Latte mit nach draußen zu nehmen", sagte Brooke. „Ich möchte Moochie nicht zu lange allein lassen."

„Moochie?" Pippy drehte den Kopf, und Brooke stellte fest, dass die wilde Frisur von Decs Tante eine Show für sich war.

„Mein Hund." Sie deutete zur Tür, wo ihr süßes kleines Hündchen noch immer mit den Pfoten an der Tür stand und aussah, als würde es lächeln.

„Oh, der ist ja süß."

„Finde ich auch“, meinte Brooke. „Aber ich bin natürlich ein wenig voreingenommen.“

„Ich bin schon fertig mit meinem Frühstück“, sagte Pippy. „Hast du was dagegen, wenn ich dir Gesellschaft leiste?“

„Nein, im Gegenteil.“ Als Pearl einen dampfenden Kaffeebecher auf den Tresen stellte, griff Brooke in ihre Laufjacke, um Geld zum Bezahlen herauszuholen.

„Das lassen Sie mal schön stecken, Schätzchen. Willkommen in Sunshine.“

„Sind Sie sicher?“

Pearl grinste. „Aber klar doch. Und ich bin auch sicher, dass es hier bei uns jetzt interessant werden wird.“

„Nun, dann vielen Dank. Ich verspreche, ich komme wieder.“

„Empfehlen Sie uns einfach weiter und laden Sie mich zur Hochzeit ein. Wir backen auch Torten.“

Sowohl Pearl als auch Tante Pippy lachten leise, während Brooke kurz winkte, ihre Sachen nahm und in Richtung Tür ging.

„Beachte uns einfach nicht“, sagte Pippy, als sie sich draußen auf die Bank setzten. „Aber wir sind so überrascht, dass Declan eine Frau mitgebracht hat. Lässt hoffen, dass es noch eine Hochzeit bei den Kincades gibt, nach der von Jordy und Lucy.“

„Na, da würde ich mir nicht allzu viele Hoffnungen machen.“ Brooke stellte ihren Becher auf den Boden und griff in die Tüte, um Moochie Leckerlis herauszuholen. „Dec hat mich nur mitgenommen, weil diese Woche eine Reihe von Kundenterminen anstehen und er sich gleichzeitig um seine Familienangelegenheiten kümmern wollte.“ Als Moochie sich hinsetzte und Pfötchen gab, belohnte Brooke sie mit einem Leckerli.

„Aber hast du nicht gesagt, dass ihr mit dem Auto hergefahren seid?“, fragte Tante Pippy.

„Ja. Ich habe ihn überredet, weil ich noch nie so weit die Küste hochgefahren bin und gehört hatte, wie schön es sein soll."

„Und mein Neffe hat zugestimmt?"

Brooke nickte.

Ein Lächeln breitete sich auf Pippys grell geschminkten Lippen aus. „Declan hat immer nur Arbeit im Sinn, oder? Wenn er nicht ab und zu einen kleinen Schubs bekommt, um mal die Richtung zu ändern."

„Stimmt. Aber er kümmert sich gut um seine Klienten und deren Anlagen."

„Er kümmert sich auch gut um seine Familie."

„Wie schön."

„Deshalb solltest du nicht glauben, dass er nur mit dir die Küste entlanggefahren ist, um deine Sightseeing-Neugier zu befriedigen."

„Oh, doch. Er hat es überaus deutlich gemacht, dass er der Chef ist und ich die Angestellte bin."

„Aber du empfindest etwas anderes?"

„Ich … äh."

Pippy lachte. „Die Antwort genügt mir."

„Ich versuche, mein Herz nicht auf der Zunge zu tragen. Oder sonst wo. Ich arbeite seit vier Jahren für ihn."

„Das heißt, du bist gut darin, deine Gefühle zu verbergen?"

Brooke zuckte mit den Achseln. „Glaub mir. Er ist nicht interessiert." Sie fütterte Moochie mit einem weiteren Leckerli, bevor sie ein Stück von der warmen Zimtschnecke abbrach. Die Süße breitete sich auf ihrer Zunge aus, und am liebsten hätte sie einen kleinen Freudentanz aufgeführt. „Oh, das ist lecker."

„Probier beim nächsten Mal die Butterscotch-Teilchen. Einfach unwiderstehlich!" Tante Pippy legte den Kopf zurück und seufzte. „Hat dir noch niemand gesagt, dass du nicht alles glauben darfst, was ein Mann dir erzählt?"

„Nicht wirklich.“ Dort, wo sie aufgewachsen war, hatten die Männer der Sekte mit eiserner Faust regiert, und von den Frauen wurde erwartet, dass sie gehorchten.

„Na ja …“ Tante Pippy tätschelte Brookes Bein. „Dann lass mich die Erste sein. Vor allem, wenn es um meine Neffen geht. Sie sind gut aussehend, haben ein großes Herz und sind Alpha-Männchen, die nicht immer die richtigen Prioritäten setzen. Wenn es um Herzensangelegenheiten geht, beharren sie manchmal aus lauter Sturheit auf etwas, was nicht unbedingt das Beste für sie ist.“

Brooke nippte an ihrem Latte. „Ich weiß gar nicht, warum du mir das alles erzählst.“

„Weil dir jemand die Augen öffnen muss.“ Pippy klopfte ihr noch einmal aufs Bein. „Lucy musste Jordy aus seinen Schlittschuhen schubsen, ehe er begriff, was los war. So wie du von Declan sprichst, ist es offensichtlich, dass du im Grunde deines Herzens mehr als nur eine reine Chef-Angestellten-Beziehung willst.“

„Das hörst du daraus, wie ich über ihn rede?“

„Oh, und auch daraus, wie deine Augen aufleuchten. Die Augen sind das Fenster zur Seele, oder nicht?“

Wenn das stimmte, besaß Declan eine wunderschöne Seele.

„Na komm.“ Pippy stand auf. „Ich bringe dich und Moochie nach Hause, damit du anfangen kannst, das sorgfältig geplante Leben meines Neffen durcheinanderzubringen.“

„Ich bin mir nicht sicher, ob das eine gute Idee ist.“

„Oh, Schätzchen.“ Pippy nahm Brookes Kinn in die Hand. „Es ist schön zu wissen, dass Declan jemanden hat, der ihn liebt und an seiner Seite steht. Sein Leben wird in Zukunft ziemlich auf den Kopf gestellt werden. So, und jetzt los. Sieh zu, dass er heute die Arbeit mal liegen lässt und dir stattdessen das Weingut zeigt.“

Brooke hatte noch nie jemanden getroffen, der so deutlich war. Da ihr spontan keine gute Ausrede einfiel, um auf der Bank sitzen zu bleiben, sammelte sie ihre Sachen und den Hund ein und kletterte in Pippys alten, sonnengelben VW-Käfer.

„Mach dich bereit“, rief Tante Pippy. „Ich garantiere dir, es wird holprig.“

Brooke fragte sich, ob sich die Warnung auf Pippys Fahrkünste oder etwas viel Persönlicheres bezog.

6. Kapitel

Als er aufwachte, fand Declan Brookes Nachricht, dass sie mit Moochie joggen gegangen war. Mittlerweile war einige Zeit vergangen, und sie war immer noch nicht wieder aufgetaucht. Bei Dec begannen die Alarmglocken zu schrillen. Er wusste nicht, wie lange oder wie weit sie normalerweise lief, aber sie kannte die Gegend nicht. So etwas wie üble Viertel, die man meiden sollte, gab es hier zwar nicht, aber vielleicht hatte sie sich verlaufen. Vielleicht sollte er sich auf die Suche nach ihr machen. Vielleicht war sie gestürzt und konnte nicht mehr aufstehen.

Er fuhr sich mit den Händen durchs Haar und stöhnte.

Verdammt.

Vielleicht hatte sie auch einen seiner verdammten Brüder getroffen und war dessen Charme verfallen. Er hasste es, dass er einen Anflug von Eifersucht verspürte, aber er konnte es nicht länger leugnen.

Schließlich hielt er es nicht mehr aus und schnappte sich seinen Wagenschlüssel. Kaum hatte er die Haustür geöffnet, kam Tante Pippys VW-Käfer auf die Einfahrt getuckert. Im Wagen saßen Brooke und Moochie, die die Pfoten gegen das Fenster auf der Beifahrerseite gestemmt hatte und ihn mit ihrem glücklichen Hundeblick ansah.

Er stieß einen Seufzer der Erleichterung aus. Anscheinend brauchte er doch keinen seiner Brüder umzubringen.

Jedenfalls nicht heute.

Während er auf die Veranda trat, versuchte er sich ganz normal zu benehmen und nicht zu zeigen, wie angespannt er eben noch gewesen war. Als Brooke aus dem Auto stieg, sprang auch Moochie heraus und rannte direkt auf ihn zu. Der aufgeregte Hund wackelte mit seinem kleinen Hinterteil und rollte sich dann auf den Rücken, damit Dec ihm den Bauch kraulen konnte. Er tat ihm den Gefallen, als Tante Pippy kurz hupte, winkte und in Richtung Haupthaus tuckerte.

„Guten Morgen." Brookes lange Beine näherten sich zügig. „Ich habe deine Tante getroffen."

„Hab ich gesehen." Er rieb noch einmal über Moochies Bauch, bevor er sich aufrichtete, um Brooke anzusehen. „Hattest du Angst?"

„Angst?" Als sie den Kopf zur Seite neigte, schwang auch ihr langer, blonder Pferdeschwanz mit. „Nein. Wieso?"

„Man hat ihr vor ein paar Jahren den Führerschein abgenommen, weil sie ihre eigenen Verkehrsregeln aufgestellt hatte, statt die üblichen zu befolgen."

„Oh nein." Brooke lachte, und das Geräusch hinterließ ein Kribbeln in seinem Inneren. „Gab es einen Unfall?"

„Sie hat das Gesetz mehrfach direkt vor der Nase des Sheriffs gebrochen, und er hat irgendwann aufgehört, sie nur verschroben zu finden."

„Also, eben ist sie ganz ordentlich gefahren. Aber beim nächsten Mal werde ich ihr anbieten, das Steuer zu übernehmen."

„Wie war das Joggen?"

„Herrlich. Aber alles umsonst, ich habe bei Sugarbuns angehalten."

„Zimtschnecken?"

„Ja." Sie seufzte. „Da konnte ich nicht widerstehen. Woher hast du das gewusst?"

Er streckte die Hand aus und wischte ihr einen Krümel Zuckerguss von der Unterlippe. „Hier ist der Beweis."

„Oh.“ Prompt schoss ihre Zunge heraus, um weitere Beweise zu vernichten, und Dec konnte seinen Blick kaum von ihrem Mund losreißen. Es war nicht leichter, seit er wusste, wie es sich anfühlte, sie zu küssen.

Bleib beim Geschäftlichen, Kumpel.

„Hast du Interesse an einem kleinen Spaziergang über das Weingut – an einer Besichtigungstour?“

„Das wäre toll.“ Das Lächeln ließ ihre Grübchen aufblitzen. „Kann Moochie mitkommen, oder soll ich sie lieber im Haus lassen?“

„Soll das ein Witz sein? Mehr Auslauf als hier findest du nirgends für deinen Hund. Gönn ihr ruhig ein bisschen Spaß. Sie war doch gerade zwei Tage in einem Auto eingesperrt.“

„Hast du das gehört, Mooch?“ Der Hund vollführte einen kleinen Tanz, ehe er in Richtung Weingut trottete und einen Stock auflas.

„Na, die braucht man nicht zweimal zu fragen.“

„Sie gehört zur Arbeiterklasse.“ Brooke stopfte die Hände in die Taschen ihrer Jacke. „Sie ist gern beschäftigt. Ich habe immer ein schlechtes Gewissen, wenn ich abends zu müde von der Arbeit nach Hause komme, um noch mit ihr spazieren zu gehen. Daran habe ich nicht gedacht, als ich sie aufgenommen habe. Sie hat mich einfach mit diesen großen blauen Augen angeschaut, da musste ich sie mitnehmen.“

Dass er Brooke so mit Arbeit überhäufte, dass sie nicht einmal mehr die Energie hatte, mit ihrem Hund Gassi zu gehen, bereitete ihm ein schlechtes Gewissen. „Habt ihr einen Garten?“

„Ja“, erwiderte sie, „aber der besteht überwiegend aus Beton und einem Pool. Ein weiterer Grund zur Sorge, denn sie schwimmt gerne, und ich habe immer Angst, dass sie in den Pool springt, wenn wir nicht da sind, und dann nicht wieder rauskommt.“

„Kann man ihn denn nicht umzäunen?" Er versuchte, die schreckliche Vorstellung, dass Moochie ertrank, nicht zuzulassen.

„Nicht wirklich. Wir haben das Haus nur gemietet." Sie trat nach einem Stein, der ein paar Meter weit flog. „Wenn Kyle und Marc heiraten, muss ich mir was Neues suchen. Dann passe ich auf, dass es genügend Platz für Moochie zum Toben und Spielen gibt."

Dec fragte sich, ob sie einen Mitbewohner hatte, weil sie es sich nicht leisten konnte, allein zu leben, oder ob sie einfach gern Gesellschaft hatte. Er wusste, dass der Lohn, den er ihr zahlte, angemessen, wenn nicht sogar üppig war, aber vielleicht war es an der Zeit für eine Lohnerhöhung.

Der Weg, dem sie folgten, wand sich durch die Weinberge mit den langen Reihen unterschiedlicher Weinreben. An den Pflanzen hatten sich schon Blätter gebildet, als Nächstes würden die Früchte wachsen, und dann begann die eigentliche Arbeit.

„Ich hatte ja keine Ahnung, dass das Weingut so riesig ist."

„Das gesamte Grundstück umfasst mehr als dreihundert Morgen." Dec zeigte mit der Hand zu den üppig grünen Wiesen und dem Wald, der sich bis zu den nahe gelegenen Bergen erstreckte. „Wir haben schon überlegt, wie wir das alles noch besser nutzen und damit den Profit steigern können. Die Weine sind großartig, aber wenn man sie nicht an den Mann oder die Frau bringt, nützt das leider nichts."

„Was für Ideen habt ihr?"

„Ein größeres Bed-and-Breakfast-Angebot, ein Restaurant, ein neuer Weinverkostungsraum und eine interessantere Event-Fläche."

„Wow. Das ist eine Menge."

Er zuckte mit den Schultern. „Der Betrieb schreibt im Moment rote Zahlen, also müssen wir etwas tun. Wir sind uns einig, alle mit eigenem Geld und Arbeit dazu beizutragen."

Sie blieb stehen und schaute ihn an. „Ihr alle?“

„Es ist unser Familienerbe. So läuft das doch in einer Familie. In Notzeiten hält man zusammen.“

„Ich …“ Mit gesenktem Kopf ging sie weiter. „Darüber weiß ich nichts.“

„Brooke?“ Er fasste ihren Arm und drehte sie zu sich herum. Sie zog die Stirn kraus, und er war versucht, ihr einen Kuss genau dort in die Mitte der Stirn zu pressen. Ihr abzunehmen, was sie bedrückte. Alles wieder in Ordnung zu bringen. „Du weißt, dass du mir vertrauen kannst. Ich wünschte, du würdest mir erzählen, was passiert ist.“

„Danke.“ Ein gequältes Lächeln erschien auf ihren weichen Lippen. „Ich werde es mir merken.“

„Aber du willst mir nichts erzählen?“

„Vielleicht.“

„Doch nicht jetzt.“

„Jetzt möchte ich wissen, was als Nächstes auf deiner Löffel-Liste steht.“ Sie begann, rückwärts zu gehen, was eher nach einem kleinen Tanz aussah als nach richtigen Schritten. Eins hatte er über Brooke inzwischen gelernt, sie war eine Frau, die die Kunst der Ablenkung perfekt beherrschte.

„Du zuerst“, sagte er, neugierig, was sie in ihrem kreativen kleinen Köpfchen jetzt schon wieder ausgeheckt hatte.

„Ich will mit Delfinen schwimmen.“

„Nicht mit Haien?“

„Nein.“ Sie lachte. „Mit Haien habe ich in Los Angeles häufig genug zu tun.“

„Wie extravagant darf die Liste sein?“

„Sie kann so abgedreht sein, wie du möchtest.“ Sie hob die Hände in die Höhe. „Es ist deine Liste. Es gibt keine Regeln, keine Einschränkungen. Sie kann so weit reichen, wie deine Fantasie es zulässt.“

Er nahm nicht an, dass Sex mit Brooke dazugehörte, geschweige denn, dass er den Wunsch laut äußern sollte, aber im Augenblick würde das definitiv an erster Stelle stehen. „Wie wäre es mit der Eröffnung des neuen Büros in Chicago?"

„Was?" Sie blieb abrupt stehen und stemmte die Hände in ihre kurvigen Hüften. „Nein. Nichts Geschäftliches. Davon hast du schon genug. Denk dir was aus, was Spaß macht. Etwas Beängstigendes oder Lohnendes. Du solltest dich freuen, wenn du es getan hast und dann morgen sterben müsstest."

„Da gibt es so viele Möglichkeiten." So funktionierte sein Gehirn einfach nicht. Sein Kopf war immer voll mit Zahlen, Deals und den Bedürfnissen seiner Klienten.

„Genau."

„Sehr schön." Er versuchte, sich zu konzentrieren, doch das Einzige, was ihm einfiel, war, ihr diese grauen Laufshorts vom Körper zu ziehen.

Die Sekunden verstrichen.

„Dec?" Sie krallte sich in sein T-Shirt und schüttelte ihn ein wenig. „Es gibt mir zu denken, wenn du so lange brauchst, bis dir etwas einfällt."

Es gab ihm zu denken, dass er nur noch auf eine Sache fokussiert war. „Okay, okay. Ich hab's. Wie wäre es mit … meiner Leidenschaft zu frönen?"

„Perfekt! Was ist deine Leidenschaft?"

Du.

„Keine Ahnung."

„Wie willst du ihr dann frönen? Habe ich dir denn in den letzten beiden Tagen gar nichts beigebracht? Wieso weißt du nicht, was es ist?"

„Du kennst die Antwort besser als sonst jemand."

„Weil du zu viel arbeitest."

„Ich weiß nicht, ob es zu viel ist, aber ich arbeite schon viel."

„Oh, Mann." Sie schlug sich gegen die Stirn und stieß einen langen, tiefen Seufzer aus. „Was soll ich nur mit dir machen?"

Ihm würde da eine ganze Reihe von Dingen einfallen.

„Okay, du Schlaumeier." Er verschränkte die Arme vor der Brust. „Was ist deine Leidenschaft?"

„Karaoke."

„Brooke?" Er schaffte es gerade, nicht laut loszulachen. „Ich habe dich singen gehört."

„Ich weiß. Ich bin grottenschlecht. Aber ich liebe es. Also, erschieß mich."

Jetzt musste er doch lachen. Mit Brooke verspürte er viel häufiger das Bedürfnis zu lachen als je zuvor.

„Weißt du, ich fühle mich verpflichtet, dir neue Dinge nahezubringen", sagte sie. „Du steckst jetzt schon zu lange in Anzug und Krawatte, das scheint irgendwas abgeschnürt zu haben. Du kannst gar nicht mehr anders, als in den gewohnten Schubladen zu denken."

„Das stimmt nicht." Er hatte reichlich Ideen, wie er sie lieben konnte. Einschließlich der Benutzung all der Krawatten, die er täglich trug.

„Ach ja?" Sie legte den Kopf schräg und sah ihn skeptisch an.

Scheiße.

Er konnte nichts erwidern, denn auch wenn er hasste, das zugeben zu müssen, hatte sie vermutlich wirklich recht.

„Dachte ich's mir doch. Ich bin enttäuscht von dir, Dec." Mit Moochie, die ihr dicht auf den Fersen war, sprintete sie die Reihe zwischen dem Chardonnay und dem Riesling entlang. „Sag mir Bescheid, wenn du es herausgefunden hast."

„Was hast du vor?", rief er ihr hinterher.

„Spaß haben."

Brooke wusste, wenn sie sich umdrehte, würde Dec sie mit seinen blauen Augen böse anfunkeln, denn sie spürte seinen bohrenden Blick im Rücken.

Normalerweise war sie keine Spielerin. Aber je mehr sie über den Mann erfuhr, an den sie ihr Herz verloren hatte, desto mehr erkannte sie, dass seine Tante recht hatte. Jemand musste an den strikten Schranken rütteln, die er sich selbst auferlegt hatte. Hart arbeiten war ja gut und schön. Bewundernswert. Aber nur Arbeit und kein Vergnügen, das war bestimmt nicht gut für die Seele. Wäre er ihr egal, würde sie sich nicht weiter darum scheren und sich nur um ihr eigenes Leben kümmern. Aber er war ihr nicht egal. Im Gegenteil, er bedeutete ihr viel. Sie konnte nicht danebenstehen und zusehen, wie der Mann, in den sie sich verliebt hatte, das Leben verpasste.

Die Aktion „Bring Dec in Fahrt“ war gestartet.

„Wieso ziehst du so eine finstere Miene?“

Declan sah auf. Er hatte gerade das Büro des Weinguts betreten, wo sein Bruder Ryan und sein Zwillingsbruder Jordan am Kaffeetrinken waren. Er nahm ebenfalls einen Becher aus dem Regal. „Habt ihr genug, um mir was abzugeben?“

„Vielleicht.“ Mit der Schnelligkeit eines Eishockeyspielers schnappte Jordan ihm den Becher aus der Hand. „Wenn du lieb bittest und uns außerdem erzählst, was dir für eine Laus über die Leber gekrochen ist.“

„Als würde dich das interessieren, Mr. Ich-bin-so-glücklich-weil-ich-regelmäßig-flachgelegt-werde.“ Ja, er freute sich darüber, dass sein Zwilling die perfekte Frau gefunden hatte. Und er mochte Lucy wirklich. Aber dieses penetrante und scheißzufriedene Grinsen seines Bruders nervte langsam.

„Ach so, das ist also dein Problem? Dass keine mit dir in die Kiste steigt?“ Ryan lachte laut auf. „Willkommen im Club.“

„Ja." Jordan grinste. „Aber Ryan ist nicht so mies drauf wie du."

Dec wusste, dass sein älterer Bruder sich nicht mehr verabredet hatte, seit seine Frau ihn verlassen hatte. Er war zu sehr damit beschäftigt, seine kleine Tochter großzuziehen und seinen Verpflichtungen auf dem Weingut nachzukommen. Er hätte jedes Recht der Welt gehabt, mies drauf zu sein. Trotzdem saß er hinter dem Schreibtisch, als hätte er nicht die geringsten Sorgen.

„Immerhin kannst du aus deinem Büro rauskriechen und schöne Frauen angucken, während ich hier feststecke und nichts als Wein zu sehen kriege", beklagte sich Ryan. „Abgesehen von einer verrückten, heimlichtuerischen Tante und einer launischen Schwester."

„Alter." Jordan gab Dec den Becher zurück. „Ich habe dir doch schon gesagt, dass deine Assistentin heiß ist und du sie …"

„Halt. Stopp. Ich will nicht, dass du über Brooke redest, als wäre sie irgendeine scharfe Tussi. Sie ist meine Assistentin, und ich erwarte, dass ihr ihr mit entsprechendem Respekt begegnet."

Seine Brüder sahen sich an und fingen dann an zu lachen.

„Was ist?" Oh Gott, sie gingen ihm wirklich auf die Nerven. Sicher, er liebte die beiden und all den Scheiß, aber es kam ihm vor, als würden sie jede Gelegenheit nutzen, um sich über ihn lustig zu machen.

„Dich hat es voll erwischt, kleiner Bruder." Jordan verpasste ihm einen Schlag auf den Arm.

„Du bist nur ein paar Minuten älter, also halt mal den Ball flach."

„Ich bin immerhin ein paar Jahre älter", warf Ryan ein, „und ich sage auch, dass es dich voll erwischt hat."

„Ich habe keine Ahnung, wovon ihr redet." Obwohl er es

natürlich wusste. Allerdings würde er das niemals zugeben. Dec setzte sich. „Also, kommen wir lieber mal zur Sache. Wo stehen wir?"

Ryan legte die Füße auf den Schreibtisch, während Jordan sich auf den Stuhl neben Dec setzte. „Wir stehen oder besser gesagt sitzen im Büro und warten darauf, dass du uns erzählst, warum du so ein verdammter Miesmacher bist."

Mist. So ähnlich hatte Brooke ihn am Strand genannt. Er wusste, was sein Problem war, aber er würde doch jetzt nicht auf Mädchen machen und seine Gefühle vor seinen Brüdern ausbreiten.

„Ich bin müde."

„Ist wohl spät geworden, was?" Jordan hob seinen Becher und trank einen Schluck.

„Hör auf, so zu grinsen, du Idiot." Um nicht der Versuchung zu erliegen, seinem Bruder eins auf die Nase zu geben, schaute Dec zur Seite. „Falls du es vergessen haben solltest, ich bin gestern die verdammte Küste hochgefahren." Und zwei Nächte in Folge hatte er kaum Schlaf bekommen, weil er sich erotischen Fantasien über Brooke hingegeben hatte.

„Und weshalb genau wolltest du unbedingt mit dem Auto fahren?", fragte Ryan. „Normalerweise nimmst du doch immer den Flieger, weil du so in Eile bist. Gab es einen bestimmten Grund, warum du dir Zeit lassen wolltest? Hatte es vielleicht etwas mit deiner heißen blonden Assistentin zu tun?"

Na toll.

Wieder hatten sie ihn in die Ecke getrieben.

Vielleicht sollte Dec sie einfach beide verprügeln, damit sie aufhörten, ihm bescheuerte Fragen zu stellen. „Können wir jetzt endlich zur Sache kommen?"

„Kannst du es?" Jordans Grinsen wurde noch breiter. „Mir kommt's so vor, als wärst du ein wenig abgelenkt."

Abgelenkt? Himmel, ja. „Wie alt seid ihr beide eigentlich? Fünf?"

Seine Brüder lachten ihn erneut aus, beschlossen dann aber anscheinend, dass es fürs Erste reichte.

„Wie geht es Nicole?", fragte Dec. Seit dem Tod ihrer Eltern hatte seine kleine Schwester einiges durchmachen müssen. Ihr Vater hatte zugegeben, dass in der Vergangenheit etwas passiert war, dass Einfluss auf seine Beziehung zu Nicole hatte. Er hatte ihr versichert, dass sie keine Schuld träfe, aber auch, dass er nicht wusste, ob er ihr je der Vater sein könnte, den sie brauchte und verdiente. Kurz darauf waren er und ihre Mutter im Urlaub auf Hawaii bei einem Hubschrauberrundflug ums Leben gekommen. Das war viel zu verkraften für eine junge Frau.

Zum Glück hatte Nicole trotzdem den Schulabschluss geschafft. Viel Hilfe und Unterstützung hatte sie dabei von Lucy bekommen, ihrer Lehrerin, die zudem auch Jordans Verlobte war. Jetzt war Nicole so weit, sich Gedanken über ihre Zukunft zu machen. Trotzdem trieben ihre Stimmungsschwankungen ihre Brüder manchmal noch immer in den Wahnsinn.

„Sie denkt noch stets darüber nach, ob sie ihr Glück in Nashville suchen soll", erzählte Jordan. „Aber Lucy versucht sie zu überzeugen, es erst einmal auf dem College zu probieren."

„Hat sie noch mal gesagt, dass es sich für sie anfühlt, als sei sie gar nicht unsere richtige Schwester?"

„Nein, nicht wirklich", meinte Jordan. „Aber manchmal ertappe ich sie dabei, wie sie uns mustert, und dann habe ich das Gefühl, dass sich die Räder bei ihr in die falsche Richtung drehen."

„Ich werde mal mit ihr essen gehen, während ich hier bin", sagte Dec. „Mal sehen, ob sie mit mir darüber spricht."

Jordan grinste. „Vielleicht solltest du deine heiße Assistentin mitnehmen."

„Du meine Güte, jetzt lass mal gut sein." Dec beugte sich vor und nahm einen Ordner vom Schreibtisch.

„Das sind die letzten Zahlen, abzüglich des Geldes, das Dad veruntreut hat", informierte Ryan ihn.

Dec wollte gerade anfangen, sich den Inhalt genauer anzuschauen, als die Bürotür geöffnet wurde.

„Ach, sieh mal einer an, wen wir hier haben!" Tante Pippy kam, gefolgt von Nicole, Brooke und Moochie, ins Zimmer.

Dec und seine Brüder erhoben sich.

„Hallo." Jordan vergeudete keine Zeit, sondern zog Brooke in eine feste Umarmung, sehr zu Moochies Missfallen. „Schön, dich wiederzusehen."

Ryan schüttelte Brooke geschäftsmäßig die Hand. Auch das gefiel Moochie nicht, was sie durch einen kurzen Kläffer zeigte. So dumm es auch war, Dec verspürte plötzlich Stolz, dass der kleine Hund wenigstens ihn guthieß.

„Ist sie nicht zu süß?" Nicki nahm den Hund hoch und gab ihm einen kleinen Kuss auf die Nase.

„Ich bezweifle, dass Fezzik die Hundehaare an dir gutheißen wird", meinte Jordan. Er hatte seiner Schwester einen Kater geschenkt, ehe er zu seinen letzten NHL-Play-offs gefahren war.

„Er ist doch schon an das Hundeparfum von Ziggy gewöhnt", erwiderte Nicole. Sie blickte Brooke an. „Lucys Golden Retriever ist genauso großzügig mit seinen Haaren wie mit seinen Fürzen. Sehr großzügig!"

Brooke lachte.

„Wir wollten gerade Ideen für das Weingut sammeln", sagte Ryan. „Habt ihr Lust, euch zu uns zu gesellen?"

„Ich dachte, wir warten noch auf Parker und Ethan." Nicht, dass Dec seinen jüngsten Bruder in Brookes Nähe haben wollte, nachdem der gestern Abend schon mit ihr rumgeflirtet hatte.

„Das Warten ist vorbei." Die sprichwörtlichen Teufel kamen ins Zimmer, einen Karton mit Köstlichkeiten von Sugarbuns unterm Arm.

Dec überlegte, ob man der beliebten Bäckerei nicht einen Stand auf dem Marktplatz anbieten sollte, den sie vielleicht als Neuerung hier auf dem Weingut einrichten wollten.

„Hallo, Brooke." Parker umarmte sie. „Wir haben schon gehört, dass du hier bist."

Brooke lächelte. Als Ethan ihr die Hand küsste, fing sie doch tatsächlich an zu kichern. Dec umklammerte seinen Kaffeebecher, um sich davon abzuhalten, seinem Bruder körperliche Schmerzen zuzufügen.

„Setzt euch." Ethan zog Stühle für die drei Frauen herbei, und Moochie machte es sich auf Nickis Schoß gemütlich.

„Ich möchte nicht stören." Brooke schlug die Beine übereinander, und Dec bemerkte sehr wohl, dass jeder einzelne seiner Brüder zusah. „Aber Pippy und Nicole meinten, dass ihr so selten alle am selben Ort seid, und da dachte ich, ich sage kurz Hallo. Und dich, Dec, wollte ich fragen, wann wir uns an den Investmentplan für die Flavios machen wollen."

Dec verzog das Gesicht. Hätte er sich darum gekümmert, ehe er das Haus seiner Großeltern verlassen hatte, hätte sie nicht den Hügel hinaufkommen müssen, wo seine ganz offensichtlich verzauberten Brüder sie in aller Seelenruhe anhimmeln konnten. „Nach dieser Besprechung reicht allemal."

„Du störst übrigens nicht", sagte Ethan und schnappte sich den Stuhl neben Brooke.

Wenn er nicht genau wüsste, dass seine Brüder ihn damit bis an sein Lebensende aufziehen würden, hätte Dec jetzt laut gestöhnt. Doch auf wundersame Weise gelang es ihm, eine professionelle Haltung zu bewahren. „So, sind wir jetzt so weit, dass wir ein paar Ideen sammeln können?"

„Wir brauchen immer noch ein übergreifendes Thema." Nicole kraulte Moochie hinter den kleinen, spitzen Ohren. „Sonst verzetteln wir uns."

„Guter Hinweis", erklärte Dec.

„Unsere Schwester ist nicht nur hübsch", stellte Parker fest und umarmte sie kurz. Ganz offensichtlich wollte er bei ihr gar nicht erst Zweifel an ihrem Platz in der Familie aufkommen lassen. „Sie ist auch noch klug."

Die Unterhaltung driftete von einem Vorschlag zum nächsten, und Dec erkannte, dass seine Schwester recht gehabt hatte. Jeder hatte total andere Vorstellungen, was die Zukunft des Weinguts anging.

Decs Lebensstil ließ ihn etwas Modernes mit schnittigen Linien bevorzugen. Parker stand mehr auf den Toskana-Stil. Ryan fand, Western-Motive wären die bessere Option. Ethan favorisierte einen rustikalen Stil, und Nicole sprach sich für modernen Funk aus, was auch immer das sein mochte. Und Tante Pippy schlug einen Retro-Stil aus den Sechzigern à la Austin Powers vor.

Dec war völlig verwirrt. Wie zum Teufel konnte es angehen, dass sie alle verwandt waren, bei solch unterschiedlichen Vorstellungen?

„Vielleicht hat Brooke ja eine Idee", meinte Dec. „Sie kann objektiver an die Sache herangehen."

„Oh nein. Das möchte ich nicht." Brooke hob eine Hand an die Brust, und, na klar, die Blicke all seiner Brüder wanderten dorthin. „Wirklich nicht."

„Dein Abschluss im Fach Marketing und deine Berufserfahrung prädestinieren dich geradezu", widersprach Dec, ehe einer der testosterongesteuerten Vollidioten sich einmischen konnte. Außerdem wusste er aus Erfahrung, dass Brooke kreativ war. „Du hast doch jetzt alles hier gesehen, da wäre es wirklich schön, deine Vorschläge zu hören."

Ihre Augen weiteten sich, als hätte er ihr ein Geschenk gemacht.

„Ist das für alle okay?“, fragte sie in die Runde.

Als sie darauf allgemeines Kopfnicken und Zustimmung erntete, lächelte sie.

„Na ja … als Allererstes müsst ihr euch fragen, wer ist eure Zielgruppe? Sind es Rentner, die ein festes Budget haben? Junge, unverheiratete Singles? Oder vielleicht Jungverheiratete mit doppeltem Einkommen? Sind es Einheimische? Oder Touristen, die sich ein entspanntes Wochenende machen wollen? Wenn sie verheiratet sind, welcher der Partner war es, der vorgeschlagen hat, nach Sunshine Creek zu fahren, um Wein zu verkosten oder in einem Bed and Breakfast zu übernachten? Sobald ihr das herausgefunden habt, wisst ihr, auf wessen Bedürfnisse ihr euer Konzept zuschneiden müsst und welche Art von Thema umgesetzt werden sollte. Und dann dürfte es relativ einfach sein herauszufinden, wie und wo ihr eure Zielgruppe findet.“

„Brooke hat recht.“ Decs Bewunderung für sie stieg noch einmal gewaltig. Er erkannte, dass sie alle durch den Tod der Eltern und die Entdeckung, dass das Weingut in den roten Zahlen steckte, aufgewühlt waren und das größere Bild aus den Augen verloren hatten. „Wir müssen eine Marktanalyse durchführen. Ich habe einen Kollegen, der das machen und die Informationen schnell für uns aufbereiten könnte.“

„Soll ich ihn anrufen?“ Brooke stand bereits auf, um sich um alles zu kümmern.

„Das wäre großartig. Versuch mal, ihn ans Telefon zu bekommen. Ich komme auch gleich wieder runter ins Haus.“

„Mach ich.“

Dec sah ihr zu, wie sie ihren kleinen Hund nahm, sich verabschiedete und das Zimmer verließ. Als er sich wieder zu seiner Familie umwandte, waren alle Blicke auf ihn gerichtet.

„Was ist?“

Nicki grinste. „Nichts.“

Seine Brüder lachten, und Jordan ließ seine Hand auf Decs Schulter niedersausen. „Das wird bestimmt ein großer Spaß.“

„Wovon zum Teufel redest du?“

„Davon, zu beobachten, wie du vor Brookes hübschen kleinen Füßen dahinschmilzt.“

7. Kapitel

Die Auswahl an Restaurants in Sunshine reichte von Meeresfrüchten und Steak im Pacific Fish House über Mr. Pickle Buns, berühmt für die fettigsten Cheeseburger im Ort, bis zum Pita Paradise, das für gesundes Essen gerühmt wurde. Doch Brooke entschied sich für das Cranky Hank's Smokehouse. Es war eins der Lieblingsrestaurants von Decs Brüdern, ein echtes „Männer-Restaurant", in dem riesige Portionen von gegrillten Rippchen und Kalbsbrust serviert wurden. Die meisten Frauen würden bei derartigen Portionen kapitulieren.

Nicht so Brooke.

Als der Kellner einen enorm großen Teller Rippchen, Kalbsbrust und Hähnchenfleisch zusammen mit Kartoffel- und Krautsalat vor sie stellte, rieb sie sich strahlend die Hände.

„Keine Ahnung, wie du das alles essen willst oder wo du das lässt", meinte Dec voller Bewunderung, dass sie nicht einfach nur Salat bestellt hatte.

„Ich habe nicht vor, das alles jetzt zu essen." Sie spritzte sich süßsaure Sauce über das Essen, ehe sie mit der Gabel in das zarte Hähnchenfleisch stach. „Ich probiere erst einmal alles. Und den Rest lasse ich mir einpacken und nehme ihn mit."

„Du nimmst ihn mit?"

„Machst du das nie? Mehr bestellen, damit du noch was zum Frühstück, Mittag- oder Abendessen am nächsten Tag hast?"

Seine Gabel, gefüllt mit dampfender Kalbsbrust, blieb auf halbem Weg zum Mund in der Luft hängen. „Nein. Wenn du mit vier hungrigen Brüdern aufwächst, kennst du so etwas wie Reste überhaupt nicht."

„Kann ich mir vorstellen. Deine Eltern müssen ja bankrottgegangen sein beim Versuch, euch alle durchzufüttern." Sie nahm ein Rippchen in die Hand und vergrub die Zähne in dem zarten Fleisch. Als sie sich mit der Zunge über den Mundwinkel fuhr, um sich die Grillsauce abzulecken, schloss sie die Augen und stöhnte. „Oh mein Gott, ist das köstlich."

Seine Gabel hing noch immer in der Luft, während er zusah, wie sie einen Bissen Essen in eine sinnliche Erfahrung verwandelte. Wie schaffte sie das bloß immer wieder?

„Was findet sich in deinem Kühlschrank?" Sie leckte sich die Sauce von den Fingern. „Nein. Warte. Lass mich raten."

Man brauchte kein Genie zu sein, um zu erkennen, dass Brooke die Fähigkeit besaß, aus allem ein Spiel zu machen. Und er brauchte noch weniger Köpfchen, um zuzugeben, dass er das wirklich an ihr mochte.

„Joghurt. Eier. Fettarme Milch. Karotten. Sellerie. Und Salat. Und in deinen Schränken steht eine Auswahl an Proteinshakes und Naturreis."

„Du hast das Mikrowellen-Popcorn vergessen."

Sie hob eine ihrer hübschen Augenbrauen. „Das heißt im Grunde, du isst meistens im Restaurant, aber nimmst keine Reste mit nach Hause."

„Auf die Idee bin ich ehrlich gesagt noch nie gekommen. Aber ja, du hast mehr oder weniger recht. Ist das ein Verbrechen?" Er wusste gar nicht, warum er diese Unterhaltung so amüsant fand. Vielleicht lag es daran, dass Brookes Tonfall nicht anklagend, sondern belustigt klang. Er hatte keine Ahnung, wohin all das hier führen würde. Aber als sie noch einmal in ihr Rippchen biss und sich anschließend die Sauce vom Zeigefinger leckte, verfiel Dec ihr mehr als je zuvor. Obwohl er wusste, dass es keine gute Idee war.

„Kein Verbrechen. Aber schade."

Er fand es schade, dass er ihr nicht die Grillsauce von den restlichen Fingern saugen konnte. Sehr schade.

„Okay, du Schlaumeierin. Jetzt drehen wir den Spieß mal um." Irgendwann nach seinem zehnten Geburtstag war ihm tragischerweise der Sinn für Humor abhandengekommen. Seit er nur noch Arbeit im Kopf hatte, hätte ihn niemand, der ihn kannte, je verspielt genannt. Aber Brookes lockere Art entzündete eine Flamme in ihm und weckte in ihm den Wunsch, jeden Spaß mitzumachen. „Was befindet sich in deinem Kühlschrank?"

Sie zögerte keine Sekunde. „Joghurt – aber nicht die fettarme Variante, sondern die mit ganz vielen matschigen Früchten am Boden. Ein Stück Käsekuchen mit weißer Schokolade, Karamell und Macadamianüssen vom Abend vor unserer Abfahrt. Wobei … wahrscheinlich hat Kyle den inzwischen schon verputzt. Eine Gallone zweiprozentiger Milch. Reste von einem mongolischen Essen, die ich wohl wegwerfen muss, wenn ich nach Hause komme. Und ein Tetrapak mit Pinot noir."

„Warte. Du kaufst Wein im Tetrapak?"

„Macht das nicht jeder?"

Er lachte über ihr verschmitztes Lächeln.

„Ich an deiner Stelle würde das meinen Brüdern gegenüber nicht erwähnen."

„Würden sie dann auf mich herabsehen?"

„Nein. Aber sie würden dich wahrscheinlich mit ein paar Kisten vom besten Wein nach Hause schicken, damit du den Unterschied kennenlernst."

„Dann erzähle ich es ihnen auf jeden Fall."

„Also, wenn Reste so was Gutes sind …", er beugte sich vor, „… wieso sind dann immer noch welche in deinem Kühlschrank?"

Sie lehnte sich ebenfalls nach vorn. „Weil ich in ein Auto gestiegen bin, um mit dir die Küste hochzufahren."

„Das heißt, wenn du zu Hause wärst, würdest du diese exotischen Mahlzeiten nicht verkommen lassen."

„Kein Stück. Sie sind viel besser als Essen von der Tankstelle plus Lebensmittelvergiftung." Sie schob sich eine Gabel voll Kalbsbrust, die vor Sauce tropfte, in den Mund, schloss die Augen und stöhnte noch einmal genüsslich.

Dec hätte sich fast noch weiter über den Tisch gebeugt und sie geküsst. Wie viel sollte er noch ertragen, so scharf, wie er ohnehin schon auf sie war? Er war schließlich auch nur ein Mann.

„Kannst du denn überhaupt kochen?", fragte sie.

„Das überlasse ich Parker."

„Aber Parker wohnt in Portland. Wie sollten dir seine Kochkünste irgendetwas bringen?"

„Kannst du kochen?", gab er zurück und wich damit der Frage aus, die er nicht beantworten konnte. Was vielleicht auch daran lag, dass Brooke ihm mit jedem Bissen und jedem genüsslichen Stöhnen das Gehirn ein wenig mehr vernebelte.

„Ich koche wie ein Rockstar", prahlte sie.

„Ach ja?"

Sie nickte.

„Und trotzdem ernährst du dich von Snacks von der Tankstelle und hast Take-away-Reste im Kühlschrank?"

Sie zuckte mit den Schultern. „Ich habe ja nicht gesagt, dass ich jeden Tag wie ein Rockstar koche."

„Ich bin fasziniert, Ms. Hastings."

„Das sollten Sie auch sein, Mr. Kincade."

Okay, er mochte vielleicht keine spielerische Natur haben, aber er genoss das, was hier zwischen ihnen passierte, immens. „Wie wäre es, wenn du dich der Herausforderung stellst und uns morgen Abend etwas kochst?"

„Kein Problem."

„Etwas, was ich noch nie gegessen habe."

„Ach ja? Also keinen kurz gebratenen Thunfisch?"

„Du hast mich schon verstanden."

Sie neigte den Kopf zur Seite und kniff die Augen ein wenig zusammen. „Woher soll ich wissen, was du schon gegessen hast und was nicht?"

„Tja, das wirst du wohl herausfinden müssen."

Schalk blitzte in ihren Augen auf. „Und was bekomme ich, wenn ich dir beweise, dass ich wie ein Rockstar kochen kann? Sorgst du dann für den Nachtisch?"

„Ich dachte, ich hätte bereits erwähnt, dass ich nicht kochen kann." Aber er war durchaus bereit, einen Geschmackstest durchzuführen, wenn ihr Körper als Teller diente.

„Okay. Abgemacht. Ich nehme die Herausforderung an." Ihr spielerisches Grinsen entzündete ein loderndes Feuer in ihm.

Und Dec wurde endgültig klar, dass seine Brüder recht hatten.

Es hatte ihn voll erwischt.

„Oh, mein Gott. Halt an!", schrie Brooke auf dem Weg vom Restaurant nach Hause, und Dec gelang es, voll auf die Bremsen zu treten, ohne die Airbags auszulösen.

„Was ist?"

„Guck doch!" Brooke deutete aus dem Fenster.

THE MOTHER LODE BAR
Heute:
KARAOKE
Bargeldgewinne!

Dec hatte das Verdeck des Cabrios geschlossen, daher war es nicht der Wind, der ihm einen kalten Schauder über den Rücken jagte. Es war das blinkende rot-gelbe Neonschild an der Spelunke, die er und alle seine Brüder – außer Jordan, der damals schon einen Vertrag mit der NHL gehabt hatte – kennengelernt hatten, als sie nacheinander 21 geworden waren.

Damals waren sie eher Satansbraten als Engel gewesen, eine Tatsache, die ihren Eltern zum Glück verborgen geblieben war. Meistens hatten sie sich wie die netten jungen Männer benommen, zu denen ihre Eltern sie erzogen hatten. Eine Stütze der Gemeinde. Ordentliche Kerle, die alten Damen über die Straße halfen. Doch wenn man sie in der Mother Lode losließ, war ihr Benehmen nicht mehr ganz so vorbildlich. Mehr als einmal waren sie aus der Kneipe geflogen und mit blauen Augen und fürchterlichem Kater nach Hause gekommen. Was nicht hieß, dass sie etwas Illegales getan hätten. Sie wollten einfach nur Spaß haben. Und den hatten sie gefunden.

Mehr als einmal.

Dec verkniff sich ein Grinsen bei dem Gedanken.

„Da willst du nicht rein." Er nahm den Fuß von der Bremse und gab wieder Gas. „Das ist eine üble Spelunke."

„Ich liebe Spelunken!"

„Die hier nicht. Da geht es nicht gerade ... schicklich zu."

„Das sind doch die besten." Sie drehte sich herum, um ihn anschauen zu können. „Komm schon, Dec. Mach dich locker. Du könntest Karaoke auf deine Löffel-Liste setzen und sofort abarbeiten."

„Ich werde Karaoke ganz sicher nicht auf meine Liste setzen."

„Aber deine Liste hat erst ... zwei Einträge. Du brauchst mehr. Viel mehr. Und ich finde, Karaoke ist ein heißer Kandidat dafür. Es gibt sogar 25 Dollar für den Gewinner."

Er musste lachen. „Du willst, dass ich mich auf eine Bühne stelle und zum Affen machen, nur um eventuell lausige 25 Dollar zu gewinnen?"

„Komm schon.“ Jetzt lächelte sie ihn verführerisch an und beugte sich über die Armstütze in der Mitte, während sie die Fingerspitzen über seinen Hemdsärmel tanzen ließ und mit ihren dichten, dunklen Wimpern klimperte. „Tu es für mich. Ich singe sogar ein Duett mit dir, wenn du zu ängstlich bist.“

„Ich wiederhole es zum tausendsten Mal, ich habe vor nichts Angst.“ Abgesehen von diesen verrückten Dingen, die sie ihn denken und fühlen ließ. Zum Beispiel, was wohl passieren würde, wenn er sie von ihrem Sitz auf seinen Schoß ziehen würde.

„Außer vor Karaoke.“ Sie hob die Hände über den Kopf und machte Hasenohren.

„Das ist nicht wirklich dein Ernst, oder?“

Sie grinste nur.

„Fuck. Na schön.“ Er wendete, lenkte den Wagen auf den fast voll besetzten Parkplatz und parkte neben einem verbeulten hellgrünen Monster-Truck mit Reifen, die so groß waren, dass man sie als Planschbecken verwenden konnte. Während Erinnerungen an längst vergangene Tage wach wurden, stellte Dec fest, dass weder Brooke noch er selbst passend für die Mother Lode Bar gekleidet war. Brooke entblößte nur wenig Haut (was seine lüsternen Blicke bedauerten), denn sie trug eine flatterige Bluse, Jeans und Sandalen. Er dagegen … „Hätte ich gewusst, dass wir hier landen, hätte ich weder Oberhemd noch Stoffhose angezogen.“

„Sondern?“

„Abgetragene Jeans, Motorradstiefel und eine Harley-Davidson-Jacke.“

„Hast du Angst, dass man dich verprügelt?“ Sie riss die Augen auf. „Und darf ich hinzufügen, dass ich es echt scharf finde, dass du Motorradstiefel und eine Harley-Jacke besitzt?“

„Hast du vergessen, dass ich mit vier Brüdern aufgewachsen bin? Prügeln war unsere Lebensform.“ Und er musste unbedingt dran denken, seine Harley-Jacke aus dem Schrank zu kramen.

Sie stiegen aus, und Dec drückte auf den Schlüssel, um seinen Wagen abzuschließen. Um ganz sicherzugehen, drückte er noch einmal drauf. Trotzdem bestand die Gefahr, dass er, wenn sie wieder aus der Bar kamen, sein schickes rotes Cabrio entweder mit Beulen übersät vorfinden oder gar nicht mehr wiederfinden würde.

„Wenn du Angst hast, beschütze ich dich“, versprach sie. „Dies ist nicht mein erstes Mal in solch einer Spelunke.“

„Brooke?“ Kurz vor dem Eingang blieb er stehen und umfasste ihre Ellenbogen. Er ignorierte die grässliche Musik, die durch die dicken Holzwände schallte, und konzentrierte sich stattdessen auf Brookes süßen Duft und den kleinen Seufzer, den sie ausstieß, als sie ihn anschaute. „Wenn hier jemand beschützt wird, dann du von mir. Du bist meine Assistentin und viel zu wertvoll, als dass ich riskieren würde, dich mit gebrochenem Arm aus einer Kneipenschlägerei herauszuziehen.“

Sie zog die Nase kraus. „Darf ich dich um einen Gefallen bitten?“

„Mich zu einem Karaoke-Wettbewerb herauszufordern reicht dir noch nicht?“

Sie schüttelte den Kopf. „Kannst du bitte, bitte für den Augenblick vergessen, dass ich deine Angestellte bin? Können wir nicht einfach nur ein bisschen Spaß haben, ohne dass es eine Rolle spielt, dass wir zusammenarbeiten? Können wir da nicht einfach reingehen wie … Freunde?“

Freunde?

Genau da lag das ganze Problem.

Je mehr Zeit er mit ihr verbrachte, desto schwerer fiel es ihm, an diese ganze Chef-Angestellten-Sache zu denken. Mit jeder Sekunde, die er in ihrer Gesellschaft verbrachte, wurde die Versuchung größer, sie an sich zu reißen und ihre süßen Lippen zu küssen.

„Ich werde es versuchen." Nein, würde er nicht. Und das wusste er auch verdammt gut. Er musste sie als seine Mitarbeiterin betrachten. Anders ging das nicht. Alles andere würde nur Chaos bedeuten. Und Chaos bedeutete Desaster. Und Desaster bedeutete das Ende der Welt, so wie er sie kannte.

„Super!" Sie hob triumphierend die Arme und vollführte ein kleines Tänzchen, durch das er fast vergaß, dass sie vor dem Eingang zu einer der übelsten Spelunken im Großraum Vancouver standen. Wie gerne hätte er jetzt seinen aufgestauten Gefühlen nachgegeben.

„Komm." Sie öffnete die Tür, schnappte sich seine Hand und zog. „Ich brauche ein paar Fireball-Shots, ehe ich mich auf die Bühne traue."

In einer atomaren Explosion verrauchten seine guten Absichten und fielen als Asche zurück auf die Erde. Er wusste, sobald Fireball-Shots seinen Blutkreislauf erreichten, würde er nicht mehr in der Lage sein, sein überschäumendes Verlangen nach dieser Frau zu unterdrücken, die er als Freund behandeln sollte.

In Brookes Augen sahen alle Spelunken gleich aus. Abgewetzte Tische und Stühle, die sich um eine klapprige Holzbühne herum gruppierten. Neon-Schriftzüge mit kaputten Buchstaben, die Reklame für Bier machten. Ein Holztresen, dessen Oberfläche meist mit einer undefinierbaren, klebrigen Substanz überzogen war. Eine Schüssel mit Erdnüssen, aus der sich kein vernünftiger Mensch bedienen würde, es sei denn, er wäre sturzbetrunken.

Es gab keine Sitzplätze mehr, nicht einmal einen Barhocker.

Während Dec sie durch die johlende und laute Menge in Richtung Bar führte, umschlang er ihre Hand mit seiner großen Hand, was ihr ein Gefühl von Wärme und Sicherheit vermittelte. Selbst wenn er sie nicht berühren würde, wusste sie, dass er sie beschützen würde.

Die Frage war nur, wer würde ihr Herz beschützen?

„Zwei Fireballs." Dec hob zwei Finger in Richtung Barkeeper, der ihn vermutlich nicht hören konnte, da auf der Bühne gerade eine Frau lauthals *Redneck Woman* zum Besten gab. Immerhin hatte die Kandidatin dem Anlass entsprechende Klamotten an. Obwohl Brooke nicht sicher war, ob eine übergewichtige Siebzigjährige in knallengem Jeansrock, bauchfreiem Top und pinkfarbenen Stiefeln tatsächlich punkten konnte.

„Es ist laut hier", rief Dec.

Brooke lachte. „Karaoke klingt laut einfach besser. Die Musik übertönt den Gesang."

Der Barkeeper schob ihnen zwei Shot-Gläser zu. Dec schnappte sich eins und hob es zu einem Toast. „Auf die totale und unweigerliche Demütigung."

Brooke kämpfte mit den enthusiastischen Verkäuferinnen in ihrer Dessous-Abteilung, die diesem sexy Mann ihr Spitzenhöschen hinterherwerfen wollten, während sie mit ihm anstieß und den feurig-scharfen Drink herunterkippte. Die meisten Leute husteten nach einem Shot oder verzogen zumindest das Gesicht. Dec nicht. Er presste einfach die Lippen aufeinander und bestellte eine zweite Runde. Brooke fragte sich, ob er sich Mut zum Singen antrinken wollte oder ob es etwas mit den lüsternen Blicken zu tun hatte, die er ihr während des Essens zugeworfen hatte. Sie hoffte inständig, dass es sich um Letzteres handelte und dass die Blicke nicht nur ihrer blühenden Fantasie entsprungen waren.

„Ich spendiere dir persönlich die 25 Dollar, wenn du ein Solo singst“, forderte sie ihn heraus.

„Ich brauche das Geld nicht.“ Er beugte sich zu ihr vor und brachte seinen köstlichen, warmen, maskulinen Duft mit sich. Mit seinen blauen Augen musterte er ihr Gesicht und ließ den Blick zu ihrem Mund wandern, als sie den Zimtgeschmack von ihren Lippen leckte. „Da musst du schon ein bisschen mehr bieten, damit wir ins Geschäft kommen.“

Flirtete er etwa mit ihr?

Das Lächeln auf seinem fantastisch maskulinen Gesicht deutete das an. Und da Brooke sich selten eine Chance entgehen ließ, tat sie das, was sie am besten konnte – sie traf eine spontane Entscheidung.

„Wie wäre es, wenn ich morgen zum Essen noch meinen ganz speziellen Nachtisch mache?“ Ja. Sie dachte da an Schokoladensirup und Schlagsahne – verteilt auf seinem nackten Körper.

„Abgemacht.“ Er streckte ihr die Hand entgegen.

„Da musstest du ja nicht lange nachdenken.“ Innerlich jubilierte sie.

„Brauchte ich auch nicht.“ Als sie seine Hand ergriff und schüttelte, schenkte er ihr ein Lächeln, das gleichzeitig Unheil verkündete und ein Versprechen zu sein schien.

Und ja!!! Er flirtete mit ihr.

Endlich.

Den Fireball-Whiskey-Göttern sei Dank.

Um sich von den unartigen Gedanken abzulenken, schnappte sie sich die Karaoke-Songliste vom Tresen und reichte sie Dec. „Also, was soll's sein, Cowboy?“

„Cowboy?“ Er grinste. „Soll ich etwa einen Country-Song singen?“

Sie zuckte mit den Schultern. „Wie es dir beliebt. Obwohl,

wenn ich ehrlich bin, kann ich mir nicht so recht vorstellen, dass du zur Country-Fraktion gehörst."

„Ach nein?" Er stieß ein tiefes Lachen aus. „In welche Fraktion würdest du mich denn einordnen?"

„Vielleicht R&B oder ... reines Info-Radio. Ja, ich würde sagen, du gehörst definitiv zu den Typen, die sich nur Wortbeiträge im Radio anhören."

„Hmmm." Er zog die dunklen Augenbrauen zusammen, während er die Songliste durchsah. „Als sogenannter Info-Radio-Hörer habe ich natürlich keine Ahnung, wie Karaoke funktioniert."

„Es ist ganz einfach. Du schreibst deinen Namen und deinen Liedwunsch auf diesen Zettel und gibst ihn dem DJ. Dann brauchst du nur noch darauf zu warten, dass du aufgerufen wirst."

Als er sie mit verführerischem Blick musterte, wurden ihr die Knie weich. „Du willst mich wirklich zwingen, das zu tun?"

„Dich zwingen? Nein. Aber wäre es nicht noch viel beschämender, wenn ich anfangen würde, Angsthase, Pfeffernase zu singen, weil du es nicht draufhast?" Sie kippte ihren zweiten Shot herunter. „Ich mein ja nur."

„Glaub mir." Er kam näher und sprach mit einer tiefen, sexy Stimme direkt in ihr Ohr, sodass sie prompt eine wohlige Gänsehaut bekam. „Ich hab's drauf."

Sie nahm an, dass er nicht mehr wirklich über Karaoke sprach, was ihr durchaus recht war. Vor allem, als er noch ein Stückchen näher rückte. „Wird sich zeigen."

Er ließ den Blick langsam zu ihrem Mund sinken, bevor er ihr wieder in die Augen schaute. „In Ordnung." Er notierte seinen Namen und den Wunschtitel. Als Brooke versuchte, ihm dabei über die Schulter zu schauen, faltete er den Zettel und warf ihn an der Bühne ein.

Als er wiederkam, trank auch er seinen zweiten Shot. „Denk dran, du hast es so gewollt."

„Wieso habe ich auf einmal das Gefühl, dass du nicht fair spielst?", fragte sie.

Ein vielsagendes Lächeln zuckte um seine Mundwinkel. „Weil ich nur spiele, um zu gewinnen."

Die Funken, die zwischen ihnen sprühten, waren unübersehbar und verursachten ein derart herrliches Kribbeln in ihrem Schoß, dass die Dessous-Verkäuferinnen in Ekstase gerieten.

„Du bist dran." Er reichte ihr Zettel und Stift, überlegte es sich im letzten Moment aber anders. „Wenn ich es mir recht überlege." Er schrieb ihren Namen auf und hielt dann die Hand über den Songtitel, den er für sie ausgesucht hatte.

„Woher willst du wissen, was ich will?"

Er hob eine dunkle Augenbraue.

„Was ich singen will?", fügte sie schnell hinzu. Das hatte sie natürlich gemeint. Oder auch nicht.

„Du hast mich hier reingeschleppt. Willst du jetzt etwa kneifen?" Er zuckte mit den Schultern und besaß dann doch glatt die Frechheit, Hasenohren anzudeuten, ehe er ihren Zettel zum DJ brachte.

Als er zurückkam, hatte sie bereits eine dritte Runde Shots vor sich stehen. Mehr als zwei hatte sie bisher nie getrunken, und sie würde das morgen früh bestimmt bereuen, aber sie hatte zu viel Spaß im Moment, um einen Rückzieher zu machen.

„Den brauche ich nicht, um mir Mut anzutrinken." Sie hielt das kleine Glas hoch. „Aber, was soll's."

Er hob ebenfalls sein Glas und grinste sie verschwörerisch an. „Ich auch nicht."

Sie stießen miteinander an, kippten die Drinks herunter, und schon wurde Decs Name aufgerufen.

„Wehe, du lachst.“ Er zeigte mit dem Finger auf sie und machte sich auf zur Bühne.

„Ich versuche es.“ Vergebens. Sie war schon am Lachen.

„Warte mal eine Sekunde.“ Er drehte sich zu ihr um. „Den Alkohol brauche ich nicht, aber ich könnte das hier gebrauchen.“

Ehe Brooke begriff, was die Fireballs angerichtet hatten, nahm er schon ihr Gesicht zwischen seine großen Hände und küsste sie, bis ihr fast schwindelig wurde. Die Leute in der Bar johlten und klatschten, aber mit Decs heißem, sexy Mund auf ihren Lippen nahm Brooke es kaum wahr. Dec machte sich auf den Weg zur Bühne, und Brooke lehnte sich mit zusammengepressten Knien gegen die Bar, um nicht umzukipppen.

Als Dec davonging und dabei so unglaublich heiß und nur leicht aus der Fassung gebracht aussah, beugte sich eine üppig gebaute und spärlich bekleidete Blondine zu ihr herüber. „Meinst du, der wäre auch an einem flotten Dreier interessiert?“

Brooke lachte laut auf und schüttelte den Kopf.

Nicht weil sie Decs sexuelle Vorlieben kannte (wobei sie ganz stark hoffte, bald mehr darüber herauszufinden), sondern weil sie genau wusste: Wenn sie ihn erst einmal erobert hatte, würde sie ihn mit niemandem teilen.

Dec griff nach dem Mikrofon und wirkte dabei völlig gelassen. Brooke schrieb das entweder seinen vielen Finanzierungsgesprächen zu oder den drei hochprozentigen Zimt-Whiskey-Shots, die er innerhalb von knapp fünf Minuten runtergekippt hatte. Als er den Blick schweifen ließ und gegen das Rampenlicht anblinzelte, um Brooke in der Dunkelheit zu finden, wurde ihr Höschen noch feuchter als ohnehin schon.

„Ich bin nicht gerade ein Karaoke-Champ. Aber der Herausforderung einer hübschen jungen Frau gehe ich nie aus dem

Weg." Er zwinkerte in die Menge. „Und schon gar nicht, wenn eine Belohnung winkt."

Die Karaoke-Enthusiasten hoben ihre Flaschen und johlten erneut. Schon im nächsten Moment erklang die Musik. Ohne die Worte auf dem Monitor ablesen zu müssen, brachte Dec eine fantastische Darbietung von Brett Eldredges *Lose My Mind* dar und zeigte dabei an all den richtigen Stellen im Lied auf sie.

In diesem Moment wurde ihr klar, warum Frauen ihre Telefonnummern und Höschen auf die Bühne warfen, wenn dort ein sexy Kerl mit Mikro stand. Aber für Brooke war es mehr. Die Tatsache, dass Dec mit dem Singen dieses Songs andeutete, dass es um sie beide gehen könnte, ließ ihr die Knie weich werden.

Denn ehrlich, wer konnte diesen Kuss verleugnen?

Tiefer, immer tiefer verliebte sie sich in diesen Mann, den sie niemals haben konnte. Denn sobald die Fireball-Shots seinen Blutkreislauf wieder verlassen hatten, würde er wieder zu ihrem Chef werden, und sie konnte sehen, wo sie blieb.

8. Kapitel

Am folgenden Morgen wachte Brooke früh auf und musste spontan lächeln, als sie an den Abend dachte. Dankbar registrierte sie, dass sie keinen Kater hatte. Obwohl er sie nicht noch einmal geküsst hatte, hatte Dec auch den Rest des Abends mit ihr geflirtet. Vor allem, als sie an der Reihe gewesen war, ans Karaoke-Mikro zu treten.

Nachdem sie sich bei der sehr talentierten Miranda Lambert entschuldigt hatte, hatte sie deren Lied völlig verhunzt. Aber das war ja nichts Neues. Sie verhunzte jedes Lied, das sie laut sang. Das Publikum, das zu dem Zeitpunkt schon ziemlich abgefüllt war, schien sich nicht daran zu stören. Und obwohl Dec den 25-Dollar-Gewinn an eine Frau verlor, die eine Vorstellung von *Diamonds Are a Girl's Best Friend* bot, die einer Marilyn Monroe durchaus würdig gewesen war, hatten Dec und sie viel Spaß zusammen.

Am Ende des Abends hatte Dec Jordan angerufen, damit der sie nach Hause fuhr. Brooke hatte vorn gesessen, und Dec hatte seine langen Beine hinten ausgestreckt und es mannhaft ertragen, dass sein Zwillingsbruder ihn gnadenlos aufzog. Brooke hatte sich über ihre Wortgefechte köstlich amüsiert und erkannt, dass sich die beiden viel mehr ähnelten, als Dec zugeben mochte.

Dec hatte sie ins Cottage geleitet. Doch statt in irgendeiner Form anzudeuten, dass die Nacht noch weitere Highlights bereithalten könnte, hatte er ihr lediglich einen Kuss auf die Stirn gedrückt und ihr für einen absolut wunderbaren, katastrophalen Abend gedankt. Hätte er dabei nicht gegrinst, hätte sie ihn vermutlich geschlagen. Als er sie höflich daran erinnerte, dass sie die Wette verloren hatte und er Großes vom Abendessen erwartete, musste sie daran denken, wie er ihr zu Beginn des Abends mit seinem sengenden Kuss die Knie hatte weich werden lassen.

Der Zimt-Whiskey in ihrem Blut hatte es ihr leicht gemacht einzuschlafen, und sie war fest entschlossen gewesen, früh aufzustehen und Decs Wagen vom Parkplatz der Bar abzuholen. Als sie das Auto zuletzt gesehen hatten, war es noch heil und unverbeult gewesen. Mit ein bisschen Glück war es das jetzt immer noch.

Als sie aus ihrem Zimmer kam, war Dec nirgends zu finden. Anscheinend war er schneller als sie gewesen und schon dabei, seinen Wagen zu holen. Also fütterte sie Moochie und ging kurz mit dem Hund Gassi. Anschließend duschte sie, machte sich salonfähig und begann, das Frühstück für sich und Dec vorzubereiten.

Während die Gemüse-Frittata auf dem Herd vor sich hin briet, rief sie im Büro an, um zu hören, ob dort alles reibungslos lief. Als Nächstes fragte sie beim Marketing-Fachmann an, wie er mit den Statistiken des Weinguts vorankam. Sie machte sich Notizen und brachte den Terminplan auf den neuesten Stand, ehe sie sich eine Tasse Kaffee einschenkte und einen Klienten anrief. Und schon war sie wieder voll im Arbeitsmodus. Brooke war klar, dass auch Dec schnell wieder in seine Routine verfallen würde. Und all ihre Bemühungen, ihm zu zeigen, dass es mehr gab, als von morgens bis abends zu arbeiten, würden fortgespült werden wie Fußspuren im Sand.

Heute Abend bekam sie noch einmal eine Chance, daran etwas zu ändern. Irgendwie musste sie sich also trotz des arbeitsreichen Tages, der vor ihr lag, ein Menü, einen Plan und ein Angebot ausdenken, dem Dec nicht widerstehen konnte.

Den Großteil des Tages sprach Dec im Büro mit Ryan, Jordan und Ethan über die geschäftlichen Probleme des Weinguts. Sobald sie die Zahlen von dem Marketingexperten bekamen, konnten sie ihre Ideen in die Tat umsetzen. Doch als sie alle um Ryans Schreibtisch und die Kaffeekanne versammelt waren, einigten sie sich darauf, das Weingut grundlegend aufzumöbeln, neue Flaschenetiketten und Vertriebsmöglichkeiten inklusive.

Decs Erfolg beruhte größtenteils darauf, dass er gut durchdachte Geschäftspläne ausarbeiten konnte. Heute aber fiel es ihm unglaublich schwer, sich zu konzentrieren, denn immer wieder musste er daran denken, wie viel Spaß er gestern Abend mit Brooke gehabt hatte. Er konnte es kaum erwarten, auch den heutigen Abend mit ihr zu verbringen. Sie war eine außergewöhnliche Frau mit vielen Facetten, die er gern noch alle erkunden wollte. Dummerweise fiel es ihm immer schwerer, genau das zu tun, ohne zu vergessen, dass er ihr Chef war.

Bevor er gestern auf die Bühne gegangen war, um sich zum Affen zu machen, hatte er sie geküsst. Um Mut zu schöpfen, hatte er behauptet, was natürlich totaler Quatsch war. Er hatte ihre Lippen auf seinen spüren wollen. Sie hatten sich so wunderbar angefühlt, dass er versucht gewesen war, Brooke aus der Bar zu tragen, damit sie beenden konnten, was sie da angefangen hatten. Nur sein schlechtes Gewissen hatte ihn davon abgehalten, und den restlichen Abend lang hatte er es geschafft, der Versuchung zu widerstehen.

„Na, träumst du mal wieder?“

Decs Kopf fuhr hoch. „Was?“

Ryan stieß lachend Decs Füße vom Schreibtisch, während Jordan, der auf einem Stuhl neben ihm saß, stichelte: „Wir diskutieren hier über die Standardisierung der Weinflaschen und wägen das Pro und Kontra ab, und du hockst da und starrst mit glasigem Blick vor dich hin.“

„Schwachsinn."

„Von wegen Schwachsinn." Ethan zeigte mit dem Finger auf Dec. „Du hast mich neulich fast umgebracht, als du mich draußen vor dem Cottage mit Brooke gesehen hast."

„Warum gibst du nicht einfach nach?", fragte Jordan. „Es sah gestern Abend so aus, als hättest du viel Spaß. Geh mit ihr aus. Lebe endlich ein bisschen."

„Wenn *du* es nicht tust …" Ethan verschränkte die Arme und lehnte sich zurück. „Tue ich es."

Normalerweise war Dec an die Frotzeleien seiner Brüder gewöhnt und konnte sowohl einstecken als auch austeilen. Aber bei diesem Thema verstand er keinen Spaß.

„Warum gebt ihr nicht endlich Ruhe?" Er stand auf und schob den Stuhl mit einem entschiedenen Ruck zurück.

„Und du …", er deutete auf Ethan, „… hältst dich gefälligst von ihr fern."

Nach all dem Mist, den seine Brüder ihm an den Kopf geworfen hatten, brauchte er dringend frische Luft. Dec ging zur Tür. „Ich verschwinde. Wir sehen uns."

Als er die Tür hinter sich schloss, hörte er, wie seine Brüder wie Teenager vor Lachen grölten. Doch selbst nachdem er einmal tief Luft geholt hatte, schaffte er es nicht, Jordans Frage abzuschütteln.

Warum gab er nicht einfach nach?

Wie sollte er ihnen erklären, dass er bereits genügend Schaden angerichtet und Angst vor einem weiteren Schritt hatte? Sicher, es war einfach, sich an der Tatsache festzuklammern, dass Brooke seine Angestellte war, aber sie war einfach keine Frau für eine Affäre. Brooke war eine Frau zum Heiraten. Das Problem war, dass Dec sie auf keinen Fall als Mitarbeiterin verlieren wollte, darum konnte er seinem Verlangen nicht nachgeben. Er brauchte sie. Sie war eine Top-Assistentin, und mehr noch, er wollte sie im Büro um sich haben. Sie machte seinen Tag angenehmer. Leichter. Erträglicher. Mit ihr machte alles viel mehr Spaß.

Wegen seiner Legasthenie hatte er sein Leben lang kämpfen müssen. Er wusste, dass er am besten klarkam, wenn er sich immer nur auf eine Sache konzentrierte. Anders als andere Mitglieder seiner Familie, die hervorragend multitasken konnten, war er darin niemals gut gewesen. Sein Privatleben auf Sparflamme laufen zu lassen, während er an seiner Karriere gearbeitet hatte, war deshalb schlichtweg eine Notwendigkeit gewesen.

Er würde viel dafür geben, so zu sein wie seine Brüder. Mit dieser simplen Sorglosigkeit gesegnet zu sein, die ihnen so viel Spaß am Leben einbrachte. Aber er war wie einer dieser verdammten Zauberwürfel. Zu kompliziert. Zu verdreht. Und ein zu großes Rätsel, als dass jemand es lösen wollte.

Seine Gefühle für Brooke hatten alles verändert.

Sein Privatleben schien völlig außer Kontrolle geraten. Er kannte seine Grenzen. Seine Erfolge mit Frauen waren nicht eben ruhmreich. Brooke hatte etwas Besseres verdient. Und obwohl sie süß, höllisch sexy und seinen Avancen offenbar nicht abgeneigt war, würde es ihn umbringen, wenn er in ihre dunkelbraunen Augen schauen und dort Enttäuschung sehen würde.

Was, wenn er sie verlor und zusehen musste, wie sie sich mit einem anderen zusammentat? Er wusste nicht, ob er damit umgehen könnte. Und obwohl er, abgesehen von seinem beruflichen Erfolg, nie etwas mehr gewollt hatte als sie, wusste er, dass er sie niemals wirklich haben konnte.

Nicht einmal für nur eine Nacht.

Schon gar nicht nur für eine Nacht.

Er ging zum Parkplatz und hatte seinen Wagen fast erreicht, als eine große, kühl wirkende Blondine aus einem silbernen Wagen stieg, der einige Plätze weiter geparkt war.

„Kann ich Ihnen helfen?“, rief er ihr zu.

Eine dunkle Sonnenbrille verhüllte ihre Augen, aber die Art, wie sie sich bewegte, ließ ahnen, dass sie sich entweder verfahren hatte oder verwirrt war.

„Hallo.“ Sie glitt mit der Hand zum Bündchen ihrer Jeans. „Ich suche das Büro des Weinguts.“

„Das ist dort drüben.“ Er zeigte mit dem Daumen zu dem kleinen Schild mit der Aufschrift „Büro“, das an der Tür zum Hauptgebäude hing. „Aber wir haben eigentlich schon geschlossen.“

„Oh.“ Sie blickte sich um und sah dann wieder zu Dec. „Arbeiten Sie hier?“

„Nicht wirklich. Aber ich kenne die Besitzer gut. Gibt es etwas Bestimmtes, wonach Sie suchen?“

Die Frau trug Jeans, einen leichten Blazer und High Heels. Ihr Outfit wirkte eher geschäftsmäßig als lässig. Ihr langes blondes Haar fiel ihr in weichen Wellen über die Schultern. Sie war attraktiv und wirkte sportlich, kam ihm aber völlig unbekannt vor.

„Ich bin auf der Suche nach Carlton Kincade.“

Dec rauschte das Blut in den Ohren.

„*Carlton Kincade?*“

„Ja.“

Wer zum Teufel war diese Frau, und warum fragte sie nach seinem toten Vater?

„Aus welchem Grund?“ Angespannt presste Dec die Lippen zusammen. Dieser Sache wollte er verdammt noch mal so schnell wie möglich auf den Grund gehen.

„Ich … Es ist eine geschäftliche Angelegenheit.“

„Worum handelt es sich?“

„Es tut mir leid.“ Sie neigte den Kopf. „Wer, sagten Sie, sind Sie?“

„Ich habe gar nichts gesagt."

„Ich verstehe." Sie blickte in Richtung Büro. „Nun, dann vielen Dank." Sie griff ins Auto und holte eine große Handtasche heraus, die sie sich über die Schulter schlang. Anschließend schlug sie die Tür zu und verriegelte sie.

Einen Augenblick lang sah Dec ihr hinterher, als sie zum Hauptgebäude ging, dann folgte er ihr. Eine böse Vorahnung trieb ihn um, als er zu ihr aufschloss und zeitgleich mit ihr den Eingang erreichte. Dec griff an der Frau vorbei und öffnete die Tür.

„Oh." Sie schreckte zusammen, obwohl sie doch gewusst haben musste, dass er direkt hinter ihr war. „Danke."

Er betrat das Gebäude nach ihr. „Das Büro ist in diese Richtung."

Ihre Absätze klackerten auf dem Holzfußboden, bis Dec die Tür zum Büro für sie öffnete. Er sah, wie seine Brüder neugierig die Augen aufrissen, als er unvermutet wieder auftauchte und einen Überraschungsgast mitbrachte.

„Ich dachte, du wolltest gehen?", meinte Jordan.

„Ich habe Ms. …" Er zögerte, weil die Frau sich nicht vorgestellt hatte. Er zugegebenermaßen ja auch nicht.

„Lili MacKay."

„Ms. Lili MacKay draußen auf dem Parkplatz gefunden. Ich sagte ihr bereits, dass wir eigentlich schon Feierabend haben, aber es geht wohl um etwas Geschäftliches. Also habe ich sie hergeführt."

Ryan stand auf und streckte der Frau die Hand entgegen. „Freut mich, Sie kennenzulernen, Ms. MacKay. Was kann ich für Sie tun?"

Sie ließ den Blick von einem zum anderen wandern, ehe sie die Hand um den Gurt ihrer Handtasche schlang. „Ich bin auf der Suche nach Carlton Kincade."

Prompt fiel seinen Brüdern die Kinnlade herunter, und Dec wusste, dass sie sich alle dasselbe fragten.

Warum war diese attraktive junge Frau auf der Suche nach ihrem verstorbenen Vater?

„Setzen Sie sich doch, Ms. MacKay." Ryan deutete auf den Stuhl, den Dec vor Kurzem erst geräumt hatte.

Ihre angespannten Schultern verrieten ihre Nervosität, was wiederum Decs Neugier steigerte. Er lehnte sich gegen die Wand und verschränkte die Arme.

Und wartete.

„Ich bin ein wenig in Zeitnot", sagte Lilli MacKay, ohne sich auf den angebotenen Platz zu setzen. „Ist Mr. Kincade zu sprechen?"

Ryan blieb ebenfalls stehen. Sein Tonfall klang auf einmal leicht eisig. „Ich fürchte, Sie werden sich mit mir begnügen müssen, Ms. MacKay."

„Und wer sind Sie?", fragte sie leicht irritiert und verärgert.

„Ryan Kincade. Das sind meine Brüder Jordan, Declan und Ethan. Ich fürchte, es wird nicht möglich sein, Carlton Kincade zu sprechen."

„Oh? Und warum nicht?"

„Weil er vor über vier Monaten verstorben ist."

Lili MacKay schnappte nach Luft, schwankte leicht und ließ sich auf den freien Stuhl fallen. Mit der Hand griff sie sich an die Brust, während sie auf den Boden starrte. „Ich … Es tut mir so leid. Das wusste ich nicht."

Dec war überzeugt, dass nicht nur ihm, sondern auch seinen Brüdern aufgefallen war, wie sehr die Neuigkeit Lili MacKay aus der Bahn warf. Ihr schneller Atem und die Tatsache, dass sie keinen Ton herausbrachte, verrieten, dass ihr Besuch auf dem Weingut wohl doch eher einer privaten als einer geschäftlichen Angelegenheit geschuldet war.

Wer, zum Teufel, war diese Frau?

Und was wollte sie?

Nach einem Moment schien sie sich wieder gefangen zu haben. Sie stand auf, schwang sich die Handtasche über die Schulter und umklammerte den Gurt so fest, dass die Knöchel weiß hervortraten. „Mein aufrichtiges Beileid. Ich entschuldige mich vielmals für die Störung. Danke, dass Sie sich die Zeit genommen haben."

Als sie zur Tür ging, überlegte Dec kurz, ob er sie aufhalten oder gehen lassen sollte, aber er war zu neugierig.

„Ich bin sicher, dass auch wir Ihnen helfen können, egal, um was für eine geschäftliche Angelegenheit es sich handelt." Er blockierte die Tür. „Warum setzen Sie sich nicht einfach wieder?"

Sie schüttelte den Kopf und wich seinem Blick aus. Wobei er ihre Miene hinter der dunklen Sonnenbrille nicht richtig erkennen konnte.

„Es tut mir leid. Diese Sache ging nur Carlton Kincade etwas an. Ich muss jetzt wirklich gehen."

Als sie nach der Türklinke griff, erkannte Dec die Anzeichen von Stress, und daher ließ er sie gehen. Sobald das Klackern ihrer Absätze nicht mehr zu hören war, drehte er sich zu seinen Brüdern herum, die genauso verblüfft aussahen, wie er sich fühlte.

„Was war das denn?"

9. Kapitel

Dec stieg in seinen Wagen auf dem inzwischen leeren Parkplatz, um zurück zum Cottage zu fahren, die letzten geschäftlichen Angelegenheiten für heute zu klären und dann mit Brooke zu essen. Seit er am Morgen aufgewacht war, hatte er sich darauf gefreut, mehr Zeit mit ihr zu verbringen. Nicht nur, weil sie gestern Abend so viel Spaß gehabt hatten, sondern weil ihre lebendige Art und Unberechenbarkeit in ihm den Wunsch weckten, Möglichkeiten zu erkunden, an die er nie gedacht hatte. Die Mauern, die er um sich errichtet hatte, waren erbaut aus unumstößlichen Regeln und drückender Verantwortung. Vielleicht hielt sie den Schlüssel zum Tor in der Hand und konnte ihn befreien.

Doch damit würde er eine zu große Last auf ihren hübschen Schultern abladen. Es war an der Zeit, einmal selbst tief in sich hineinzuschauen, um zu sehen, aus welchem Stoff er gemacht war. Um herauszufinden, ob er es nicht allein schaffen konnte.

Um herauszufinden, ob er es wert war.

Ehe er auf die Straße bog, schaute er noch einmal auf den leeren Parkplatz zurück. Es gab so viel, was ihm im Weg stand. So viele unbeantwortete Fragen. Natürlich würde er das alles am liebsten beiseiteschieben, doch er fühlte sich denen, die er liebte, verpflichtet. So egoistisch durfte er nicht sein. Wenn er Zeit mit Brooke verbrachte – und das würde er tun –, dann wollte er ihr seine ungeteilte Aufmerksamkeit schenken. Er wollte sie genießen und all die vielen Schichten ergründen, die sie zu einer so faszinierenden Persönlichkeit machten.

Aber um das tun zu können, musste er erst einmal all das zur Seite räumen, was zwischen ihnen stand. Und ganz oben auf dieser Liste war Lili MacKay.

Wer war diese Frau?

Was hatte sie von seinem Vater gewollt?

Warum wollte sie nur mit ihm sprechen?

Hatte sie womöglich etwas mit der Geschichte zu tun, die ihr Vater Nicole gegenüber angedeutet hatte?

Hatte sein Vater mit dieser Frau eventuell eine Affäre gehabt?

Sie war sehr jung. Vermutlich Anfang bis Mitte zwanzig. Auf jeden Fall zu jung für seinen Vater, der immer ein glücklich verheirateter Mann gewesen zu sein schien.

Aber war er das wirklich gewesen?

Wenn sie eine Affäre mit ihm gehabt hatte, warum wusste sie dann nicht, dass er tot war? Die tragischen Neuigkeiten waren wochenlang Stadtgespräch gewesen.

Kam sie nicht aus Sunshine?

Aber angenommen, sie wäre *die andere Frau*, wo könnte sein Vater sie kennengelernt haben? Er war eigentlich immer nur zu irgendwelchen Weinmessen gefahren. Ryan hatte ihn stets begleitet, sodass es im Grunde unmöglich für ihn gewesen war, irgendetwas Heimliches zu tun. Früher war er öfter mal nach Philadelphia gereist, um ihren Onkel zu besuchen, aber …

Warum unterstellten sie ihrem Vater eigentlich alle das Schlimmste? Warum glaubten sie gleich an ein dunkles, schmutziges Geheimnis? Er war ein guter Vater gewesen. Jedenfalls für ihn und seine Brüder.

Leider war ihre Schwester anderer Meinung. Und das war der eigentliche Grund, nach Antworten zu suchen.

Als Dec sein Cabrio vom Parkplatz lenkte, verspürte er einen Stich in der Brust. Er arbeitete gewöhnlich mit Informationen.

Mit Fakten. Er mochte es nicht, wenn man ihn im Unklaren ließ oder nicht richtig informierte.

Das mochte er ganz und gar nicht.

Fehlende Zahlen und Einzelheiten verunsicherten ihn und gaben ihm das Gefühl, machtlos zu sein. Als würde es nicht reichen, dass er wegen seiner Gefühle für Brooke schon so stark gegen die Strömung anrudern musste.

Eigentlich hatte er direkt zum Cottage fahren und den restlichen Abend genießen wollen, doch Neugier und Pflichtgefühl führten ihn in die entgegengesetzte Richtung.

Brooke stand im Cottage und arbeitete ihre Liste ab, um Feierabend machen zu können. Sie hatte sich in dem freien Schlafzimmer ein provisorisches Büro eingerichtet und sich dort den Tag über um die Geschäfte gekümmert. Alle paar Stunden hatte sie Dec eine Nachricht geschickt und ihn über Neuigkeiten auf dem Laufenden gehalten. Zwischendurch hatte sie sich Tante Pippys VW-Käfer ausgeliehen und war in den Supermarkt gefahren.

Es war nicht gerade ein Mega-Store, trotzdem hatte sie zweimal durch den Markt laufen müssen, ehe sie sich entschieden hatte, was sie zum Essen und zum Nachtisch zubereiten wollte. Obwohl sie durchaus mit Pfanne und Käsereibe umgehen konnte, war sie nicht der Kochprofi, als der sie sich gebrüstet hatte. Trotzdem, auch wenn es vielleicht altmodisch klang, wollte sie Dec beeindrucken.

Inzwischen war es schon dunkel geworden, und die Grillen zirpten, aber von dem Mann, mit dem sie ein romantisches Abendessen genießen wollte, war nichts zu sehen.

In seiner letzten Nachricht vor mehreren Stunden hatte er angekündigt, dass er in etwa einer Stunde bei ihr sein würde. Und auch wenn ihr natürlich klar war, dass er erwachsen war und ihr in keiner Weise Rechenschaft schuldete, fing sie langsam an, sich Sorgen zu machen.

Dec kam immer pünktlich, wenn nicht sogar zu früh, zu Verabredungen. Wenn er sich ankündigte, konnte man sich auf ihn verlassen wie auf das Ertönen der Eröffnungsglocke in der Börse. Daher war es äußerst ungewöhnlich, dass er nicht auftauchte.

Es war ungewöhnlich und mysteriös.

Und besorgniserregend.

Brooke gehörte nicht zu den Menschen, die ständig die Uhr im Auge behielten, und sie würde jetzt nicht damit anfangen. Sie war weder seine Mutter noch seine Frau noch seine Freundin. Also bereitete sie in der Küche alles vor und ließ es dann liegen, während sie das Beste hoffte und ins Büro ging. Sie wollte sich die Zeit damit vertreiben, einen Finanzvorschlag für einen neuen Kunden zu erarbeiten. Wenn sie bis Mitternacht nichts von Dec gehört hatte, würde sie oben im Haupthaus anrufen und seine Familie kontaktieren.

Moochie tapste hinter ihr ins provisorische Büro und machte es sich auf ihrem kleinen Hundebett mit dem Leopardenmuster gemütlich. Schon kurz darauf bestätigte ihr leises Schnarchen, dass sie eingeschlafen war.

Erst eine ganze Weile später fuhr ein Wagen auf die Auffahrt, doch Brooke weigerte sich, auf die Uhr zu schauen. Sie überlegte, ob sie bleiben sollte, wo sie war, oder aufstehen und Dec begrüßen. Ehe sie eine wohldurchdachte Entscheidung treffen konnte, die sie weder übertrieben und unangemessen fürsorglich noch verärgert oder klammernd erscheinen ließ, öffnete sich die Haustür.

Wie von der Tarantel gestochen, sprang Moochie auf und raste los, um Empfangskomitee zu spielen. Brooke hörte, wie Dec ihren kleinen Hund lobte, ehe seine schweren Schritte im Flur ertönten und er im nächsten Moment ins Zimmer kam.

Er ließ sich auf den Stuhl vor ihrem Schreibtisch fallen und legte die Fingerspitzen aneinander. „Es tut mir leid."

Sofort ahnte Brooke, dass sie guten Grund zur Sorge gehabt hatte. Sein Gesicht wirkte total angespannt, und die Lippen hatte er fest zusammengepresst.

„Was genau?", fragte sie.

„Dass ich zu spät komme. Ich weiß, dass du kochen wolltest und …"

„Dec, du schuldest mir keine Erklärung."

„Und … ich wollte fragen, ob das Angebot noch steht. Ich bin am Verhungern. Es ist mir auch völlig egal, was es gibt, kann auch Tiefkühl-Pizza sein. Wie wäre es, wenn ich schnell unter die Dusche springe und dir dann helfe, etwas Schnelles zuzubereiten?"

„Gibt es vielleicht etwas, worüber du erst einmal reden möchtest?" Es war offensichtlich, dass etwas geschehen war, was ihn bedrückte.

„Nee. Ich möchte nur duschen, und dann hätte ich gern ein Glas Wein."

„Damit kann ich dienen. Ich meine … du kannst natürlich allein duschen. Da brauche ich nicht …" Ach, du meine Güte. Sie war doch sonst nicht um Worte verlegen. Aber erst ein einziges Mal, nämlich beim Tod seiner Eltern, hatte sie ihn derart aufgelöst erlebt. Sie wollte ihm wirklich gern helfen. Selbst wenn sie sich opfern und ihn unter die heiße Dusche begleiten musste.

„Danke." Mühsam erhob er sich vom Stuhl. „Du bist eine großartige Assi…"

„Stopp." Sie hob abwehrend eine Hand. „Gestern, als ich dich herausgefordert habe, Karaoke zu singen – was du übrigens erstaunlich gut hinbekommen hast –, hatten wir einen Deal. Wir wollten für den restlichen Abend vergessen, dass du Chef bist und ich Angestellte. Wollen wir das nicht heute wieder so halten? Denn, ernsthaft, du siehst aus, als könntest du einen guten Freund gebrauchen."

Er blieb an der Tür stehen und blickte zu Brooke. „Ich bin mir nicht sicher, ob ich dich je als guten Freund betrachten kann."

Mit der Wucht einer Gewehrkugel bohrte sich der Schmerz in ihr Herz.

Während sie geschockt versuchte, sich von der schneidenden Bemerkung zu erholen, verschwand Dec in Richtung Bad. Einen Moment später, als sie die Dusche angehen hörte, vergrub sie das Gesicht in den Händen.

Sie hatte gedacht, sie hätten das *Ja, ich zahle deinen Lohn, und ich werde niemals vergessen, dass ich dein Chef bin*-Problem hinter sich gelassen. Sie hatte gedacht, dass die lange Autofahrt ihnen beiden Spaß gemacht hätte – bis zu einem gewissen Punkt – und dass sie sich als Freunde nähergekommen wären.

Offenbar wurde Denken deutlich überschätzt.

Es gab nicht genügend heißes Wasser auf der Welt, um die Spannung, die sich in Decs Rücken aufgebaut hatte, zu lösen. Trotzdem presste er die Handflächen gegen die Fliesen, beugte sich vor und ließ sich vom heißen Wasserstrahl die Muskeln massieren.

Nachdem er das Büro auf dem Weingut verlassen und seine Brüder mit dem Rätsel zurückgelassen hatte, was es mit der geheimnisvollen Besucherin auf sich hatte, war er in die Stadt gefahren. Er hatte sämtliche Unterkünfte abgeklappert, bis er endlich Lili MacKays Wagen entdeckt hatte. Zu Decs Glück parkte sie vor dem Salty Seagull Inn, einer Familienpension, die von engen Freunden seiner Eltern betrieben wurde. Er war hineingegangen und hatte gefragt, ob Lili als Gast registriert war. Und obwohl man ihm diese Information eigentlich gar nicht geben durfte, hatte er seinen Charme spielen lassen und erfahren, dass sie tatsächlich für drei Nächte eingecheckt hatte. Das bedeutete, dass ihm und seinen Brüdern zumindest noch zwei weitere Tage blieben, um herauszufinden, wer sie war und woher sie kam.

Auch wenn das nicht das Thema war, mit dem er seine Zeit hier in Sunshine hatte verbringen wollen.

Geschweige denn diesen Abend.

Aber wenn jemand daherkam und darauf bestand, mit einem toten Verwandten zu sprechen, und wieder verschwand, ohne den Grund zu nennen, blieb einem nichts anderes übrig, als nachzuforschen. Er hatte sich gerade noch davon abhalten können, an ihre Hotelzimmertür zu klopfen und Antworten zu verlangen. Stattdessen hatte er sich entschieden, seinen Brüdern mitzuteilen, was er herausgefunden hatte. Der eine oder andere von ihnen war manchmal ein Hitzkopf, aber zusammen schafften sie es erstaunlicherweise meist, sich gegenseitig im Zaum zu halten. Da das plötzliche Auftauchen der rätselhaften Blondine auch einen völlig harmlosen Grund haben konnte, bestand keine Veranlassung auszuflippen.

Noch nicht.

Nachdem er mehrere Minuten lang unter dem heißen Wasserstrahl gestanden hatte, lockerten sich Decs Muskeln, und er gab sich angenehmeren Gedanken hin. Obwohl er wusste, dass Brooke sehr eifrig war, hatte er sich vorhin doch gewundert, dass sie noch immer gearbeitet hatte. Noch mehr hatte ihn ihr sorgenvoller Gesichtsausdruck verwundert. Er wusste, er hätte sie anrufen sollen, um ihr Bescheid zu geben, dass er sich verspätete. Es war unfair gewesen, sie so hängen zu lassen. Vor allem, da sie angeboten hatte, für ihn zu kochen.

Aber in seinem Alltag war er niemandem Rechenschaft schuldig, da musste er sich nur um seine eigenen Launen und Termine kümmern. Manchmal, das wusste er, kam er ziemlich egoistisch rüber.

Jetzt zum Beispiel.

Bevor er irgendetwas anderes tat, würde er sich erst einmal entschuldigen müssen. Die Luft reinigen. Und er konnte nur hoffen, dass Brooke nicht allzu sauer war.

Als er sich schließlich abgetrocknet und Jeans und T-Shirt angezogen hatte, duftete es im ganzen Haus köstlich nach Essen. Er ging in die Küche und sah, dass Brooke in einer großen roten Schüssel rührte.

Es war nicht der Anblick des Essens, der ihn dazu bewog, noch einmal genauer hinzuschauen. Es war die Frau mit dem Holzlöffel in der Hand.

In ihrem ärmellosen Blümchenkleid, das ihr bis zu den Waden reichte, sah Brooke einfach atemberaubend aus. Was nicht zuletzt am Ausschnitt des Kleides lag, der genügend von ihrem Dekolleté enthüllte, um ihn, samt einem gewissen Körperteil, in Aufregung zu versetzen.

Warum war ihm das nicht aufgefallen, als er zur Tür hereingekommen war?

Weil er ein Idiot war.

Abgesehen von einigen losen Strähnen, hatte sie ihr Haar auf dem Kopf zusammengebunden, sodass ihr langer, zarter Hals besonders gut zur Geltung kam. Statt dem, was in der Pfanne brutzelte, wollte Dec viel lieber Brookes zarte Haut kosten. Er wollte sich hinter sie stellen, die Arme um sie schlingen und sie eng an sich ziehen, um all das zu genießen, was offen vor ihm lag. Und anschließend all das, was noch unter der Kleidung verborgen war.

Ein unbändiges Verlangen zwang ihn, zu ihr zu gehen.

„Ich wollte nicht, dass du dir noch so viel Mühe machst."

Sie erschrak, als er so plötzlich auftauchte, fing sich aber schnell wieder und lächelte leicht gequält. „Keine große Sache. Ich hatte schon alles vorbereitet."

Er kam näher und nahm den Zitronenduft wahr, der sich mit den anderen Düften aus der Pfanne vermischte. „Für mich ist es eine große Sache."

Sie zuckte mit den Schultern. „Es ist lediglich eine Kleinigkeit, die ich nur schnell fertig mache."

„Vielleicht. Aber abgesehen von meiner Mutter hat noch nie eine Frau für mich gekocht."

Sie sah ihn ungläubig an. „Noch nie?"

Versucht, die Hand auszustrecken und mit dem Finger über ihren langen, samtweichen Hals zu fahren, schüttelte er den Kopf.

„Haben denn nicht all die Frauen, mit denen du ausgehst, versucht, sich den Weg in dein Herz zu kochen?"

„Sie waren mehr daran interessiert, in schicken Restaurants zu essen. Du weißt schon, sehen und gesehen werden."

„Warum triffst du dich denn mit solchen Frauen?" Sie hielt mit dem Rühren inne und neigte den Kopf zur Seite. „Willst du denn nicht mehr?"

Bisher nicht. Aber vielleicht änderte sich das jetzt.

„Diese Frauen waren genau richtig für mich. Ich war zu sehr damit beschäftigt, meine Firma aufzubauen, ich konnte mir nicht viel Zeit für sie nehmen."

„Glaub mir." Sie verzog das Gesicht. „Ich weiß besser als sonst jemand, wie hart du arbeitest."

Dec erkannte, dass er *waren* gesagt hatte, Vergangenheit, als er die Frauen beschrieb, mit denen er ausging. Etwas hatte sich verändert. Bisher hatte er nie über Urlaub oder Freizeit nachgedacht. Er schlief ja nicht einmal sonntags aus. Dass er immer unter Strom stand, war zu seinem Lebensstil geworden.

Was hatte er alles versäumt?

Und konnte er jemals nachholen, was er in dieser hektischen Zeit verpasst hatte?

Während Brooke in der Küche umherging, fragte er sich, wie es wäre, wenn er sich wirklich Zeit nehmen würde, sie besser kennenzulernen.

Gedanke für Gedanke.

Zentimeter für Zentimeter.

Fasziniert beugte er sich über ihre Schulter. „Was gibt es denn zum Essen?"

Sie hob den Deckel von der Pfanne. „Gedünsteten Heilbutt – keinen Thunfisch – mit Mango- und Avocado-Salsa, dazu Spargel in Zitronenbutter. Und natürlich …" Sie legte den Deckel wieder auf die Pfanne, griff in den Kühlschrank und holte eine Flasche Wein heraus. „Eine Flasche Sweet Serenade von eurem Weingut. Deine Tante Pippy hat ihn empfohlen, weil er …", sie las vom Etikett ab, „… eine fruchtige Apfel- und Zitronennote hat."

„Perfekt." Er nahm ihr die Flasche ab und hoffte verzweifelt, dass er seine abwegigen Gedanken wieder unter Kontrolle bringen konnte. „Hast du was dagegen, wenn ich sie jetzt aufmache?"

„Nein, kannst du gern tun. Das Essen ist fast fertig. Ich habe den Tisch auf der Terrasse gedeckt. Ich dachte, das Plätschern des Baches entspannt dich vielleicht."

„Bist du immer so aufmerksam?"

Sie stemmte die Hände in die Hüften. „Ich arbeite seit vier Jahren für dich, und du musst noch fragen?"

„Nein, eigentlich nicht." Er berührte ihre Wange mit der Fingerspitze. „Ich fürchte, ich bin nicht gerade gut im Witzereißen."

Ihre Grübchen traten zutage. „Aber du bist in vielen anderen Dingen gut, sodass man dir das nicht zum Vorwurf machen kann."

„Vorsicht, sonst bringst du mich in null Komma nichts dazu, dir aus der Hand zu fressen."

Hatte er das gerade wirklich gesagt?

Um von seinen Worten abzulenken, schnappte er sich ein Stück Spargel, steckte es sich in den Mund und griff nach dem Korkenzieher, um den Wein zu öffnen. „Guter Geschmack."

„Ich? Oder der Spargel?"

Dec mochte ihren Sinn für Humor, aber Bemerkungen wie diese erzeugten äußerst gefährliche Gedanken in seinem Kopf. „Soll ich das wirklich beantworten? Nachdem ich dir zuhören musste, wie du Miranda Lambert verhunzt hast?"

Sie lachte. „Vielleicht lieber doch nicht."

Er zog den Korken heraus und goss zwei Gläser Wein ein, reichte eins davon Brooke und hob seins, um ihr zuzuprosten. „Auf meinen ganz persönlichen Küchenchef."

„Oh, nein. Für das nächste Essen bist du zuständig."

Hatte er dann auch Mitspracherecht, wo sie das Essen auf seinem Körper platzierte? Und hatte er nicht versuchen wollen, sich zu benehmen?

„Brauchst du Hilfe?", fragte er.

„Nein, ich bin fast fertig. Warum gehst du nicht schon mal raus auf die Terrasse? Ich bringe das Essen in einer Minute."

„Sicher?"

„Na klar."

Als Dec die Hintertür öffnete, empfing ihn eine wirklich romantische Kulisse. Auf dem Terrassentisch lag eine rot-weiß karierte Decke, darauf ein paar Teelichter, und im Feuerkorb prasselte ein Feuer, während der Bach leise und entspannend vor sich hin plätscherte. Noch nie hatte jemand sich für ihn solche Mühe gegeben, und es berührte ihn tief, dass Brooke diesen Aufwand betrieben hatte. Er war nicht der Typ, der auf Herzchen und Blumen stand, aber im Augenblick wünschte er, er hätte einen Frühlingsstrauß für Brooke. Rosen waren zu … gewöhnlich. Wildblumen passten viel besser zu ihrer wilden, ursprünglichen Art. Leider war das Einzige, was er entdecken konnte, ein Büschel Löwenzahn.

Ein paar Minuten später tauchte Brooke in ihrem weich fließenden, sexy Kleid auf. In den Händen hielt sie zwei Teller, gefüllt mit zartem Heilbutt, Salsa und Spargel. Sie stellte die Teller auf den Tisch, ehe sie sich setzte.

Er atmete das verlockende Aroma tief ein. „Sieht toll aus und riecht köstlich."

„Ich hoffe, es wird meinem Prahlen gerecht."

„Brooke?" Er griff über den Tisch und legte seine Hand auf ihre. Es war eine freundschaftliche Geste, jedenfalls redete er sich das ein. Nichts weiter als einfach nur Anerkennung. „Schon weil du dir solche Mühe gegeben hast, finde ich es großartig."

„Hm." Das Kerzenlicht funkelte in ihren Augen, als sie ihm lächelnd zuzwinkerte. „Mal sehen, was du sagst, wenn du probiert hast."

Er nahm einen Bissen und ließ sich den Geschmack von Zitrone und Fisch auf der Zunge zergehen. „Es ist wirklich köstlich. Du darfst weiter mit deinen Kochkünsten angeben."

„Ehrlich?" Die Grübchen traten hervor. Sein Lob freute sie.

„Ganz ehrlich."

Er füllte ihr Glas mit dem Wein auf, den er mit nach draußen genommen hatte. „Wo hast du so gut kochen gelernt?"

„Bei meiner Pflegefamilie. Sie hatte ein kleines Café im europäischen Stil. Wir haben alle mitgearbeitet, sobald wir alt genug waren."

Ihre Antwort brachte ihn dazu, sich fast an dem Heilbutt zu verschlucken. Er musste ihn mit einem Schluck Wein herunterspülen. „Du bist in einer Pflegefamilie aufgewachsen?"

Sie nickte, ohne aufzuschauen, und stocherte mit der Gabel in ihrem Spargel herum.

„War es schlimm?“ Vielleicht sprach sie deswegen so ungern über ihre Vergangenheit.

„Oh, nein!“ Jetzt hob sie den Kopf. „Sie waren furchtbar nett. Ich denke, da habe ich echtes Glück gehabt. Sie haben Pflegekinder aufgenommen, weil sie wirklich helfen wollten, nicht nur wegen des Geldes, das sie dafür bekommen haben. Ich glaube, sie hatten gern viele Kinder um sich. Es war ein lebhafter Haushalt. Wir hatten zwar viele Pflichten, aber auch viel Zeit zum Spielen. Und es gab viel Liebe.“

„So ...“ Er senkte die Gabel zum Teller. „Da du jetzt schon mal einen Anfang gemacht hast, meinst du, es wäre ein guter Zeitpunkt zum Reden?“

„Hm.“ Sie aß ein Stück Heilbutt und blickte zum Himmel, als müsste sie darüber nachdenken. Als sie Dec wieder ansah, meinte sie: „Du zuerst.“

„Worüber soll ich reden?“

„Über das, was los war, bevor du nach Hause gekommen bist.“

Nach Hause.

Das klang irgendwie schön. Er konnte sich gut vorstellen, Brooke jeden Abend zu sehen. Mit ihr zusammen zu sein. Genau genommen war das eine verlockende Vorstellung.

Er trank seinen Wein aus und schenkte sich noch einmal nach.

„Heute kam eine Frau aufs Weingut und fragte nach unserem Vater. Sie war jung und hübsch, aber sie wollte mit keinem von uns reden.“ Brooke hörte aufmerksam zu. Sie verdiente es, dass er ehrlich zu ihr war. Und er hatte vor, ihr so viel zu erzählen, wie er konnte, ohne dabei jemand anderem zu nahe zu treten. „Sie meinte, sie wollte nur mit ihm sprechen und mit niemandem sonst. Als wir ihr sagten, dass er tot ist, ist sie genauso schnell und auf genauso mysteriöse Weise verschwunden, wie sie gekommen ist.“

Nach einem weiteren Bissen Fisch und einem Schluck Wein hatte er seinen Kopf wieder klar und konnte fortfahren. „Ich wusste ja, dass du kochen wolltest, und ich wäre auch direkt nach Hause gekommen, als ich das Büro verlassen hatte, aber in letzter Sekunde habe ich mich entschieden, in die Stadt zu fahren. Ich wollte mehr über die Frau in Erfahrung bringen."

„Kann ich dir nicht verdenken. Ich wäre auch höllisch neugierig gewesen."

„Sind wir alle. Aber das Einzige, was ich herausgefunden habe, ist, dass sie sich für drei Nächte in einem Hotel eingemietet hat."

Brooke legte ihre Gabel zur Seite. „Hat sie ihren Namen genannt?"

„Lili MacKay."

„Und das sagt euch allen gar nichts?"

„Nein. Aber natürlich schwirren uns jetzt total verrückte Ideen durch den Kopf."

„Zum Beispiel?"

„Na ja ... was, wenn sie die Geliebte unseres Vaters war?"

„Dec. Glaubst du, dein Dad hätte so etwas getan?" Sie legte den Kopf leicht zur Seite, und das Kerzenlicht tanzte in ihrem Haar. „Nach dem, was du mir immer erzählt hast, haben deine Eltern eine wunderbare Ehe geführt."

„Das haben wir alle gedacht. Aber jetzt ..." Er zuckte mit den Schultern. „Ich weiß nicht. Die Frau war echt überrascht, als sie hörte, dass unsere Eltern tot sind."

„Dann kann sie deinen Vater nicht sehr gut gekannt haben."

„Schwer zu sagen." Irgendwie hatte er das ungute Gefühl, dass die Frau seinen Vater sehr gut gekannt hatte. Aber dafür hatte er keinen Beweis. Lediglich sein Bauchgefühl. „Erinnerst du dich? Als ich von der Beerdigung zurückkam, habe ich dir erzählt, dass jemand in der Firma Geld veruntreut hat."

„Ja."

„Das war unser Vater selbst."

„Aber …" Sie schüttelte langsam den Kopf. „Es war seine Firma. Wie konnte er sie da bestehlen?"

„Wenn man eine Firma besitzt, kann man sich ja nicht einfach nehmen, was man will. Sowohl Dad als auch Ryan haben ein Gehalt bekommen; der Rest floss zurück in die Firma, und damit wurden die Kosten gedeckt, Anschaffungen, Steuern, Lizenzen und eine Million anderer Dinge."

„Ist denn viel Geld verschwunden?"

„Einige Hunderttausend über eine Reihe von Jahren."

Brooke kaute auf ihrer Unterlippe herum, während sie darauf wartete, dass er noch mehr preisgab. Als er nichts weiter sagte, griff sie über den Tisch und legte die Hand auf seine. Sanft drückte sie seine Finger.

„Vergiss es, Dec. Ich sehe dir an, was du denkst. Aber möchtest du das wirklich von deinem Vater glauben?"

„Leider ist die Saat bereits aufgegangen. Und da ist noch was."

„Was?"

Er holte tief Luft.

Brooke verstand, wie er sich fühlte. Und es berührte sie. Er war bereit, alles auf den Tisch zu legen. Sich ihr mitzuteilen. Etwas, worin er noch nie sehr gut war.

„Nicki hatte schon lange das Gefühl, dass unser Vater sie anders behandelte als uns. Sie sagte, er wäre ihr gegenüber immer so distanziert. Dass er nie zu ihren Schulveranstaltungen gekommen ist und kaum Zeit mit ihr verbracht hat. Bevor er und Mom nach Hawaii geflogen sind, hat Nicki ihn deswegen zur Rede gestellt. Da hat er offen zugegeben, dass ihn tatsächlich etwas davon abhielt, der Vater zu sein, den sie sich wünschte und brauchte, aber er hat es nicht weiter erläutert."

„Das muss für sie ziemlich schrecklich gewesen sein."

„War es auch. Ist es noch immer. Und jetzt findet sie vielleicht nie mehr heraus, warum er so empfunden hat."

„Und du glaubst, diese Lili MacKay hat etwas damit zu tun?"

„Es wäre möglich." Er lehnte sich zurück und schob seinen Teller von sich. „Verdammt, alles ist möglich."

„Kann ich irgendwie helfen?"

Er hatte mal ein Lied über Engel gehört, die unter uns weilten. Genau so sah er Brooke im Augenblick. Als einen süßen, sexy Engel.

„Es hilft schon sehr, darüber zu reden. Meine Brüder sind manchmal ziemliche Hitzköpfe. In Situationen wie dieser hier halten sie oft Gewalt für die richtige Lösung."

„Das tun doch die meisten Alphatiere."

„Mag sein." Er hatte nie darüber nachgedacht, ob sie Alphatiere waren oder einfach nur völlig verrückt. Sie waren, wie sie waren, und das war das Leben.

„Bist du fertig?" Sie deutete auf seinen Teller.

„Ja. Danke." Er reichte ihr den fast leeren Teller. „Es war wirklich sehr gut."

„Es gibt auch noch Nachtisch, versprochen ist versprochen."

„Lass uns den für später aufheben. Wie wäre es, wenn du noch eine Flasche Wein holst und mir dann deine Geschichte erzählst?"

Sie verspannte sich leicht. „Das wäre wohl nur fair."

„Ich will dich nicht drängen."

„Nein. Du hast recht. Ich bin an der Reihe." Sie lächelte gequält und hielt die leere Weinflasche hoch. „Vielleicht sollten wir den Wein lieber ‚Raus mit der Sprache' anstatt ‚Sweet Serenade' nennen."

Nachdem er sich die Sache mit Lili MacKay von der Seele geredet hatte, fühlte Dec sich sichtlich entspannter. Konnte am Wein liegen. Oder aber an der Gesellschaft.

Als Brooke sich umdrehte, um ins Haus zu gehen, presste eine leichte Brise das Kleid an ihren Körper.

Nein, die *Gesellschaft* war es sicher nicht, die ihn entspannte. Wenn er mit Brooke zusammen war, hatte er das Gefühl, unter Hochspannung zu stehen, ganz davon abgesehen, dass sie ziemlich erotische Gedanken in seinem Kopf hervorrief.

Als Brooke wieder auf die Terrasse kam, hatte Dec die Stühle nebeneinandergestellt. Auf diese Weise konnten sie beide auf den Bach hinunterschauen.

„Sehr clever." Sie grinste, als sie sich setzte. „Falls ich doch nicht auspacke, kannst du mich foltern."

Er entkorkte die Weinflasche und füllte ihre Gläser wieder neu. „Da wir heute Abend nicht Chef und Angestellte sind, bin ich mal ehrlich. Es gibt eine Menge Dinge, die ich gern mit dir machen würde." Er reichte ihr das Glas. „Foltern gehört definitiv nicht dazu."

Ihre Lippen öffneten sich leicht, als sie nach Luft schnappte, und er geriet in große Versuchung, sich vorzubeugen und seinen Mund auf ihren zu pressen. Um ihr den süßen Wein und das, was sie zu etwas so Besonderem machte, von den Lippen zu küssen. Stattdessen grinste er nur und stieß mit ihr an. „Auf den Weltfrieden."

„Ich weiß nicht, was ich sagen soll."

„Bist du gegen den Weltfrieden?"

„Natürlich nicht. Es ist dieser andere kleine Satz … Er hat mich total von den Socken gehauen."

„Ich glaube, du trägst gar keine Socken." Seit er erwachsen war, hatte er keine Versuche mehr unternommen, jemanden zu necken. Aber als er jetzt unter den Tisch schaute, stellte er fest, dass Brooke diese Seite in ihm geweckt hatte. Und es gefiel ihm. „Aber wie ich sehe, trägst du blauen Nagellack."

„Nennt sich Flutwelle." Sie beugte sich gerade so weit vor,

dass ihre Schultern sich leicht berührten. „Ich habe die Flasche dabei, falls du interessiert bist."

„Nettes Ablenkungsmanöver, Ms. Hastings." Einmal mehr dachte er an die Flutwelle im Pazifik, die neulich zu dem Kuss geführt hatte. „Du bist dran, deine Geschichte zu erzählen."

„Bist du sicher, dass du sie hören willst? Sie ist nämlich eher langweilig."

„Ja." Alle Vernunft in den Wind schlagend, wickelte er sich eine ihrer Locken um den Finger. Sie fühlte sich kühl und seidig an, und am liebsten hätte er sein Gesicht in ihren Haaren vergraben. „Ich möchte alles hören."

„Versprichst du, dass du mich nicht verurteilen wirst?"

Neugierig geworden, antwortete er: „Niemals."

„Oje. Na schön." Sie schloss für einen Moment die Augen, und ihre Brust hob und senkte sich, als sie tief Luft holte. Es war, als wollte sie sich auf einen Sprint vorbereiten. „Meine leiblichen Eltern gehören einer fanatischen religiösen Sekte an, die ihren eigenen Glauben hat. Einen eigenen Lebensstil. Eigene Gesetze. Und diese Gesetze legen unter anderem fest, dass Männer das Sagen haben und Frauen die schweigende Minderheit bilden. Der Ältestenrat der Sekte hat Regeln aufgestellt, sie den eigenen Bedürfnissen angepasst und besteht darauf, dass alle sich unter allen Umständen daran halten. Sie haben Ehen arrangiert, Scheidungen verboten, und niemand hatte den Mut, sich dem entgegenzustellen."

Dec nippte an seinem Wein, schmeckte aber nur die Bitterkeit, die ihre Geschichte in ihm hervorrief.

„Niemand hat sich dagegen gewehrt", sagte sie hart und wich seinem Blick aus. „Außer mir."

„Wie hast du das gemacht?"

„Ich habe nie richtig dort hineingepasst." Sie schüttelte vehement den Kopf. „Ich wollte nicht, dass man mir sagt, was ich zu tun oder zu lassen habe. Wer ich sein oder nicht sein konnte. Oder mit wem ich den Rest meines erbärmlichen Lebens verbringen sollte. Meiner Schwester ging es genauso, aber sie hatte zu viel Angst, um etwas zu sagen oder sich aufzulehnen. Als sie 14 wurde, zwang der Ältestenrat sie, einen Mann zu heiraten, der viermal so alt war wie sie. Meine Eltern unternahmen nichts dagegen. Sie ließen es einfach geschehen. Mit knapp 19 Jahren hatte sie bereits drei Babys geboren. Als sie sechs Monate nach der Geburt des dritten Kindes schon wieder schwanger wurde, starb sie an Komplikationen."

Dec griff nach Brookes Hand. Ihre Finger waren kühl, und er spürte ihren schnellen Puls.

„Jedenfalls ist das die Lügengeschichte, die ihr Mann und der Ältestenrat allen erzählten", fuhr sie fort und umklammerte seine Hand

„Du hast das nicht geglaubt?"

„Ich habe sie an dem Tag, als sie starb, noch gesehen." Sie schluckte. „Sie sah erschöpft und traurig aus, aber ansonsten schien sie gesund zu sein."

„Meinst du, ihr Ehemann hatte etwas mit ihrem Tod zu tun?"

„Ja." Tränen schimmerten in ihren Augen, als sie nickte. „Vor allem, da niemand außer dem Ältestenrat ihren Leichnam sehen durfte. Als ich sie das letzte Mal gesehen habe, hat sie mich umarmt und geflüstert: ‚Lass das niemals mit dir machen.' Sie nahm mir das Versprechen ab."

Dec wurde ganz übel, als er an das junge Mädchen dachte, das sein Leben verloren hatte, und an die Schwester, die das dringende Bedürfnis verspürt hatte, ihr eigenes zu retten. „Was ist danach passiert? Gab es eine polizeiliche Untersuchung? Hat man den Ehemann belasten können?"

„Nein. Der Ältestenrat stand zu hundert Prozent hinter ihm und rief niemals die Polizei."

„Und auch deine Eltern unternahmen nichts?“ Wie konnte das angehen?

„Nein, nichts. Zwei Wochen nachdem meine Schwester beerdigt worden war, heiratete ihr Mann eine Fünfzehnjährige. Sie übernahm für die Kinder meiner Schwester die Mutterrolle und war, kaum dass sie ‚Ich will‘ gesagt hatte, schon schwanger. Meine Eltern ließen ihre Enkel im Stich und erlaubten, dass die Familie der neuen Frau sie als ihre eigenen ausgaben.“

Decs Magen verkrampfte sich, und ihm wurde schwer ums Herz. Die Vorstellung, dass ein Mann eine Vierzehnjährige heiraten und zum Sex zwingen konnte, damit sie Kinder produzierte, kam ihm vor wie dunkles Mittelalter. Er konnte es beim besten Willen nicht begreifen. „Und wie hast du dich gewehrt, Brooke?“

„Mein 14. Geburtstag stand bevor.“ Nervös zupfte sie an ihrem Kleid. „Eines Tages kam mein Vater von einem Treffen mit dem Ältestenrat nach Hause und erklärte, ich solle mit einem Mann verheiratet werden, der ein Jahr zuvor zu der Sekte gestoßen war. Er war Ende vierzig, aber das war nicht einmal das Schlimmste. Viel schlimmer war, dass er ein absolut grausamer Mensch war. Ich hatte mitbekommen, wie er Tiere misshandelte. Warum sollte er mich auch nur einen Deut besser behandeln?“

Sie hielt kurz inne, um einen Schluck Wein zu trinken und gegen die Tränen anzublinzeln. Es war für Dec offensichtlich, dass sie sich gegen das, was sie erlebt hatte, gewappnet hatte. Sie hatte sich komplett von diesem Teil ihres Lebens losgesagt und war weitergezogen. Nur das leichte Zittern ihrer Unterlippe verriet, welche enormen emotionalen Narben das alles bei ihr hinterlassen hatte.

Um ihre Schwester hatte sie geweint.

Um ihrer selbst willen würde sie das nicht tun.

„Erinnerst du dich, dass ich bereits mit zehn Jahren begonnen habe, meine Löffel-Liste zu schreiben?“

Er nickte. Wie gern hätte er sie in den Arm genommen. Er wollte, dass das alles nur ein böser Traum war.

„Ich habe damit angefangen, weil ich mir damit ein besseres Leben erträumen konnte. Fast wäre ich gezwungen worden, ein Leben in Gefangenschaft zu verbringen. Ein Leben, das meiner Schwester den Tod gebracht hat. Ganz oben auf meiner Liste hat immer gestanden, dass ich die Liebe meines Lebens heiraten möchte. Denn ich habe mich geweigert, diesen Traum loszulassen, dass es irgendwo da draußen einen Menschen gibt, der mich liebt und mit Respekt behandelt. Ich wollte mich nicht zu einer Ehe mit einem grausamen, viel älteren Mann zwingen lassen, der sich nicht im Geringsten für mich interessierte und von mir verlangt hätte, dass ich Kinder gebäre, bis ich tot umfalle.“

Sie zögerte und trank noch einen Schluck Wein. Dec wartete geduldig, dass sie ihre Geschichte zu Ende erzählte, obwohl er nicht sicher war, ob er den Rest hören wollte.

„Also habe ich Pläne geschmiedet“, fuhr sie fort. „Und bin fortgelaufen. Eines Nachts habe ich gewartet, bis ich wusste, dass niemand mehr draußen war. Ich bin aus dem Fenster geschlüpft und über die hohe Steinmauer, die das Gelände umgab, geklettert. Anschließend bin ich die gesamten zehn Meilen bis in den nächsten Ort gelaufen. In der Hitze von Arizona. Ohne Wasser. Ohne etwas anderes als die Kleider, die ich auf dem Leib trug. Ich bin zur Polizeistation gegangen, wo man von der Sekte wusste, aber nie etwas dagegen unternommen hatte. Als ich vor ihrer Tür stand, blieb ihnen nichts anderes übrig, als den Kinderschutz zu benachrichtigen. Am nächsten Tag wurde ich bei den Hastings untergebracht.“

„Also ist Hastings gar nicht der Name, unter dem du geboren wurdest?“

Sie schüttelte den Kopf. „Ich habe alles zurückgelassen. Meinen Namen. Den kleinen Bruder, den ich wirklich geliebt habe. Die Kinder meiner Schwester. Alles. Meine Eltern verstießen mich, und meine Pflegefamilie half mir, eine Namensänderung durchzubekommen. Es sind gute Menschen. Sie haben für mich gesorgt und mir gezeigt, dass echte Liebe und eine gute Ehe das Gegenteil von dem sind, was ich erlebt hatte oder was man mir hatte eintrichtern wollen.“

„Stehst du noch immer in Kontakt zu ihnen?“

„Natürlich. Sie sind meine Familie.“

Er hob ihre Hand und rieb seinen Daumen über das kühle Silberarmband um ihr zartes Handgelenk. „Und das Armband?“

Sie lächelte. „Meine Pflegemutter hat es mir zu meinem 14. Geburtstag geschenkt – drei Monate nachdem ich aus der Sekte fortgelaufen war. Sie meinte, sie hätte noch nie so ein furchtloses Mädchen kennengelernt und dass das Leben noch Großes mit mir vorhätte.“

Als sie das Armband berührte, berührten sich auch ihre Finger auf dem inzwischen warm gewordenen Metall.

„Ich nehme es niemals ab. Es erinnert mich stets daran, dass ich mich nicht von meinen leiblichen Eltern hab verkaufen lassen, trotz aller Angst in meinem Herzen. Dafür wurde ich mit einer neuen Familie und einem neuen Leben belohnt.“

Wenn er an das verängstigte, mutige Mädchen dachte, das sie gewesen sein musste, zog sich sein Herz schmerzhaft zusammen. „Du bist unglaublich.“

„Nicht wirklich. Nur stur.“

„Nein.“ Sanft umschloss er ihre Wange mit einer Hand und strich mit dem Daumen zärtlich darüber. „Du bist viel mehr als das. Du bist unglaublich schön. Innerlich und äußerlich. Jemanden wie dich habe ich noch nie getroffen. Ich fühle mich geehrt, dich zu kennen, Brooke Hastings", sagte er und meinte es aus ganzem Herzen.

Und dann küsste er sie.

10. Kapitel

Brooke bekam kaum noch Luft, als Dec seinen Mund auf ihren presste, obwohl es ein sanfter und süßer und … fast ehrerbietender Kuss war.

Er hatte gesagt, er könnte für einen Abend vergessen, dass sie Chef und Angestellte waren, aber er hatte auch gesagt, dass er sie nicht als Freund ansah.

Was blieb ihr also?

Sie genoss seinen Duft, noch ganz frisch vom Duschen, seinen köstlichen Geschmack, seine festen und doch ganz sanften Berührungen und das Gefühl von Sicherheit, das er ihr bot, ohne ein Wort zu sagen. Als er die Lippen wieder von ihren löste, war sie nicht nur durcheinander und voller Verlangen, sondern auch ziemlich sprachlos.

In dem Bemühen, etwas nicht völlig Belangloses zu sagen, meinte sie schließlich: „Danke, dass du Verständnis hast und mich nicht verurteilst."

„Niemand hat das Recht, über das Leben eines anderen Menschen zu urteilen. Als ich gesagt habe, dass ich dich bewundere, Brooke, habe ich das wirklich ehrlich gemeint." Mit dem Daumen streichelte er sanft über ihre Wange. „Übrigens …"

Ihr Herz schlug schneller, als er kurz zur Tür und dann wieder zu ihr sah. „Warte. Lauf nicht weg."

Während er im Haus verschwand, versuchte sie, ihren rasenden Puls zu beruhigen. Seit vier Jahren hatte sie sich gefragt, wie es wohl wäre, ihn zu küssen. Jetzt wusste sie es. Und nun würde sie sich niemals mit diesen drei Küssen zufriedengeben.

Aber so, wie er aufgestanden und verschwunden war, schien er andere Vorstellungen zu haben.

Als er zurückkehrte und sich mit gerunzelter Stirn wieder neben sie setzte, wusste sie, dass das, was er ihr zu sagen hatte, nichts Gutes war.

Frustriert versuchte sie zu entkommen. „Ich gehe schnell den Nachtisch holen."

„Warte." Als er nach ihrer Hand griff, schöpfte ihr Herz wieder Hoffnung. „Erinnerst du dich an den kleinen Laden am Hafen von Santa Barbara? Du weißt schon, den mit all dem Glitzerzeug?"

Sie nickte.

„Da habe ich etwas entdeckt, was mich an dich denken ließ, und das musste ich einfach kaufen."

Er reichte ihr die kleine weiße Papiertüte und lehnte sich zurück, während er darauf wartete, dass sie hineinschaute.

„Du … hast mir ein Geschenk gekauft?"

„Es ist …"

Bitte sag jetzt nicht, es wäre keine große Sache.

„Als ich dich da im Laden gesehen habe, wie du diese kleinen Krönchen aufprobiert hast, musste ich lächeln." Auf seinem Gesicht spiegelte sich Unsicherheit. „Du bringst mich häufig zum Lächeln. Und als ich das da in der Vitrine gesehen habe, musste ich auch lächeln, denn es passte so hervorragend zu dir. Und …" Er hob die Hände und ließ sie dann auf die Oberschenkel fallen. „Das klingt jetzt zwar alles ziemlich kitschig, aber es ist die Wahrheit."

„Ich weiß nicht, was ich sagen soll." Was er gesagt hatte, hatte sie tief berührt.

„Du hast ja noch nicht einmal gesehen, was es ist."

„Dec. Selbst wenn da eine leere Erdnussschale drin wäre, würde ich mich freuen, weil du an mich gedacht hast und …

diese Worte eben, die waren alles andere als kitschig. Sie waren wunderbar." Sie gab ihm einen Kuss auf die Wange. „Vielen Dank."

Sie öffnete die Tüte und schlug das Einwickelpapier auf. Das silberne Armband mit den drei Anhängern versetzte die Schmetterlinge in ihrem Bauch in Aufregung. Sie zog es heraus, und es funkelte im Schein des Feuers. Sie nahm die Anhänger in die Hand, um sie sich genauer anzuschauen. Bei einem handelte es sich um ein mit Diamanten besetztes Herz. Der zweite zeigte eine keck lächelnde Tinkerbell, und der dritte Anhänger ließ Brooke laut auflachen.

„Ein Löffel?"

„Für den Fall, dass du noch mehr Dinge für deine Löffel-Liste sammelst", erklärte er.

„Und Tinkerbell?"

„Du hast eine Feenkrone aufgehabt, als wir im Laden waren." Er berührte den kleinen Anhänger und brachte ihn zum Schwingen. „Ich weiß, dass du dein *Furchtlos*-Armband immer trägst, und ich habe das hier auch nicht gekauft, um es zu ersetzen. Furchtlos sagt eine Menge über dich aus. Aber das Herz an diesem sagt ebenfalls ganz viel über dich. Und ich habe noch nie jemanden getroffen, der so wild entschlossen ist, etwas Schlechtes in etwas Gutes zu verwandeln. In meinen Augen ähnelst du sehr dieser kleinen Fee, die herumfliegt und Feenstaub verstreut."

Brooke wurde es ganz warm ums Herz. „Du solltest lieber vorsichtig sein, wenn du solche Sachen sagst, sonst verliebe ich mich noch in dich."

Als hätte sie das nicht schon längst.

„Das wäre eine ganz schlechte Idee."

„Und das zeigt einmal mehr, dass wir beide sehr unterschiedliche Ansichten vertreten." Sie küsste ihn noch einmal auf die Wange, denn ihn zu packen und auf den Tisch zu drücken, damit sie sich mit ihm vergnügen konnte, war vermutlich wirklich eine schlechte Idee. „Vielen, vielen Dank hierfür. Es ist wunderbar. Magst du mir helfen, es umzubinden?“

„Natürlich.“

Sie reichte ihm das Armband und hielt ihm den Arm mit dem *Furchtlos*-Armband entgegen. „Ich möchte sie zusammen tragen.“

Er öffnete den Verschluss und legte es ihr um.

„Sie sehen perfekt zusammen aus.“ Sie bewegte den Arm, damit die Diamanten im Licht des Feuers glitzerten.

Perfekt zusammen.

Genauso sah sie sich und Dec.

„Aber sie werden nie so schön aussehen wie du.“

Leichten Herzens lachte sie. „Declan Kincade, versuchst du etwa, mich anzumachen?“

„Das wäre ebenfalls eine schlechte Idee.“

Aber er hat nicht Nein gesagt, dachte sie.

„Soll ich den Nachtisch holen?“ Sie ahnte, dass es auch für ihn ganz schön viel gewesen war, was sie beide eben enthüllt hatten. Diese Verletzlichkeit wollte sie nicht ausnutzen. Wenn er sich auf sie einließ, wollte sie, dass er es aus freien Stücken tat. Darum riskierte sie es, ihn für einen Moment allein zu lassen, auch wenn sie damit all die Fortschritte, die sie gemacht hatten, aufs Spiel setzte.

In der Küche klammerte sie sich an die Arbeitsplatte und versuchte, wieder zu Atem zu kommen. Ihr Herz hämmerte, als würde Tarzan sich auf die Brust trommeln, und ihre Knie waren butterweich. Als sie hörte, wie die Hintertür geöffnet wurde, richtete sie sich so schnell auf, dass ihr Hals knackte.

„Was gibt es zum Dessert?“ Decs tiefe Stimme floss wie warmer, süßer Honig über ihren Rücken bis hin zu ihren weiblichsten Körperteilen.

„Karamell-Mousse mit gerösteten Kokosflocken." Sie öffnete den Kühlschrank und nahm die Glasschüsseln heraus. „Ich muss nur noch schnell die Kokosflocken darüberstreuen. Damit habe ich bis zum Servieren gewartet, damit sie nicht weich werden."

„Willst du damit nicht noch länger warten?" Er stellte sich hinter sie, dicht genug, dass sie die Hitze spüren konnte, die von seinem großen, kräftigen Körper ausging.

Gefangen zwischen ihm und der Arbeitsplatte, blickte sie über die Schulter. „Magst du keine Kokosflocken?"

„Irgendwie ist so eine seidige Mousse ziemlich ... sexy." Er griff um Brooke herum und tauchte die Fingerspitze in das gekühlte Glas, ehe er sie ableckte.

Wow.

Wenn sie eben schon Herzklopfen hatte, dann kam es ihr jetzt vor, als wolle ihr Herz einen neuen Geschwindigkeitsrekord aufstellen. Es war, als würde jedes Mal ein kleiner Stromschlag bis in ihren Unterleib schießen, der ihr Verlangen immer weiter steigerte.

„Mhmmm." Der Ton kam tief aus seiner Brust und streifte ihren Rücken.

„Gut?" Sie versuchte, nonchalant zu klingen.

„Köstlich." Er beugte sich noch weiter vor. „Hast du schon probiert?"

„Nein."

„Nein?" Er tauchte den Finger noch einmal in die Mousse ein und drehte Brooke zu sich herum. „Dann koste mal."

„Du möchtest, dass ich ... deinen Finger ablecke?"

Er nickte langsam.

Brooke wusste nicht, was für ein Spiel sie spielten, und die Regeln kannte sie auch nicht. Aber sie wollte diesen Mann. Und selbst wenn sie ihn nur so lange bekam, wie sie brauchte, um die verdammte Mousse abzulecken ... sie war dabei.

Sie schmiegte sich in seine Arme und hielt seine Hand fest. Statt die Mousse abzulecken, schaute sie Dec an, schloss die Lippen um seine Fingerspitze und sog die Creme auf.

Er schloss die Augen und stöhnte leise.

„Gut?", fragte er.

Sie nickte. „Was machen wir hier, Dec?"

„Nachtisch probieren."

„Ist das alles?"

Er schüttelte langsam den Kopf. „Ich habe versucht, im Kopf zu behalten, dass du die verdammt beste Assistentin bist, die ich je finden werde. Und ich weiß, wenn ich einmal diese Grenze überschreite, besteht die Gefahr, dass ich dich verliere. Ich schwöre dir, ich habe wirklich versucht, nicht von dir zu träumen und zu fantasieren. Aber seit diesem Kuss im Meer, seitdem ich aufgewacht bin und du an mich geschmiegt neben mir im Bett gelegen hast, konnte ich an nichts anderes mehr denken."

Es erfüllte sie mit einem absoluten Glücksgefühl, dass er auf *diese* Weise an sie gedacht hatte.

„Und wenn ich dir verspreche, dass du mich nicht verlierst?", fragte sie.

„Dann würde ich trotzdem noch zögern. Aber ich würde ernsthaft darüber nachdenken, dieses Verbot der Verbrüderung zwischen Chef und Angestellter aufzuheben."

„Okay, ich verspreche, dass du mich nicht verlierst." Sie strich mit den Fingern über seinen muskulösen Oberkörper und spürte seinen schnellen Herzschlag. „So, was hast du jetzt noch für eine Ausrede?"

„Keine mehr."

„Was genau möchtest du nun tun? In diesem Moment …" Sie ließ die Fingerspitzen über seinen Bauch tanzen. „Während mein Körper gegen deinen gepresst ist und mir alle möglichen erotischen Fantasien durch den Kopf schwirren?"

„Brooke.“

„Dec.“ Sie schmiegte sich an ihn und spürte seine harte Erektion. Langsam presste sie die Lippen gegen den rasenden Puls an seinem Hals. „Was möchtest du tun? Jetzt … in diesem Augenblick?“

Ja, sie spielte mit dem Feuer.

Ja, sie lockte den Teufel heraus.

Und ja, sie hatte noch nie etwas so sehr gewollt, wie sie ihn wollte.

„In diesem Moment …“ Seine Augen verschleierten sich vor Verlangen, als er ihr Gesicht betrachtete. „Möchte ich vergessen, dass ich dein Chef bin. Und ich möchte meinen Nachtisch von jeder weichen, seidigen und sinnlichen Kurve deines Körpers lecken.“

Als er jetzt tief einatmete, hob sich seine breite Brust. Er legte die Hände auf ihre Hüften und zog sie an sich.

Sie ging in Flammen auf.

„Aber wenn du findest, dass ich eine Grenze überschreite“, fügte er mit zusammengezogenen Brauen hinzu, „dann sag mir, ich soll mich zum Teufel scheren, oder sag mir, dass du es nicht willst. Dann lasse ich dich los. Sofort. Auch wenn es mich umbringen könnte. Was ziemlich wahrscheinlich ist.“

„Ich glaube nicht, dass ich irgendetwas nicht will.“ Sie blickte ihm direkt in die Augen. „Hast du das denn immer noch nicht kapiert?“

„Ich verspreche dir, ich lasse es langsam angehen.“

„Dec.“ Mit beiden Händen packte sie ihn an seinem Hemd. „Ich warte seit vier Jahren auf diesen Augenblick. Enttäusch mich jetzt nicht, indem du dich zurückhältst. Gib mir alles, was du hast. Schnell und hart.“

„Verdammt. Ja.“

Sie hörte auf zu denken, als er seinen Mund auf ihren presste und ihr einen tiefen, leidenschaftlichen Kuss gab, der sie prompt feucht werden ließ. Ihr Körper vibrierte geradezu vor Verlangen, als Dec die Hände über ihren Rücken gleiten ließ und ihren Po umschloss. Ohne den Kuss zu unterbrechen und mit einer erstaunlichen Leichtigkeit hob er sie auf die Arbeitsplatte.

Jetzt waren sie beide auf Augenhöhe. Obwohl er zwischen ihre Schenkel getreten war, berührten sich die unteren Hälften ihrer Körper nicht mehr. Dabei wünschte Brooke sich nichts sehnlicher als das.

Mit seinem festen, fordernden Mund glitt er an ihrem Hals entlang, während seine Hände die Wanderschaft über ihren Rücken, die Taille und ihre Brüste antraten. Sie ließ den Kopf zurückfallen, damit er sie noch besser küssen konnte.

Ja.

Sie wollte, dass er sie verschlang.

Voll und ganz.

Denn wenn sie an der Reihe war, hatte sie vor, jede Sekunde, jeden Muskel, jeden interessanten Körperteil, den er besaß, auszukosten.

Zweimal. Mindestens.

„Du machst mich verrückt", murmelte er an ihrem Hals. „Ich würde mir so gern Zeit lassen, aber mein Körper verlangt nach mehr. Er sehnt sich danach, tief, schnell und hart in dich einzudringen."

„Oh Gott." Sie zog ihm das T-Shirt über den Kopf. Nachdem es irgendwo auf dem Fußboden gelandet war, beugte Brooke sich vor und presste ihren Mund auf seine Brust. Sie leckte über den aufgerichteten Nippel, ehe sie ihn zwischen die Zähne zog. Dec besaß einen fantastischen Körper. Groß. Schlank. Fest. Nicht zu übertrieben muskulös, sondern genau richtig. „Hatte ich nicht schon erwähnt, dass schnell und hart in meinen Ohren wie Musik klingt?"

„Hast du." Langsam ließ er seine Zunge über ihren Hals gleiten. „Aber ich habe schon so lange darauf gewartet, dich berühren zu dürfen, dass ich mich jetzt *nicht* beeilen werde."

Als er mit der Hand zärtlich ihre Brust umschloss und den Nippel zwischen Daumen und Zeigefinger rollte, sandte diese Berührung eine eindeutige Botschaft in ihren Unterleib: *brauche ich, will ich, muss ich sofort haben.*

„Bist du sicher?", stöhnte sie, als er sie spielerisch in den Hals biss und das wiederum eine direkte, köstliche Reaktion in ihren Brustwarzen auslöste. „Wir können es ja danach noch mal tun."

„Oh. Das werden wir auch." Er hob den Kopf, schaute ihr in die Augen und umschloss ihr Gesicht mit beiden Händen. „Aber du willst doch nicht enttäuscht werden, und ich will dich ganz sicher nicht enttäuschen."

„Das war vorhin ein Spaß." Ihr stockte der Atem, als er die Hände unter die Träger ihres Kleides gleiten ließ und ihre nackte Haut berührte. „Du könntest mich niemals enttäuschen."

„Darauf will ich es lieber nicht ankommen lassen." Er grinste teuflisch und zog ihr das Kleid herunter, sodass ihre Brüste der kühlen Luft und seinen heißen Blicken ausgesetzt waren.

„Du bist noch schöner, als ich es mir vorgestellt habe", murmelte er. „Und dass du unter diesem Kleid keinen BH trägst, macht mich ganz verrückt." Er blickte nach unten. „Slip?"

Sie schob die Hand hinunter zum Reißverschluss seiner Jeans, presste die Handfläche auf seine imposante Erektion und drückte zu. „Würde es dich noch härter machen, wenn ich gestehe, dass ich keinen trage?"

„Ich bin mir nicht sicher, ob das überhaupt möglich wäre."

„Na, dann wollen wir doch mal sehen." Sie drückte noch einmal zu. „Kein. Slip."

Er stöhnte. „Oh Gott, ich mag deine Art zu denken."

„Dein Körper mag es auch."

Er lachte leise und sinnlich. „Mein Körper *liebt* deine Art zu denken."

Nicht dass sie das geplant hatte, was sich hier jetzt abzeichnete. Das war nicht der Grund, warum sie keine Unterwäsche unter dem Kleid trug. Aber in dieser Situation kam ihr ihre Vorliebe für Freiheit, wann immer es ging, durchaus zupass. Brooke überlegte, dass sie sich eventuell genieren sollte, weil sie hier halb nackt saß. Sie besaß nicht unbedingt den perfektesten Körper, aber so, wie Dec sie ansah, fühlte sie sich vollkommen. Und das war doch eigentlich alles, was zählte.

Wenn sie ihn jetzt noch dazu bringen könnte, sich ein wenig zu beeilen und sich endlich auch der restlichen Klamotten zu entledigen, wäre sie noch glücklicher.

Stattdessen tauchte er noch einmal einen Finger in die Karamell-Mousse. Langsam umkreiste er dann eine ihrer Spitzen. Als die kühle Creme ihre Haut berührte, schnappte Brooke nach Luft und stöhnte auf. Dec tauchte den Finger noch einmal ein und verwöhnte anschließend auch die andere Brust. Sein warmer Mund vertrieb die Kälte, als er die Brustwarze mit seiner heißen, feuchten Zunge umkreiste. Brooke wand sich und wäre fast von der Arbeitsplatte gerutscht. Dec fing sie gerade noch auf und hielt dann ihre Handgelenke hinter ihrem Rücken fest, sodass sie den Rücken durchbog und die Brüste in die Höhe reckte.

„Mmmh. Köstlich." Sein warmer Atem strich über ihre Haut, fachte das Feuer weiter an und ließ sie noch ungeduldiger werden.

Jeder Kuss, jede Berührung seines Mundes löste eine Reaktion weiter unten in ihrem Körper aus. Mit den Schenkeln umklammerte sie seine Hüften.

„Bekomme ich gleich genauso viel Zeit?", fragte sie. Zu gern hätte sie ihn auch berührt. Sie war es leid, sich nur vorstellen zu müssen, wie sich seine Haut anfühlte, wie er unter ihrer Zunge schmeckte. Sie wollte endlich alles.

„Du kommst schon noch dran.“ Er griff nach ihrem Kleid und zog es ihr in einer einzigen geschmeidigen Bewegung über den Kopf.

Ehe sie sichs versah, saß sie splitterfasernackt auf der Küchenarbeitsplatte seines Großvaters, während Dec noch immer halb bekleidet zwischen ihren Schenkeln stand.

„Nachdem ich mit dir fertig bin“, meinte er, ehe er fortfuhr, ihren Nippel mit seiner heißen, geschickten Zunge zu umkreisen.

„Aber …“ *Oh, verdammt, fühlt sich das gut an*. „Ich möchte meine Hände auf dir spüren.“

„Und ich will meine Zunge auf dir spüren. Überall. Aber vor allem zwischen deinen herrlichen Beinen.“ Mit seinen heißen, feuchten Lippen glitt er an ihrem Körper abwärts, neckte und quälte sie auf köstliche Weise, bis er schließlich vor ihr kniete. Er strich mit seinen großen Händen über ihre Oberschenkel und schob sie dann unter ihre Beine, um Brooke nahe an seinen Mund zu ziehen.

Er küsste die Innenseiten der Schenkel, bevor er endlich zu dem magischen Punkt kam, der schon sehnsüchtig auf seine Zärtlichkeiten wartete. Hitze breitete sich in ihrem gesamten Körper aus, und da sie Halt brauchte, vergrub sie die Finger in seinem Haar.

Kurz hob er den Kopf und schaute zu ihr auf. „Du bist schön, Brooke. Überall. So weich. So süß. So köstlich.“ Und dann kam er wieder zur Sache und löste sein Versprechen, sie nicht zu enttäuschen, ein.

Der schnellste, heftigste und überwältigendste Orgasmus ihres Lebens spülte wie eine Flutwelle durch sie hindurch, und sie versank in einem Strudel unbändiger Lust. Als sie sich aufbäumte, stieß sie sich den Kopf am Oberschrank und schmolz schließlich wie Wachs dahin. Doch Dec setzte seinen Angriff auf ihre Sinne fort, indem er Küsse auf ihrem Oberschenkel verteilte, abwechselnd federleichte, dann wieder gierige, saugende Küsse. Von dort setzte er seinen Weg fort über ihren Bauch und ihre Brüste, ehe er wieder an ihrem Hals angekommen war.

„Dec?", sagte sie, als sie wieder in der Lage war, einen Satz herauszubringen.

„Hmmm?" Mit den Fingern erkundete er noch immer ihren Körper und ließ sie auf diese Art wissen, dass er noch lange nicht mit ihr fertig war.

„Zieh endlich diese verdammte Hose aus."

Er stieß ein glückliches Lachen aus, denn er hatte diese Frau gerade zum ersten Mal für heute Nacht befriedigt. „Vielleicht möchtest du mir dabei helfen?"

„Ich dachte schon, du würdest nie fragen." Brooke rutschte von der Arbeitsplatte und ließ die Finger über seinen Oberkörper nach unten zu seiner Hose wandern. Ehe sie den Reißverschluss hinunterzog, streichelte sie seine Erektion durch die 501er-Jeans hindurch.

„Fuuuck." Sein Herzschlag erreichte ein gefährliches Tempo, und Dec legte seine Stirn gegen Brookes. „Das fühlt sich so verdammt gut an. Ich kann es nicht erwarten, deine Hände auf mir zu spüren."

Es kam ihm vor wie ein Wunder, dass seine Hände auf ihr waren, seine Zunge. Auch wenn er niemals ein egoistischer Liebhaber gewesen war, von Brooke konnte er anscheinend nicht genug bekommen. Er wollte alles. Sofort. Am liebsten hätte er sie unter seiner Haut, um niemals wieder ohne sie zu sein.

„Die Hände reichen mir nicht", sagte sie. „Ich möchte auch meinen Mund und meinen Körper auf dir spüren." Sie griff nach seiner Hand und zog ihn mit ins Schlafzimmer.

Eigentlich war er niemand, der anderen folgte, aber zur Hölle. Ihr würde er überallhin folgen. Vor allem, wenn es dazu führte, dass er noch mehr von dem bekam, was sie hier gerade trieben.

Denn was immer es auch war, es war einfach nur verdammt unglaublich.

In ihrem Zimmer drängte Brooke ihn in Richtung Bett, bis er mit den Kniekehlen gegen die Matratze stieß.

Moochie, die auf der Tagesdecke geschlafen hatte, schien nicht auf wilde Gesellschaft erpicht. Sie kläffte kurz missbilligend, ehe sie vom Bett sprang und ins Wohnzimmer trottete.

„Ich wusste schon immer, dass Kontrolle dein Ding ist." Er beugte sich vor und knabberte spielerisch an ihrer Schulter.

„Wenn du glaubst, ich sei gut im Büro, dann garantiere ich dir, hier bin ich noch besser." Sie zog seinen Reißverschluss auf und schob ihm Jeans und Boxershorts über die Hüften.

Der Effekt, den sie auf ihn hatte, war nicht zu leugnen.

Brooke besaß einen kurvigen Körper, den die meisten Frauen mit Diäten zerstören würden. Er war froh, dass sie nicht versuchte, sich zu bedecken. Sie war eine richtige Frau, und er würde sich am liebsten die ganze Nacht lang an diesem Anblick ergötzen.

So weich, sexy, verführerisch und nackt.

Er hob die Hand und öffnete die Spange, mit der sie ihr langes, lockiges Haar zusammengehalten hatte. Als es ihr wie eine goldene Wolke über die Schultern fiel, sah sie aus wie eine üppige, nackte Märchenprinzessin. Wie etwas, was man auf eine Leinwand bannen sollte, um es wie ein kostbares Kunstwerk für immer zu erhalten.

Jegliche intelligente Gedanken verflüchtigten sich aus seinem Kopf, als sie die Hand um seinen harten Schaft legte und fest zudrückte. Ein köstlicher Schauder rieselte ihm über den Rücken, während sie mit der Handfläche über seine heiße Haut bis zu der prallen Spitze hinunterstrich und anschließend wieder hinauf. Er drängte sich noch tiefer in ihre Hand und stöhnte angesichts der unglaublichen Empfindungen, die ihn ergriffen.

Als sie ihn rückwärts aufs Bett drückte und sich wie eine geschmeidige Raubkatze über ihn schob, ahnte er, was sie vorhatte. Er wusste, wenn sie ihre Lippen um ihn schloss, wäre er im Paradies, aber alles, woran er im Augenblick denken konnte, alles, was er wollte, war, sich tief in ihr zu vergraben.

Entschlossen drehte er sie also auf den Rücken und entlockte ihr damit ein Lachen.

„Ich dachte, jetzt wäre ich an der Reihe und hätte das Kommando."

„Nächstes Mal." Er küsste ihren frechen kleinen Mund und angelte dann hastig ein Kondom aus seiner Jeans. „Jetzt will ich in dir sein."

Sie hob den Kopf und leckte über seinen Hals. Ein köstliches Kribbeln rann ihm über den Rücken und sandte eine dringende Mitteilung an seinen Schwanz.

„Dann lass mich dir wenigstens helfen." Sie nahm das kleine Päckchen und riss es auf.

Wow. Zuzusehen, wie Brooke auf diese sexy, provokante Art ein Kondom über seinen Schwanz rollte, könnte durchaus zu seiner Lieblingsbeschäftigung werden. Genau genommen konnte es nur noch von einer Sache übertroffen werden: sie ohne Kondom zu lieben.

Aber er ging ohnehin schon zu viele Risiken ein.

Er war steinhart und mehr als bereit, doch er wollte es so lange wie möglich hinauszögern. Und er wollte Brooke schmecken, sie berühren und noch einmal diesen herrlichen Körper spüren. Zwischen ihren Beinen liegend, küsste er ihren hübschen Mund, ihren zarten Hals und verwöhnte ihre Brüste, bis sie sich unter ihm wand und ihn anflehte, während sein Schwanz gegen ihre feuchte, heiße Spalte stieß.

Es war um seine guten Vorsätze geschehen, als sie zum dritten Mal „*Bitte, Dec, jetzt*“, flehte. Mit einem kräftigen Stoß drang er tief und besitzergreifend in sie ein. Mit ihren Muskeln umschloss sie ihn, bevor sie ein lang gezogenes Stöhnen ausstieß, das ihn wie eine Hitzewelle überrollte.

Um nicht sofort die Beherrschung zu verlieren, verharrte er einen Moment regungslos.

Auch wenn sein Körper geradezu danach schrie, hart und schnell zuzustoßen, um endlich Erlösung zu finden, wollte Dec sie nicht auf diese Weise lieben. Stattdessen drang er langsam noch tiefer vor, zog sich wieder zurück und bewegte sich mit leicht kreisenden Bewegungen, während die Empfindungen und das langsame Aufbauen der Spannung wie geschmolzene Lava durch seine Adern flossen. Brooke schlang die Beine um ihn und hob die Hüften, um seinen Stößen entgegenzukommen. Sie fielen in einen Rhythmus, der sie alles andere vergessen ließ, außer der Stelle, an der ihre Körper miteinander verschmolzen.

Ein lang gezogenes „*Oh Gott. Oh Gott. Oh Gott*“, entfuhr ihr bei jedem Stoß, und Dec ahnte, dass sie kurz davor war, noch einmal zu kommen. Im Einklang mit ihrem Stöhnen pumpten seine Hüften schneller und schneller, ehe er zwischen ihre Körper langte und Brookes empfindlichsten Punkt streichelte. Mit einem letzten Lustschrei schlossen sich die Muskeln um ihn und zogen ihn noch tiefer. Jeder Stoß glich einer perfekt aufeinander abgestimmten Explosion seiner Nerven, bis schließlich ein Schwall aus Hitze durch seinen Körper schoss und er von einem langen, heißen, atemberaubenden Orgasmus übermannt wurde.

Als sein Herzschlag sich so weit beruhigt hatte, dass er langsam wieder bei Sinnen war und sich bewegen konnte, zog er Brooke in die Arme und legte die Tagesdecke über sie beide.

Zum ersten Mal im Leben kuschelte er nach dem Sex mit einer Frau, statt sich die Hose anzuziehen und zu verschwinden.

Brooke war ohne Zweifel nicht nur eine unglaubliche Assistentin, die ihn Tag für Tag antrieb, sondern auch für ihn persönlich etwas ganz Besonderes. Nie war ihm das so klar gewesen wie in diesem Moment.

Er wusste nur nicht, wie er am kommenden Morgen damit umgehen sollte.

11. Kapitel

Brooke erwachte in einem kalten, leeren Bett.

Genau, wie sie es erwartet hatte.

Ja, Dec hatte sie in der vergangenen Nacht gleich mehrmals auf köstliche Weise geliebt und war mit ihr in den Armen eingeschlafen. Aber sie hatte gewusst, dass er irgendwann die Flucht ergreifen würde. Der auf Vorsicht bedachte Chef konnte nicht aus seiner Haut, selbst wenn er sich insgeheim am Morgen noch einmal auf sie rollen wollte, um das zu wiederholen, was sie in der Nacht getrieben hatten.

Natürlich schaffte er es nicht, all seine Bedenken über Bord zu werfen und plötzlich nicht mehr zu glauben, dass das Vermischen von Vergnügen und Arbeit eine schlechte Idee war. Nein, dazu brauchte es definitiv noch mehr Überzeugungsarbeit, Necken und harmlose Folter.

Bis er die Dinge so sah wie sie.

Sie stand auf, zog sich ihren flauschigen gelben Morgenmantel an und folgte dem göttlichen Duft, der aus der Küche strömte.

Abgesehen von Moochie, die auf dem Ledersofa lag und leise schnarchte, war das Haus leer und ruhig. Ein Zettel fiel ihr ins Auge.

Der Kaffee ist fertig. Frühstück ist im Ofen. Moochie hat ihr Frühstück bereits bekommen und war auch schon Gassi. Bin zum Büro auf dem Weingut. Bitte ruf unseren Marketing-Mann an und frag, ob er schon alle Zahlen ausgewertet hat.

Übrigens, der Nachtisch gestern Abend war köstlich.

Sie lächelte. Wenigstens hatte er zugegeben, dass letzte Nacht etwas passiert war. Trotzdem wäre es schön gewesen, wenn er gewartet hätte, bis sie aufgewacht war.

Sie wusste nicht so recht, ob sie ihn für den Kaffee, das Frühstück und fürs Gassigehen mit Moochie küssen sollte oder verstimmt sein sollte. Denn obwohl er zugegeben hatte, dass es köstlich gewesen war, die selbst auferlegte Grenze zu überschreiten, wusste sie genau, warum er so früh aufgebrochen war.

Ein Schritt vor, zwei zurück?

Hoffentlich nicht.

Dec war ein Mann, der sich nahm, was er wollte, hart für das arbeitete, was er brauchte, und sein Privatleben auf Sparflamme hielt. Brooke war eine Frau, die Privates an oberste Stelle setzte und sich um den Rest kümmerte, wie es gerade passte. Auch wenn sie zu viel arbeitete, war dies nicht das Wichtigste in ihrem Leben.

Wie hieß es doch so schön? Gegensätze ziehen sich an.

Als sie den Herd öffnete und einen warmen Teller mit luftigen Pancakes herausnahm, musste sie lachen. Die Schachtel mit dem Instant-Pancake-Pulver stand noch auf der Arbeitsplatte, direkt neben einer Flasche Sirup, und erklärte Decs plötzliche Kochkünste. Nachdem sie sich einen Kaffee eingegossen hatte, sich ein paar Pancakes vom Teller genommen und mit Sirup verfeinert hatte, setzte sie sich an den Küchentisch, um ihren Tag zu planen. Ganz oben auf ihrer Liste stand eine lange, heiße Dusche. Direkt dahinter folgte, dass sie unbedingt einen Weg finden musste, Dec wieder ins Bett zu locken.

Teuflisch?

Vielleicht.

Aber ihr Körper kribbelte noch immer von seinen Berührungen, und sie wollte mehr.

Brooke hegte keinen Zweifel, dass Dec daran gewöhnt war, die Initiative zu ergreifen, genauso wie sie wusste, dass sein Verstand leider sein Herz und alle anderen Körperteile überstimmen würde.

Im Büro musste sie ihn häufig davon überzeugen, dass einige Dinge das Risiko wert waren. Anscheinend änderten sich Gewohnheiten auch nicht, wenn man den Standort wechselte. Manchmal brauchten tolle Männer mit großem Herzen und Sturkopf einen kleinen zusätzlichen Schubs auf etwas zu, von dem sie nicht einmal wussten, dass sie es wollten. Es war, als würde man an einem Laden mit Süßigkeiten vorbeigehen und den köstlichsten Lolli auf Erden sehen.

Wer konnte da widerstehen?

Auf dem Weg zur Dusche schnappte sie sich das Duschgel, das nach Zuckerwatte duftete. Wenn ihr Plan, Dec zu helfen, mit all seinen schlechten Büro-Gewohnheiten zu brechen, aufgehen sollte, musste sie alle Register ziehen.

Die Kaffeemaschine gluckerte, als Dec sich Ryan gegenüber an den Schreibtisch setzte, der gerade einen Scheck über die Betriebskosten ausstellte. Jordan würde erst auftauchen, wenn seine Liebste zur Arbeit aufgebrochen war. Ethan hatte sich irgendwo im Haupthaus vergraben und trieb dort Gott weiß was. Und Parker war mit seinem Foodtruck in Portland unterwegs. Also waren zurzeit nur Dec und sein ältester Bruder da, Decs Meinung nach die Vernünftigsten der Geschwister.

Das heißt ... bis gestern Abend war er vernünftig gewesen. Gestern hatte er völlig den Kopf verloren und die vollkommenste Erfahrung seines Lebens gemacht, sowohl in sinnlicher als auch sexueller Hinsicht.

Normalerweise war er ein Frühaufsteher, der es kaum erwarten konnte, wieder an die Arbeit zu gehen. Heute Morgen war es jedoch ganz anders gewesen. Er musste sich regelrecht zwingen, sich von Brookes herrlich warmem Körper zu lösen. Mindestens eine Stunde lang hatte er dagelegen und sie beobachtet, während sie noch schlief.

Das hatte er noch bei keiner Frau getan.

Sie war so schön, und im Schlaf hatte sie so friedlich gewirkt. Die Hand unter die Wange geschoben, den Anflug eines Lächelns auf den Lippen, hatte sie ihm unwissentlich ein Angebot unterbreitet. Er konnte das alles haben. Er musste nur zugreifen. Eine Frau wie Brooke fand man nicht alle Tage. Doch er war es nicht gewohnt, sich etwas zu nehmen, nur weil er es wollte. Wobei Brooke ja keinesfalls *irgendetwas* war, aber er wollte sie definitiv. Als die Sonne aufging und das Zimmer in helles Licht tauchte, war ihm klar, dass er sich seinen neuen Gefühlen stellen musste. Die Zeit für Ausflüchte war vorbei.

Sich für die letzte Nacht zu entschuldigen wäre albern. Ja, er wusste, dass das, was er getan und zugelassen hatte, falsch war, aber es war so unglaublich gewesen, dass er tief in seinem Inneren nichts bereute.

„Hör auf, so zu lächeln."

Dec hob den Kopf und stellte fest, dass er vor sich hingeträumt hatte. „Was?"

„Du grinst von einem Ohr zum andern", meinte Ryan.

Ohren? Ja, Brooke hatte sehr schöne …

Ryan kniff die Augen zusammen. „Also, was ist los?"

„Ich habe nicht gegrinst."

„Von wegen! Du sabberst schon fast." Ryan schob sein Scheckbuch zur Seite. „Vielleicht will ich es lieber gar nicht wissen. Wahrscheinlich werde ich bloß neidisch."

„Wir sollten uns besser ums Geschäftliche kümmern."

„Jetzt werde ich aber doch neugierig." Ryan lehnte sich auf

seinem Stuhl zurück und verschränkte die Hände hinter dem Kopf. „Brooke?“

„Woher weißt du das?“

Sein Bruder lachte leise. „Weil dir gestern, als sie hier reinkam, fast die Augen aus dem Kopf gefallen sind. Sie ist ja auch verdammt attraktiv.“

„Sie ist mehr als das.“

„Einzelheiten?“, fragte Ryan hoffnungsvoll und ganz der große Bruder.

„Vergiss es. Du weißt, dass ich dir nichts erzählen würde.“

Ryan lachte. „Habe ich auch nicht erwartet. Aber du kannst es einem enthaltsam lebenden Mann nicht verdenken, dass er es probiert.“

„Ich glaub kaum, dass dein Leben durch mich aufregender wird.“

„Was ist also passiert? Hast du dich gehenlassen und Spaß gehabt, weißt jetzt aber nicht, wie du damit umgehen sollst?“

„Ich krieg das schon hin.“

„Wieso lässt du den Dingen nicht ihren Lauf, damit du weiterhin lächeln kannst?“

„Du weißt, dass die Dinge nie so einfach sind.“

„Oje.“ Ryan setzte sich wieder gerade hin. „Du bist davongelaufen wie ein Angsthase, stimmt’s?“

„Nein.“

„Doch, bist du. Sonst würdest du noch immer eng umschlungen mit ihr im Bett liegen. Ich würde das jedenfalls tun.“

Würde er seine wahren Gefühle offenbaren, wenn er seinem Bruder eins in seine vorlaute Fresse verpasste?

„Tja, diese Chance wirst du aber niemals bekommen. Mach dir keine Hoffnung.“

„Weißt du was, kleiner Bruder?“ Der alte Stuhl unter Ryan knarrte, als er sich nach vorn beugte und die Unterarme aufstützte, um Dec in die Augen sehen zu können. „Ich weiß, du willst keine klugen Ratschläge von einem Mann, dessen Frau ihn verlassen hat, um mit Klopapier-Werbung Karriere zu machen, aber lass mich dir eins sagen. Wenn du diese Gefühle für Brooke ignorierst, die dir ins Gesicht geschrieben stehen, wird jemand anderes deinen Platz einnehmen. Du kannst von Glück sagen, dass sie verrückt nach dir ist."

„Woher zum Teufel willst du das wissen?" Den Gedanken, dass jemand anderes sie in den Armen halten und lieben könnte, wollte er gar nicht erst zulassen. Diese Vorstellung konnte er absolut nicht ertragen.

„Weil auch ihr die Gefühle ins Gesicht geschrieben stehen."

Dec war nicht sonderlich erpicht auf diese Unterhaltung. Am liebsten würde er seinen Hintern wieder ins Cottage verfrachten, um zu Brooke unter die Decke zu schlüpfen. Wünschenswerterweise wäre sie noch warm und würde noch schlafen, damit er sie langsam aufwecken und dabei all das anwenden konnte, was er in der letzten Nacht über sie gelernt hatte – nämlich das, was sie stöhnen und lächeln ließ.

„Du glaubst mir nicht?", fragte Ryan, offensichtlich noch nicht fertig mit seinen ungebetenen und unerwünschten Ratschlägen. „Dann lehn dich zurück und tue nichts. Aber wenn dann jemand anderes, vielleicht sogar einer deiner eigenen Brüder, sie dir wegschnappt, dann komm nicht heulend bei mir an. Oder bei Parker. Oder bei Ethan. Könnte sein, dass wir beschäftigt sind."

„Fuck you, Ryan."

„Geschenkt." Ryan trat mit dem Fuß nach dem Mülleimer unter seinem Schreibtisch. „Mensch, Dec, du bist doch kein Idiot. Du bist mein Bruder, und ich liebe dich. Ich sorge mich um dich. Ehrlich, ich möchte, dass du so glücklich wirst wie ein Kind mit einem neuen roten Luftballon. Und höllisch neidisch bin ich auch. Aber wenn du deinen Gefühlen für Brooke nicht nachgibst, könnte es sein, dass sie frustriert aufgibt und weiterzieht. Ist dir das klar?“

Bisher nicht wirklich.

Und die Vorstellung gefiel ihm kein Stück.

Eine heiße Dusche und drei Kaffee hatte Brooke gebraucht, um die Fantasien der letzten Nacht aus ihren Gedanken zu verdrängen und sich wieder in den Arbeitsmodus zu versetzen. Sie hatte den Kollegen aus der Marketingabteilung angerufen, und er hatte ihr die Statistiken gemailt. Nachdem sie sie ausgedruckt hatte, steckte sie alles in einen Umschlag, tätschelte Moochies Kopf und machte sich auf den Weg hinauf zum Büro des Weinguts.

Auf dem Spaziergang schaute sie sich eingehend auf dem herrlichen Anwesen um. Auf weitläufigen grünen Wiesen grasten Rehe, über Baumwipfeln kreiste ein Rotschwanzbussard. Die sanft ansteigenden Hügel vor dem Bergpanorama waren hinreißend, und Brooke hatte auf einmal das Gefühl, irgendwo auf der anderen Seite des Atlantiks zu sein.

In der Hand hielt sie die Zahlen der Marketing-Analyse. Sie wusste genug. Sie hatte eine genaue Vorstellung, was sie mit dem Weingut anfangen würde, wenn es ihr gehören würde.

Auf halbem Weg die kurvige Straße hinauf kam ihr Nicole entgegen, ihr dunkelbraunes Haar flatterte im Wind, und die pinkfarbenen Westernstiefel knirschten auf dem Kies.

„Hallo.“

Nicole blieb abrupt stehen und strahlte Brooke an. „Kommst du einen Kaffee trinken?“

„Eigentlich wollte ich diese Papiere ins Büro bringen.“

„Was ist das?“

„Die Marktanalyse.“

„Oh. Wichtig?"

„Ich denke schon, ja."

Nicole seufzte auf, strahlte aber gleich wieder. „Pech. Muss warten." Sie griff nach Brookes Hand. „Komm."

„Wohin gehen wir?"

„Ich möchte dir mein neues Lied vorspielen."

Brooke blickte hinüber zum Gebäude, in dem das Büro untergebracht war. Sie wusste, sie sollte direkt dorthin gehen, aber konnte sie sich die Chance entgehen lassen, Decs Schwester singen zu hören? „Okay, das würde ich wirklich gern hören."

„Oh, super. Ich habe es für Jordys und Lucys Hochzeit geschrieben und wollte mal hören, was du davon hältst, ehe ich es für sie spiele."

„Wieso gerade ich? Wir kennen uns doch kaum."

„Ja, aber das wird sich ja schnell ändern, jetzt, wo du mit Dec zusammen bist."

„Oh." Brooke blieb stehen. „Wer hat dir das erzählt? Wir sind nicht zusammen."

Nicole zuckte mit den Schultern, bevor sie lachend die Hände in die Hüften stemmte. „Bist du sicher?"

„Ja. Bin ich. Warum fragst du? Und wie kommst du überhaupt darauf?"

„Weil ich meinen Bruder kenne." Nicole hakte sich bei Brooke ein und drängte sie dazu weiterzugehen. „Er hat noch nie eine Frau mitgebracht, egal aus welchem Grund. Er hat noch nie mitten in einer Unterhaltung angefangen zu träumen. Und er hat es so arrangiert, dass ihr beide allein im Haus unserer Großeltern übernachtet."

„Nicole …"

„Nicki."

„Nicki, komm bloß nicht auf falsche Gedanken. Dein Bruder hat mich nur mitgenommen, weil wir arbeiten müssen."

„Hast du nicht alles vom Büro aus geregelt, als er nach dem Tod unserer Eltern hier war?“

„Ja, aber …“

„Und ist er nicht mit dir diese *romantische* Küstenstraße entlanggefahren, statt in ein Flugzeug zu steigen und sich einen Wagen zu mieten wie sonst immer?“

„Ja, aber …“

„Und hat er nicht, selbst auf die Gefahr hin, sich lächerlich zu machen, beim Karaoke mitgemacht, weil du ihn dazu aufgefordert hast?“

„Ja, aber …“

Nickis himmlisch blaue Augen funkelten. „Und bist du nicht ganz schrecklich in ihn verliebt?“

„Ja, aber … Hey, du hast mich reingelegt.“

„Und es hat funktioniert.“ Wieder lachte Nicki. „Seit Lucy fast schon zur Familie gehört, stelle ich fest, dass es schön ist, große Schwestern zu haben. Brüder können so …“

„Aggressiv sein?“

„Nervig. Sie wollen mir ständig in mein Leben reinreden. Und kein Junge war bisher mutig genug, sich öfter als einmal mit mir zu verabreden, weil meine Brüder jeden zu Tode erschrecken.“

„Das kommt, weil sie dich lieben.“

„Mag sein, aber manchmal wünschte ich, sie würden mich nicht ganz so sehr lieben.“ Nicki öffnete die Tür zu dem großen Haupthaus, das wie ein Schloss aus der alten Welt wirkte. „Ich muss das Leben voll auskosten. Man kann kein Songwriter sein, wenn man nicht gelebt hat. Man braucht doch Inspiration. Oder?“

„Stimmt.“ Als Brooke zum ersten Mal in die große Halle trat, stellte sie fest, dass alles wirkte, als stünde es nicht am richtigen Platz.

„Entschuldige die Unordnung", sagte Nicki. „Ich bin am Renovieren."

Es kam Brooke merkwürdig vor, dass jemand das Heim seiner Eltern so kurz nach deren Tod verändern wollte. Andererseits war Familie nichts, über das sie Bescheid wusste, und daher hatte sie auch kein Recht, sich dazu eine Meinung zu bilden.

„Das ist ein wunderschönes Haus."

„Stimmt." Nicki stemmte die Hände in die Hüften und musterte den Raum. „Zu schade, dass es nie vernünftig gestaltet wurde. Ich will meine Mutter ja nicht schlechtmachen, weil sie es wirklich versucht hat. Aber die Zimmer haben nie Freude ausgestrahlt. Jetzt, da Jordy und Lucy auf dem Weingut heiraten werden, habe ich sie davon überzeugt, hier ins Haus zu ziehen. Ich siedle dafür in Lucys kleines Cottage um. Die beiden brauchen mehr Platz. Ich brauche mehr Privatsphäre. Also haben Lucy und ich uns ein bisschen nach einem neuen Style umgesehen, und ich will sie überraschen und ein paar Zimmer streichen, ehe sie einziehen."

„Schöne Idee. Ich bin sicher, dass sie sich darüber freuen wird."

„Lucy ist einfach toll. Ich kann es gar nicht abwarten, dass du sie kennenlernst."

„Ich freue mich schon darauf."

„Sie sich auch." Nicki lachte. „Sie weiß besser als sonst jemand, wie schwierig es ist, einen Kincade-Bruder zu erobern."

„Klingt beunruhigend."

„Willst du die Wahrheit hören? Ich habe Jordy noch nie glücklicher erlebt. Er hat seine Karriere in der NHL aufgegeben, um bei ihr sein zu können. Dabei hat sie ihn nicht einmal darum gebeten. Das würde sie nie tun. Sie ist einfach nur Lucy. Ein bisschen zurückhaltend und absolut wunderbar. Sie war meine Lehrerin in Kreativem Schreiben. Wenn sie und Jordy nicht gewesen wären, hätte ich nie den Mut gehabt, aus mir herauszugehen und Songtexte zu schreiben."

„Ich freue mich für dich."

„Ich freue mich für uns." Aufgeregt griff Nicki nach ihrem Arm. „Auf geht's, Team Brooke!"

„Was?"

„Du weißt schon, wie in den ‚Twilight'-Romanen. Da gehört man entweder zum Team Edward oder zum Team Jacob. Tante Pippy und ich sind im Team Brooke. Bisher hat sich noch niemand fürs Team Dec gefunden."

„Ihr wollt uns gegeneinander ausspielen?"

„Ach was. Wir versuchen nur, euch zusammenzubringen. Und schließen Wetten ab, wer länger standhält."

Brooke war dem Kincade-Bruder bereits hoffnungslos verfallen, aber sie wollte Nicki den Spaß nicht verderben.

„Du hast dir einen unfairen Vorteil verschafft", meinte Brooke. „Schließlich habe ich schon herausposaunt, was ich für ihn empfinde."

„Stimmt. Aber meine Brüder machen nichts auf einfache Art und Weise. Dec wird noch eine Achterbahnfahrt hinlegen und ein paar wirklich idiotische Dinge tun. Aber ehe er sichs versieht, wird er dir zu Füßen liegen, weil er hoffnungslos in dich verliebt ist."

„Wer sagt denn, dass nicht ich es bin, die klein beigibt?"

„Wirst du nicht." Nicki umarmte Brooke. „Weil du schon seit Jahren scharf auf ihn bist. Noch ein bisschen länger zu warten macht einer klugen Frau wie dir nichts aus, vor allem, wenn sie genau weiß, was sie will."

„Wie kommt es, dass du so klug bist?"

„Glaub mir, wenn du mich vor ein paar Monaten gesehen hättest … da war ich völlig hinüber. Ich habe mit niemandem geredet. Ich habe alle gehasst. Alles ging den Bach runter. Was nicht heißen soll, dass ich jetzt ein Engel bin. Aber Jordy war beharrlich, und ich habe gelernt, dass ich Menschen um mich habe, die mich wirklich lieben. Und ich liebe sie auch. Deshalb möchte ich ja, dass Dec sich verliebt. In dich."

„Das ist echt süß von dir, Nicki."

„Ich weiß." Ein breites Grinsen breitete sich auf dem hübschen Gesicht des Mädchens aus. „Und außerdem kriege ich dadurch neue Inspirationen für meine Liebeslieder."

„Ich bin ein großer Country-Musik-Fan, also soll mir keiner nachsagen, ich hätte nicht meinen Beitrag geleistet."

Während Nicki nach ihrer Gitarre griff, betrachtete Brooke die Familienfotos im Wohnzimmer. Gruppenfotos von den Eltern, den Brüdern und Nicki auf Picknicks zwischen Weinstöcken oder bei anderen Veranstaltungen. Fröhliche Bilder von den Brüdern, die grinsend die Arme um die Schultern der anderen geschlungen hatten. Fotos von Ryan mit seiner Tochter Riley und ein paar offensichtlich neue Schnappschüsse von Jordan und Lucy.

Brooke verspürte einen Stich.

Sie hatte sich immer eine Familie wie die Kincades gewünscht. Natürlich hatte sie Glück gehabt, bei den Hastings zu landen, sie waren wundervoll gewesen und hatten ihr das Gefühl vermittelt, dazuzugehören. Aber im Grunde war sie in eine andere Familie hineingeboren worden. Und sie hatte sich trotz allem immer gewünscht, ihre leiblichen Eltern hätten ihre Fehler eingesehen und alles darangesetzt, gute Eltern und Rollenvorbilder zu werden. Wären sie das gewesen, würde ihre Schwester vielleicht noch leben.

Der Traum von einer eigenen Familie beherrschte Brookes Gedanken, seit sie denken konnte. Sie wünschte sich das Idealbild von Mann und Frau mit Kindern, die sie vergötterten, wie in alten Fernsehfilmen aus den 1960ern. Genau so stellte sie sich eine Familie vor. Und dann verliebte sie sich ausgerechnet in einen Mann, der nichts als Arbeit im Kopf hatte.

Nicki zupfte die ersten Akkorde, und Brooke hoffte, dass die junge Frau ihre Hoffnung in Team Brooke nicht allzu hoch schraubte. Team Dec bestand aus einem halsstarrigen Mann, dessen Fähigkeiten im Verhandeln ihn zum Multimillionär gemacht hatten.

12. Kapitel

Als Brooke ins Büro des Weinguts geschlendert kam, konnte Dec nicht anders, als sie anstarren, obwohl fast alle seine Brüder da waren und es unweigerlich mitbekommen würden. Nicht dass sie etwas besonders Aufreizendes trug; neben einer engen Jeans hatte sie ein T-Shirt an, das ihr wie eine zweite Haut passte. Nachdem er es begutachtet und all ihre herrlichen Kurven gebührend bewundert hatte, konnte er nur noch an eins denken: dass er ihr die Sachen am liebsten sofort vom Leib reißen würde.

„Tut mir leid, wenn ich störe." Sie klang ein wenig atemlos, wahrscheinlich weil sie den Hügel heraufgelaufen war. Aber in Decs Ohren hörte sie sich genauso sexy an wie letzte Nacht, als sie ihn um mehr angefleht hatte.

Ihre Sandalen klackerten rhythmisch auf dem Boden, und Dec blickte sofort hinunter auf den blauen Nagellack auf ihren Zehen. Gestern Abend hatte er festgestellt, dass sie an den Füßen kitzelig war, genau wie an einigen anderen Stellen ihres herrlich weiblichen Körpers. Diese Stellen zu entdecken hatte mehr Spaß gemacht, als er sich je hätte vorstellen können. Er hatte ja gar nicht gewusst, dass Sex so spielerisch sein konnte. Und jetzt, nachdem er das herausgefunden hatte, fielen ihm noch viel mehr Dinge ein, die man ausprobieren könnte.

„Ich habe die Infos, auf die ihr wartet." Sie reichte Dec den Umschlag mit einem höflichen Lächeln. „Ich dachte mir, dass ihr sie wahrscheinlich so schnell wie möglich sehen wollt."

„Danke." Er nahm den Umschlag und berührte dabei absichtlich ihre Finger. Würde es ihm gelingen, ihr geschäftsmäßiges Lächeln so zu verwandeln, dass die spielerische Brooke von letzter Nacht zum Vorschein kam? „Hast du den Zettel gefunden, den ich dir geschrieben habe?"

„Habe ich, ja." Ihre Mundwinkel hoben sich zu dem Lächeln, auf das er gewartet hatte. Noch nie hatte er sich so sehr danach gesehnt, sie zu küssen, wie in diesem Moment. „Und vielen Dank für die Pancakes und den Kaffee."

„Gern geschehen."

Als er aufsah, starrten seine Brüder ihn an.

„Was ist?"

„Nichts." Ryan grinste. „Absolut gar nichts."

Während Brooke weiterhin ruhig und geschäftsmäßig blieb, hatte Dec das Gefühl, gleich die Nerven zu verlieren. Er durfte nicht enthüllen, was er fühlte, sonst würden seine Brüder über ihn herfallen wie eine Horde Teenager und ihn gnadenlos aufziehen. Er brauchte Zeit, um sich selbst über diese Gefühle klar zu werden. Also musste er sich für den Augenblick dem Geschäft zuwenden, obwohl er nichts lieber täte, als Brooke in die Arme zu schließen und sie zurück ins Bett zu schleppen. Es galt, das Rätsel um Lili MacKay zu lösen, ganz abgesehen von dem finanziell schwächelnden Weingut, um das sie sich kümmern mussten.

Anscheinend war das auch Brooke bewusst.

„Ich wollte wirklich nicht stören", sagte sie zu seinen Brüdern. „Aber es war nett, euch alle zu sehen."

Als sie sich wieder zur Tür wandte, fühlte Dec sich hin- und hergerissen. Wenn sie blieb, würde es ihm verdammt schwerfallen, sich auf die Marketing-Analyse zu konzentrieren, statt insgeheim davon zu schwärmen, wie hübsch Brooke mit ihrem frisch gewaschenen Haar aussah, das ihr in weichen Locken über die Schultern fiel. Oder dass der Ausschnitt ihres hautengen T-Shirts ziemliche Einblicke gewährte. Oder wie viel

Aufmerksamkeit er diesen perfekten Brüsten noch vor wenigen Stunden gewidmet hatte. Wenn sie ging, dann würde er vermutlich noch genug an all das denken.

Verdammt. Noch nie war eine Ablenkung derart angenehm gewesen.

„Es ist nicht nötig, dass du verschwindest, Brooke." Ryan zwinkerte Dec hinterhältig zu. „Setz dich doch."

Ehe Dec seinen Stuhl für sie freimachen konnte, war Ethan aufgesprungen und hatte ihr seinen angeboten. Dec warf ihm einen tödlichen Blick zu.

„Ich möchte mich nicht einmischen", meinte Brooke zögernd. „Ich weiß, ihr habt eine Menge zu besprechen."

„Quatsch." Dec deutete auf den jetzt leeren Stuhl neben sich. „Setz dich. Als wir letztens über das Weingut geredet haben, hast du dich auch gut eingebracht. Ich würde wirklich gern deine Meinung hören, nachdem wir jetzt die demografischen Daten haben."

„Das weiß ich zu schätzen." Ihr Lächeln glich einem Sonnenstrahl, als sie Platz nahm. „Aber ich bin keine Expertin."

„Mit deinem Abschluss in Marketing bist du weitaus besser qualifiziert als wir anderen", sagte Dec, verzweifelt bemüht, seine Emotionen unter Kontrolle zu behalten. „Wie Ryan schon sagte, würden wir uns über deine Einschätzung freuen."

Er hoffte inständig, dass er so geschäftsmäßig wie immer klang. Aber er bezweifelte es, denn sein Herz klopfte wie verrückt, weil sie so süß wie Zuckerwatte duftete und er sie am liebsten angeknabbert hätte.

„Danke." Ihr heftiges Blinzeln verriet, dass er nicht der Einzige war, dem es schwerfiel, sich zu konzentrieren. „Ich habe mir die Zahlen angeschaut, und auf dem Weg hierher sind mir ein paar Ideen gekommen."

„Dann lass hören." Ryan sah sie lächelnd an.

„Nun, wenn ihr darauf besteht." Brookes Gesicht erstrahlte mit einem unwiderstehlichen Lächeln. Dec verspürte Stolz, dass sie in der Lage war, es mit seinen Brüdern aufzunehmen. „Eure Hauptzielgruppe lässt sich in drei Kategorien aufteilen. Da sind zum einen die DINKs."

„DINKs?" Ethan lachte. „Das klingt nicht sonderlich vielversprechend."

„Double income, no kids – also doppeltes Einkommen, keine Kinder", erklärte Brooke. „In die zweite Kategorie gehören die Paare, deren Kinder schon flügge sind. Und am kleineren Ende der Skala befindet sich die Silberlöwin/Silberfuchs-Fraktion."

„Oh ja, ich weiß, was eine Silberlöwin ist", warf Ethan ein. „Als ich letztes Jahr in Florida gegen die Brände in den Everglades gekämpft habe, hat eine versucht, sich an mich ranzumachen. Ich nehme an, dass ein Silberfuchs die männliche Version ist?"

Brooke nickte. „Vierzig- bis sechzigjährige reiche, alleinstehende, karrierebewusste Männer und Frauen auf der Suche nach einer jüngeren Partnerin oder einem jüngeren Partner. Im Grunde habt ihr es also mit drei Gruppen von Leuten zu tun, die entweder nach einem traumhaften Kurzurlaub oder einem romantischen Rendezvous suchen. Ihr seid nur Minuten von Portland und nur wenige Stunden von Seattle entfernt. In beiden Städten ist eure Zielgruppe üppig vertreten."

„Das heißt, wir konzentrieren uns nicht auf zwanzigjährige Singles oder junge Familien", fasste Ryan zusammen.

„Genau. Eure Zielgruppe verfügt über ein überdurchschnittliches Einkommen. Die Leute suchen einen Ort, um sich zu entspannen, haben Spaß an Aktivitäten wie Golf oder Wandern und lassen sich gern mit gutem Essen und guten Weinen verwöhnen."

„Schade, dass Jordan nicht hier ist", meinte Dec. „Er hatte einen Golfplatz vorgeschlagen."

„Wahrscheinlich würde eine anspruchsvolle Neun-Loch-Anlage schon genügen. Oder vielleicht reicht sogar eine Übungsfläche zum Schlagen“, fuhr Brooke fort. „Allerdings brauchen sie etwas, wo sie nach dem Golfen hingehen können – einen Wellnessbereich, ein Restaurant, irgendeinen Ort, an dem man draußen sitzen, die Umgebung genießen und wo man vielleicht leiser Musik lauschen kann. Und auch wenn eure Gäste einer bestimmten Schicht angehören, könntet ihr das Weingut zu einem Veranstaltungsort ausbauen, nicht nur gelegentlich Hochzeiten arrangieren. Da könnte es nicht schaden, einheimische Künstler, welcher Art auch immer, herzulocken.“

„Und welches Grundthema würde zu diesen Gästen passen?“, fragte Ethan. „Modern? Country?“

„Nun …“ Brooke verschlang ihre Finger miteinander und legte sie über ein Knie. „Das Haus eurer Familie gibt eigentlich selbst die Antwort. Es sieht fast aus wie eine italienische Villa. Versucht es mit europäischem Flair. Baut ein paar zusätzliche Cottages zum Vermieten, die den Charme der Alten Welt haben, wie in Irland zum Beispiel oder Frankreich oder den Niederlanden. Legt Wege mit Kopfsteinpflaster an, viele üppig blühende Blumen, einen Brunnen. Serviert gutes Essen im Kerzen- oder Mondschein, dazu eure köstlichen Weine, und ich denke, dann könnt ihr euer Weingut in einen zauberhaften Ort verwandeln, den niemand so schnell vergisst. Wenn ihr auch noch einen Unterhaltungsbereich aufbaut, einen kleinen Golfplatz und einen hübschen Verkostungsraum, dann könnt ihr der Zukunft gelassen entgegensehen. Natürlich müsst ihr einen Marketing- und Werbeplan erstellen lassen. Da würde ich mehr auf die Optik bauen als auf Audio-Werbung. Wenn ihr noch keine Website habt, braucht ihr eine. Falls doch, werdet ihr sie aufmöbeln müssen, um zu zeigen, was ihr hier gestaltet habt. Bietet eurer Klientel ein einzigartiges Ziel. Zeigt ihnen, was für ein malerischer Ort Sunshine Creek ist und warum die Leute hier ihre Zeit verbringen sollten."

„Das sind großartige Ideen", sagte Ryan. „Und tatsächlich hatten wir auch schon über einen Unterhaltungsbereich und einen Wein-Club gesprochen."

„Das Gute daran wäre auch", fügte Brooke hinzu, „dass ihr auf diese Weise die Möglichkeit hättet, mehr Einheimische zu beschäftigen. Also wirtschaftlich gesehen gut für alle Seiten."

Dec hatte bereits gewusst, dass Brooke klug war, und in diesem Moment hätte er gar nicht stolzer auf sie sein können. Er war beeindruckt, dass sie alles so schnell auf den Punkt gebracht hatte, während sie selbst sich so schwer damit taten, einen roten Faden zu finden. Genauso wie sie erkannt hatte, dass es Zeit für ihn war, mit alten Gewohnheiten zu brechen und ein bisschen Spaß zu haben.

Letzte Nacht war es ihr auf atemberaubende, genüssliche, umwerfende Art und Weise gelungen, ihren Standpunkt rüberzubringen.

„Einer meiner Kommilitonen vom College, ein erstklassiger Architekt, hat sich auf traditionelle Bauweisen und alte Handwerkskünste spezialisiert", sagte sie. „Ich gebe euch gern seine Nummer."

„Das hört sich gut an." Ryan blickte vielsagend zu Dec. „Ich hoffe, dir ist klar, was für ein Juwel du in Brooke hast. Du solltest nicht so dumm sein, sie dir je wieder durch die Lappen gehen zu lassen."

Dec wusste, dass Brooke brillant war, und sie brauchte niemanden, um erfolgreich zu sein. Er brauchte sie, sie *ihn* nicht. Aber er vermutete, dass die Worte seines Bruders nicht unbedingt in diesem Zusammenhang gemeint waren.

„Ich wäre ohne sie völlig aufgeschmissen", gab er zu und

bereute einmal mehr, gestern Abend die besagte Grenze überschritten zu haben.

Brooke entschuldigte sich bei den Brüdern, indem sie vorgab, noch reichlich Arbeit erledigen zu müssen. Dabei wollte sie vor allem allein sein, um einmal tief durchzuatmen. Innerhalb weniger Stunden waren ihre Gefühle wie auf einer Achterbahnfahrt von gewaltigen Höhen zu gewaltigen Tiefen gerauscht.

Als Erstes war sie enttäuscht gewesen, dass Dec heute Morgen gegangen war, ohne ein Wort zu sagen. Das hatte ihr fast ein wenig das Gefühl vermittelt, billig und benutzt worden zu sein. Okay, mit dem Frühstück und seiner Nachricht hatte er seinen Kopf noch einmal aus der Schlinge gezogen. Und als er sie dann im Büro angelächelt hatte, hatte sich eine wunderbare Wärme und Leichtigkeit in ihr ausgebreitet. Aber als er sagte, er wäre ohne sie aufgeschmissen, klang das in ihren Ohren irgendwie hohl, und er hatte dabei nicht einmal gelächelt.

Erwartete sie zu viel?

Vermutlich.

Dachte sie im Moment rational?

Vermutlich nicht.

Inzwischen kannte Dec sie wohl besser als sonst irgendjemand. Er wusste, wie ihr Leben verlaufen war. Er wusste, dass sie beim Karaoke die Lieder verhunzte. Er kannte jede erogene Zone ihres Körpers, die sie vor Wonne stöhnen ließ. Er wusste, dass sie es liebte, wenn er sie hinter dem Ohr küsste. Dass sie beim Sex gern oben lag. Aber er wusste nicht, wie tief ihre Gefühle für ihn wirklich waren. Und dieser Blick, den er ihr zugeworfen hatte, kurz bevor sie aus dem Büro gegangen war, verriet seine Vorsicht und seine Reue.

Sicher, sie hatte gewusst, dass er nicht leicht zu erobern war.

Geahnt, dass er sich wehren würde. Dass sich in seinem Kopf die Argumente über richtig und falsch verhedderten.

Warum musste das Leben immer so kompliziert sein?

Sie lief weiter in Richtung Cottage und kickte wütend einen Stein aus dem Weg, was leider nur dazu führte, dass sie sich den Zeh stieß.

„Verdammt." Sie blieb stehen, um den Schaden zu begutachten. Ihr blauer Nagellack war ein wenig abgeplatzt, aber ansonsten schien sie unversehrt.

„Alles okay bei dir?"

Sie biss die Zähne aufeinander, als Dec hinter ihr auftauchte, die Hände lässig in die Taschen seiner Jeans gestopft. Mit dem schwarzen T-Shirt, das all seine prächtig ausgeprägten Muskeln betonte, die sie gestern Nacht unter ihren Lippen gespürt hatte, sah er wie immer großartig aus.

„Alles gut."

„Hört sich aber nicht so an." Er blieb vor ihr stehen und brachte sie dazu, einen Schritt zurückzutreten. „Eigentlich klingst du eher sauer. Was ist los?"

„Nichts." Der Mann war ein Genie, was Zahlen betraf. Wieso war er dann so schwer von Begriff, wenn es um menschliche Gefühle ging? Ohne ihn weiter zu erleuchten, denn, ja, sie konnte stur sein wie ein Maulesel, drehte sie sich um und marschierte weiter in Richtung Haus.

Er folgte ihr. „Wir müssen wohl reden."

„Keine gute Idee im Moment." Reden würde ziemlich sicher zu Tränen führen – ihren –, und sie wollte keine Schwäche zeigen. Es tat ihr nicht leid, dass sie sich am Strand an ihn geschmiegt und ihn geküsst hatte. Es tat ihr auch nicht leid, dass sie sich letzte Nacht geliebt hatten. Es tat ihr nur leid, dass er es anscheinend bereute. „Ich muss arbeiten."

Seine schweren Schritte dröhnten weiter hinter ihr. Nicht

überraschend. Man wurde nicht so erfolgreich wie Dec, wenn man schnell aufgab. Wenn eine Situation mit einem Klienten ihn herausforderte, dann kämpfte er sich da durch, unabhängig davon, wie frustrierend oder lästig es war. Sie nahm an, dass sie im Moment genau das für ihn war.

Frustrierend und lästig.

Tja, Pech für ihn.

Als sie am Haus ankam, öffnete sie die Tür und schloss sie gleich wieder hinter sich. Einige Sekunden später ging der Schlüssel, und Dec kam herein.

„Versuchst du, mich auszusperren?"

„Als ob ich das könnte." Sie ging direkt in ihr provisorisches Büro. Und natürlich folgte er ihr.

„Brooke." Sie zuckte zusammen, als sie die Anspannung in seiner Stimme hörte. „Was ist los? Ist es wegen letzter Nacht?"

Sie wirbelte zu ihm herum. „Wenn du jetzt sagst, die letzte Nacht war ein Fehler, dann, das schwöre ich, trete ich dahin, wo es wehtut."

„Letzte Nacht war … unglaublich. Aber …"

„Kein Aber, Dec. Es ist passiert, und ich fand es wunderbar."

Er rammte die Hände wieder in seine Hosentaschen. „Es ist ja wohl offensichtlich, dass es mir genauso geht."

„Nein, das ist nicht offensichtlich. Du siehst aus, als wolltest du dich am liebsten sofort aus dem Staub machen."

„Mache ich nicht. Aber Brooke, es hätte nicht passieren dürfen", sagte er. „Du bist meine …"

„Komm mir jetzt bloß nicht mit dieser Chef-und-Angestellten-Sache. Letzte Nacht waren wir alles andere als das. Wir hatten die Zungen im Mund des anderen, die Hände überall und unsere Unterleiber auf sehr intime Weise miteinander verbunden. Wir sind beide erwachsen. Meinst du nicht, wir sollten uns auch wie Erwachsene benehmen?"

„Ich kann dich nicht mehr auf dieselbe Art anschauen wie vorher.“ Er schüttelte den Kopf. „Du lenkst mich von allem ab.“

„Das fasse ich jetzt mal als Kompliment auf.“ Sie warf einen Aktenordner auf einen Stapel anderer Ordner auf dem Schreibtisch.

„Das ist kein Witz, Brooke. Wie soll ich irgendetwas erledigt bekommen, wenn ich nur daran denke, wie ich dir am schnellsten die Kleider vom Leib reißen kann, um dich auf den Schreibtisch zu legen?“

Die Augen zu verdrehen war blöd und kindisch. Sie tat es trotzdem.

„Du glaubst also, wenn du so tust, als wäre nichts passiert, und wenn du den Fehler, mit mir zu schlafen, nicht wieder begehst, ist alles wieder gut?“, fragte sie.

Er besaß doch tatsächlich die Frechheit, mit den Schultern zu zucken.

„Aha.“ Sie verschränkte die Arme.

„Was soll bitte *aha* bedeuten?“

„Wenn du es so haben willst, dann bitte.“

„Es würde schon helfen, wenn du nicht in solchen engen Hosen und winzigen Tops herumlaufen würdest.“

„Jetzt willst du mir also auch noch vorschreiben, was ich anziehen soll?“

„Nein. Ich wollte nur …“

„Gut.“ Sie kam um den Schreibtisch herum, krallte die Finger in sein T-Shirt und zwang ihn, ihr in die Augen zu schauen. „Dann lass mich eins klarstellen, okay? Ich werde nichts, aber auch gar nichts an mir ändern, um dir entgegenzukommen. Ich werde nicht aufhören, dich zu wollen. Und du kannst dir sicher sein, dass ich alles tun werde, damit du mich auch willst. Kapiert, *Chef*?“

„Das ist nicht fair.“

„Niemand hat gesagt, dass das Leben fair ist.“ Sie löste die Finger und trat einen Schritt zurück, nicht ohne ihm frustriert einen Schubs zu geben. „Schon gar nicht in der Liebe und im Krieg. Hast du das noch nie gehört?“

Einen Moment lang stand er einfach nur da und sah ebenso fantastisch wie verwirrt aus.

Einen Moment lang bekam sie ein schlechtes Gewissen.

Ungläubig verzog er dann den Mund. „Willst ... willst du damit sagen, dass du mich liebst?“

„Willst du damit sagen, dass du nicht liebenswert bist?“

„Nein.“ Er schüttelte den Kopf. „Ich meine ja. Ich glaube nicht, dass ich das bin.“

Das erschütterte sie. „Warum nicht?“

„Ich denke, ich passe eher in die Kategorie Tyrann. Und wer liebt schon Tyrannen?“

„Du bist kein Tyrann.“ Die Wut verrauchte und machte Mitleid Platz. „Wie kommst du überhaupt auf diese Idee?“

„Du brauchst keine große Sache daraus zu machen, Brooke. Ich weiß, wer ich bin.“

„Anscheinend nicht.“

„Doch. Ich bin ein Workaholic, der für nichts Zeit hat als für seine Arbeit. Alles, was ich tue, tue ich allein, weil ich mir keine Zeit für Freunde nehme. Und ich habe gar nicht viele Freunde, weil ich keine Zeit für sie habe. Ich habe keine Zeit für Beziehungen irgendeiner Art. Verstehst du, was ich damit sagen will?“

Jedes Wort war wie ein Stich ins Herz. Sie sah ihn überhaupt nicht so. Dann hätte sie sich nicht in ihn verliebt. Aber warum schottete er sich so ab? Was war der eigentliche Grund dafür?

Sie verstand nicht, warum er sich selbst nicht gestattete, das Leben zu genießen. Oder sie zu genießen. Aber das würde sie später in Erfahrung bringen, wenn die Emotionen nicht so hochgekocht waren. Und wenn die Gefahr nicht so groß war, etwas zu sagen, was sie später beide bereuen würden.

„Klar und deutlich."

„Gut." Er holte tief Luft, sodass sich der Baumwollstoff über seiner Brust spannte. „Dann verstehst du sicherlich, dass das, was letzte Nacht passiert ist … nicht wieder passieren sollte?"

Du lieber Himmel. Wenn er doch nur das spüren könnte, was sich auf seinem Gesicht spiegelte. Er sah sie an, als wolle er sie in die Arme schließen und nie wieder loslassen. Und da sie eine hoffnungslose Romantikerin war, bemerkte sie sehr wohl, dass er *sollte* und nicht *wird* gesagt hatte. Zwei völlig verschiedene Dinge.

„Klar und deutlich, *Chef.*"

„Also machen wir einfach da weiter, wo wir vor 24 Stunden aufgehört haben?"

„Du weißt, dass ich ganz gut darin bin, Befehle entgegenzunehmen", sagte sie. „Aber diese Bitte ist völlig absurd."

„Und wieso?"

Männer. Sie schaffte es gerade noch, die Augen nicht zu verdrehen.

„Weil du mich begehrt hast. Du hast mir ein bezauberndes Armband geschenkt. Und wir hatten unglaublichen Sex. Viermal. Aber keine Sorgen, Boss. Wie immer habe ich alles unter Kontrolle."

„Und was genau bedeutet das?"

Ein verrücktes Gefühl der Erleichterung durchströmte sie, als er nicht abstritt, sie zu begehren.

„Es bedeutet, dass ich in Zukunft weiter an meinem Plan arbeite." Und ihr Plan bestand darin, ihn darauf zu stoßen, dass das Leben nicht nur um seinen Schreibtisch kreiste – es sei denn, dies war der Ort für leidenschaftlichen, hemmungslosen Sex.

Völlig frustriert verließ Dec das Haus seines Großvaters und Brooke, um frische Luft zu schnappen. Außerdem brauchte er einen Drink. Leider war es noch nicht einmal Mittag. Also begnügte er sich mit einem starken Kaffee und einem Stück Zitronen-Pie mit Baiser im Muddy Cup Café.

Manchmal musste ein Mann einfach mal den Kopf freikriegen. Um nachzudenken. Denn Dec war noch verwirrter als heute Morgen. Warum also nicht bei einer üppigen Portion Koffein und Zucker? Eine vernünftige Idee, fand er, auch wenn ihn der Kaffee an den erinnerte, den er heute Morgen für Brooke gekocht, aber nicht mit ihr zusammen getrunken hatte. Und der Zucker ließ ihn an das süße Karamell-Mousse denken, das er gestern Abend von ihrem herrlichen Körper geleckt hatte.

Jetzt war er schon bei seinem zweiten Kaffee und versuchte, nicht mehr zu denken. Gar nicht mehr. Nicht sonderlich hilfreich war das lokale Schmierblatt *Talk of the Town – Stadtgespräch*. Schon die Schlagzeile auf der Titelseite ließ ihn die Augen verdrehen.

STAHLHART:
DER HEISSESTE BIZPS IN HOLLYWOOD

Was hatte das bitte schön mit dem Leben im Sunshine Valley zu tun?

Seine Familie hatte erst vor Kurzem Ärger mit der Zeitung gehabt, als die Chefredakteurin, die von einem Job bei den *Weekly World News* oder dem *National Enquirer* träumte, eine ziemlich unfreundliche Story über Jordan und Lucy geschrieben hatte. Damit hätte sie fast deren ohnehin noch fragile Beziehung wieder zerstört. Sowohl sein Bruder als auch seine zukünftige Schwägerin hatten der verbitterten Frau, die für das Schmierblatt verantwortlich war, ihre Meinung gesagt, aber nichts hatte sich geändert. Die Neuigkeiten, die aus dem bescheidenen Gebäude an der Main Street drangen, bestanden noch immer aus Mist und Lügen, und das Papier, auf dem sie gedruckt waren, hätte in einem Dixi-Klo vor einer Baustelle einen besseren Zweck erfüllt.

„Hätten Sie vielleicht Lust auf mehr?"

Declan schaute auf und sah die nicht mehr ganz junge Bedienung mit den knallroten Haaren an seinem Tisch lehnen. Ganz offensichtlich wollte sie mit ihm flirten. Er war sich nicht sicher, ob sie ihm gerade ein Stück Kuchen oder etwas sehr viel Persönlicheres anbot.

„Danke. Ich bin zufrieden."

„Das will ich gern glauben." Sie zwinkerte ihm zu. Nachdem sie Kaffee nachgefüllt hatte, meinte sie: „Wenn Sie Ihre Meinung ändern sollten, rufen Sie mich einfach." Zum Glück blieb sie nicht bei ihm stehen, um darauf zu warten. Stattdessen lief sie mit der Kaffeekanne zur nächsten Nische und wandte ihre Flirttechnik bei zwei älteren Herren an, die ein verspätetes Frühstück genossen.

Dec faltete die sogenannte Zeitung und schob sie von sich über den Tisch. Ein Mensch konnte so viel Unsinn nur bis zu einem gewissen Grad ertragen.

Den Höhepunkt der Übertreibung hatte sich die Zeitung geleistet, als sie behauptet hatte, Bill und Hillary Clinton hätten ein Alien-Baby adoptiert. Das Problem war, dass nicht einmal solche absurden Geschichten ihn von seinen Gedanken an Brooke ablenken konnten. Sie hatte sich ins Büro verzogen und in die Arbeit vergraben. Es war genau das, was er verdiente. Wieso hatte er ihr nicht gesagt, wie viel ihm die letzte Nacht bedeutet hatte? Stattdessen war er wieder in seine alte Rolle verfallen und hatte ihr erklärt, es dürfe nie wieder passieren.

Die Unterhaltung vorhin war eine schmerzhafte Erinnerung daran, warum er keine ernsteren Beziehungen einging. Er war einfach nicht gut in so was. Selbst die Beziehung zu seinem Zwillingsbruder hatte sich im Laufe der Jahre verschlechtert.

Sicher, seit dem Tod ihrer Eltern und seitdem Jordan wieder zu Hause war, war es wieder besser geworden. Aber es hatte eine Zeit gegeben, als sie sich so nahegestanden hatten, wie zwei Brüder sich nur nahestehen konnten – selbst wenn man diese Sache mit dem besonderen Band zwischen Zwillingen außer Acht ließ. Aber es hatte Dec einen Stich versetzt, als Jordan sich aufgemacht hatte, um woanders sein Glück zu suchen und alles, was mit Sunshine zu tun hatte, vernachlässigt hatte. Einschließlich seiner Familie. Obwohl er seinem Bruder den Erfolg gegönnt hatte, hatte es geschmerzt. Jordan war immer schon der kontaktfreudigere, sportlichere Typ gewesen. Auch wenn Dec durchaus nichts hatte anbrennen lassen, was Mädels betraf, und es geschafft hatte, nicht als Streber gebrandmarkt zu werden, hatte er seine Schulzeit hauptsächlich mit Lernen verbracht.

Seine Legasthenie war ein Geheimnis, das seine Eltern mit ins Grab genommen hatten. Hätten seine Brüder damals davon gewusst, hätten sie ihn gnadenlos aufgezogen. Was nicht hieß, dass sie ihn nicht liebten, aber sie waren nun mal typische wilde Jungs, die sich zum Spaß prügelten und ärgerten.

Die Lehrer hatten ihm zunächst fälschlicherweise die Diagnose ADHS gestellt, weil er clever genug gewesen war, mit auffälligem Verhalten davon abzulenken, dass er so vieles nicht verstand. Als endlich klar war, was wirklich mit ihm los war, änderte sich alles. Es gelang ihm, mit der Lese-Rechtschreib-Schwäche umzugehen und sie so gut wie möglich zu kompensieren. Was aber so anstrengend war, dass andere soziale Kompetenzen auf der Strecke blieben. Daran hatte sich bis heute nichts geändert, und so hielt er sich an das, was er beherrschte – sein Geschäft.

Nie hätte er damit gerechnet, dass einmal eine erstaunliche Frau in sein Leben treten und seine sorgfältig geplante Welt derart durcheinanderbringen könnte. So sehr, dass er das Gefühl hatte, mit dem Lernen ganz von vorn beginnen zu müssen.

Als die Glocke über der Eingangstür zum Café bimmelte, blickte er auf. Mit einer dunklen Sonnenbrille auf der Nase kam Lili MacKay hereinspaziert. Ihre dunkle Hose und das schwarze Shirt ließen darauf schließen, dass sie nicht unbedingt auffallen wollte.

Die rothaarige Kellnerin schnappte sich eine Speisekarte und eskortierte die Blondine zu einer Nische am anderen Ende des Cafés. Lili hatte Dec nicht bemerkt, aber sie saß mit dem Gesicht zu ihm, sodass er die Gelegenheit bekam, sie ausgiebig zu mustern.

Sie bestellte Tee, nicht Kaffee. Sauerteig-Toast, keine Butter, keine Marmelade. Und sie nahm ihre Sonnenbrille nicht ab.

Decs Neugier war geweckt.

Wer zum Teufel war diese Frau?

Er beobachtete, wie sie ihr Smartphone aus ihrer schwarzen Handtasche nahm, tippte und dann leicht lächelte. Wem schrieb sie eine Nachricht? Und was ließ sie so zurückhaltend lächeln? Warum strahlte sie nicht?

Und warum war er so besessen von ihr?

Okay, sie war eine attraktive Frau, aber das war definitiv nicht der Grund. Brooke war im Augenblick die einzige Frau, die ihn interessierte. Aber das Rätsel, das diese Frau umgab, und die Frage, warum sie zum Weingut gekommen war, ließen ihn nicht los.

Er nahm seinen Kaffee und ging zu ihrem Tisch. „Haben Sie etwas dagegen, wenn ich mich zu Ihnen setze?“

Erschrocken blickte sie auf. „Ich würde lieber allein frühstücken, wenn es Ihnen nichts ausmacht."

„Macht es mir aber." Er setzte sich ihr gegenüber und stellte seinen Kaffee auf den Tisch. „Weil ich neugierig bin."

„Weswegen?"

Als ob sie das nicht wüsste.

„Warum Sie auf dem Weingut aufgetaucht sind. Und warum Sie überrascht waren, als wir Ihnen erzählt haben, dass unser Vater und unsere Mutter tot sind. Und warum Sie so überstürzt verschwunden sind, ohne meinen Brüdern und mir zu erzählen, warum Sie unbedingt unseren Vater sprechen wollten." Er nippte an seinem Kaffee. „Unter anderem."

„Ich dachte, ich hätte mich klar ausgedrückt. Es war eine Privatangelegenheit."

„Wenn ich mich recht erinnere, sagten Sie, es ginge um etwas Geschäftliches. Jetzt bin ich noch neugieriger."

Lili MacKay presste die Lippen zusammen.

„Also, was ist es denn jetzt, Ms. MacKay? Eine Geschäfts- oder Privatangelegenheit?"

Hinter ihren dunklen Brillengläsern huschten ihre Augen nach links und rechts, als suchte sie nach einer Fluchtmöglichkeit. Pech für sie, dass er zwischen ihr und der Tür saß. Sie würde nirgendwo hingehen, ehe sie ihm die Wahrheit erzählt hatte.

„Wieso interessiert Sie das?"

„Weil Sie auf unser Weingut gekommen sind und nach meinem Vater gesucht haben. Reicht das nicht?"

„Hören Sie, Mr. ... Kincade. Das Ganze geht Sie nichts an. Und ich bin wirklich nicht in der Stimmung, mein dunkelstes Geheimnis einem völlig fremden Mann mitzuteilen."

Dec lehnte sich zurück und spürte den kühlen Vinylbezug der Bank in seinem Rücken.

„Jetzt reden Sie schon von Geheimnissen. Da müssen Sie sich nun wirklich nicht wundern, dass ich verdammt neugierig werde, was Sie angeht."

„An mir ist nichts sonderlich Aufregendes."

„Mein Vater – wenn er noch leben würde – könnte da anderer Meinung sein. Oder?"

Die Art, wie sie nach Luft schnappte, verriet ihm, dass er den Nagel auf den Kopf getroffen hatte.

„Ich denke, Sie sollten mit mir zurück ins Büro kommen."

Sie neigte den Kopf. „Warum?"

„Wie oft soll ich es Ihnen denn noch sagen, Ms. MacKay? Entweder wollen Sie etwas, oder Sie wissen etwas, was für uns von großer Bedeutung sein könnte. Ich denke, es ist wichtig, dass meine Geschwister und ich erfahren, worum es geht. Wir hatten nach dem Tod unserer Eltern schon mit genügend Problemen zu kämpfen. Daher erscheint es mir wirklich nicht sonderlich konstruktiv, wenn Sie Ihr *dunkelstes Geheimnis* für sich behalten."

Endlich nahm sie ihre Sonnenbrille ab. „Das sieht vermutlich nicht jeder so."

Ach du Scheiße.

Dec hatte das Gefühl, dass er auf einmal genau wusste, warum Lili MacKay plötzlich in ihrem Leben aufgetaucht war. Wenn er recht hatte, würde sie alles, was er und seine Geschwister je angenommen hatten, total auf den Kopf stellen.

13. Kapitel

Es kostete Dec einiges an Überredungskunst, bis Lili in sein Auto stieg und mit ihm zum Weingut fuhr. Nicht dass Dec ihr nicht zutraute, ihren eigenen Wagen zu fahren, aber ... er vertraute ihr nicht. Sie wirkte wie ein aufgescheuchtes Huhn, als sie jetzt mit zitternden Händen an ihrer Handtasche herumspielte.

„Kein Grund, nervös zu sein“, beruhigte er sie und blickte kurz zu ihr hinüber. Irgendwie hatte er Mitleid mit ihr, was auch immer ihr Problem war. Er wusste nicht, wie mitteilsam sie sein würde, aber er hoffte, dass sie die Wahrheit erzählen und den schrecklichen Verdacht ersticken würde, der sich in ihm aufgebaut hatte.

„Sie haben leicht reden.“ Sie strich sich das Haar über die Schulter. „Sie haben ja die Oberhand.“

„Was soll das heißen?“

„Sie müssen nicht in die Höhle des Löwen.“ Trotz der Sonnenbrille spürte er ihren bösen Blick. „Sie sind der Löwe.“

Trotz der angespannten Situation musste er lachen. „Sie erinnern mich an meine Schwester.“

Erstaunt sah sie ihn an. „Sie haben auch eine Schwester? Und zwei Brüder?“

„Vier Brüder. Zwei waren nicht da, als Sie bei uns waren. Aber jetzt werden Sie alle kennenlernen.“ So viel war mal sicher.

„Na toll.“ Sie seufzte und blickte aus dem Seitenfenster.

Der Rest der Fahrt verlief schweigend. Als sie den Parkplatz des Weinguts erreichten, zögerte sie, ehe sie ausstieg. Dec verspürte das Bedürfnis, ihr die Angst zu nehmen, wusste aber gar nicht, warum er auf einmal diesen Beschützerinstinkt entwickelte. Im Grunde war sein Job, aufzupassen, dass sie nicht wieder verschwand, ehe sie ihnen reinen Wein eingeschenkt hatte.

Sobald sie an der frischen Luft stand, schien sie sich wieder zu fangen. Sie hielt den Kopf hocherhoben, straffte die Schultern und marschierte entschlossen, noch immer mit der Sonnenbrille auf der Nase, in Richtung Büro.

Seine Brüder warteten bereits. Genau genommen stritten sie, wer in diesem Jahr die nordamerikanische Meisterschaft im Baseball gewinnen würde, aber das war ja nichts Neues. Zank stand bei ihnen immer auf der Tagesordnung. Was nur einer der Gründe war, weshalb es solchen Spaß machte, Geschwister zu haben.

Als er mit Lili eintrat, brachen die Gespräche ab, und sogar Dec spürte, wie feindselig seine Brüder ihr entgegensahen.

„Ms. MacKay." Ryan deutete auf den leeren Stuhl vor seinem Schreibtisch. „Setzen Sie sich." Die anderen Brüder hatten sich im Raum verteilt, lehnten an der Wand, am Schreibtisch oder saßen mit verschränkten Armen da. Doch auch wenn sie verstreut waren, bildeten sie eine einheitliche Front. Hätte er nicht dazugehört, hätte er sich auch höllisch eingeschüchtert gefühlt.

„Ich stehe lieber, danke", antwortete Lili.

„Damit Sie schneller flüchten können?", fragte Jordan. Als sie den Kopf herumwirbelte, um ihn wütend anzufunkeln, fuhr er fort: „Setzen Sie sich, Ms. MacKay. Und das ist keine Bitte."

Die zusammengepressten Lippen verrieten deutlich ihr Missfallen, als sie sich auf dem Stuhl niederließ.

Ryan lehnte sich zurück und legte die Fingerspitzen aneinander. „Sie haben sich also entschlossen, uns jetzt doch darüber zu unterrichten, warum Sie unseren Vater gesucht haben?"

„Sagen wir mal, ich wurde überredet."

„Dec kann Leute überreden, ihm ihr Geld anzuvertrauen", sagte Ryan. „Darin ist er sehr gut."

„Offensichtlich." Sie verschränkte die Arme vor der Brust und schlug die Beine übereinander.

Ihre Körpersprache verriet, dass sie nichts freiwillig preisgeben würde, und Dec konnte nur hoffen, dass sie Fortschritte machten, ehe hier jemand ausflippte.

„Möchten Sie einen Kaffee? Tee? Einen Drink?" Ryan versuchte es mit Humor, um die offensichtliche Anspannung der Frau zu lockern.

„Was ich gern möchte ...", sie blickte in die Gesichter der anwesenden Männer, „... ist, dass Sie sich mir alle vorstellen. Ich kenne meine Feinde gern beim Namen."

„Wir sind nicht Ihre Feinde, Ms. MacKay." Jordan schenkte ihr dieses gefährliche Lächeln, mit dem er vermutlich auch seine Gegner auf dem Eis eingeschüchtert hatte. „Noch nicht."

„Wer sind Sie? Mr. Einschüchterung? Und was treiben Sie noch, außer versteckte Drohungen auszustoßen?"

„Mir gefällt Ihr Mumm, Kleines. Jordan Kincade." Er streckte seine Hand aus, die sie zögernd ergriff. „Der Zweitälteste hier und Zwillingsbruder von Declan, den Sie ja schon getroffen haben. Ehemaliger NHL-Spieler für die Carolina Vipers. Augenblicklich nerve ich meine Geschwister, während ich überlege, was ich mit meinem Leben anfangen soll – mal abgesehen davon, dass ich in einigen Monaten meine Traumfrau heirate."

Sein lockeres Geplänkel brachte sie zum Lächeln. Sie deutete auf den Mann hinter dem Schreibtisch. „Und Sie?"

„Wir hatten ja schon das Vergnügen. Ryan Kincade." Auch er reichte ihr die Hand. „Der Erstgeborene. Geschieden. Vater der neunjährigen Riley. Geschäftsführer des Weinguts."

Als Nächstes sah sie zu Parker, der, obwohl normalerweise der lockerste von allen Brüdern, im Moment grimmig dasaß.

Trotzdem schaffte er es, sie mit Handschlag zu begrüßen. „Parker Kincade. Der Vierte von uns. Betreiber eines Foodtrucks in Portland."

Sie blickte hinüber zu Ethan, der mit einer Hüfte auf dem Schreibtisch saß. „Und Sie?"

„Ethan. Das Nesthäkchen. Alleinstehend. Feuerwehrmann." Er grinste. „Und der Netteste von allen."

„Und wovon träumst du nachts?" Jordan versetzte ihm einen Schlag auf den Arm.

„Unsere Schwester Nicole fehlt, weil wir nicht sicher waren, was Sie uns zu sagen haben", erklärte Ryan. „Sie ist gerade 18 geworden und sehr sensibel nach dem Tod unserer Eltern."

„Mein Beileid." Lili schluckte. „Sie sind ja wirklich eine große Familie."

„Stimmt", gab Ryan zu. „Und wenn wir zu lange in einem Zimmer eingesperrt sind, kann es passieren, dass wir ein wenig nervös werden. Vielleicht stillen Sie daher jetzt unsere Neugier, indem Sie uns erzählen, was Sie mit unserem Vater zu schaffen hatten?"

Ryan mochte zwar der Ruhigste der Brüder sein, aber er konnte auch höllisch einschüchternd wirken. Vermutlich weil er der Älteste war, derjenige, der die Aufgabe hatte, den Rest der Bande in Schach zu halten.

Lili holte einmal tief Luft, griff in ihre Handtasche und zog einen Umschlag heraus, den sie Ryan reichte.

Nach kurzem Zögern faltete Ryan das Papier auf. Seine Augen weiteten sich, worauf sich Decs Magen sofort verkrampfte.

Mit stechendem Blick sah Ryan zu Lili. „Soll das ein Witz sein?"

Lili zuckte zusammen. „Ganz sicher nicht."

„Was zum Teufel ist das?" Declan trat an den Schreibtisch und riss Ryan das Schreiben aus der Hand. Er las die Worte.

Zweimal. Dann schaute er entsetzt zu der blonden Frau auf der anderen Seite des Schreibtisches, die auf ihrem Stuhl zusammenzusinken schien.

Seine Befürchtung hatte sich bestätigt.

Scheiße.

„Nehmen Sie die Sonnenbrille ab", forderte Dec sie auf.

„Ich wüsste nicht, wozu."

„Bitte tun Sie es trotzdem."

Langsam hob sie eine Hand und nahm die Sonnenbrille ab.

Ein kollektives Luftschnappen und ein „Heilige Scheiße" durchdrang die Stille im Zimmer.

Das Rätsel war gelöst.

Mit einer Standardantwort reagierte Brooke auf die Mail eines Klienten, der sich Sorgen machte, welchen Einfluss die fallenden Aktienkurse auf die Rentenfonds hatten.

Sie schrieb:

Der Aktienmarkt gleicht einem Pendel. Er wird auch wieder in die andere Richtung ausschlagen. Das tut er immer. Bitte geraten Sie nicht in Panik. Wenn Sie möchten, veranlasse ich eine Telefonkonferenz mit Mr. Kincade. Geben Sie mir gern Bescheid.

Am liebsten hätte sie noch ein *Don't worry, be happy* hinzugefügt, wusste aber, dass das bei Klienten nicht angebracht war. Jeder Mensch hatte das Recht, sich wegen seiner Finanzen Sorgen zu machen. Trotzdem, ihre Gedanken waren überall, nur nicht so recht bei der Arbeit. Jemand anderes beanspruchte den ersten Platz. Glücklicherweise hatte Dec heute anderswo zu tun. Denn würde er sich in der Nähe befinden, wäre die Versuchung, ihm den kräftigen Hals umzudrehen, mehr als groß.

Sicher, sie hatte gewusst, dass es idiotisch war, sich in den Chef zu verlieben.

Noch idiotischer war, sich die Kleider vom Leib zu reißen und mit ihm ins Bett zu hüpfen.

Das war das Schlimmste.

Wobei ihre Vorstellung, sie könne aus ihrer rein geschäftlichen Beziehung eine private entwickeln, ohne dass Dec darüber in Panik geriet, wahrscheinlich noch idiotischer war.

Sie ließ den Kopf auf den Schreibtisch fallen und schlug ein paarmal gegen das Holzfurnier. „Blöd. Blöd. Blöd."

Moochie sah sie mit geneigtem Kopf an, was Brooke darin bestätigte, dass sie jetzt offiziell den Verstand verloren hatte.

„Ich weiß. Ich weiß." Sie beugte sich hinunter und streichelte ihrem Hund über das seidige Fell. „Frauchen ist eine Idiotin."

Am späten Nachmittag suchte Brooke die Zahlen für den Investment-Deal einer kleinen Firma heraus, die expandieren wollte. Nach einer Weile überlegte sie gähnend, ob sie aufstehen und sich einen Kaffee machen oder lieber laufen gehen sollte. Sie brauchte ein bisschen frische Luft, ehe sie noch einschlief und von ihrem unglaublich sexy, unglaublich frustrierenden und sie zum Wahnsinn treibenden Chef träumte.

Sie stand auf und dehnte sich, aber das half auch nicht wirklich. Vielleicht sollte sie tatsächlich laufen gehen. Dec würde in absehbarer Zeit eh nicht zurückkommen. Und selbst wenn, worüber sollten sie denn noch sprechen? Er hatte klar und deutlich gesagt, was er dachte.

Andererseits waren sie auch früher nicht immer einer Meinung gewesen. Man konnte ja auch diskutieren.

„Stimmt's, Moochie?"

Des Mannes – und Mädchens – bester Freund wackelte mit seinem Stummelschwanz.

In dem Moment wurde die Haustür so kräftig zugeschlagen, dass die alten Fotorahmen vom Weingut fast von den Wänden fielen. Moochie sprang auf, um sich zu verstecken. Brooke schaute zur Tür, und schon Sekunden später tauchte Dec auf.

Kleine Fältchen bildeten sich in seinen Augenrändern, weil er so grimmig dreinschaute.

Du lieber Himmel, was hatte sie denn jetzt schon wieder verbrochen?

Er blieb im Türrahmen stehen, und seine kräftige Brust hob und senkte sich, als wäre er meilenweit gelaufen. Aber tief in seinen blauen Augen entdeckte Brooke einen Schmerz, der ihn ganz offensichtlich plagte. Was auch immer ihn quälte, hatte nichts mit ihr zu tun.

„Brooke?"

„Ja?"

Er kam um den Schreibtisch herum, zog sie in seine Arme und küsste sie, als bräuchte er das genauso sehr wie das Atmen. Er hielt sie so fest umklammert, als hätte er Angst, sie könne sich in Rauch auflösen und verschwinden.

Ihr Herz klopfte wie wild, als er kleine Küsse auf ihrer Wange verteilte, während er ihr Gesicht mit beiden Händen umschloss. Als seine warmen Lippen über ihren Hals glitten, ließ sie den Kopf nach hinten fallen. Sein sinnlicher, maskuliner Mund wanderte zurück zu ihren Lippen, während er gleichzeitig mit den Daumen ihre Wangen streichelte. Brooke schloss die Augen und gab sich ihren Gefühlen hin.

Er schaute ihr tief in die Augen. „Bitte, sag nicht Nein."

Als ob sie ihm je etwas abschlagen könnte.

„Tue ich nicht."

Ohne ein weiteres Wort hob er sie hoch und trug sie in sein Zimmer. Kaum hatte er jedoch die Tür hinter ihnen zugeschlagen, stellte er Brooke wieder auf die Füße und drängte sie dagegen.

Er beugte sich zu Brooke, und sie spürte seine pralle Erektion an ihrem Unterleib. Als er anfing, sich an ihr zu reiben, erwachte ihr Verlangen, wuchs schnell so sehr, dass sie fast verrückt wurde. Mit feuchten, leidenschaftlichen Küssen verwöhnte er sie, und während ihre Zungen ihr erotisches Spiel trieben, wanderte er mit der Hand über ihren Hals, über die Brüste bis hinunter zu ihrem Bein, das er über seine Hüfte hob. Er presste sich an sie, und hinter dem Stoff seiner Jeans konnte sie das Pulsieren und die Hitze seines harten Schwanzes spüren.

Das T-Shirt-Kleid, das sie vorhin angezogen hatte, machte ihm die Sache leicht. Er schob die Hand unter den Stoff und begann, sie mit seinen talentierten Fingern auf köstliche Weise zu massieren. Sofort wurde sie feucht und atemlos. Auf einmal wurde ihr klar, dass sie, selbst wenn sie das hier jeden Tag haben könnte, niemals genug von Dec bekommen würde.

„Ich liebe es, dass du für mich so feucht wirst", murmelte er ihr ins Ohr. „Es ist echt so heiß. So verdammt sexy."

Aufregung und Vorfreude breiteten sich in ihr aus, und sie stöhnte verlangend auf, als sie mit der Hand zwischen ihre Körper glitt und seine Erektion fest umschloss. Dec ließ die Stirn gegen die Tür fallen.

„Ich brauche dich, Brooke", keuchte er. „Ich brauche dich so verdammt dringend."

„Worauf wartest du dann noch?"

Mit gierigen Fingern riss er ihr den zitronengelben Slip vom Leib und warf ihn über seine Schulter. Sofort spürte sie seine Hand wieder zwischen ihren Beinen, während sie gleichzeitig den Reißverschluss seiner Jeans öffnete und diese zusammen mit den eng anliegenden Boxershorts über seine schmalen Hüften schob. Er legte die Hände unter ihren Po und hob sie hoch, worauf sie stöhnend die Beine um seine Hüften schlang.

Und dann drang er tief in sie ein.

Brooke schnappte nach Luft, während Dec ein kehliges Stöhnen ausstieß. Er hielt sie fest umschlungen und keuchte, als ginge es um sein Leben. Oder als hätte er endlich den Ort erreicht, nach dem er sich schon immer gesehnt hatte.

Brooke umklammerte seine breiten Schultern und begegnete seinen Stößen mit gleicher Leidenschaft. Sie atmete seinen maskulinen Duft ein, während sie versuchte, nicht völlig den Verstand zu verlieren, denn sie hatte das Gefühl, in Flammen aufzugehen. Anders als in der vergangenen Nacht war heute keine Rede davon, es langsam angehen zu lassen. Es war alles zu dringend. Zu viel Lust. Zu viel … von allem.

Nur eins fehlte.

Ein Kondom.

Mit einem letzten kraftvollen Stoß und einem lustvollen Stöhnen senkte Dec sein Gesicht und vergrub es in ihrer Halsbeuge. An ihrer Brust spürte sie sein Herz wie das eines gefangenen Wildtieres pochen. Einige schwere Atemzüge später zog er sich aus ihr zurück und stellte ihre Füße wieder auf den Boden. Dann nahm er sie in die Arme und hielt sie einfach nur fest.

Brooke erwiderte die Umarmung, streichelte seinen kräftigen, muskulösen Rücken und sein seidig weiches Haar. Und weil sie wusste, dass er es früher oder später tun würde, wartete sie darauf, dass er sie losließ. Schließlich tat er es, wenn auch widerwillig.

Er befreite sich von seinen Sachen und stand in atemberaubender Nacktheit vor ihr. Im nächsten Moment hatte er ihr das Kleid über den Kopf gezogen, sodass auch sie nackt war.

„Komm, leg dich mit mir hin.“ Er streckte die Hand nach ihr aus.

Sie nickte und ließ sich zum Bett ziehen, wo sie schnell unter die Decke schlüpften. Er zog sie an sich, schlang die Arme um sie und bettete ihren Kopf unter sein Kinn. Eine kleine Ewigkeit lagen sie so da, ohne etwas zu sagen, umschlungen vom anderen.

Tausend Dinge schwirrten Brooke durch den Kopf.

Tausend Fragen.

Tausend Sorgen.

„Es tut mir leid“, sagte er schließlich. „Ich habe die Beherrschung verloren. Ich habe kein Kondom benutzt. Und das ist mir noch nie passiert.“

„Ich nehme die Pille. Und ich war schon seit … na ja, seit ziemlich langer Zeit mit niemandem mehr zusammen.“

„Trotzdem, dafür gibt es keine Entschuldigung.“ Zärtlich spielte er mit einer ihrer Locken. Dann zog er sie noch näher und schlang ein Bein über ihre.

„Du hast mich überrascht.“ Sie strich mit der Fingerspitze über die harten Linien seines Bizeps. „Nach heute Morgen dachte ich …“

„Ich habe noch nie jemanden so sehr gebraucht. Und damit meine ich nicht nur den Sex. Ich musste dir einfach nur … nahe sein.“

„Was ist geschehen?“, fragte sie, denn es war klar, dass irgendetwas passiert sein musste. Normalerweise schien Dec niemanden zu brauchen. Er tat immer so, als wäre er völlig cool und gelassen. Jedenfalls bis gestern Abend, als er nachgegeben und sie sich geliebt hatten. Und obwohl ihr Körper noch immer lustvoll kribbelte, weil Dec noch vor wenigen Minuten tief in ihr vergraben gewesen war, wusste sie, dass er jetzt einfach einen Freund brauchte, mit dem er reden konnte.

„Erinnerst du dich an die Frau, von der ich dir gestern erzählt habe? Die, die nach unserem Vater gesucht hat?“

„Ja.“

„Offenbar ist es durchaus möglich, dass sie unsere Schwester ist.“

„Was?“ Überrascht drehte Brooke den Kopf und sah, dass Dec die Augen fest geschlossen hielt, als versuche er so, diese neue Erkenntnis auszublenden. „Wie kann das angehen?“

„Sie hat erzählt, ihre Mutter sei vor einem Monat nach langem Kampf an Eierstockkrebs gestorben. Auf dem Sterbebett hat ihre Mutter von Lilis Vater gesprochen, den sie nie kennengelernt hat. Von unserem Vater. Ihre Mutter und er hatten sich wohl auf irgendeinem geschäftlichen Event kennengelernt und eine Affäre angefangen. Sie wusste, dass mein Dad verheiratet war, aber angeblich war da etwas zwischen ihnen, das zu stark war, um es zu ignorieren. Als sie schon über ein Jahr zusammen waren, wurde sie schwanger.“

„Während er mit deiner Mutter verheiratet war?“

Er rollte sich auf den Rücken, schob einen Arm hinter den Kopf und nickte. „Was mit einem Schlag unseren Glauben an die weltbeste Ehe unserer Eltern zunichte gemacht hat.“

„Hat sie denn Beweise?“

„Eine handschriftliche Erklärung ihrer Mutter.“

„Keine Geburtsurkunde mit dem Namen des Vaters?“

„Nein.“

„Sie könnte lügen.“

„Das haben wir auch alle gedacht. Aber da ist eine Sache, die Fragen aufwirft. So wie auch wir anderen Geschwister hat sie die blauen Augen unseres Vaters.“

„Ich gebe ja zu, dass eure Augenfarbe etwas ungewöhnlich ist. Wunderschön. Aber trotzdem, das reicht doch nicht, um ihr alles zu glauben. Sie hätte den Brief ja auch selbst schreiben können, oder?“

„Richtig. Darum haben wir beschlossen, einen Privatdetektiv anzuheuern, der ihre Geschichte überprüfen soll. Außerdem ist sie zu einem DNA-Abgleich bereit.“

„Was ist, wenn sie verschwindet? Habt ihr euch ihre Adresse geben lassen?"

„Ja, Ryan hat sie. Wir vermuten ganz stark, dass die Spur zu dem unterschlagenen Geld zu Unterhaltszahlungen für Lili führt."

„Glaubst du wirklich?"

„Es würde Sinn ergeben", antwortete er. „Nach uns fünf Jungs wollte Mom ganz plötzlich unbedingt noch einmal schwanger werden. Dann kam Nicki auf die Welt. 13 Jahre nach Ethan."

„Vielleicht hat deine Mutter von der Affäre und dem Kind Wind bekommen", meinte Brooke. „Vielleicht dachte sie, ein neues Baby würde ihre Ehe retten. Das ist nicht ungewöhnlich."

„Vielleicht. Aber wenn es stimmt, bedeutet es auf jeden Fall, dass unser Vater eine Affäre hatte."

Sie legte eine Hand auf sein Herz. „Es tut mir leid."

„Was mir am meisten Sorge bereitet, ist, wie Nicki das alles aufnehmen wird. Sie wusste, es gab einen Grund, warum Dad sie so anders behandelt hat. Vielleicht lag das daran, dass er sich wegen der Affäre schuldig fühlte und weil er Lili kein richtiger Vater sein konnte. Nicki hat vor nicht allzu langer Zeit wirklich eine schlimme Phase durchgemacht. Erst seit kurzer Zeit haben wir das Gefühl, dass sie darüber hinweg ist und sich wieder wie ein normaler, glücklicher Teenager verhält."

„Das heißt, sie weiß noch nichts von Lili?"

„Nein. Wir haben ihr absichtlich nichts gesagt, weil wir nicht wussten, was Lili von unserem Vater wollte. Seit Nicki 18 ist, ist sie Mitglied im Vorstand und hat Stimmrecht. Aber in unseren Augen ist sie immer noch ein Kind, das wir beschützen wollen."

„Ihr seid gute große Brüder."

„Nicht wirklich. Wir haben alle irgendwann Mist gebaut.

Aber wenn einer von uns irgendetwas versaut, sind immer noch vier da, die seinen Platz einnehmen können."

„Ich bin sicher, dass Nicki euch alle für Superstars hält."

Sanft drückte er ihre Finger, die auf seinem Oberkörper lagen. „Vielen Dank für das Vertrauen."

Obwohl es noch viel zu besprechen gäbe, unter anderem Declans Beharren auf ihre rein berufliche Beziehung, rollte er sich wieder auf die Seite, zog sie an sich und bedeckte ihr Gesicht mit einer Spur sanfter Küsse, die ihre Lust neu entfachten.

Seine Berührungen waren zärtlich. Seine Worte heiß und schmutzig. Und er liebte sie, als wäre sie das Kostbarste überhaupt. Er liebte sie, als hätte er den ganzen Tag Zeit.

Aber als sie einige Stunden später erwachte, war er fort.

14. Kapitel

Declan zog die Kapuze seines Sweatshirts über den Kopf und hob die Schultern gegen den kühlen Wind, der vom Bach hochwehte. Als er dem Pfad am Bachlauf folgte, bewölkte es sich immer mehr, sodass vom Mond nichts mehr zu sehen war.

Zum Glück kannte er den Weg so gut, dass er ihn im Schlaf hätte gehen können.

Ungefähr eine Viertelmeile vom Cottage entfernt gab es einen kleinen Wasserfall. Dec hatte schon immer das Geräusch des Wassers geliebt, das über die Steine und den Sand rauschte. Er fand es entspannend. Genau aus dem Grund war er jetzt hier. Er brauchte ein wenig Ruhe, um alles zu überdenken, ehe er noch größeren Mist baute.

Als er und seine Brüder noch jünger gewesen waren, hatten sie ihren Großvater überredet, ihnen zu helfen, ein paar große Steine am Bach so zu platzieren, dass man darauf sitzen und eine Angel ins flache Wasser halten konnte. Die Fische, die sie gefangen hatten, waren klein gewesen, und sie hatten sie immer wieder freigelassen. Aber die Aufregung der Jagd war stets geblieben.

Er ging um das „Angeln verboten"-Schild herum, das sie vor einer gefühlten Ewigkeit aufgestellt hatten, und setzte sich auf seinen Lieblingsstein. Es war zu kalt, um die Füße ins Wasser baumeln zu lassen, also begnügte er sich damit, sich zurückzulehnen und hinauf zum Mond zu blicken, der immer wieder zwischen den vorbeiziehenden Wolken hindurchschaute. Das Rauschen der Blätter und des Wassers begann ihn einzulullen.

Er hätte sich eine Flasche Wein mitbringen sollen. Aber er hatte noch nie sonderlich großen Gefallen daran gefunden, allein zu trinken. Er hätte im Bett neben Brooke bleiben sollen, ihren weichen, warmen Körper in den Armen. Aber ihm ging zu viel durch den Kopf. Sie hatte so friedlich geschlafen, während er zu nervös gewesen war, es ihr gleichzutun.

Brooke verdiente so viel mehr, als er ihr geben konnte.

Er hätte nicht zu ihr ins Cottage gehen sollen. Vor dieser Reise hatte er nie schwache Momente gehabt. Normalerweise hatte er alles unter Kontrolle. Für seine Karriere war das auch notwendig gewesen. Aber als er durch die Tür getreten war, hatte er ganz dringend eine Ablenkung gebraucht. Die Enthüllung, dass sein Vater seine Mutter betrogen und eine Halbschwester gezeugt hatte, von der während der letzten gut 20 Jahre niemand wusste, zerriss ihn innerlich. Hinzu kam die Sorge, wie Nicki damit umgehen würde. In dem Moment hatte er einfach nur … Brooke gebraucht.

In all den Jahren hatte er es geschafft, allein zurechtzukommen, war auch damit klargekommen, dass Buchstaben für ihn nicht immer wie Buchstaben und Zahlen nicht immer wie Zahlen aussahen. Er hatte alles verdammt gut hinbekommen.

Hatte er jedenfalls angenommen.

Jetzt wusste er nicht mehr, was zum Teufel eigentlich vor sich ging. Es kam ihm vor, als würde jeden Tag irgendein neues Problem auftauchen, das sein gut durchgeplantes Leben durcheinanderbrachte. Als wären sie mitten in einer abgedrehten Seifenoper gelandet. Und ohne sich dessen bewusst zu sein, war Brooke zu seinem Fels in der Brandung geworden.

„Ach, guck mal einer an. Sieht so aus, als hätten wir dieselbe Idee gehabt."

Dec blickte auf, als Ethan näherkam und sich auf seinen Lieblingsstein setzte. „Konntest du auch nicht schlafen?"

„Scheiße, nein." Ethan hielt eine Flasche Foggy-Noggin-Bier in der Hand, zog eine weitere aus der Tasche seines Hoodies und warf sie Dec zu. „Dachte, nach einem kleinen Spaziergang und einem Bierchen könnte es klappen. Wie sich herausstellte, habe ich mich geirrt."

Dec öffnete die Flasche und trank einen langen, erfrischenden Schluck.

„Was treibst du denn hier so ganz allein?", fragte Ethan. „An diesem romantischen Ort?"

„Komm bloß nicht auf die Idee, mich zu küssen. Es sei denn, du möchtest ein blaues Auge riskieren."

Ethan lachte leise. „Keine Sorge. Du bist nicht mein Typ."

„Du hast einen Typ?", zog Dec ihn auf.

„Dachte ich, ja." Ethan nahm einen großen Schluck und ließ die Flasche dann zwischen seinen Knien baumeln. „Auch darin habe ich mich geirrt."

„Was ist los?"

Sein Bruder zuckte mit den breiten Schultern. „Irgendwie entwickelt sich mein Leben nicht so, wie ich mir das vorgestellt habe."

„Inwiefern?" Dec ahnte, was seinem Bruder Sorgen bereitete, aber er ahnte auch, dass Ethan vielleicht einfach nur mal reden musste. Da Dec selten in der Nähe war und Ethan zu den Leuten gehörte, die nur zum Telefon griffen, um sich Essen zu bestellen, war es vielleicht an der Zeit für ein Vier-Augen-Gespräch unter Brüdern.

Verdammt, ihm selbst würde das auch guttun.

„Als ich 16 war, hatte ich alles genau geplant." Ethan trank noch einen Schluck und schüttelte den Kopf. „Ich dachte, ich würde mich mit Emily verloben, aufs College gehen, heiraten, ein Haus bauen und ein paar Kinder bekommen. Ich dachte, ich würde Feuerwehrmann in Vancouver. Ich dachte, mit 30 bin ich total glücklich und führe ein tolles Leben. Stattdessen bekämpfe ich Feuer in den verdammten Everglades, gehe Alligatoren und Beziehungen aus dem Weg, hab meine Eltern verloren und babysitte eine temperamentvolle Schwester. Und jetzt muss ich auch noch erfahren, dass Dad Mom betrogen hat und wir eventuell eine erwachsene Halbschwester haben, von der kein Schwein gewusst hat."

Declan stieß einen tiefen Seufzer aus. „Wem sagst du das."

„Was ist mit dir?"

„Mit mir?"

„Nein. Mit dem Arschloch, das hinter dir steht. Natürlich mit dir."

„Tja, mir geht es nicht viel anders. Ich dachte, es würde mir genügen, mit 30 erfolgreicher Geschäftsmann und Millionär zu sein. Jetzt bin ich mir da nicht mehr so sicher. Ich versuche herauszufinden, warum ich Beziehungen immer ausgewichen bin. Warum ich, wenn ich abends nach Hause komme, fast durchdrehe. Und wo, zur Hölle, ich einen falschen Weg eingeschlagen habe."

„Passt Brooke irgendwo in dieses Szenario?"

„Und ob. Aber erst seit Jordy sein großes Maul nicht halten konnte und mich dazu gebracht hat, sie mit anderen Augen anzusehen."

„Hey, Alter, du solltest sie öfter ansehen. Sie ist echt verdammt heiß."

„Oh Gott. Jetzt fang du nicht auch noch an."

„Ich meine ja nur."

„Halt einfach das Maul."

„Oh, oh. Wie hast du es verbockt?"

Declan warf ihm einen Blick zu.

Ethan zuckte zusammen. „Das hast du nicht getan."

„Oh, doch", gab er zu und wartete darauf, dass sich ein Gefühl von Reue einstellte. Aber das Einzige, was er verspürte, war Verlangen. „Mehrmals."

„Ich brauche wohl gar nicht zu fragen, ob es gut war. Dein Gesichtsausdruck verrät mir, dass du sofort zu ihr gehen und es noch einmal tun würdest, wenn sie dich lassen würde."

„Das ist das Problem. Sie würde mich lassen. Ich bin es, der sie auf Abstand hält."

„Vielleicht bin ich ein bisschen begriffsstutzig, aber … wieso?"

„Ich könnte dir tausend Gründe nennen, aber die Wahrheit ist, ich weiß es nicht." Dec trank noch einen Schluck Bier und schüttelte den Kopf. Etwas, was sowohl er als auch sein Bruder ziemlich oft zu tun schienen. „Sie ist perfekt. In jeglicher Hinsicht. Aber eigentlich wollte ich mich an die Regel halten, dass man Arbeit und Vergnügen nicht vermischen sollte. Ich weiß, dass das Desaster sonst vorprogrammiert ist."

„Was ist denn deine größte Angst?"

„Dass ich sie verliere."

„Du hast Angst, dass sie ihren Job als Assistentin kündigt?"

„Das auch. Aber noch mehr Angst habe ich, sie könnte ganz aus meinem Leben verschwinden."

„Und trotzdem sitzt du hier auf diesem blöden Stein und badest in Selbstmitleid." Ethan grinste, um seinen Worten den Stachel zu nehmen.

„Und selber? Wann hast du das letzte Mal mit Emily geredet?"

„An dem Tag, als sie mir gesagt hat, dass sie mich nicht heiraten würde, wenn ich zur Feuerwehr gehe."

„Das ist verdammt lange her. Und vielleicht hättest du tatsächlich über einen anderen Beruf nachdenken sollen. Schließlich ist ihr Vater als Feuerwehrmann bei einem Einsatz ums Leben gekommen."

„Wie lange kennst du mich schon?"

„Seit Mom und Dad dich nach deiner Geburt mit nach Hause gebracht haben und du schreiend deinen Arsch in mein Zimmer gestreckt hast."

„Wollte ich je etwas anderes als Feuerwehrmann werden?"

„Abgesehen von der kurzen Zeitspanne, als du ein Ninja Turtle sein wolltest? Nein, eigentlich nicht."

„Siehst du." Ethan stopfte die leere Bierflasche in seinen Hoodie. „Ich dachte einfach, Emily würde mich lieben, und alles wäre okay."

„Tut mir leid, dass es nicht so gekommen ist."

„Ja, mir auch."

„Was würdest du ändern, wenn du die Zeit zurückdrehen könntest?"

„Ganz ehrlich?" Ethan warf einen Stein in den Bach. „Ich würde alles ändern. Ich würde nicht einfach verschwinden. Würde um sie kämpfen und sie heiraten. Ich war nach Emily mit vielen Frauen zusammen, aber die einzige, von der ich träume, ist sie." Er warf noch einen Stein. „Und du? Wenn du die Zeit zurückdrehen könntest bis zu dem Zeitpunkt, als du Brooke das erste Mal geküsst hast. Würdest du sie immer noch küssen?"

Declan schüttelte den Kopf, obwohl sein Herz genau das Gegenteil sagte.

Brooke hatte kalt geduscht und sich die Haare gewaschen, in der Hoffnung, so ihren Zorn loszuwerden. Die Tatsache, dass sie kurz vor Mitternacht am Computer saß und vor Wut kochte, zeigte, dass es nichts genützt hatte. Genauso wenig wie die beiden Gläser Wein, die sie getrunken, und der große Becher Schokoladeneis, den sie verschlungen hatte. Ihr Pegel an Wut, Alkohol und Zucker war hoch.

Schlechte Kombination.

Sie hatte ihre und Moochies Sachen gepackt, während sie überlegt hatte, ob sie sich ein Hotel suchen oder den nächsten Flug nach Südkalifornien buchen sollte. Aber es gab keine Möglichkeit, dorthin zu gelangen; weder zu einem Hotel noch zum Flughafen, und es war schon zu spät, jemanden von den Kincades zu bitten. Auch die Idee, sich ein Taxi zu rufen, platzte, da es in Sunshine weder Taxi-Unternehmen noch Mitfahrbörse gab. Was bedeutete, dass sie festsaß, es sei denn, sie würde Decs Auto klauen, das vor der Tür stand. Aber er hatte die Schlüssel bei sich, und sie hatte nie gelernt, wie man einen Wagen kurzschloss. Ohnehin war der Flughafen inzwischen wahrscheinlich geschlossen.

Frustriert suchte sie die Websites der Fluglinien nach dem nächsten Flug ab, der sie von Portland wegbringen würde. Sich aufs Geschäftliche zu konzentrieren war unmöglich, denn eigentlich war ihr nur zum Heulen zumute.

Sie hatte gedacht, sie könnte Dec ändern. Oder zumindest seine Ansichten über sich und sie. Aber er hatte klargemacht, dass sie sich da etwas eingebildet hatte. Sie hatte es nicht wie erhofft geschafft, seine romantische Seite und seine geschäftlichen Interessen in Einklang zu bringen. Auch, weil sie nicht bedacht hatte, wie verkopft er war. Diese Eigenschaft war der Grund, weshalb sie sich so anstrengen musste, sie beide zusammenzubringen.

Aber jetzt war ihr etwas klar geworden: Entweder er wollte oder er wollte nicht.

Natürlich war er verwirrt wegen der Geschichte mit Lili MacKay. Aber es schmerzte, dass er sich ihr zwar anvertraut hatte, ihr jedoch nicht genügend vertraute, um bei ihr zu bleiben. Sie durfte nicht wirklich für ihn da sein. Eine Frau, die liebte, konnte vieles vergeben, nur eines nicht: Wenn ein Mann ihr das Gefühl gab, unbedeutend zu sein.

Eine Stunde später wurde die Haustür endlich geöffnet. Brooke holte tief Luft, um sich zu wappnen, und ging zu Dec ins Wohnzimmer. Mit verschränkten Armen machte sie sich für den Kampf bereit. Es tat ihr weh, dass er so mitgenommen aussah. Dem angespannten Gesichtsausdruck nach zu urteilen, quälte ihn noch immer das, was am Nachmittag durch Lili MacKay herausgekommen war.

Aber das war nicht ihr Problem.

Nicht, weil es ihr egal war. Nicht, weil sie ihm nicht helfen würde. Sondern einfach deshalb, weil er sie nicht um Hilfe gebeten hatte. Er hatte klargemacht, dass er alles regeln konnte. Allein. So sah er es halt. Auch wenn er ihr damit das Herz brach.

Sie brauchte und erwartete mehr von dem Mann, den sie liebte. Sie brauchte sein uneingeschränktes Vertrauen. Es genügte ihr nicht, dass er sie lediglich hin und wieder als körperlichen Trost brauchte. Zu einer echten Beziehung gehörte mehr. Sie wollte so geliebt werden, wie sie ihn liebte. Nachdem sie die rosarote Brille jetzt einmal abgesetzt hatte, hatte sie erkannt, dass sich Dec niemals so weit gehen lassen würde, um ihre Gefühle zu erwidern, egal wie sehr sie ihn idealisierte.

Er blickte auf, als sie ins Zimmer kam. „Hallo."

„Hallo?" Sie biss die Zähne zusammen. „Das ist alles?"

„Ich sollte mich entschuldigen." Er stopfte die Hände in die Taschen seines Kapuzenpullis.

„Meinst du?"

„Es tut mir leid", sagte er, ohne sie anzuschauen.

„Und mir tut es leid, dass ich deine Entschuldigung nicht akzeptieren kann."

„Was?" Jetzt hob er mit zerfurchter Stirn den Kopf. „Warum nicht?"

„Weil ich nicht einmal weiß, warum du dich entschuldigst, und du weißt es auch nicht. Du sagst es nur, weil du denkst, du solltest es tun, und du denkst, ich denke, dass du es tun solltest."

„Ich bin verwirrt."

„Dann sind wir schon zwei." Sie presste ihre Arme enger an sich.

Einen unangenehmen Moment lang standen sie schweigend da und starrten sich an.

Sie wartete darauf, dass er etwas sagte, dass er erklärte, warum er mit ihr schlief, nur um dann so schnell zu verschwinden, als sei ein Feuer speiender Drache hinter ihm her. Sie hatte ihn nie zu etwas gedrängt oder ihn um irgendetwas gebeten. Aber er stand einfach nur da und schwieg, und ihr Herz zerbrach.

„Jemand muss mich zum Flughafen bringen", sagte sie knapp.

„Zum Flughafen? Wieso?"

„Weil ich abreise. Und frag bloß nicht, warum, sonst könnte es sein, dass ich dir eine verpasse."

„Ich brauche nicht nach dem Grund zu fragen. Ich weiß, dass du sauer bist."

„Sauer?", rief sie empört. „Ich bin nicht sauer. Ich mag es nur nicht, wenn man mich benutzt. Und dass ich es zweimal zugelassen habe, sagt mehr über mich als über dich aus."

„Und zwar was?" Ein Funken Hoffnung spiegelte sich in seinen Augen, den sie jedoch schnell zunichtemachte.

„Es bedeutet, dass ... ich nicht länger für dich arbeiten kann."

„Was?" Er legte genau die Panik an den Tag, die sie erwartet hatte.

„Pass auf, Dec, du bist mir wichtig. Du bedeutest mir etwas. Und es ist offensichtlich, dass du diese Gefühle nicht erwiderst. Du hast häufig genug klargestellt, dass du Arbeit und Vergnügen nicht vermischen willst, und ich wollte nicht hören. Doch dann hast du selbst angefangen, diese Linie zu überschreiten, und das hat mich verwirrt."

Er wollte etwas sagen, doch sie hob die Hand.

„Lass mich ausreden. Ich war nicht gerade mit vielen Männern zusammen, aber ich habe noch nie so wunderbare Nächte mit einem Mann verlebt, der anschließend vor mir davongelaufen ist. Und das nicht nur ein-, sondern zweimal. Ich passe dir vielleicht gut in den Kram, aber das reicht mir nicht. Ich brauche mehr." Sie drehte sich um, um ihre Sachen zu holen.

„Du bedeutest mir etwas, Brooke." Er war mehrere Schritte auf sie zugekommen. „Ich möchte nicht, dass du gehst. Ich brauche dich. Nur deinetwegen ist meine Firma so erfolgreich."

„Du brauchst nicht mich. Jede Assistentin, die ein bisschen Grips hat und organisieren kann, wird meinen Job genauso gut machen." Brooke stellte sich vor, wie sie den Dolch aus ihrem Herzen zog und blutverschmiert zu Boden fallen ließ. Denn was sie von ihm hören wollte, war, dass er *sie* brauchte, nicht ihre blöden Fähigkeiten als Assistentin.

„Es tut mir leid, dass du so große familiäre Probleme hast, ehrlich. Und ich hätte dir wirklich gern geholfen, das durchzustehen. Aber ich möchte nicht nur ein Teil deiner Firma sein."

„Was willst du dann, Brooke? Ich bin zurzeit so verdammt durcheinander, was Gefühl und Verstand anbelangt, dass ich keine Ahnung habe."

„Ich möchte, dass du vergisst, dass du mein Chef bist, denn es ist nichts weiter als eine Ausrede. Die Wahrheit ist, dass du mich nicht in dein Leben lassen willst. Aber das ist das, was ich brauche, Dec."

Ihr Geständnis rief nichts als Schweigen hervor, also versuchte sie es ein letztes Mal.

„Ich möchte ein Teil deines Lebens sein, eines Lebens, das dich glücklich macht, wenn du nach Hause kommst. Ich möchte da sein, um dir durch schwierige Zeiten zu helfen. Ich möchte dich zum Lächeln bringen. Ich möchte dich lieben. Ich *liebe* dich. Aber das ist mein Problem, nicht deins. Ich bin perfekt für dich, aber das wirst du nie begreifen. Und deshalb … muss ich gehen."

Weil sie ihn nicht länger anschauen konnte, ohne Gefahr zu laufen, in Tränen auszubrechen, ging sie in ihr Schlafzimmer, schnappte sich ihre Sachen und befestigte Moochies Leine am Halsband. Als sie zurück ins Wohnzimmer kam, stand Dec da, eine Hand in den Nacken gelegt, und schaute auf den Boden, als könne er dort auf wundersame Weise eine Antwort finden.

Stirnrunzelnd sah er auf. „Du gehst wirklich?"

„Hast du je erlebt, dass ich lüge?"

„Nein."

„Warum sollte ich jetzt damit anfangen?" Sie nahm Moochies Leine in die andere Hand. „Wenn du mich nicht zum Flughafen fahren willst, fahre ich selbst. Ich stelle deinen Wagen auf den Parkplatz und gebe den Schlüssel beim Sicherheitsdienst ab."

„Brooke …" Er zog die Schlüssel aus der Hosentasche und streckte ihr die Hand entgegen. „Fuck. Nimm das verdammte Auto einfach."

„Ich räume meinen Schreibtisch, ehe du zurückkommst." Sie nahm ihm die Schlüssel ab und ging zur Haustür. Ihr kleiner Hund trottete mit traurigem Gesicht neben ihr her.

„Brooke?"

Ihr Herzschlag setzte kurz aus. Sie blieb stehen, drehte sich aber nicht um.

„Es tut mir wirklich leid", sagte er.

„Das sollte es auch."

Sie schloss die Tür hinter sich und ging hocherhobenen Hauptes zum Wagen, lud ihr Gepäck und ihren kleinen Hund ein und setzte sich hinters Lenkrad. Als wäre alles ganz normal, legte sie den Gurt an und schaffte es bis zur Einfahrt des Haupthauses, ehe sie auf die Bremse trat und den Tränen freien Lauf ließ.

Das Klopf-klopf-klopf an der Seitenscheibe zwang Brooke aufzuschauen, nachdem sie schon einige Minuten in Moochies Fell geweint hatte. Aber es war nicht Dec, der da draußen stand. Sie wischte sich die Augen und ließ das Fenster herunter. „Hallo, Ethan."

„Ich bin auf der Suche nach einer Lady in Not." Er lächelte sie an. „Hast du zufällig eine gesehen?"

Sie lachte traurig. „Du brauchst nicht weiterzusuchen."

„Hast du was dagegen, wenn ich einsteige?" Er rieb sich die Arme. „Es wird immer kälter."

„Na ja, eigentlich will ich ... zum Flughafen."

„Um diese Uhrzeit? Ich vermute mal, dass der jetzt gar nicht geöffnet ist."

„Kann sein."

„Ach, komm, lass mich rein. Ich werde dich schon nicht entführen. Meine Lizenz zum Töten habe ich auch nicht verlängert, du müsstest eigentlich sicher sein."

„Darum geht es nicht."

Er ging um den Wagen herum zur Beifahrerseite und stieg trotzdem ein. Aufgeregt sprang Moochie dem Neuankömmling auf den Schoß.

„Mein Bruder ist ein Arschloch", sagte er, ohne zu zögern. „Glaub mir, das weiß niemand besser als ich. Wie wäre es also, wenn du uns zum Haupthaus fährst, damit wir reden können?"

„Es ist schon spät, und ich ..."

„Wem sagst du das. Also, lass uns keine Zeit verschwenden."

„Ich finde eigentlich nicht, dass Dec ein Arschloch ist."

„Tja, dann gib mir die Chance, dir das Gegenteil zu beweisen."

Mit seinem fast schwarzen Haar und den strahlend blauen Augen sah Ethan genauso gut aus wie die restlichen Kincades. Sie wusste, egal, was er behauptete, er liebte seine Familie sehr.

Und wäre sie nicht so erschöpft gewesen, hätte sie sicher beharrlicher versucht, ihn zu überzeugen, dass er wieder ausstieg, damit sie fliehen konnte.

„Also gut", sagte sie, „aber nur, wenn du versprichst, Kaffee zu kochen. Oder zumindest heißen Tee."

„Abgemacht."

Sie legte den Gang ein und fuhr zum Haus. Nachdem Moochie noch schnell ihr Geschäft auf dem Rasen erledigt hatte, traten sie in das dunkle, stille Haus. Wie versprochen füllte Ethan Wasser und frisch gemahlenen Kaffee in die Maschine. Während sie darauf warteten, dass der Kaffee durchlief, setzte sich Brooke an den langen Küchentisch.

Es war schon fast ein Uhr morgens, und Ethan wirkte müde, was Brooke ein schlechtes Gewissen bereitete.

„Du siehst auch aus, als könntest du eine Mütze voll Schlaf gebrauchen", sagte sie.

„Ich gebe zu, es war ein langer, ereignisreicher Tag." Er stand mit zwei Bechern an der Arbeitsplatte neben der Kaffeemaschine. „Das erklärt aber nicht, was mit meinem Bruder los ist."

„Ich weiß nicht recht, ob wir wirklich über ihn sprechen sollten."

„Soll das ein Witz sein? Wir reden ständig übereinander und machen uns gegenseitig fertig. So ist das nun mal in Familien."

Woher sollte sie das wissen? Von ihrer leiblichen Familie hatte sie nur Befehle empfangen. Nie wurde gelacht, nur wenn sie und ihre Geschwister unter sich gewesen waren. Wenn sie sich recht erinnerte, war selbst ein Lächeln auf dem Gesicht ihrer Mutter eine Seltenheit gewesen. Erst bei den Hastings hatte sie ein richtiges Familienleben kennengelernt, aber auch dort war es nicht gerade turbulent zugegangen.

„Ich habe Dec vorhin unten am Bach getroffen", erzählte

Ethan. „Wir haben geredet. Ich nehme an, danach lief bei euch irgendwas schief?"

„Ich habe gekündigt."

„Ernsthaft?"

Sie nickte und nahm den dampfenden Kaffee, den er eingegossen hatte.

„Was hat er denn gesagt?" Er nahm seinen eigenen Becher und setzte sich zu ihr an den Tisch.

„Es war nicht das, was er gesagt hat. Eher das, was er nicht gesagt hat."

„Dec ist kein Mann großer Worte, das ist kein Geheimnis. In der Hinsicht ähnelt er Ryan. Jordy, Parker und ich sind ein anderes Kaliber."

„Ihr seid also wild und sexy?"

„Wild auf jeden Fall." Ein Lächeln breitete sich zwischen den Bartstoppeln aus, die seine untere Gesichtshälfte bedeckten. „Was den Rest angeht … da überlasse ich dir das Urteil."

„Was ist denn hier los?" Nicole kam in die Küche geschlurft. Sie trug einen Pyjama mit Katzenmuster, einen Morgenmantel mit Fröschen drauf und Entenpuschen.

„Tut mir leid." Als sie die müden Augen des Mädchens sah, fühlte Brooke sich noch schlechter. „Haben wir dich geweckt?"

„Nein. Fezzik hatte meine Nase zu seinem neuen Lieblingsspielzeug erkoren und mich dadurch geweckt. Dann habe ich das Gemurmel hier unten gehört und dachte mir, ich schau mal nach."

„Und wenn es nun Einbrecher gewesen wären?", wollte Ethan wissen.

„Dann hätte ich entweder die Selbstverteidigungstricks angewandt, die ihr mir beigebracht habt, oder ich hätte mir ein Messer geschnappt. Vielleicht wäre ich auch ganz schnell abgehauen."

Ethan schüttelte den Kopf. „Ich muss dir einen Babysitter besorgen, wenn ich weggehe."

Nicole bedachte ihren Bruder mit einem Blick.

„Ich kann ja auch Tante Pippy fragen, ob sie nicht wieder hier im Haus leben will." Er grinste, weil er offensichtlich genau wusste, dass er Nicki damit auf die Palme bringen würde.

„Bitte nicht! Sie will immer nur alte *Magnum*-Folgen angucken und Tom Selleck anhimmeln."

„Könnte schlimmer kommen. Sie könnte dich auch nötigen, die Go-go-Tänze der Beach Boys nachzumachen."

„Ich mag die Beach Boys."

„Siehst du? Ihr würdet perfekt miteinander auskommen." Ehe Nicole widersprechen konnte, fragte Ethan: „Kaffee?"

Nicole sah besorgt zu Brooke, die am liebsten wieder in Tränen ausgebrochen wäre.

„Irgendwie habe ich das Gefühl, ein Drink wäre angebrachter", meinte Nicole.

„Tja, aber leider bist du noch nicht volljährig." Ethan zerzauste ihr das Haar noch mehr. „Also wirst du dich mit Kaffee oder Milch zufriedengeben."

„Du bist nicht mein Vormund, Ethan Kincade." Sie warf Brooke noch einen mitleidigen Blick zu. „Hast du was dagegen, wenn ich mich zu euch setze?"

„Natürlich nicht." Brooke zog einen Stuhl neben sich heraus. „Ich wollte nur schnell einen Kaffee trinken, ehe ich zum Flughafen fahre."

„Ach, Mist." Nicole legte den Kopf in die Hände. „Was hat Dec jetzt wieder angestellt?"

„Brooke hat gekündigt", erklärte Ethan sehr viel lässiger, als Brooke sich fühlte.

„Ernsthaft?" Nicole und Ethan klatschten sich ab. „Das wird ihm eine Lehre sein. Aber du solltest noch nicht nach Kalifornien zurückfliegen", sagte sie zu Brooke. „Du musst hierbleiben, damit er sieht, was ihm entgeht."

„Warum sollte ich?" Es gäbe nur einen Grund, aber dieser gut einen Meter achtzig große, dunkle und gut aussehende Grund wollte sie nicht um sich haben. Allenfalls um seine Arbeit zu organisieren und einen Quickie zu genießen, wenn ihm gerade danach war. Es ärgerte Brooke maßlos, dass sie sich selbst in diese Position hineinmanövriert hatte. Sie bückte sich und hob Moochie auf den Schoß, um sich selbst zu trösten.

„Warum du bleiben sollst?" Nicole legte den Kopf schräg und sah Brooke wie ein verwirrtes Kätzchen an. „Wo soll ich anfangen?"

„Am besten am Anfang", meinte Ethan. „Es sei denn, du willst unseren lieben Bruder zunächst auf kleiner Flamme rösten."

„Weißt du, was richtig gut wäre?", wollte Nicole von Ethan wissen, beantwortete ihre eigene Frage aber gleich selbst. „Sie sollte hier bei uns im Haus bleiben. Dann könnte sie Dec eifersüchtig machen, indem Parker mit ihr ausgeht und …"

„Warum kann ich nicht mit ihr ausgehen?", fragte Ethan empört.

Brooke fand es gar nicht witzig, dass die beiden so taten, als wäre sie gar nicht da. „Hey, Leute, ich bin nicht …"

„Klar, du auch." Nicole strahlte ihren Bruder an. „Genau! Ihr solltet beide mit ihr ausgehen. Oh, mein Gott. Ihr könntet um sie kämpfen und …"

„Hey, hey, hey." Brooke hob die Hände. „Lügen und Täuschungen sind echt nicht mein Ding. Schon gar nicht, wenn jemand nur mit mir ausgeht, um einen anderen eifersüchtig zu machen. Und bei eurem Bruder funktioniert das sowieso nicht, weil ich ihm egal bin."

„Wer sagt denn, dass ich nicht sowieso gern mit dir ausgehen würde? Schon vergessen – ich flirte gern!" Ethan zwinkerte ihr zu. „Du bist umwerfend, nett und witzig. Klingt für mich nach einem perfekten Date. Und wenn du glaubst, dass du Dec nichts bedeutest, dann lass uns dir das Gegenteil beweisen."

„Das ist wirklich nicht nötig."

„Doch, ist es. Und ich habe auf jeden Fall vor, ein Lied darüber zu schreiben." Nicole hob die Hand und klatschte sich erneut mit Ethan ab. „Auf geht's, Team Brooke."

„Nein. Es gibt kein Team Brooke." Brooke versetzte der euphorischen Stimmung der Geschwister einen Dämpfer. „Das ist wirklich das Letzte, was ich will, einen Keil zwischen ihn und euch zu treiben."

„Das ist kein Problem, glaub mir", sagte Nicole.

„Aber ich ..."

„Du erinnerst dich, was ich dir erzählt habe? Dass Dec und ich uns vorhin unterhalten haben?", wollte Ethan von Brooke wissen.

„Ich glaube nicht ..."

„Ich weiß, dass du ihm etwas bedeutest", unterbrach Ethan sie.

„Dec weiß es nur noch nicht", fügte Nicole hinzu. „Oder zumindest kann er es sich selbst noch nicht eingestehen."

„Aber er will nicht ..."

„Manchmal brauchen gewisse Leute einfach einen kleinen Schubs in die richtige Richtung." Ethan lehnte sich grinsend zurück, ehe er die Arme vor seinem breiten Brustkorb verschränkte.

„Oder einen kräftigen Tritt in den Hintern", meinte Nicole.

„Passt auf." Brooke holte tief Luft. Diese Familie hatte genügend eigene Probleme und sollte sich nicht auch noch mit ihrem Liebesleben befassen. Es war offensichtlich, dass Nicole noch nichts über die mögliche Affäre ihres Vaters und die mögliche andere Tochter erfahren hatte. Brooke würde nicht noch mehr

Öl ins Feuer gießen, indem sie darüber jammerte, dass sie einen Mann liebte, der ihre Liebe nicht erwiderte. „Ich weiß, dass er mich mag. Das Problem ist, dass er mich nicht an sich heranlässt. Es ist wirklich nett, dass ihr euch um mich sorgt und mir helfen wollt, aber ich denke, ich sollte trotzdem nach Hause fliegen."

„Aber du liebst Dec doch, oder?", fragte Nicole.

„Ja, aber …"

„Dann bist du schon zu Hause." Nicole legte eine Hand auf Brookes. „Du bist eine Kämpferin. Und gehörst nicht zu den Frauen, die sich verstecken oder weglaufen, oder?"

Brooke blickte auf das funkelnde Armband, das Dec ihr geschenkt hatte, und auf das andere, das sie trug, seit sie ihr Schicksal in die eigenen Hände genommen hatte.

Furchtlos.

Sie dachte an ihre Schwester, die keine Chance gehabt hatte, ihre große Liebe zu finden. Ihre Schwester, die mehrfach von dem Mann vergewaltigt worden war, den sie heiraten musste. Ihre Schwester, die sich ihrem grausigen Schicksal ergeben hatte, noch ehe sie 20 war, und deren Kinder, die sie geliebt hatte, von einem anderen armen Opfer großgezogen wurden.

Brooke hatte damals den Mut aufgebracht, sich ein besseres Leben zu suchen. Sie würde weder sich noch ihrer Schwester einen Gefallen tun, wenn sie jetzt nicht für das kämpfte, was sie wollte. Damit würde sie sich letztlich selbst zum Gespött machen. Sich und ihre Vergangenheit. Und dann war da noch der Punkt, der ganz oben auf ihrer Löffel-Liste stand.

Die Liebe meines Lebens heiraten.

Wie sollte sie das Ziel erreichen, wenn sie den Schwanz einkniff und davonlief? Wenn sie Dec keine Chance einräumte, sie an sich heranzulassen? Sie war weder eine Verrückte noch eine Stalkerin, die einem Mann hinterherlief, der sie nicht wollte. Nein, Dec hatte Interesse gezeigt. Als er sie geliebt hatte und sich gehen ließ, hatte sie gespürt, dass sie perfekt füreinander waren. Wie sollte sie für den Rest ihres Lebens glücklich werden, wenn sie sich und Dec nicht zumindest noch eine Chance gab?

Vielleicht würde es ja funktionieren.

Vielleicht nicht.

Aber sie würde es niemals erfahren, wenn sie es nicht wenigstens versuchte.

15. Kapitel

Declan brauchte keinen Wecker oder Hahnenschrei, um wach zu werden, denn er hatte überhaupt nicht geschlafen. Als die Sonne durch das Fenster im Haus seines Großvaters zu scheinen begann, hatte er bereits eine ganze Kanne Kaffee getrunken. Dementsprechend zittrig waren seine Hände, als er die neueste Ausgabe vom *Talk of the Town – Stadtgespräch* aufschlug und angesichts der lächerlichen Schlagzeile den Kopf schüttelte.

Hollywood-Medium verhaftet.
Sie behauptet, sie hätte es nicht kommen sehen.

Er blätterte den Rest der Zeitung durch, in der Hoffnung, auf irgendetwas Interessantes zu stoßen, fand aber nichts weiter als einen Coupon, der ihm fünf Dollar Rabatt auf eine Pizza versprach. Genervt warf er das Käseblatt auf den Tisch und griff nach dem fast leeren Kaffeebecher. Als er merkte, dass der Kaffee kalt war, stellte er ihn wieder ab.

Er brauchte nicht noch mehr Koffein. Er brauchte keine blöden Schlagzeilen aus Boulevardzeitungen. Stattdessen wollte er wissen, wo zum Teufel Brooke war und ob es ihr gut ging. Er hätte sie niemals gehen lassen sollen. Ob sie ihn jetzt hasste? Er musste ihr beweisen, dass er es ernst mit ihr meinte, selbst wenn er nicht hundertprozentig sicher war, dass er es konnte. Er brauchte sie, wollte sie berühren, festhalten und küssen, wollte all das Gute aufsaugen, das sie so besonders machte.

Er hatte nicht lange gebraucht, um zu erkennen, dass sie recht hatte. Hatte sich viel zu lange hinter dieser „Man darf Arbeit und Vergnügen nicht vermischen"-Regel versteckt. Dass er sie brauchte, hatte nichts mit den Fähigkeiten zu tun, die sie als Assistentin bewies.

Die Erleichterung, die er jeden Morgen im Büro verspürt hatte, wenn sie ihn anlächelte, kam nicht daher, dass sie seinen Arbeitstag mit meisterhafter Hingabe geplant hatte. Herzklopfen bekam er nicht, weil sie sich so zuverlässig um alles kümmerte.

Nein, all das Glück, das ihm die Tage versüßte, war einzig und allein Brooke als Person geschuldet.

In Wahrheit konnte er jederzeit eine neue Assistentin finden. Vielleicht wäre sie nicht ganz so kompetent wie Brooke, hätte weniger Persönlichkeit oder Energie. Aber damit konnte er leben. Es gab jedoch nur eine Brooke, und er wollte sie nicht nur im Büro sehen. Er wollte sie in seinem Leben. Mit all diesem Hin und Her und der Angst, Arbeit und Vergnügen zu vermischen, hatte er sich genau das eingehandelt, wovor er sich am meisten gefürchtet hatte.

Er hatte sie verloren.

Dec schnappte sich sein Handy und wählte ihren Namen in der Kontaktliste aus. Keine Reaktion. Natürlich nicht, schließlich war sie wütend auf ihn, und er konnte es ihr nicht einmal verdenken. Nur ein Feigling zog sich vor dem zurück, was er wirklich wollte. Wenn er ganz ehrlich war, musste er zugeben, dass er schon lange, ehe Jordan ihn darauf gestoßen hatte, tiefere Gefühle für sie gehegt hatte.

Plötzlich zuckte er erschrocken zusammen.

Ging sie womöglich nicht ans Telefon, weil ihr etwas zugestoßen war? Was, wenn sie in Gefahr schwebte?

Verdammt.

Er hätte sie niemals mitten in der Nacht wegfahren lassen dürfen.

Er hätte sie überhaupt niemals gehen lassen dürfen. Er hätte sie in die Arme schließen und ihr sagen sollen, was er für sie fühlte.

Er hätte sie in sein Leben lassen sollen.

Als er als Nächstes im Büro anrief und erfuhr, dass Brooke sich dort nicht gemeldet hatte, geriet er in Panik. Sie wussten noch nicht, dass sie gekündigt hatte. Aber zumindest wusste er jetzt, dass sie verschwunden war.

Er sprang vom Tisch auf und rannte zur Tür. So schnell wie möglich musste er zum Flughafen, um zu prüfen, ob sein Wagen dort geparkt war, wie Brooke es angekündigt hatte. Falls ja, würde er jede einzelne Fluglinie anrufen, die Portland anflog, bis er Brooke gefunden hatte. Gern hätte er auch ihren Mitbewohner angerufen, aber er kannte ja nicht einmal den Nachnamen des Typen, geschweige denn seine Telefonnummer.

Normalerweise war der Weg hinauf zum Haupthaus schnell geschafft. Heute hatte er das Gefühl, er würde gar kein Ende nehmen. Als er näher kam, stellte er verblüfft fest, dass sein Auto in der Einfahrt stand, und atmete tief durch. Wenn er Glück hatte, hatte sie ihre Meinung geändert und war über Nacht geblieben, um einen klaren Kopf zu bekommen. Wenn er Glück hatte, lag sie sicher und gemütlich in einem der Gästezimmer und hatte ihm vergeben, dass er so ein Idiot gewesen war.

Als er von weiter weg Schritte hörte, drehte er sich um.

Auf dem Pfad, der sich zwischen den Weinstöcken entlangschlängelte, sah er Brookes blonden Pferdeschwanz hin und her schwingen. Neben ihr her joggte Ethan. Die beiden waren in eine Unterhaltung vertieft und schienen sich bestens zu amüsieren. Ethan stieß sie neckend mit der Schulter an und lief dann rückwärts weiter, während sie versuchte, ihn einzuholen. Als sie es geschafft hatte, zog Ethan sie am Pferdeschwanz, und sie lachte. Ihn schienen sie gar nicht zu bemerken.

Was zum Teufel ist da los?

Dec stemmte die Hände in die Hüften und beobachtete, wie sein kleiner Bruder hemmungslos flirtete. Und Brookes Lächeln nach zu urteilen, flirtete sie auch mit Ethan. Obwohl Dec heilfroh war, dass sie in Sicherheit war, ärgerte es ihn maßlos, dass er sich Sorgen gemacht hatte, während sie mit seinem Bruder herumturtelte.

Die beiden joggten in gleichmäßigem Rhythmus weiter und verschwanden zwischen den Rebstöcken. Dec versuchte seine Emotionen wieder unter Kontrolle zu bringen und ging weiter zum Haus, um dort auf ihre Rückkehr zu warten. Er musste dringend mit Brooke über gestern Abend sprechen. Und dann würde er ein ernstes Wörtchen mit seinem Bruder reden müssen.

Als er die Tür öffnete und in die Küche kam, entdeckte er Nicole. Sie saß am Tisch und aß eine Schüssel mit Froot Loops, während sie auf ihrem Tablet durch die Facebook-Posts scrollte. Sie blickte auf, als er in den Raum kam.

„Du siehst ja furchtbar aus." Sie grinste. „Schlecht geschlafen?"

„Hat Brooke hier übernachtet?"

„Vielleicht." Nicki tauchte den Löffel in ihre Cerealien ein, schob ihn in den Mund und sprach dann mit vollem Mund. „Was interessiert es dich?"

„Das geht dich zwar nichts an, aber ich habe mir Sorgen um sie gemacht."

„Wäre nicht nötig gewesen, wenn du dich nicht wie ein Arsch benommen hättest."

„Hey, pass auf, was du sagst."

„Kann ich machen, aber deshalb hörst du noch lange nicht auf, dich wie ein Arsch zu benehmen. Also, wer ist schlimmer?"

„Du meine Güte. Du fängst nicht wieder an, dich in die biestige Nicki zu verwandeln, oder? Ich dachte, das hätten wir hinter uns gelassen."

„*Wir* haben gar nichts hinter uns gelassen. *Ich* habe es mit Jordys Hilfe geschafft. Und nein, ich werde nicht wieder auf alles und jeden wütend sein. Nur auf dich. Ich mag Brooke, und ich fand es furchtbar, wie fertig sie letzte Nacht war."

„Wie hast du sie überredet zu bleiben?"

„Das war nicht ich. Dafür kannst du dich bei Ethan bedanken." Sie schob einen weiteren Löffel voll in ihren Mund. „Er hat sie weinend und völlig aufgelöst im Auto gefunden. Sie wollte nur noch weg. Stattdessen hat er sie überredet, mit hierherzukommen. Sie haben lange geredet und dann, na ja, sagen wir einfach mal, die beiden verstehen sich wirklich ausgezeichnet."

Brooke hatte geweint.

Fuck.

Seine Schwester hatte recht. Er war ein Arsch.

„Was meinst du damit, *sie verstehen sich wirklich ausgezeichnet*?"

Sie schüttelte den Kopf. „Möchtest du tatsächlich, dass ich dir das in allen Einzelheiten schildere?"

„Ja." Egal, wie schrecklich diese Einzelheiten auch sein mochten. Er musste es wissen.

Nicki stand auf und griff nach ihrer Schüssel. „Vielleicht frühstücke ich lieber in meinem Zimmer zu Ende."

„Nicht so schnell." Er packte sie am Gürtel ihres Morgenmantels mit den aufgedruckten Fröschen. „Was ist da los?"

„Da musst du die beiden selber fragen." Sie befreite sich aus seinem Griff. „Du solltest mit Ethan reden. Oder Brooke. Oder vielleicht wäre es einfacher, wenn du mit den beiden gemeinsam redest. Denn seit heute Nacht scheinen sie unzertrennlich."

Ethan Kincade sah nicht nur gut aus, er entpuppte sich auch als gute Gesellschaft. Nach der Szene gestern mit Dec hatte Brooke nicht geglaubt, so bald wieder lachen zu können – noch dazu so viel. Aber Ethan hatte eine lockere Art, war unkompliziert und ein guter Gesprächspartner, der gern Witze auf Kosten seines Bruders riss.

Doch als Ethan ihr von Emily erzählte, der Frau, die ihn abgewiesen hatte, brach Brooke fast das Herz. Es war offensichtlich, dass er seine Ex noch immer liebte. Als er ihren Namen aussprach, begannen seine blauen Augen zu glänzen, auch wenn seine Miene Trauer ausdrückte.

„Es ist ja nicht so, als hätte ich was anbrennen lassen, aber …“

„Es ist schwierig, so eine Liebe zu vergessen“, sagte Brooke.

„Genau.“ Ethan wurde etwas langsamer, als sie den Grünstreifen am Fluss entlangliefen, der sich in der Nähe der Innenstadt von Sunshine schlängelte. Der Weg war von großen Bäumen und bunten Blumen im Gras gesäumt.

„Es ist schwer, all die verrückten Pläne, die ich für uns beide im Kopf hatte, aufzugeben. Aber ich weiß genau, dass keine Frau ihr das Wasser reichen kann“, sagte er. „Deshalb möchte ich dir auch mit Dec helfen. Oder zumindest möchte ich meinem idiotischen Sturkopf von Bruder begreiflich machen, was er versäumt, wenn er nicht endlich mal seinen Verstand gebraucht.“

„Danke. Aber das Problem ist nicht sein Verstand“, meinte Brooke, als sie um eine Kurve liefen. „Er muss lernen, seinem Herzen zu vertrauen.“

„Stimmt. Er hatte noch nie eine Beziehung, die länger als ein paar Monate gedauert hat. Es ist fast so, als hätte er Angst …“

„Ethan!“ Eigentlich wollte Brooke diese interessante Unterhaltung auf keinen Fall unterbrechen, aber ihr war etwas ins Auge gefallen, das tausend Bilder in ihrem Kopf hervorrief. Sie standen vor einem leer stehenden Gebäude auf einem weitläufigen, eingezäunten Gelände, das mit „Zu Verkaufen"-Schildern behängt war. „Was ist das?"

„Das war mal irgendein Verteilungszentrum. Es steht jetzt schon seit ein paar Jahren leer."

„Weißt du, was sie dafür haben wollen?"

„Warum?" Ethan lachte. „Suchst du einen Ort, wo du Decs Leiche verscharren kannst, wenn er nicht bald Vernunft annimmt?"

„Nein." Sie joggte zum Gebäude und stellte sich auf Zehenspitzen, um durch ein Fenster zu schauen. „Das ist perfekt."

„Wofür?"

Sie drehte sich zu ihm herum und konnte ihre Freude kaum im Zaum halten. „Für den Traum, den ich schon mein halbes Leben lang im Kopf habe."

Draußen auf der Terrasse blätterte Dec durch eine Haus- und Gartenzeitschrift, ohne wirklich irgendetwas zu lesen. Die Sonne spiegelte sich im Glas seiner Uhr, als er zum wiederholten Mal nachschaute, wie spät es war. Frustriert blickte er zu den Weinbergen, wo eine Reihe von Arbeitern die Reben inspizierten.

Wo zum Teufel stecken sie?

Er schlug die Zeitschrift zu, verschränkte die Arme und lehnte sich zurück, um sich die Sonne ins Gesicht scheinen zu lassen. Eine Sekunde später klingelte sein Handy. Er ging dran, ohne auf den Namen des Anrufers zu schauen.

„Ich wollte nur Bescheid sagen, dass ich meine Pläne geändert habe. Ich nehme den nächsten Flug zurück an die Ostküste."

Bitte?

Da er den ganzen Morgen an Brooke gedacht hatte, zog er jetzt das Telefon vom Ohr und blickte auf das Display.

Lili MacKay.

Scheiße. Als wenn er heute noch weitere Komplikationen bräuchte!

„Wieso der plötzliche Sinneswandel?", fragte er hart. „Angst, dass die Wahrheit nicht in Ihrem Sinne ausfällt?"

Ihr Zögern verriet ihm, dass er sie verärgert hatte. War nicht seine Absicht gewesen. Jedenfalls nicht, bis sie die Sache einwandfrei geklärt hatten.

„Ich gehe eher davon aus, dass Sie und Ihre Brüder nicht mit der Wahrheit umgehen können. Meine Mutter war ein wunderbarer Mensch. Sie war keine Lügnerin, genauso wenig wie ich. Aber ich bin nicht erpicht darauf, die Zielscheibe Ihres Sarkasmus oder Ihres unverschämten Benehmens zu sein."

„Es tut mir leid. Ich wollte Sie nicht so anfahren. Es ist nur im Moment so viel, und …"

„Das ist nicht mein Problem." Ein hörbarer Seufzer drang durchs Telefon. „Hören Sie, Sie haben meine Telefonnummer. Ich will überhaupt nichts von Ihnen. Ich wollte einfach nur meinen Vater kennenlernen. Jetzt besteht für mich wirklich kein Grund, zu bleiben. Keiner von Ihnen wird mich je akzeptieren, und im Grunde ist mir das auch egal."

Sie legte auf.

„Fuck!" Dec warf sein Handy auf den Tisch und fuhr sich mit den Fingern durchs Haar. „Kann denn jetzt nicht mal Schluss mit dem ganzen Scheiß sein?" Er blickte wieder zu den Weinbergen und entdeckte endlich Brooke und Ethan. Rasende Eifersucht packte ihn.

Brookes Gesicht war von der Anstrengung gerötet, und das enge graue Tanktop klebte wie eine zweite Haut an ihr, als sie die Treppen zur Terrasse hochlief. Als er aufstand, um ihr zu sagen, dass er mit ihr reden wollte, joggte sie an ihm vorbei und verschwand im Haus.

Ethan blieb stehen, was Dec sehr begrüßte, denn er hatte vor, seinem Bruder eine zu verpassen.

„Was ist los, Alter?“ Ethan ließ sich grinsend auf einen der Stühle fallen.

„Was zum Teufel treibst du hier?“

„Ich versuche, wieder zu Atem zu kommen. War eine ziemlich lange Runde. Ich war schon vor ein paar Meilen fix und fertig, aber Brooke …“ Er machte eine Kunstpause, um seinen Gedanken nachzuhängen. „Brooke ist so voller Energie, die wollte immer weiterlaufen.“

„Es ist mir egal, ob du bis nach Timbuktu gerannt bist. Ich will wissen, was zur Hölle du mit ihr treibst?“

„Hallo? Ich hab’s dir doch gerade gesagt. Wir waren laufen.“ Ethan lehnte sich auf dem Stuhl zurück und hielt sein Gesicht in die Sonne. „Mach mich nicht an, weil du dich wie ein Idiot verhalten hast. Und reg dich bloß nicht auf, nur weil andere die Chance nutzen, die du dir hast entgehen lassen.“

„Was soll das denn bedeuten?“

„Es bedeutet, dass du es vergeigt hast und ich heute Abend mit Brooke essen gehe.“

„Einen Teufel wirst du.“ Eifersucht grub sich wie eine Faust in seinen Magen.

„Oh doch. Wir fahren nach Portland …“ Ethan tat, als bemerke er nicht, dass Dec ihn so grimmig anstarrte, als wolle er ihn gleich umbringen. „Ich habe einen Tisch im City Grill reserviert. Da gibt’s tolles Essen, eine herrliche Aussicht, eine romantische Atmosphäre, und sie haben unseren Wein auf der Karte. Was könnte es Besseres geben, um jemanden näher kennenzulernen?“

„Du gehst mit Brooke nirgendwohin.“ Dec kannte das Restaurant im 30. Stock eines Wolkenkratzers sehr genau. Von dort hatte man einen Blick über die ganze Stadt, über die Cascade

Mountains, und es war als einer der romantischsten Orte in der gesamten Region bekannt. Auf keinen Fall würde er zulassen, dass sein kleiner Bruder mit Brooke dorthin ging.

„Doch."

„Nein." Er warf Ethan sein Handy zu. „Stattdessen rufst du Lili MacKay an und redest ihr aus, dass sie die Stadt verlässt."

„Die Stadt verlassen? Warum sollte sie?"

„Weil wir sie gestern so mies behandelt haben. Dabei hat sie überhaupt nichts von uns verlangt."

„Scheint, als würde hier so einiges schieflaufen." Ethan warf Dec einen vielsagenden Blick zu, ehe er nach dem Telefon griff. „Was soll ich ihr sagen?"

„Dir fällt schon was ein." Dec drehte sich um, um ins Haus zu gehen.

„Und wo willst du hin?", fragte Ethan.

Dec nahm das selbstgefällige Grinsen, das die Fresse seines Bruders zierte, sehr wohl wahr.

„Ich werde dafür sorgen, dass Brooke niemals irgendwo mit dir hingeht."

Dec suchte im Wohnzimmer, im Familienzimmer und in der Küche, aber Brooke war nirgends zu finden. Also marschierte er die Treppe hinauf und horchte an jeder Tür. Als er zu dem Kinderzimmer kam, das er sich früher mit Jordan geteilt hatte, war er endlich erfolgreich. Durch die Tür konnte er hören, wie sie telefonierte. Lauschen war noch nie sein Ding gewesen, daher klopfte er. Doch als sie nicht antwortete, öffnete er einfach die Tür.

Brooke saß an dem kleinen Schreibtisch, das Telefon zwischen Ohr und bloßer Schulter geklemmt, und machte sich Notizen. Geduldig wartete er, dass sie ihr Telefonat beendete.

„Wann könnte ich es mir anschauen?“, fragte sie. Einen Moment lang herrschte Stille, ehe sie fortfuhr: „Das klingt perfekt. Wir sehen uns dann.“

Als sie das Handy vom Ohr nahm, sah sie stirnrunzelnd zu Dec.

„Habe ich dich hereingebeten?“

Ihre Laufschuhe waren voller Staub, und ihr Gesicht war verschwitzt vom Joggen. Sie sah bezaubernd aus.

„Mit wem hast du geredet?“

Sie stieß ein kurzes Lachen aus. „Das geht dich ja nun wirklich nichts an.“

„Brooke, ich …“

„Spar dir das.“ Sie öffnete die Tür und wartete darauf, dass er wieder ging. „Ich denke, du hast gestern Abend genug gesagt.“

„Ich habe noch lange nicht genug gesagt.“ Er schloss die Tür und stemmte eine Hand dagegen, damit Brooke nicht flüchten konnte. Dadurch stand er auf einmal ganz nahe vor ihr. Sie wich nicht zurück, und das war nur einer der Gründe, warum er sie bewunderte. „Vor allem habe ich nicht gesagt, wie leid es mir tut.“

„Doch, hast du. Du hast dich auf ziemlich bescheuerte Weise entschuldigt. Was genau war es noch, was dir leidtat?“ Trotzig hob sie ihr Kinn und weckte damit in ihm den Wunsch, sie zu packen und die Wut aus ihr herauszuküssen. „Dass wir Sex hatten und du wieder vor mir davongerannt bist, als wäre ich irgendeine … Nutte? Noch dazu eine unbezahlte.“

Sie machte noch einen Schritt auf ihn zu und stemmte die Hände in die Hüften. Herausfordernd schaute sie ihn an. „Oder tut es dir nur leid, dass ich gekündigt habe?“

Dec bekam Herzklopfen. Er musste ehrlich sein – zu ihr und auch zu sich selbst. „Beides.“

„Okay. Sag, was du zu sagen hast, und dann geh. Ich habe einen Termin, und ich möchte nicht zu spät kommen.“

Er ließ seine Hand auf der Tür, obwohl er sie am liebsten um Brookes Taille geschlungen hätte. „Verdammt, Brooke. Ich weiß nicht, wie das geht."

„Wie was geht?" Sie hob ergeben die Hände. „Sich entschuldigen?"

„Ja." Er fuhr sich mit den Fingern durchs Haar. Das lief alles falsch. „Nein."

„Was denn nun?"

„Du verwirrst mich total", stöhnte er. „Und ich kapiere das alles nicht. Ich habe das Gefühl, dass mir alles entgleitet und ich nichts mehr unter Kontrolle habe."

Sie verschränkte die Arme und verlagerte das Gewicht. „Klingt mir nach deinem ganz persönlichen Problem."

„Genau."

„Tja, jetzt verwirrst du mich. Also sollten wir vielleicht beide nichts mehr sagen und jeder seiner Wege gehen." Ihre Brust hob sich, als sie tief Luft holte, dann ging sie ins angrenzende Bad und schloss die Tür hinter sich.

Dec wartete, weil er dachte, sie würde gleich wieder rauskommen. Weil er dachte, dann würde er genau wissen, was er sagen musste, um nicht wieder wie ein totales Arschloch zu klingen. Doch stattdessen ging die Dusche an. Es würde also dauern.

Na schön, dachte er.

Er machte es sich auf dem Bett gemütlich, schlug die Beine übereinander und verschränkte die Arme hinter dem Kopf. Plötzlich schossen ihm äußerst anregende Bilder durch den Kopf. Bilder von Brooke, die nackt unter der Dusche stand, während sie ihren Körper mit süß duftender Seife einschäumte und Wassertropfen an ihr hinunterliefen. Er musste sich sehr beherrschen, um nicht ins Bad zu stürmen und ihr zu zeigen, was genau er für sie empfand.

Ohne auch nur ein verdammtes Wort zu sagen.

16. Kapitel

Auch wenn das Wasser in der Dusche noch so kalt war, reichte es kaum, Brooke genügend abzukühlen. Nur mit Mühe widerstand sie der Versuchung, zurück ins Zimmer zu laufen, Dec zu packen und ihm zu zeigen, was sie fühlte. Aber sie musste sich beherrschen. Sie hatte es ihm bereits gezeigt. Sie hatte es ihm bereits gesagt. Sie hatte ihm ihr Herz zu Füßen gelegt. Und dass er jetzt total verwirrt war, geschah ihm nur recht.

Zum ersten Mal, seit sie ihn kannte, schien Declan Kincade völlig neben der Spur zu sein.

Sein normaler Alltag verlief in geregelten Bahnen. Dank ihrer Unterstützung wusste er genau, was er von seinem Tag zu erwarten hatte. Jetzt hatte sie Sand ins Getriebe gestreut, und Dec musste mit Unvorhergesehenem klarkommen. Er konnte sein Leben nicht länger auf Autopilot geschaltet lassen, sondern musste selbst herausfinden, wie es weitergehen sollte.

Sicher, das konnte im schlimmsten Fall dazu führen, dass sie letztlich das Nachsehen hatte. Aber sie musste ihn zwingen, über die ganze Situation nachzudenken. Auch wenn sie ihn liebte und auf ein Happy End hoffte, war Liebe für ihn vielleicht gar nicht erstrebenswert. Vielleicht bedeutete Happy End für ihn wirklich nur, dass seine Firma Erfolg hatte. Er mochte ihr Traummann sein, aber vielleicht war seine Traumfrau … nicht sie.

Da ihr jetzt noch mehr durch den Kopf schwirrte als vor ein paar Minuten, spülte sie das Shampoo aus dem Haar, stellte das Wasser aus und trocknete sich ab. Schluss. Als sie auf die flauschige Badematte trat, versuchte sie sich auf ein ganz anderes Thema zu konzentrieren. Zum Beispiel darauf, was sie mit dem Grundstück anstellen würde, das sie sich gleich anschauen wollte.

Schließlich gab es, auch wenn ihr Herz da anderer Meinung war, wichtigere Dinge im Leben als Declan Kincade.

Während sie sich die Haare trocken rubbelte, öffnete sie die Badezimmertür. Das Erste, was ihr ins Auge fiel, war ein Paar großer Füße, die lässig auf ihrem Bett lagen. Ihr Blick schoss zu dem Mann, der dort ausgestreckt lag, als würde ihm das Zimmer gehören. Zu allem Überfluss hatte es sich die kleine Verräterin Moochie auf seinem Schoß gemütlich gemacht. Decs blaue Augen leuchteten auf, als er anscheinend sehr zu seiner Freude bemerkte, dass sie splitterfasernackt war.

„Oh, mein Gott." Sie stürzte zurück ins Bad. „Dec! Wieso bist du noch immer da?"

Als sein leises Lachen ertönte, zuckte sie zusammen.

„Ich warte auf dich."

„Ich habe dich rausgeworfen." Sie betrat das Zimmer ein zweites Mal, hatte sich jetzt aber in ein Handtuch gewickelt. „Du solltest nicht mehr hier sein."

„Da hätte ich ganz schön was verpasst."

„Genau." Sie atmete tief aus. „Könntest du jetzt bitte gehen?"

„Ich wüsste nicht wohin. Meine Assistentin hat mich sitzenlassen, und ich habe keine Ahnung, was auf meiner Tagesordnung steht."

„Ich kann es dir sagen." Sie schwang den Arm herum und zeigte zur Tür. „Raus mit dir!"

Ein freches Lächeln breitete sich auf seinen köstlich maskulinen Lippen aus. „Du kannst mich nicht aus meinem eigenen Zimmer werfen."

„Bitte?"

„Das hier ist mein Zimmer. Mein Bett. Du kannst mich nicht rausschmeißen."

„Bist du immer so stur?"

„Das solltest du doch am besten wissen." Sein heißer Blick wanderte dorthin, wo sie das Handtuch zwischen ihren Brüsten zusammengesteckt hatte. „Wir arbeiten schließlich seit vier Jahren Seite an Seite."

„Bisher hast du aber anscheinend dein wahres Ich, also deine Blödheit, vor mir verborgen."

Er nahm die Hände vom Kopf und schwang die Beine über die Bettkante, um sich aufzusetzen. Brooke wich zurück, denn sie fürchtete, dass ihr Widerstand schwächer würde, wenn er näher kam. Schon spürte sie, wie er ihre Gedanken einnahm. *Ich brauche ihn, ich muss ihn sofort haben.*

Er umfasste ihre Ellenbogen und zog sie zu sich. Der köstliche Duft seines warmen Körpers, des Sandelholz-Aftershaves, vermischt mit dem Zitrusshampoo und der nach Honig riechenden Seife, machte sie ganz benommen.

„Ausweichen ist keine gute Taktik, Brooke. Ebenso wenig wie fortlaufen. Das ist mir gerade erst schmerzhaft klar geworden." Sein Griff war fest, aber seine Finger fühlten sich zart an. „Wir müssen reden."

„Ich kann nicht." Sie hob ihr Kinn und schaute in seine umwerfend blauen Augen, die von dichten dunklen Wimpern eingefasst wurden. „Ich habe einen Termin. Und ich werde nicht wieder für dich arbeiten. Also gibt es nichts weiter zu bereden."

„Da irrst du dich." Sanft streichelte er ihr die Wange und strich ihr eine Locke hinters Ohr. „Es gibt viel zu bereden. Als Erstes, dass ich versuchen werde, dich zurückzugewinnen."

„Hast du nicht zugehört?" Sie riss sich los. Sie konnte seine Berührung nicht aushalten, die Gefahr war zu groß, dass sie einfach so dahinschmolz. „Ich werde nicht mehr für dich arbeiten. Nie mehr."

„Und ich habe nicht von der Arbeit gesprochen", war sein Abschiedskommentar, ehe er zur Tür hinausspazierte.

Brooke tuckerte mit Tante Pippys VW zu dem Betriebsgelände. Sie war dankbar, dass Decs Tante ihr noch einmal ihr Auto geliehen hatte. Sie hatte nur kurz erklären müssen, was sie vorhatte und was sie sich anschauen wollte, und schon war Tante Pippy an Bord von Team Brooke gekommen.

Seit Dec erklärt hatte, dass er sie zurückwollte, fragte Brooke sich, was genau er im Sinn hatte. Seine Beharrlichkeit törnte sie ziemlich an, trotzdem musste sie ihr Leben selbst in die Hand nehmen.

Mit ihm oder ohne ihn.

Auch wenn sie Dec in ihrem Leben wollte, würde sie es nicht auf Eis legen, bis ein gewisser Jemand sich entschieden hatte, ob er nun Teil davon sein wollte oder nicht.

Als sie den VW auf dem Gelände parkte, stieg eine ältere Frau in einem roten Blazer und dunkelblauer Hose aus einem Lexus neben ihr.

„Mrs. Carr?" Brooke streckte die Hand aus. „Es freut mich, Sie kennenzulernen."

„Das Vergnügen ist ganz auf meiner Seite."

Das blaugraue Haar der Frau war hochtoupiert und wirkte wie einbetoniert, und ihr Parfum roch streng, aber sie schien ganz nett zu sein. Außerdem zählte eigentlich nur, ob das Gebäude innen dem entsprach, was Brooke im Sinn hatte, und ob der Preis stimmte.

„Na, dann wollen wir mal einen Blick hineinwerfen, oder?" Mrs. Carr bedeutete Brooke, voranzugehen. Sie schloss die Tür auf und schaltete die Deckenbeleuchtung ein. „Das Gebäude umfasst gut 1000 Quadratmeter und hat 24 Parkplätze vor der Tür."

Auf der linken Seite des hallenartigen Raums waren einige Büros abgetrennt, die Brooke später gut gebrauchen konnte. Der Rest bestand aus freier Fläche. Auf zwei Seiten würden die garagentorartigen Fenster viel Licht hereinlassen, sobald die vertikalen Jalousien entfernt waren. Und die Höhe des Gebäudes würde größere und massivere Konstruktionen ermöglichen, ohne dass es beengend wirkte.

Aufregung machte sich in Brooke breit. „Das ist geradezu perfekt."

„Das freut mich." Dem breiten Lächeln der Maklerin nach zu urteilen, witterte sie einen Verkauf. „Lassen Sie uns nach draußen gehen, damit Sie sich auch dort umsehen können. Das Grundstück ist etwas mehr als 4000 Quadratmeter groß."

Mrs. Carr blieb in der Nähe des Gebäudes stehen, während Brooke draußen herumwandelte. Ein Parkplatz war bereits angelegt. Nirgends musste man etwas abreißen. Das Grundstück bestand aus reiner Grünfläche und wäre damit bestens für das geeignet, was ihr vorschwebte. Nicht zum ersten Mal war sie froh über die Finanztipps, die Dec ihr vor geraumer Zeit gegeben hatte. Und noch glücklicher war sie darüber, dass sie auf ihn gehört hatte. Denn es bedeutete, dass sie ein nettes kleines Sümmchen auf der Bank hatte, das auf eine Gelegenheit wie diese gewartet hatte.

Auf dem Weg zurück zur Maklerin drückte sie sich selbst die Daumen. „Na, dann wollen wir mal in Verhandlung treten und über den Preis reden."

Schon kurz darauf fuhr Brooke voller Begeisterung in Tante Pippys VW zurück nach Sunshine Creek. Tausend Ideen schwirrten ihr durch den Kopf, und sie versuchte sich zu merken, was sie alles in den kommenden Tagen erledigen musste.

Aber jetzt hatte sie erst noch eine Verabredung.

Wenn Dec einmal etwas beschlossen hatte, verfolgte er sein Ziel unbeirrt. Worum es bei Brookes Termin und dem Telefonat wohl gegangen war, fragte er sich, als er im Haus wartete, bis sie im Wagen seiner Tante davongefahren war. Kurz überlegte er, ob er ihr folgen sollte, doch das hätte ausgesehen, als wäre er ein Stalker. Also hoffte er, dass sein Bruder ihm Näheres verraten konnte.

Er fand Ethan draußen auf der Terrasse, das Handy ans Ohr gepresst, das Gesicht in die Sonne gestreckt und die Füße auf dem Stuhl neben sich. Mit dem Glas Wein vor ihm auf dem Tisch schien sein Bruder die Gelassenheit in Person.

Dec hatte vor, das hier und jetzt zu ändern.

Drohend baute er sich hinter Ethan auf und wartete darauf, dass dieser sein Telefongespräch beendete. Normalerweise hätte er ihn unterbrochen, doch da anscheinend die sehr empfindliche Lili MacKay am anderen Ende der Leitung war, war Ethans Charme ausnahmsweise wichtig.

„Du könntest weiterhin im Salty Seagull bleiben", sagte Ethan gerade, „aber du kannst auch gern in einem unserer Cottages übernachten."

Schweigen.

„Nein. Das ist kein Scherz. Während wir auf das Ergebnis der Laboranalyse warten, könntest du uns ein bisschen kennenlernen. Solltest du wirklich zur Familie gehören, hast du dann immer noch die Wahl, die Flucht zu ergreifen." Ethan wischte eine Honigbiene von seinem T-Shirt. „Außerdem könnte ich dich schon mal warnen, welche meiner Brüder am schlimmsten sind."

Ethan lachte leise.

„Na gut. Ich ruf dich morgen wieder an. Und zum Abendessen solltest du zu Mr. Pickle Buns gehen. Bestell die mit Käse gefüllten Doritos. Ich verspreche dir, du wirst es nicht bereuen."

„Du hast sie eingeladen, hier zu übernachten?", fragte Dec, als Ethan das Gespräch beendet hatte.

„So können wir sie doch am besten im Auge behalten, oder? Außerdem würde das zeigen, dass sie wirklich interessiert ist, uns kennenzulernen. Jemand, der nur was vorspielt, würde vermutlich nicht bei uns übernachten."

„Du bist ein Genie." Dec setzte sich und war ehrlich beeindruckt von Ethan. Nicht dass sein Bruder blöd war, aber normalerweise war er nicht gerade als der große Problemlöser bekannt, es sei denn, es ging ums Feuerlöschen. „Warum ist mir das nicht eingefallen?"

„Weil du zu sehr mit Brooke beschäftigt bist, um überhaupt noch klar denken zu können. Keine Sorge, ich habe alles unter Kontrolle."

Dec hätte Ethan das Grinsen am liebsten mit einem Schlag aus dem Gesicht gewischt. „Apropos. Du wirst heute Abend nicht mit ihr ausgehen."

„Werde ich wohl."

„Nicht, wenn du morgen noch alle Gliedmaßen haben willst."

Ethan grinste erneut. „Willst du mir etwa drohen?"

„Ja."

„Weil du mal wieder einen Machtkampf gewinnen willst? Oder weil Brooke dir wirklich etwas bedeutet?"

„Weil Brooke mir wirklich etwas bedeutet."

„Nicht, weil sie eine Herausforderung darstellt, die du meinst, unter Kontrolle bringen zu müssen?"

„Sie ist eine Herausforderung, und das ist einer der Gründe, warum ich sie liebe. Scheiße, die Frau hat mich dazu gebracht, auf eine Bühne zu steigen und vor einem Haufen Betrunkener Karaoke zu singen. Wem zuliebe hätte ich sonst so einen Schwachsinn gemacht?"

Während sein Bruder mit den Schultern zuckte, fiel Dec auf einmal auf, was er gerade gesagt hatte. Die Wahrheit traf ihn wie ein Vorschlaghammer.

Er liebte sie.

Er war in Brooke verliebt.

Verdammt.

„Ich will sie nicht unter Kontrolle kriegen. Sie ist perfekt, wie sie ist", sagte Dec. „Ich war schon viel zu lange blind und ein Idiot. Es wird Zeit, erwachsen zu werden und mich um das eine – die eine – zu bemühen, ohne die ich nicht leben kann."

„Wurde verdammt noch mal auch Zeit." Ethan verschränkte die Arme und lehnte sich auf seinem Stuhl zurück. „Also, wie lautet der Plan?"

Brooke fühlte sich ein wenig overdressed, als sie sich fertig machte, um sich mit Ethan unten im Haupthaus zu treffen. Nicki war in die Rolle der kleinen Schwester geschlüpft und hatte darauf bestanden, ihr beim Schminken und Frisieren zu helfen. Anschließend hatte sie Brooke gedrängt, das kleine Schwarze anzuziehen, das Nicki sich zu ihrem neuen Paar Ariat-Cowboystiefel gekauft hatte. Doch obwohl sie beide die gleiche Kleider- und Schuhgröße hatten, waren Nickis Füße schmaler, sodass Brooke sich für das einzige Paar High Heels entschied, das sie dabeihatte. Als Nicki schließlich mit ihr fertig war, schaute Brooke in den Spiegel und war ganz zufrieden mit der Frau, die ihr da entgegensah.

Ihr Haar fiel in weichen, glänzenden Locken über die Schultern, und Nicki hatte sie so geschminkt, dass ihre Augen besonders betont wurden und sehr sexy aussahen. Rotes Lipgloss ließ ihre Lippen schimmern, silberne Reife glitzerten an ihren Ohren, und auf ihrem Gesicht spiegelte sich nichts von der Panik, die sie empfand.

„Dein Anblick wird ihn umhauen." Nicole nickte Brooke anerkennend zu.

„Und mit *ihn* meinst du …"

„Dec natürlich."

„Aber Dec wird gar nicht da sein."

Nicole zuckte mit den Schultern. „Wir werden sehen."

Es war nicht Brookes Ding, andere auszutricksen, aber Ethan fand, dass sein Bruder einen Schubs brauchte, damit ihm die Augen geöffnet wurden. Brooke war der Meinung, wenn Dec nicht von allein die Augen aufmachte, war es auch egal. Trotzdem hatte sie es nicht geschafft, Ethan das Date auszureden. Da ihr Magen leer war und schon brummte, war sie jetzt froh, schließlich eingewilligt zu haben.

Ethan wartete am Fuß der Treppe auf sie. Er trug ein hellblaues Oberhemd und eine graue Stoffhose. Sein Haar hatte er lässig frisiert. Und jeder anderen Frau hätte er den Atem geraubt.

Ethan grinste. „Absolut umwerfend."

„Bist du dir sicher, dass wir das durchziehen sollen?", fragte sie ihn, als er ihr seinen Arm bot und sie zu seinem SUV führte.

„Aber so was von sicher. Und glaub mir …" Er öffnete die Beifahrertür für sie und wartete, bis sie sich gesetzt hatte. „Das soll schon was heißen."

Eine halbe Stunde später standen sie im Fahrstuhl, der sie hinauf zum Restaurant im 30. Stock brachte. Oben ging Ethan zur Empfangsdame und nannte seinen Namen. Als sie zu ihrem Platz geleitet wurden, klingelte sein Handy. Er nahm es aus der Tasche, schaute aufs Display und entschuldigte sich, dass er den Anruf annehmen müsse. Er bat die Empfangsdame, Brooke zu ihrem Tisch zu geleiten, und erklärte, er würde gleich zurückkommen.

Mit einem freundlichen Lächeln führte die Empfangsdame Brooke zu einem abgeschiedenen Tisch am Fenster. Das Restaurant wirkte klassisch mit seinen vielen Holz- und Steinelementen. Eine Schieferwand mit einem plätschernden Wasserfall trennte ihren Tisch vom nächsten und vom restlichen Gastraum. Während die Empfangsdame die Speisekarten auf den Tisch legte, servierte ein Kellner bereits zwei Gläser mit Eiswasser. Brooke blickte hinaus auf die Stadt, deren Lichter in der klaren Nacht funkelten und sich im Wasser des Columbia Rivers spiegelten. Es war ein unglaublicher Ausblick. Trotzdem verspürte sie ein schlechtes Gewissen, weil sie das Gefühl hatte, eigentlich nicht hier sein zu sollen.

Nervös schob sie das in eine Serviette gewickelte Besteck zur Seite und holte tief Luft. Vielleicht war es das Beste, den Abend einfach zu genießen.

„Der Ausblick ist zwar wunderbar, aber du raubst mir regelrecht den Atem."

Brookes Herzschlag setzte eine Sekunde lang aus. Sie blickte auf. Der Mann, der sie anlächelte und sich ihr gegenübersetzte, war nicht der, mit dem sie hierhergefahren war.

„Was machst du denn hier?"

Declans dunkle Augen blitzten auf, als ein Kellner eine Flasche Private Reserve Cabernet vom Sunshine-Creek-Weingut sowie zwei Gläser brachte. Er schwieg, während er den Wein probierte und erst dann beide Gläser vollschenken ließ. Nachdem sie wieder allein waren, hob Dec sein Glas und forderte Brooke mit einem Nicken auf, dasselbe zu tun.

Er stieß mit ihr an. „Du hast doch wohl nicht geglaubt, dass ich meinem kleinen Bruder erlaube, dich zu einem romantischen Abendessen auszuführen?"

„Was interessiert es dich, mit wem ich ausgehe?" Sie nippte an dem Wein, der nach einem Hauch von Kirschen, Vanille und Mokka schmeckte. „Oder handelt es sich lediglich um Geschwisterrivalität?"

„Damit hat das überhaupt nichts zu tun.“ Er trank einen Schluck Wein und schaute sie über den Rand des Glases hinweg an. „Aber es hat sehr viel mit … dir zu tun.“

Brooke versuchte alles, um sich davon nicht beeindrucken zu lassen. „Woher kommt dieser Sinneswandel?“

„Das ist kein Sinneswandel“, antwortete er. „Man könnte es wohl eher Erwachen nennen.“

Brooke weigerte sich, sich irgendwelchen Hoffnungen hinzugeben. Sie hatte sich schon einmal aus dem Fenster gelehnt, und was hatte ihr das gebracht? Nichts als Ärger. Dec hatte zwar behauptet, er wolle sie zurückhaben. Doch obwohl sie viel Fantasie hatte, wusste sie nicht, was er damit meinte. Trotzdem, sie liebte ihn und wusste, sie würde ihm mehr Chancen einräumen, als er vermutlich verdiente.

„Ich werde dir das nicht leicht machen.“ Sie beugte sich vor und lächelte verführerisch. „Genau genommen werde ich dich jedem Test unterziehen, der mir einfällt, um zu prüfen, ob du es wirklich ernst meinst.“

„Stell mich auf die Probe. Fordere mich heraus.“ Er beugte sich ebenfalls vor, und sein Mund verzog sich zu einem sexy Lächeln. „Aber gib mir eine Chance. Ich lasse dich in mein Leben, Brooke, und ich bin bereit für alles, was du für mich in petto hast.“

Diese Äußerung und die Herausforderung, die damit einherging, löste ein Kribbeln in ihr aus, als würde er mit seiner heißen Zunge ihr Innerstes berühren.

„Für alles?“

Ehe er antworten konnte, kam der Kellner, um ihre Wünsche entgegenzunehmen. Dec richtete sich wieder auf und bestellte für sie beide. Diesmal keinen kurz gebratenen Thunfisch. Natürlich wusste er, was sie mochte, sie hatten schon bei vielen Geschäftsessen zusammen gesessen. Aber dass er das Kommando übernahm und diverse Vorspeisen bestellte, um sicherzugehen, dass sie alles bekam, was sie gern aß, fand sie auf unergründliche Weise erregend.

Er tat es nicht nur, um sie zu beeindrucken. Er wollte sie wissen lassen, dass er sie kannte, dass er an sie dachte und nicht nur geistesabwesend irgendetwas von einer Liste herunterratterte. Die Vorspeisen, die er bestellte, klangen, als wären sie voller Geschmack, aber leicht genug, um sie nicht gleich müde zu machen.

Was hatte er wohl nach dem Essen geplant?

„Ja, für alles“, sagte er und kehrte zu ihrer Unterhaltung zurück. „Und wenn du dich noch ein Stückchen weiter vorlehnst, wäre das sogar noch besser.“

Sie blickte an sich herab und stellte fest, dass ihre Körperhaltung ihm einen guten Einblick in ihr Dekolleté bot. Statt sich aufzurichten und das Kleid hochzuziehen, lehnte sie sich noch weiter vor. „So ungefähr?“

Ein sinnliches Lachen brach aus ihm heraus. „Genau so.“

Er griff über den Tisch und nahm ihre Hand. Mit federleichten Berührungen strich er über ihre Finger. „Es sieht aus, als hättest du schon eine bestimmte Herausforderung im Kopf.“

„Vielleicht.“ Um noch mehr Spannung aufzubauen, entzog sie ihm die Hand und nippte an ihrem Weinglas. „Vielleicht finde ich damit heraus, wie ernst es dir wirklich ist.“

„Du machst mir keine Angst.“

„Das werden wir ja sehen.“ Noch einmal trank sie einen Schluck und stellte das Glas dann wieder auf die weiße Tischdecke. „Bereit?“

„Für dich?“ Er lächelte. „Immer.“

Oh, er war wirklich gut im Flirten, wenn er es darauf anlegte.

„Na schön. Eins aber vorneweg: Egal, wie luxuriös du mich zum Essen ausführst, und egal, wie viele Komplimente du mir machst, ich werde nie wieder für dich arbeiten.“

„Das hast du klar und deutlich zum Ausdruck gebracht."

„Und du hast mich ernst genommen?"

Sein dunkles Haar glänzte im Licht der Deckenbeleuchtung, als er den Kopf leicht zur Seite neigte. „Das tue ich immer."

„Ich bin auf der Suche nach einem Partner", sagte sie.

„Was für einen Partner?"

„Bekommst du schon Angst?"

„Kein bisschen."

„Sieht so aus, als müsste ich es auf die harte Tour versuchen."

„Hart klingt gut."

Sie lachte leise. „Ich suche einen Partner fürs Leben. Jemanden, der in guten wie in schlechten Zeiten für mich da ist. Der mich liebt und der die Liebe meines Lebens ist. Einen Menschen, mit dem ich mir eine Zukunft aufbauen und eine Familie gründen kann. Der da ist, wenn ich ihn brauche, meine Zeit nicht mit Spielchen vergeudet und Versprechungen macht, die er gar nicht halten will. Jemanden, der sich mir ganz öffnet, so wie ich mich ihm öffnen würde."

„Das ist eine lange Liste."

„Listen sind mein Ding."

„Das weiß ich."

„Also, lass mich dir eine Frage stellen, Dec …" Es gab nur einen Weg, herauszufinden, wo sie standen. „Könntest du der sein, nach dem ich suche?"

Sie nahm einen kleinen Schluck Wein und sah ihn direkt an. Würde er einen Rückzieher machen oder aufstehen und die Flucht ergreifen?

Dec schwieg.

Enttäuscht schüttelte sie den Kopf. „Dachte ich's mir doch." Sie trank ihr Glas leer und griff nach der Weinflasche.

„Moment mal. Schreib mich nicht so schnell ab." Er streckte die Hand aus und nahm ihr die Flasche ab. „Ich bin voll dabei."

„Voll dabei?“ Sie schnaubte ungläubig. „Warum dann das Zögern? Und warum siehst du aus, als hätte dich gerade ein Geist aus einem Spukschloss vertrieben?“

„Willst du die Wahrheit hören?“ Er zuckte mit den breiten Schultern, die heute unter einem grauen Anzug versteckt waren. „Weil ich über all das nie nachgedacht habe. Ich war noch nie länger als ein paar Monate mit einer Frau zusammen. Ich habe nie an Ehe oder Kinder gedacht, nie daran, mit jemandem alt werden zu wollen. Das ist eine völlig neue Vorstellung für mich.“

„Warum bist du dann hier?“

„Brooke, ich habe nachgedacht. Ich wünsche mir all diese Dinge mit dir. Nur mit dir.“

Noch vor Kurzem hätte sie sich nichts Schöneres vorstellen können, als diese Worte von ihm zu hören. Aber er hatte noch nichts von Liebe gesagt. Brooke wusste, man konnte niemanden zwingen, einen anderen zu lieben. Man liebte oder man liebte nicht. Und auch wenn Dec sich sicher etwas aus ihr machte, glaubte sie nicht, dass er sie so liebte, dass er den Rest seines Lebens mit ihr verbringen wollte.

Um nicht zusammenzubrechen und zu heulen, entschied sie sich, die Unterhaltung in eine andere Richtung zu lenken.

„Es ist nett, dass du das sagst.“

Er kniff die Augen zusammen. „Nett?“

Sie nickte.

„Ich wollte nicht nett klingen. Ich habe es gesagt, weil ich es meine.“

„Okay, aber das war noch nicht alles. Ich bin auch auf der Suche nach einem Geschäftspartner. Das kann ein stiller oder auch ein aktiver Teilhaber sein. Du bekommst als Erster die Gelegenheit, in das Geschäft einzusteigen.“

„Dein Themawechsel bringt mich nicht dazu, die andere

Sache zu vergessen." Ein Muskel zuckte in seinem Kiefer. „Ich war mit dem ersten Teil der Unterhaltung noch nicht fertig."

„Nennen wir es einfach einen cleveren Umweg."

„An was für eine Art von Geschäft hast du gedacht?", fragte er.

„Bist du interessiert?", drängte sie ihn und bemerkte, dass er wieder leicht zögerte. Sie wusste, dass sie ihn aus seiner Komfortzone stieß. Er war durch und durch ein Zahlenmensch. Niemals würde er einer Sache zustimmen, die er nicht von Grund auf geprüft hatte. Außerdem würde er ihr vermutlich erzählen, sie sei verrückt und habe keine Ahnung, wie man ein derartiges Geschäft betrieb. Aber sie hatte Ahnung. Sie hatte ihre Hausaufgaben erledigt. Und was sie noch nicht wusste, würde sie lernen.

„Brooke? Im Augenblick bin ich sehr interessiert." Er sah ihr in die Augen. Dann beugte er sich vor und sprach mit gesenkter Stimme weiter. „Ich bin daran interessiert, dir dieses kleine schwarze Kleid über den Kopf zu streifen, um zu schauen, was du darunter trägst. Ich bin daran interessiert, mit meiner Zunge über deinen Hals zu streichen, bis ich zu diesen verführerischen Brüsten gelange, mit denen du mich die ganze Zeit in den Wahnsinn treibst. Und ich bin daran interessiert, deinen Körper mit meinen Händen und meinem Mund zu verehren. Ich kenne alle deine erogenen Zonen, und ich bin daran interessiert, jede einzelne davon in Flammen zu setzen. Und danach möchte ich dich in den Armen halten und niemals wieder gehen lassen."

Das Bedürfnis, sich mit der Serviette Luft zuzufächeln, war fast so stark wie der Drang zum Luftholen. Aber wenn sie das tat, zeigte sie Schwäche, und Dec würde sofort zum Angriff übergehen.

Er würde Nein sagen zu ihrem Vorschlag. Und dann würde sie wissen, dass seine Ernsthaftigkeit sich nur auf ihren Körper bezog. Sie brauchte nicht unbedingt einen Geschäftspartner, aber sie wollte wissen, wo er stand.

„Versuchst du, abzulenken?“, fragte sie. Denn fast hätte es funktioniert.

„Natürlich nicht.“ Er griff wieder nach ihrer Hand. „Ich lasse dich nur wissen, dass ich interessiert bin … an allem, was du zu bieten hast. Vorher möchte ich aber, dass du etwas über mich erfährst, was meine Eltern mit ins Grab genommen haben.“

Er klang so ernst und sah so nervös aus, dass sie ebenfalls nervös wurde.

„Es hat eine Weile gedauert, bis ich es herausgefunden habe“, erklärte er. „Bis ich verstanden habe, warum ich so … ein Einzelgänger war. Warum ich mich immer nur auf eine Sache konzentrieren konnte.“

„Was denn?“

„Als Kind hatte ich Probleme in der Schule. Meine Noten waren schlecht, und ich habe mich häufig rumgeprügelt, wenn sich andere über mich lustig gemacht haben. Ich besaß überhaupt kein Selbstvertrauen. Alle befürchteten, dass ich irgendwann total ausflippen und im Gefängnis landen würde oder so. Nachdem man mir eingeredet hatte, ich hätte ADHS, und mir Pillen geben wollte, damit ich ruhiger wurde, schlug ein Lehrer meinen Eltern schließlich vor, mich professionell testen zu lassen. Wie sich herausstellte, bin ich Legastheniker.“

„Das muss hart für dich gewesen sein.“

„Zu erfahren, dass ich eine Lese-Rechtschreib-Schwäche habe?“ Er schüttelte den Kopf. „Das waren die besten Neuigkeiten seit Langem. Endlich begriff ich, warum ich mit Buchstaben und Zahlen so wenig anfangen konnte. Trotzdem war es mir natürlich peinlich, dass ich nicht so war wie meine Brüder. Ich wollte so sein wie sie. Ich wollte meine Hausaufgaben auch so schnell fertig haben wie sie, damit ich rauslaufen und spielen konnte. Aber ich brauchte einfach viel länger, sodass ich mich ziemlich zurückzog."

„Du hast dich selbst beschützt."

„So könnte man es nennen. Ich habe mir damals geschworen, mich davon nicht runterziehen zu lassen. Habe mir geschworen, trotzdem erfolgreich zu sein. Ich wollte der Beste werden, in dem, was ich tat, auch wenn ich eigentlich einfach nur so locker drauf sein wollte wie meine Brüder."

„Oh, Dec." Der Druck auf ihrer Brust ließ ihr das Herz schwer werden.

„Irgendwie ist es dabei geblieben, dass ich mich immer nur auf eine Sache fokussierte. Ich habe vergessen, mich auch mal umzuschauen, um zu sehen, was das Leben sonst noch so zu bieten hat. Mit der Schwäche habe ich noch immer zu kämpfen, wenn ich müde bin. Aber jetzt sind meine Augen geöffnet, Brooke. Und alles, was ich sehe, bist du."

Es war keine Liebeserklärung. Es war etwas Besseres. Denn er öffnete sich ihr auf eine Weise, wie sie es noch nie bei ihm erlebt hatte. Und sie wusste, dass das, was er gesagt hatte, von Herzen kam.

„Ich werde niemals vollkommen sein", meinte er. „Ich werde immer kämpfen müssen, wenn ich zu viel auf dem Zettel habe. Aber wenn du einen Partner möchtest, bin ich dein Mann."

Das war der Moment, als Brooke endgültig dahinschmolz und ihr Herz regelrecht überlief.

Sie unterbrachen ihr Gespräch, als der Kellner die Vorspeisen brachte. Während des gesamten Essens und auch beim Nachtisch – Käsekuchen und Crème brûlée – wollte Brooke mehr über Decs Vergangenheit wissen. Er war offener und ehrlicher zu ihr als je zu einem anderen Menschen.

Aber sie hatte den Gesprächsfaden nicht wieder aufgenommen, den sie angerissen hatte, ehe er von seiner Lese-Recht-schreib-Schwäche erzählt hatte.

Er glaubte nicht, dass sie ihn deswegen weniger achtete, aber ihr Schweigen ließ ihn doch überlegen, ob es klug gewesen war, ihr seine Achillesferse zu offenbaren.

Als sie auf dem Weg zurück nach Sunshine die North Steel Bridge überquerten, fragte Dec: „Wohin würdest du jetzt gern fahren?" Die Laternen auf der Brücke erleuchteten den Wagen, während sie über die Brückensegmente ratterten. „Wir müssen noch nicht nach Hause, wenn du gern noch etwas anderes unternehmen möchtest."

Sie hob ihre hübschen Augenbrauen. „Wie gut bist du im Befolgen von Anweisungen? Und nein, das war jetzt kein Seitenhieb auf deine Legasthenie."

„Du solltest am besten wissen, wie gut ich darin bin. Schließlich erteilst du mir täglich Anweisungen."

„Jetzt nicht mehr."

Die Erinnerung, dass sie nicht mehr seine rechte Hand sein würde, traf ihn wie ein Stein. „Stimmt. Also, was schwebt dir vor? Ein Spaziergang im Park? Eine Bootsfahrt?"

„Lass uns vorerst beim Geschäftlichen bleiben."

Während sie ihn zu einer Adresse in Sunshine dirigierte, spürte er, wie enttäuscht er von ihrer Antwort war. Vielleicht hatte er sie genau damit die ganze Zeit genervt. Nur Arbeit. Kein Vergnügen.

Brooke gehörte nicht zu den Frauen, die nur Arbeit im Kopf hatten. Sie war unkonventionell und unterhaltsam. Eine Frau, die eine Löffel-Liste schrieb mit Sachen, die Leute unter 30 normalerweise albern fanden. Aber er verstand, warum sie es tat. Und er verstand auch, dass er es gewesen war, der ihr das Strahlen geraubt hatte.

Jetzt würde er es ihr zurückgeben.

Egal, was er dafür tun musste oder wie lange es dauerte.

Und er würde ihr beweisen, dass seine Gefühle für sie echt waren.

Egal, was er dafür tun musste oder wie lange es dauerte.

Die restliche Fahrt über schaute sie aus dem Fenster. Doch sobald sie nach Sunshine kamen, begann sie, nervös mit dem Fuß zu wippen. Zwei Blocks von der Main Street entfernt wies sie ihn an, den Wagen am Kantstein zu parken. Dann stieg sie aus und schaute zu einem dunklen, leeren Gebäude hinter einem Maschendrahtzaun.

Als er zu ihr trat, legte er ihr seinen Mantel über die nackten Schultern, um sie vor der Kühle der Nacht zu schützen. „Was gibt es denn hier zu sehen?"

„Meine Zukunft." Sie ging zum Zaun und schloss die Finger um das Geflecht. „Ich sehe einen Ort, wo Familien hingehen können, um Spaß zu haben. Einen Ort, wo Teenager Zeit verbringen, statt aus Langeweile Dummheiten zu machen. Ich sehe einen Ort, auf den ich stolz sein kann, und eine Chance für mich, Mitglied einer Gemeinschaft zu werden. Ich sehe einen Ort, wohin ich … gehöre."

„All das siehst du in einem Betonklotz und Brachland?"

Sie nickte. „Jetzt bin ich dran mit den Geständnissen."

Sie drehte sich zu ihm herum, und was er in ihren Augen entdeckte, war etwas völlig Neues.

Scham.

Dieser Abend entwickelte sich ganz anders, als er sich das vorgestellt hatte.

„In der Sekte durfte ich nichts anderes lesen als die Bibel. Ich durfte nicht fernsehen, nie ins Kino. Ich durfte nicht nach draußen laufen und spielen oder meiner Fantasie freien Lauf lassen wie andere Kinder. Ich wurde gezwungen, zu lernen und zu dienen. Und das war's."

Sie holte tief Luft.

„Nachdem ich geflüchtet war, musste ich erst einmal lernen, wie man Spaß hat. Ich hatte keine Ahnung, wie man sich Spiele ausdenkt oder sich für ein Brettspiel an den Tisch setzt. Ich wusste nicht, wie es ist, mit einer Schaukel gen Himmel zu schwingen oder auf einen Baum zu klettern und so zu tun, als sei man ein Affe. Deshalb dränge ich dich ständig, eine Löffel-Liste aufzustellen. Deshalb versuche ich, dich aus deiner Komfortzone zu schubsen. Denn ich möchte, dass du all die Dinge, vor denen du dich selbst versteckst, siehst und fühlst. Mir wurde so vieles vorenthalten, du aber engst dich höchstpersönlich ein. Ich möchte, dass du das bestmögliche Leben genießt." Sie berührte seinen Jackenärmel. „Mit mir oder ohne mich."

Es war Liebe, die sich pur und unverfälscht in ihren dunklen Augen und dem wunderschönen Lächeln spiegelte.

Dec hatte noch nie einen Menschen getroffen, der weniger egoistisch war als Brooke. Sie liebte ihn. Wenn er sie gehen ließe, würde er niemals die Gelegenheit bekommen, die Freude an all den wilden und verrückten Sachen, die sie noch machen wollte, mit ihr zu teilen.

Sie wandte ihre Aufmerksamkeit wieder dem Betongebäude zu. „Ich sehe hier strahlend helle Neonlichter. Ich höre das Geräusch von plätscherndem Wasser, Musik und Gelächter. Ich rieche Popcorn und Pizza."

„Nur beim Anblick eines Betonklotzes?"

„Für mich ist es mehr als ein Betonklotz. Ich möchte ein Freizeitcenter für Familien errichten, mit Bowlingbahnen, Minigolf, Spielautomaten und einer Snackbar, wo es alles gibt, vom Würstchen im Teigmantel bis zu Zwiebelringen. Ich möchte, dass andere den Spaß haben, der mir verwehrt wurde."

Einen Moment lang herrschte Stille, während er das Gebäude betrachtete.

„Siehst du es auch, Dec?“ Ihre Augen blitzten vor Freude auf. „Siehst du meinen Traum vor dir?“

„Natürlich.“ Er nahm ihr strahlendes Gesicht zwischen die Hände und presste seine Lippen auf ihre. „Und wenn jemand diesen Traum verwirklichen kann, dann bist du es.“

17. Kapitel

Es regnete leicht, als Brooke von Dec vor dem Eingang des Haupthauses abgesetzt wurde. Ihre Beziehung hatte eine wunderbare dramatische Wendung genommen, aber Brooke war nicht bereit, wieder in alte Verhaltensmuster zurückzufallen. Sie beide konnten ein bisschen Zeit zum Nachdenken gut gebrauchen, ehe sie den nächsten Schritt machten. Daher hatte sie beschlossen, im Haupthaus zu schlafen, statt mit ihm ins Cottage zu fahren.

Mit verträumtem Blick ging sie ins Haus und erschrak fast zu Tode, als sie feststellte, dass im Wohnzimmer eine Renovierungsparty im Gang war. Tante Pippy hatte beige Farbe in ihrem leuchtend roten Haar, und die Abdeckfolie war mit Pfotenabdrücken bedeckt. Ein paar Teenager-Mädchen liefen mit Farbklecksen auf den T-Shirts herum, andere hatten Farbe im Gesicht.

„Hallo!“ Nicki stieg von der Leiter, um Brooke zu umarmen. „Das ist Brooke“, sagte sie zu den anderen, die gerade eine Runde Twister spielten. „Sie ist die, auf die mein Bruder Dec scharf ist.“

Ach herrje.

„Ich weiß ja nicht …“

„Brooke! Endlich! Ich bin schon fast gestorben vor Neugier!“ Eine attraktive Frau mit Pferdeschwanz und dunkel gerahmter Brille streckte ihr die Hand entgegen. „Ich bin Lucy.“

„In dem Fall, finde ich, ist eine Umarmung angebracht“, meinte Brooke, und Lucy ließ sich lachend in die Arme schließen. „Ich freue mich, die Schöne zu treffen, die das Biest gezähmt hat."

„Danke." Lucy strahlte sie an. „Es war keine leichte Aufgabe, aber es hat sich gelohnt. Wie ich hörte, sitzen wir im selben Boot."

„Ich tu mein Bestes."

Lucy tätschelte ihr mitfühlend die Schulter. „Die Kincade-Männer machen es einem nicht gerade leicht, was?"

„Das stimmt."

„Gib bloß nicht auf." Lucy bückte sich, um ihren Pinsel in die Farbe zu tauchen. „Das ist das Wichtigste. Ich verspreche dir, die Mühe lohnt sich letztlich."

„Danke." Brooke grinste sie an. Sie konnte sich vorstellen, dass sie schnell Freundinnen werden könnten. „Ich versuche, dran zu denken, wenn Verstand und Herz sich mal wieder in die Wolle kriegen."

„Wir sind übrigens am Renovieren", erklärte Nicole, ehe sie Brooke ihren Freundinnen vorstellte. Moochie leckte das Kinn einer dunkelhaarigen jungen Frau mit farbbespritztem Shirt ab.

„Wenn wir mit dem Streichen fertig sind, machen wir eine Pyjama-Party und gucken die ganze Nacht lang schnulzige Filme", verkündete Nicki. „Willst du dich zu uns gesellen?"

Wie sollte sie da Nein sagen? Die Alternative, nach oben und allein ins Bett zu gehen, nur um dann pausenlos an Dec denken zu müssen, war nicht sonderlich verlockend.

„Gern. Lass mich nur schnell nach oben gehen, damit ich mich umziehen kann."

„Wie ist dein Date gelaufen?", flüsterte Nicole.

„Ich wurde ausgetrickst. Dec ist aufgetaucht. Wusstest du davon?"

„Moi?"

„Die Hand auf deiner Brust und die flatternden Augenlider lassen dich nicht weniger schuldig aussehen."

„Hey, du weißt, ich bin im Team Brooke. Aber natürlich auch ein bisschen im Team Dec." Nicole drückte sie noch einmal kurz. „Los, geh dich umziehen, aber komm wieder runter."

„Ich verspreche es." Sie zwickte Nicole in die Nase. „Du kleine Verräterin." Es war schwierig, böse auf das Mädchen zu sein, nachdem sich der Abend so wunderbar entwickelt hatte.

Kaum hatte sie die Schlafzimmertür hinter sich geschlossen und war aus den Schuhen geschlüpft, klingelte ihr Handy.

Es war Decs Nummer, die auf dem Display aufleuchtete, ehe sie den Anruf annahm. „Vermisst du mich schon?"

„Ja." Seine tiefe, sinnliche Stimme ließ sie wohlig erschaudern. „Was hast du an?"

Sie lachte. „Das Gleiche wie eben gerade, als du mich vor dem Haus abgesetzt hast, mit Ausnahme der Schuhe."

„Das ist nicht das, was ich hören wollte."

„Ach ja?" Sie liebte seinen spielerischen Tonfall. „Was hätte ich denn sagen sollen?"

„Dass du außer Spitzenhöschen und High Heels nichts weiter an deinem herrlichen Körper trägst und dass du an mich gedacht hast und kurz davor warst, zur Sache zu kommen."

Sie prustete los. „Tatsächlich? Und was, wenn ich fragen darf, hast du an?"

Es folgte eine kurze Stille, und ihre Neugier war geweckt.

„Socken."

„Nur Socken?"

„Nein. Jetzt habe ich gar nichts mehr an."

„Ernsthaft?" Sie hatte ihn nackt gesehen, und es war ein herrlicher Anblick gewesen. Dieser große, schlanke Körper und all diese durchtrainierten Muskeln. Mmmmh.

„Möchtest du es überprüfen?"

„Was ist, wenn ich Ja sage?"

„Dann würde ich sagen, beeile dich."

Sie mochte dieses spielerische Geplänkel und fand es schade, dass sie es beenden musste.

„Nein, ich muss mir jetzt leider meinen Schlafanzug anziehen und nach unten zur Pyjamaparty mit Nicole und ihren Freundinnen gehen. Wir wollen schnulzige Filme anschauen."

„Liebling, wenn du auf der Suche nach Romantik bist, kann ich dir mehr bieten als Filme."

„Ehrlich?"

„Auf jeden Fall. Aber lass mich fürs Erste schnell noch sagen, dass ich voll und ganz hinter dir und deinem Traum stehe. Du inspirierst mich. Und ich bewundere dich für den Mut, einen öden Job zu kündigen, um dich zu verwirklichen."

„Ich fand meinen Job bei dir nie öde. Genau genommen hast du mir beigebracht, immer auf Trab zu bleiben."

„Noch ein Grund mehr für dich, mich zu küssen."

„Wie soll ich denn jetzt nach unten gehen und romantische Filme anschauen, wenn ich *das* im Kopf habe?"

„Dir wird schon was einfallen." Er seufzte. „Und ich gehe jetzt ins Bett, denke an dich und …"

„Und?" Wieso schossen ihr auf einmal alle möglichen unanständigen Gedanken durch den Kopf?

„Und überlege mir, wo genau ich in deinem tollen Traum einen Platz finden kann."

Bereits vor dem Morgengrauen gab Dec es auf, noch Schlaf zu finden. Die ganze Nacht über waren ihm Dinge im Kopf herumgespukt, die er nicht mehr unter Kontrolle hatte, dazu all das, was er versaut hatte. Beides waren ziemlich lange Listen, was ihm einmal mehr klarmachte, dass es definitiv an der Zeit für Veränderungen war.

Er stieß die Decke zur Seite und marschierte in seiner grauen Lieblingsjogginghose zum Fenster – es war das einzige Kleidungsstück, das Anzeichen von Abnutzung zeigte. Alle anderen Sachen in seinem Kleiderschrank und in den Schubladen waren perfekt gestärkt und gebügelt, ordentlich gefaltet und nach Farben sortiert. Okay, nicht von ihm, aber das machte ihn nicht weniger pedantisch. Und es war entsetzlich öde.

Ein Blick aus dem Fenster sagte ihm, dass die Dämmerung hinter den Bergen noch auf sich warten ließ und dass leichter Regen die Erde aufgeweicht hatte. Er ging in die Küche und wollte sich gerade Kaffee machen, als er feststellte, dass er schon hellwach war. Er brauchte kein Koffein. Was er brauchte, war Brooke.

Gestern Abend war es ohne sie und Moochie viel zu ruhig im Haus gewesen. Sein Bett war kalt gewesen. Seine Arme und sein Herz hatten sich leer angefühlt. Er hatte ihr gesagt, dass er überlegen müsste, wie er in ihre Zukunft hineinpassen könnte, und das hatte er ernst gemeint. Und während die Stunden verstrichen waren, hatte er sein Leben einer gründlichen Prüfung unterzogen.

Seine Tage bestanden aus reiner Routine, die nur dann unterbrochen wurde, wenn Brooke in sein Büro kam und ihre Grübchen zeigte. Seine Abende bestanden aus einer Reihe von unbedeutenden Plaudereien mit Frauen, die er schätzte, die ihm jedoch letztlich egal waren.

Er wollte mit jemandem zusammen sein, der ihm nicht egal war.

Er wollte eine Frau, die ihm etwas bedeutete. Auf seinem Grabstein sollte nicht stehen: *Er hat seinen Klienten zu viel Geld verholfen*. Brooke hauchte allem, was sie tat, Leben ein. Irgendwie war es ihr gelungen, sich aus der Hölle zu befreien, in der sie als Kind gelebt hatte, und einen Weg zu finden, frei und unbeschwert zu sein. Ohne sie kam ihm alles bedeutungslos vor.

Statt sich also einen Adrenalinschub mithilfe von Koffein zu verpassen, entschied er sich, laufen zu gehen. Wenn er Sport trieb, ging es ihm immer besser. Nicht so gut, als wenn er mit Brooke schlief, aber eine Runde Laufen würde ihm zumindest den Kopf durchpusten und ihm ein bisschen mehr Klarheit über seine Zukunft verschaffen.

Kaum war er auf dem Weg durch die Weinstöcke, versanken seine Schuhe im Matsch. Laufen war vielleicht bei diesem Wetter doch keine so gute Idee. Der Sprühregen war stärker geworden, und ein gebrochenes Bein konnte er sich jetzt beim besten Willen nicht leisten. Besser, er ging einfach spazieren.

Obwohl ihm klar war, dass es nicht wirklich etwas nützen würde, zog er seine Kapuze über den Kopf. Die Morgendämmerung war gerade angebrochen, und zwischen den Wolken blitzte es rosa und golden auf. Trotz des schwachen Lichts konnte er erkennen, dass die Weinreben kurz vor der vollen Blüte standen. Die Luft roch süß und erdig. Und als er beim Grauburgunder um eine Kurve bog, entdeckte er Brooke in der Ferne.

Sie trug das Blümchenkleid, das sie an dem Abend angehabt hatte, als er sie das erste Mal geliebt hatte, und tanzte zusammen mit ihrem kleinen Hund im Regen. Der Stoff klebte ihr wie eine zweite Haut am Körper. Als sie das Gesicht zum Himmel hob, die Arme ausstreckte und sich im Kreis drehte, hüpfte Moochie um sie herum und bellte.

Brookes Lachen traf Dec mitten ins Herz und brachte ihn dazu, ebenfalls zu lächeln. Das Bedürfnis, sie in den Armen zu halten, wurde so übermächtig, dass er seine Schritte beschleunigte und auf sie zulief.

Er packte sie von hinten und schloss sie in die Arme. Überrascht quiekte sie, bis sie erkannte, dass er es war. Dann lachte sie auf.

„Was treibst du denn hier?“

Er umschloss ihr Gesicht mit den Händen. „Ich sehe zu, wie die schönste Frau auf Erden elfengleich durch magische Weinhänge tanzt.“ Er senkte den Kopf und gab ihr einen Kuss. Während der Regen auf sie niederprasselte, schlang sie die Arme um seinen Hals, stellte sich auf die Spitzen ihrer roten Gummistiefel und drängte sich an ihn.

Die Luft war kühl, aber Dec zitterte aus einem ganz anderen Grund, als Brooke sich ihm hingab und seinen Kuss beantwortete, seine Zunge mit ihrer Zunge umspielte und leise seufzte.

Oh Gott, er könnte diese Frau den ganzen Tag lang küssen.

Die ganze Nacht.

Er löste sich von ihr, strich mit den Daumen über ihre Wangen und schaute ihr tief in die Augen. „Zeig es mir.“ Seine Stimme war rau vor Verlangen.

Verwirrt sah sie ihn an. „Was soll ich dir zeigen?“

„Wie man im Regen tanzt. Wie man Leben und Arbeit trennt. Wie ich der Mann sein kann, nachdem du verlangst, den du brauchst.“

„Oh, Dec.“

„Als du letztens gegangen bist, hast du gesagt, du seist perfekt für mich. Du hattest recht.“ Er presste seine Lippen auf ihre kühle, feuchte Stirn. „Bitte zeig mir, wie ich perfekt für dich sein kann.“

Tränen glitzerten in ihren hübschen schokoladenbraunen Augen.

„Du brauchst dich für mich nicht zu ändern.“

„Ich weiß.“ Zärtlich küsste er ihr die Regentropfen von den Lippen. „Ich will mich aber ändern. Für uns.“

18. Kapitel

Die meisten Frauen warten ihr ganzes Leben darauf, von dem Mann, den sie lieben, die drei berühmten kleinen Worte zu hören. Brookes Herz pochte vor Glück, als sie dieses eine hörte.

Uns

„Weißt du, was auf meiner Löffel-Liste steht?" Regen tropfte aus Decs Haar, als er seine Stirn an ihre legte.

„Eine Schlammschlacht?"

Er lachte. „Nein."

„Was denn?"

„Das hier." Er hob sie hoch und trug sie über die durchweichte Erde. Moochie schüttelte sich, dass die Regentropfen in alle Richtungen spritzten, und trottete hinter ihnen her.

„Und was genau wird *das*?" Brooke lachte, weil seine Schuhe bei jedem Schritt ein schmatzendes Geräusch von sich gaben.

„Ich entführe dich, damit ich dich den ganzen Tag lang lieben kann, während der Regen aufs Dach prasselt."

„Den ganzen Tag?" Oh, das war eine äußerst vielversprechende Aussicht.

Er küsste sie auf den Mund. „Und noch ein bisschen länger."

„Was ist mit Essen?", neckte sie ihn. „Wenn wir uns den ganzen Tag lieben wollen, brauchen wir eine Stärkung."

„Du kannst haben, was du willst, solange du nackt und in meinen Armen bleibst."

„Das könnte chaotisch werden." Sie schlang die Arme fester um seinen Nacken.

„Es wird chaotisch werden."

„Cool. Das hört sich nach einem vielversprechenden Anfang an, Mr. Kincade."

„Ich habe vor, es zu einem guten Ende zu bringen."

Als sie am Cottage seines Großvaters ankamen, schlüpfte er aus seinen matschigen Schuhen, öffnete die Tür und trug Brooke über die Schwelle.

Nachdem Moochie sich noch einmal geschüttelt hatte und Dec die Tür hinter ihnen schließen konnte, stellte Dec Brooke wieder auf die Füße. Stürmisch drängte er sie gegen die Tür, beugte sich zu ihr und küsste sie so ausgiebig, bis sie außer Atem war. Unter der Sporthose spürte sie seine Erektion, die hart und imposant war. Gierig ließ er die Hände über den nassen Stoff ihres Kleides wandern. Sie berührten sich, neckten und streichelten sich. Schließlich löste er den Mund von ihren Lippen und verteilte eine Spur heißer Küsse auf ihrem Hals.

Geschmeidig schob er die Finger unter ihr Kleid und zog es ihr über den Kopf. Es landete klatschend auf dem Boden. Dec vergeudete keine Zeit, sondern presste sofort seine Hände auf ihren Körper und rieb sich an ihr. Seine Berührungen machten sie heiß. Als er mit den Lippen einen ihrer Nippel umschloss und ihn in seinen Mund zog, wo es warm und feucht war, hatte sie das Gefühl, einen Stromschlag zu erhalten, der direkt bis hinunter zwischen ihre Beine schoss.

„Der Tag beginnt erst in diesem Moment." Mit den Zähnen zupfte er sanft an ihrem aufgerichteten Nippel, während er gleichzeitig seine Hose über die Hüften schob. „Ich will endlich in dir sein."

„Oh ja." Selbst in ihren eigenen Ohren klang ihre Stimme erstickt. „Nimm mich hier. Jetzt sofort."

Mit seinen großen Händen packte er ihren Po und hob sie hoch. „Schling die Beine um mich."

Ohne zu zögern verschränkte sie die Beine mitsamt ihren roten Gummistiefeln hinter seinem Rücken. Mit einem einzigen, unglaublich intensiven Stoß drang er in ihre feuchte Hitze ein, sodass sie beide vor Wonne aufstöhnten.

„Oh Gott." Er atmete auf und ließ seine Stirn gegen ihre sinken. „Ich möchte wirklich, dass das den ganzen Tag dauert."

„Ich auch." Er bewegte sich in ihr, als wüsste sein Körper genau, wo er sie berühren musste.

„Aber das wird es dieses Mal nicht." Er küsste sie. „Ich will dich einfach zu sehr."

Seine steten Stöße und leidenschaftlichen Küsse gaben den Rhythmus vor, und es schien, als könnten sie beide nicht genug voneinander bekommen. Als stünde der Weltuntergang bevor und als bliebe ihnen nur noch wenig Zeit, um sich zu lieben. Er raunte ihr unanständige Dinge ins Ohr, und sie flüsterte zurück.

„Schling die Arme um mich." Atemlos umschloss er ihren Hintern noch fester. „Ich brauche mehr." Noch immer tief in ihr vergraben, während sie Arme und Beine fest um ihn geschlungen hielt, trug er sie ins Schlafzimmer. Auf wundersame Weise gelang es ihm, sie in die Horizontale zu bringen, ohne sich von ihr zu lösen. Nachdem er noch ein paarmal langsam tief in sie eingedrungen war, kam er hoch und rutschte tiefer, um seinen Mund zwischen ihre Beine zu pressen.

Die köstlichen Dinge, die er mit seiner Zunge anrichtete, sandten Schockwellen durch ihr Nervensystem, und das Kribbeln, das in ihren Zehen begann, zog langsam aufwärts.

„Dec? Bitte, komm wieder her. Ich will dich in mir spüren. Jetzt!"

Er folgte ihrer Bitte, drang in sie ein und füllte sie vollständig aus. Das Kribbeln entwickelte sich zu dem heißesten, überwältigendsten Orgasmus, den sie je erlebt hatte. Sie wusste, dass Gott nicht wirklich etwas damit zu tun hatte, aber sie konnte nicht aufhören, ihn wieder und wieder zu preisen.

Decs kräftiger Körper erstarrte, und dann drang ein tiefes, zufriedenes Stöhnen aus seiner Kehle. Ihre Herzen schlugen wie wild, getrennt nur durch Haut und Knochen. Noch einige Male zuckten seine Hüften, bis auch sein Orgasmus abebbte.

Und dann mussten sie beide lachen. Denn diese unglaubliche Kraft der Erlösung, die sie eben gefunden hatten, kam ihnen vor, als hätten sie ein Feuerwerk entzündet und würden nackt unter den glühenden Funken tanzen.

Dec rollte sich auf den Rücken und zog Brooke mit sich. Er schlang die Arme um sie und hielt sie fest an sich gepresst. Und das Einzige, was sie noch denken konnte, war, dass dies der Platz war, an dem sie für immer bleiben wollte.

Sex sollte eigentlich immer befriedigend sein. Andernfalls machte man entweder etwas falsch oder verschwendete seine Zeit. Aber Dec wusste, dass er die Art von Befriedigung, die sich gerade in seinem Herzen ausbreitete, noch nie erlebt hatte. Plötzlich verspürte er den Drang zu beschützen, zu gefallen, zu bewundern, für immer mit dieser Frau zusammen zu sein und sie nie wieder gehen zu lassen.

Er legte eine Hand auf Brookes Hinterkopf und zog ihr Gesicht zu sich, damit er sie küssen konnte. „Habe ich dich schon überzeugt?“

„Dein Körper ja.“ Sie lachte verschmitzt. „Beim Rest von dir bin ich mir noch nicht so sicher.“

„Hm, ich nehme an, dann muss ich wohl beweisen, dass ich Frühstück machen kann.“

„Vergiss das Frühstück. Beweis mir lieber, dass du deine Laufschuhe nicht mehr anhast.“

„Meine Füße sind nackt.“ Er wackelte mit den Zehen und streifte ihre Beine.

„Du weißt, was ich meine.“

Er rollte sich auf die Seite und zog Brooke mit dem Rücken an sich, ehe er sie beide mit der Tagesdecke zudeckte. Er war sonst nicht so der Typ zum Kuscheln, aber bei Brooke könnte er durchaus dazu werden.

„Ich laufe nirgendwohin. Ich bleibe hier …" Er presste einen Kuss auf ihre nackte Schulter. „Hier, an dich gekuschelt."

Sie kicherte.

„Was ist so lustig?"

„Ich habe dich noch nie *kuscheln* sagen hören."

„Ich habe vor, darin richtig gut zu werden." Er schlang die Arme um ihre Taille und zog sie noch enger an sich.

Gerade als er dabei war einzudösen, flüsterte sie: „Dec?"

„Hmmm?"

„Wenn ich aufwache und du bist nicht mehr da, werde ich dich aufspüren und dich fertigmachen."

Er küsste noch einmal ihre Schulter. „Ich will nirgendwohin, sondern einzig und allein hier bei dir bleiben."

Erst am späten Nachmittag hörte es auf zu regnen, und das schlechte Wetter sorgte für eine herrliche Ruhe und Zufriedenheit im kleinen Cottage. Brooke war als Erste aufgewacht und hätte fast vor Erleichterung geweint, als sie spürte, dass sie noch immer in Decs Armen lag. Eine ganze Weile lag sie einfach nur da und beobachtete ihn, während er schlief. Sein fast schwarzes Haar war zerzaust, die dichten, dunklen Wimpern fächerten sich auf den Wangen auf, seine Bartstoppeln waren höllisch sexy, und ein zufriedenes Lächeln lag auf seinen Lippen. Er war ein umwerfender Mann. Aber unter der gebräunten, glatten Oberfläche versteckte sich noch so viel mehr, was ihn zu etwas Besonderem machte.

Nie hätte sie gedacht, dass er als Kind solche Schwierigkeiten gehabt hatte. Er sollte stolz auf das sein, was aus ihm geworden war – sie war es jedenfalls. Seit er von der Legasthenie erzählt hatte, verstand sie, wie sehr diese Schwäche sein ganzes Leben dominiert hatte. Jetzt wollte er lernen, Spaß zu haben. Frei zu sein. Das Leben zu genießen.

Nur allzu gern wollte sie ihm dabei helfen.

Sie nahm eine ihrer inzwischen wieder trockenen Locken und kitzelte damit seine Nase. Als Reaktion darauf schloss er beide Arme um sie und rollte sie herum, bis sie unter ihm lag.

„Hast du etwa nur so getan, als würdest du schlafen?“, fragte sie.

„Würde ich doch nie tun.“ Er senkte den Kopf und begann sie leidenschaftlich zu küssen. „Von jetzt an bekommst du von mir nur noch das einzig Wahre.“

„Ich kann es kaum erwarten.“

Er drängte sich mit seiner Erektion gegen ihren Schoß und grinste. „Ich auch nicht.“

Irgendwann, nachdem es bereits dunkel geworden war, gingen sie schließlich unter die Dusche und suchten anschließend in den Schränken nach etwas Essbarem. Als sie nichts fanden, fütterte Brooke ihren Hund und ging mit ihm kurz Gassi, während Dec sich anzog, damit sie zum Essen gehen konnten. Zu Brookes grenzenlosem Erstaunen gab es in Sunshine nicht einen einzigen Lieferservice für Essen. In ihren Augen war das irgendwie kurios. Dec, der im südkalifornischen To-go-Paradies lebte, fand das einfach nur lästig.

Als sie einige Minuten später zu seinem Wagen gingen, sahen sie eine blonde Frau in das benachbarte Ferienhaus gehen.

„Scheiße.“

Brooke schaute auf. „Was ist los?“

„Die habe ich ja total vergessen.“

„Wen?“

„Lili MacKay."

„Das ist sie? Die Frau, die eure Halbschwester sein könnte?"

Er nickte. „Ethan hat sie eingeladen, hier zu wohnen, bis wir herausgefunden haben, ob sie es wirklich ist."

„Sie sieht toll aus."

„Falls es dir nicht aufgefallen sein sollte, sie ist blond und hat helle Haut. Kennst du jemanden aus unserer Familie, der so aussieht?"

„Nein, aber …" Wie wahrscheinlich auch der Rest der Kincades schien auch Dec nach wie vor die Augen vor der Wahrheit zu verschließen. „Die Genetik folgt nicht immer festen Mustern. Ja, ihr habt alle dunkle Haare und blaue Augen, aber Freunde von mir haben eine Tochter, die genauso aussieht wie ihr Dad – helle, lockige Haare und helle Haut mit grünen Augen, während die andere Tochter genauso aussieht wie ihre Mom, die lateinamerikanische Wurzeln hat."

Mit einer Hand an der Wagentür drehte Dec sich zu ihr herum. „Ehrlich?"

„Ja." Sie blickte hinüber zum Ferienhaus. „Vielleicht sollten wir sie einladen, mit uns zum Essen zu kommen."

Unsicher biss er sich auf die Lippe.

„Komm schon." Sie rieb über seinen Unterarm. „Jetzt ist genau der richtige Zeitpunkt, dich von deinen Gewohnheiten zu verabschieden. Mach dich locker. Steig auf den Felsvorsprung und spring."

„Es würde dir nichts ausmachen?"

„Natürlich nicht. Ich habe dich ja den ganzen Tag über für mich gehabt."

Er schlang einen Arm um sie und zog sie an seinen kräftigen Körper. „Und du wirst mich die ganze Nacht lang haben."

„Das hört sich gut an." Sie gab ihm einen schnellen Kuss. „Geh rüber und frag sie. Mehr als Nein sagen kann sie ja nicht."

Der Little Shop of Pizza lag am Ende der Main Street, in der Nähe des Flusses. Die Einrichtung war in schwarz-weißem Vintage-Stil gehalten, umgedrehte Zinkeimer dienten als Lampen. Man konnte entweder auf Barhockern am Tresen oder an kleinen Holztischen auf knallroten Stühlen sitzen. An der Küchentür hing die Zeichnung einer fleischfressenden Pflanze mit dem Gesicht einer Pizza, für den Fall, dass jemand die Anspielung auf den Film *The Little Shop of Horrors*, der kleine Horrorladen, nicht verstanden hatte. Es war der perfekte Ort, ungezwungen mit jemandem essen zu gehen, von dem man nicht sicher war, ob man mit ihm verwandt war oder nicht.

„Schön, dass du mitgekommen bist", sagte Brooke zu Lili, während Dec für sie beide die Stühle zurückschob.

Heute trug Lili keine Sonnenbrille, die ihre blauen Augen verdeckte, und allein ihr Anblick verunsicherte ihn erneut.

Er konnte ihr schwerlich einen Vorwurf daraus machen, wer ihre Eltern gewesen waren. Aber dass sein Vater wahrscheinlich seine Mutter betrogen hatte, hatte sich wie ein Stachel in sein Herz gebohrt und bereitete ihm regelrecht Kopfschmerzen. Auch wenn er in der Vergangenheit selbst niemals ans Heiraten gedacht haben mochte, war er der festen Überzeugung: Wenn man sich erst einmal entschieden hatte, *Ich will* zu sagen, dann ließ man sich nicht mit einem anderen ein.

Dieser mögliche Vertrauensbruch lastete schwer auf ihm. Aber noch hatten sie keinen Beweis, noch konnte er sowieso nichts unternehmen.

„Danke für die Einladung." Lili glitt auf einen Stuhl und stellte ihre Handtasche neben sich. „Mal abgesehen von eurem Einschüchterungsversuch im Büro habe ich eigentlich mit niemandem geredet, seit ich hier bin."

„Lili stammt übrigens aus Philadelphia", sagte Dec. Dies war eins der wenigen Details, die er über sie wusste.

„Was machst du da?“, fragte Brooke.

„Ich bin eigentlich Floristin, wie meine Mutter. Sie hat ihren eigenen Blumenladen gehabt, bis sie zu krank wurde, um zu arbeiten. Weil wir Geld für die ganzen Arztkosten brauchten, musste sie ihn verkaufen. Ich hatte mich inzwischen schon als Eventmanagerin etabliert.“ Lili zuckte mit den Schultern. „Wenn man als Floristin Blumen ausliefert, lernt man schnell die wichtigen Veranstaltungsorte kennen. Ebenso die Caterer. Es hat sich ganz einfach entwickelt.“

Dec dachte kurz daran, dass er und seine Brüder überlegt hatten, einen Eventmanager für das Weingut zu engagieren, aber das würde er Lili gegenüber nicht erwähnen. Nicht, solange unklar war, wer sie wirklich war. Es machte keinen Sinn, sie an irgendetwas teilhaben zu lassen, wenn sich herausstellen konnte, dass sie doch nur eine Betrügerin war.

„Gefällt es dir hier?“, fragte Brooke.

„Es ist so ganz anders. Viel entspannter.“

„Ja, ist das nicht großartig? Dec und ich leben eigentlich in Südkalifornien, aber ich habe gerade beschlossen, mich zu verändern und hierherzuziehen.“

„Sie versucht, mir zu entkommen.“ Dec legte die Speisekarte zur Seite. „Aber es wird ihr nicht gelingen.“

„Du willst Südkalifornien verlassen?“, fragte Lili. „Ich dachte, alle Welt will dorthin ziehen. Nicht von dort weg.“

„Wie sollte ich denn sonst hier einen Betrieb aufziehen?“, entgegnete Brooke. „Das kann ich ja wohl kaum, wenn ich Hunderte von Meilen weit weg wohne.“

Was er vorhin gesagt hatte, kurz bevor sie eingeschlafen waren, nach dem besten, befriedigendsten Sex seines Lebens, war die Wahrheit gewesen. Er wollte einzig und allein bei ihr bleiben. Wenn sie vorhatte, nach Sunshine zu ziehen, musste er sich überlegen, wie das alles am besten funktionieren konnte.

„Weißt du, was noch auf meiner Löffel-Liste steht?", fragte er Brooke.

Sie schüttelte den Kopf.

Er deutete auf die Speisekarte. „Eine Chili-Limonen-Pizza essen."

„Nette Abwechslung."

„Du hast gesagt, ich müsste lernen, mehr Spaß zu haben." Er beugte sich vor und küsste sie auf die Wange. „Und eine Pizza mit Chili und Limone ist ja wohl der Partykracher schlechthin, oder?"

„Du könntest es langsam angehen lassen. Ich bin nicht sicher …"

„Ich frage mich, ob es hier auch Margaritas gibt." Er sah sich im Restaurant um und stellte fest, dass man am Tresen bestellen musste. „Also, welches Gift hätten Sie gern, meine Damen?"

„Pepsi light", antwortete Brooke.

„Für mich auch", sagte seine eventuelle Schwester.

„Spielverderber." Er stand auf und ging zum Tresen. Getränke zu bestellen war eigentlich nicht das, was ihm im Kopf herumschwirrte. Er konnte an nichts denken, als an seine – ihre – gemeinsame Zukunft. Während er auf die Getränke wartete, versuchte er seine Gedanken zu sortieren. Aber irgendwie kam ihm heute alles verdreht vor, fast so wie bei seiner Legasthenie.

Als er sich vom Tresen abwandte, um mit den Getränken und den Nummernzetteln für die Pizzen zum Tisch zu gehen, hätte er um ein Haar das Tablett fallen gelassen.

Neben dem Tisch, an dem seine *mögliche* Schwester saß, stand Nicole – die Schwester, die er und seine Brüder noch nicht über diese neue Komplikation aufgeklärt hatten.

19. Kapitel

„Ich konnte gerade noch verhindern, dass Nicole die Sache mit Lili spitzbekam", erzählte Dec seinen Brüdern, als er am nächsten Morgen mit ihnen zusammen im Büro saß. Nachdem er und Brooke Lili an ihrem Ferienhaus abgesetzt hatten und in ihr eigenes Cottage zurückgekehrt waren, hatte er einen Alarmruf an seine Brüder abgesetzt. „Zum Glück warteten Nickis Freundinnen im Auto, und sie wollte nur schnell die Bestellung abholen. Ich habe mein Möglichstes getan, sie wieder aus der Tür hinauszudrängen."

„Das war knapp", meinte Ethan.

„Wem sagst du das." Dec lehnte sich auf dem Stuhl zurück, während sein Herz wieder genauso schnell klopfte wie gestern Abend. Er und Brooke hatten eine ganze Flasche Wein getrunken, ehe er sich langsam wieder beruhigt hatte. Brookes nackter Körper und ihre sinnliche Fürsorge hatten ihr Übriges beigetragen.

Sex.

Die beste Medizin überhaupt.

„Ehrlich gesagt finde ich es totalen Quatsch, die Sache vor unserem Baby-Drachen geheim zu halten", sagte Jordan und benutzte dabei den liebevollen Spitznamen, den er der Schwester gegeben hatte. Er beugte sich vor und stützte die Ellenbogen auf den Knien ab. „Nicki hat ihr Leben lang unter Dads emotionaler Distanz gelitten. Warum halten wir die Sache vor ihr geheim? Sie hat ein Recht darauf, es zu erfahren."

„Und das wird sie, sobald wir die Fakten vorliegen haben",

sagte Parker. „Aber es besteht keine Notwendigkeit, sie unnötig in Aufruhr zu versetzen."

„Warte mal. Ich verstehe, was Jordy sagen will." Dec sah hinüber zu seinem Zwillingsbruder. „Nicole hat doch sowieso schon das Gefühl, nicht richtig zur Familie zu gehören, weil Dad sich ihr gegenüber so distanziert verhalten hat. Indem wir jetzt versuchen, sie zu beschützen, tun wir da nicht dasselbe?"

„Genau." Jordan nickte Dec zu. „Ich glaube wirklich nicht, dass sie gern im Unklaren gelassen werden möchte. Sie ist ein großes Mädchen. Sie plant ihre Zukunft. Sie ist klug. Also sollten wir aufhören, sie wie eine Zweijährige zu behandeln. Ja, sie ist manchmal eine emotionale Zeitbombe. Glaubt mir, das weiß niemand besser als ich. Aber unter den gegebenen Umständen sollte sie zumindest die Gelegenheit bekommen zu explodieren. Wenn sie sich dann beruhigt hat, kann man sicherlich besser mit ihr umgehen."

„Ich stimme zu", meinte Dec, obwohl sich ihm der Magen zusammenzog, wenn er daran dachte, womit seine Schwester in letzter Zeit alles klarkommen musste.

„Ich weiß nicht." Ryan stand von seinem Schreibtisch auf, fuhr sich mit der Hand durchs Haar und marschierte im Büro auf und ab. Schließlich blieb er stehen und kehrte zu seinem Schreibtischstuhl zurück. „Wer liest die Scherben wieder auf, wenn alles in die Brüche geht?"

„Das machen wir gemeinsam." Dec wusste im Grunde seines Herzens, dass es völlig unerheblich war, wie der DNA-Test in Bezug auf Lili ausgehen würde. Sie alle liebten Nicole und würden ihr helfen, diese Sache zu überstehen. „Wir sind ein teuflisch gutes Unterstützerteam, wenn wir zusammenhalten."

In dem Moment wurde Dec erst richtig bewusst, was er vermisst hatte, weil er so wenig Zeit mit seinen Brüdern verbrachte. Er vermisste ihre albernen Streitigkeiten, die Geschwisterrivalität, die Art und Weise, wie sie am Esstisch immer alle durcheinanderredeten. Er vermisste es, wie einer von ihnen ihm eine Hand auf die Schulter legte, wenn er Probleme hatte, und dass sie taten, was nötig war, um ihn wieder aus dem Schlamassel herauszuholen. Er vermisste es, wie sie alle in schweren Zeiten zusammengekommen waren, so wie vor einigen Monaten, als ihre Eltern gestorben waren. Er und Jordan hatten nach einer Reihe von Jahren, die sie getrennt voneinander verbracht hatten, wieder eine gemeinsame Basis gefunden, aber das reichte Dec noch nicht. Er brauchte – wollte – mehr Zeit.

Family first. Die Familie steht an oberster Stelle.

Obwohl ein Schatten von Betrug über dem Vermächtnis seines Vaters hing, war es, als hätte sein Vater ihm das Motto aus dem Grab zugerufen.

„Die Familie steht an oberster Stelle", sagte Dec, und die anderen stimmten ihm zu.

„Das Labor meinte, sie hätten heute Nachmittag das Ergebnis für uns." Ryan drehte einen Stift zwischen den Fingern. „Wir sollten uns also mit Nicki zusammensetzen und ihr alles erklären."

„Wenn es euch nichts ausmacht, hätte ich Brooke auch gern dabei. Sie und Nicki haben sich sofort angefreundet, und es würde ihr bestimmt guttun, wenn noch eine Frau dabei wäre."

„Ist das der einzige Grund, warum du sie dabeihaben möchtest?", fragte Ethan.

„Möglicherweise nicht."

Sein Bruder grinste wissend.

„Ich frage auch Lucy, ob sie kommt", warf Jordan ein. „Nicki und Lucy sind ja schon fast unzertrennlich. Mit Lucy und Brooke an ihrer Seite übersteht sie es vielleicht besser."

„Na, dann sollten wir auch Tante Pippy dazubitten", meinte Parker. „Schließlich ist sie die Hüterin der Familiengeheimnisse."

„Will jemand vorher noch einen Drink?", wollte Ethan wissen.

„Einen? Fuck, bring die ganze Flasche", brummte Dec.

„Wollt ihr mich veralbern?" Nicole sprang von ihrem Stuhl am Küchentisch auf. „Dad hat mich so scheiße behandelt, weil er bereits eine andere Tochter hatte?"

„Im Augenblick ist das lediglich eine mögliche Erklärung", antwortete Dec. „Die DNA-Ergebnisse werden uns Klarheit verschaffen."

„Klarheit?", zischte Nicki. „Ich verschaffe euch Klarheit. Unser Vater, dieses Arschloch, hat unsere Mutter betrogen. Er hat ein anderes Kind gezeugt, ohne sich darum zu kümmern. Genauso wenig wie um mich."

„Er hat dich geliebt, Nicki." Ryan versuchte sie zu beruhigen, doch seine Worte gossen eher noch mehr Öl ins Feuer.

„Nein. Er hat dich geliebt, Ryan. Euch alle. Mich hat er höchstens toleriert, obwohl ich ihm überhaupt nichts getan hatte, abgesehen davon, dass ich auf die Welt gekommen bin."

Sie verschränkte die Arme vor dem Bauch, als hätte sie Schmerzen, und schluchzte. Dec stand auf und ging zu ihr. Vielleicht würde sie ihn wegstoßen, aber das würde er nicht zulassen. Sie hatte genug gelitten, und er verspürte einen überwältigenden Drang, sie zu beschützen.

Er schlang die Arme um sie. Statt ihn von sich zu schubsen, sackte sie gegen ihn. „Es ist okay, Kleines", flüsterte er und strich ihr übers Haar. Während er sie in den Armen wiegte, dachte er an Brooke. Als die erkannt hatte, was ihr Vater mit ihr vorhatte, war sie um ihr Leben gelaufen.

Wer auch immer behauptet hatte, Frauen seien das schwächere Geschlecht, hatte nie richtig hingeschaut. Sie waren sehr viel tapferer als sämtliche Männer in diesem Zimmer.

Er eingeschlossen.

„Es ist okay", sagte Dec noch einmal zu Nicki, während all seine Brüder ebenfalls zu ihr kamen und das Ganze in eine Gruppenumarmung mündete. „Wir lieben dich. Und wir werden das gemeinsam durchstehen."

In Brookes dunkler Vergangenheit hatte es keine Familientreffen gegeben. Als Kind wurde ihr von den Eltern gesagt, was sie zu tun hatte, ob es ihr nun gefiel oder nicht. In den meisten Fällen hatte es ihr nicht gefallen. Wobei man sie nie um ihre Meinung gebeten hatte. Ihr wurde gesagt, was sie zu denken und zu tun hatte. Und sogar, was sie zu fühlen hatte. Doch Brooke hatte sämtliche Schranken überschritten, die man ihr auferlegte.

Bei den Hastings hatte sie nicht nur gelernt zu lieben und hart zu arbeiten, sondern auch, ihren Träumen keine Grenzen aufzuerlegen. Familienzusammenkünfte hatte es dort jedoch auch nicht gegeben.

Die Kincades waren da anders. Sie stritten genauso entschieden, wie sie liebten. Und Gott stehe dem bei, der versuchen sollte, sich zwischen sie zu drängen.

Das war der Grund, warum Brooke Mitleid mit Lili MacKay hatte. Sobald Nicole Bescheid wusste, würde Lili zum Ziel von Nicoles Zorn werden. Dabei machte die junge Frau in keiner Weise den Anschein, als wäre sie eine Betrügerin. Brooke konnte sich nicht vorstellen, dass sie hier auftauchte, um eine Familie wie die Kincades übers Ohr zu hauen. Warum sollte sie auch? Und wofür? Für ein paar Dollar? Lili war einfach nicht der Typ für so etwas. Sie besaß eine freundliche, wenn auch resolute Persönlichkeit. Sie hatte deutlich betont, dass sie auf eigenen Beinen stand und nicht hinter Geld her war. Sie hatte einfach nur den Mann treffen wollen, den sie nie kennengelernt hatte. Den Mann, von dem ihre Mutter behauptet hatte, dass er ihr Vater sei.

Nur dass Lili zu spät gekommen war.

Für Nicole würde die Bombe gleich platzen. Brooke mochte das Mädchen. Sie war süß, witzig und sehr talentiert. Und sie liebte ihre Brüder so sehr, dass sie sie auf Ideen bringen konnte, die sie selbst vielleicht nie in Betracht gezogen hätten. Das Leben war kein Märchen, aber trotzdem wünschte Brooke, sie hätte einen Zauberstab, mit dem sie all die Komplikationen wegzaubern könnte, die die Familie in letzter Zeit so belasteten.

Die Brüder, Tante Pippy, Lucy und Brooke hatten sich im frisch gestrichenen Wohnzimmer des Haupthauses versammelt. Wegen der Renovierungen lagerten Fotos und andere Gegenstände in Kisten, sodass nur noch die Ledermöbel übrig waren. Die Unordnung im Zimmer schien das Chaos widerzuspiegeln, das das Leben der Familie im Augenblick bestimmte, und die Leere schien emotionale Kühle zu symbolisieren.

Brooke hatte versucht, Dec zu überzeugen, dass sie bei diesem privaten Treffen nichts zu suchen hatte. Aber er hatte darauf bestanden, dass er sie brauchte. Jetzt saß er neben ihr auf dem Sofa, hielt ihre Hand und hatte die Finger mit ihren verschlungen, als wären sie seine Rettungsleine.

Die leisen Gespräche im Zimmer wurden unterbrochen, als Nicole mit Fezzik, ihrer kleinen grauen Katze, die Treppe runterkam.

„Na, ihr macht mir Mut." Nicole sah sich grimmig um. „Habt ihr hinter meinem Rücken über mich getratscht?"

„Bilde dir bloß nichts ein, Kleines." Jordan nahm sie in den Schwitzkasten und gab ihr einen Kuss auf den Kopf. Nicht einmal das zauberte ein Lächeln auf ihre Lippen. Es schien fast, als wüsste Nicole, dass ihr gleich der Boden unter den Füßen weggezogen werden würde.

„Nicki, komm her und setz dich." Ryan deutete auf einen leeren Stuhl. „Wir müssen was mit dir besprechen."

„Was denn jetzt noch?" Sie zog die dunklen Brauen über ihren blauen Augen zusammen. „Himmel." Sie ließ sich auf den Stuhl fallen und klopfte auf ihren Schoß, um Fezzik zu ermuntern, zu ihr zu kommen.

Als Ältester und damit unausgesprochenes Oberhaupt der Familie begann Ryan. „Die DNA-Ergebnisse müssten gleich vorliegen. Wir haben Lili angerufen und gebeten herzukommen. So können wir alle gemeinsam die Wahrheit erfahren."

Nicole riss die Augen auf, während sie geistesabwesend die kleine Katze in ihrem Schoß streichelte.

Dec drückte Brookes Hand, und sie erwiderte den Druck.

„Also …", durchbrach Nicole die unangenehme Stille. „Du willst mir sagen, dass jeden Moment die Frau hier auftaucht, die Dads zweite Tochter sein könnte, und du erwartest von mir, dass ich still hier sitze und mir das ansehe?"

„Ja", erwiderte Ryan. „Es wird nicht lange dauern. Während wir auf das Testergebnis gewartet haben, hat Ethan sie dazu überredet, im Ferienhaus zu übernachten."

Nicole bedachte Ethan mit einem bösen Blick, ehe sie einen tiefen, theatralischen Seufzer ausstieß. „Willst du mir sagen, dass ich ihr in den letzten Tagen vielleicht irgendwann über den Weg gelaufen bin?"

„Bist du tatsächlich", sagte Dec. „In der Pizzeria. Sie saß an unserem Tisch."

„Die Blondine?" Nicole sah zu Brooke. „Entschuldige, nichts gegen deine Haarfarbe."

„Ja", bestätigte Dec. „Die Blondine."

„Wieso sollte sie dann mit uns verwandt sein? Guckt euch doch mal an!“ Nicole machte eine ausladende Handbewegung, die all ihre Brüder umfasste. „Wie soll denn eine Blondine das Kind unseres Vaters sein?“

Brooke biss sich auf die Lippen. Jetzt war nicht der richtige Zeitpunkt für eine Lektion in Sachen Genetik. Viel wichtiger war, dass jemand das arme Mädchen in die Arme nahm. Ob nun aus Wut oder Angst, auf jeden Fall zitterte sie. Brooke stieß Dec an und nickte zu seiner Schwester. „Geh zu ihr“, flüsterte sie fast lautlos.

Ohne zu zögern stand er auf. Als seine Schwester ihn voller Verzweiflung ansah, beugte er sich hinab und umarmte sie. Brooke konnte nichts gegen die Tränen tun, die sich in ihren Augen sammelten. Schon gar nicht, als Dec sich neben Nickis Stuhl auf den Boden hockte und ihre Hand nahm.

„Wir werden gleich wissen, ob das möglich ist“, sagte Dec. „Aber egal, wie das Ergebnis auch ausfällt, wir sind eine Familie. Wir halten zusammen. Jeder Einzelne von uns, Brooke und Lucy eingeschlossen, ist für dich da.“

Nicki sah Dec grimmig an, ehe sie auch ihre anderen Brüder mit diesem Blick bedachte. „Ich liebe euch, Jungs. Aber wenn dieser Test positiv ausfällt, bin ich nicht die Einzige, die sich damit auseinandersetzen muss. Ein positiver Test bedeutet, dass Dad Mom wirklich betrogen hat. Echter Nährboden für Wunden und weiteres Misstrauen.“

Sie funkelte ihre Tante Pippy an, die der Unterhaltung schweigend lauschte und sich den orangefarbenen Nagellack von den Fingern kratzte.

„Ein DNA-Test mag uns vielleicht ein Ergebnis bringen“, fuhr Nicki fort. „Aber er verrät uns noch lange nicht die ganze Geschichte. Also, ob es dir nun gefällt oder nicht, Tante Pippy, du wirst die Büchse der Pandora öffnen und reden müssen.“

„Ich weiß." Ihre Tante nickte nervös. „Ich hätte euch das vielleicht schon früher erzählen sollen. Ich wollte nur euren Vater nicht hintergehen."

„Warum nicht?", schoss Nicki zurück. „Er hat uns schließlich auch hintergangen."

Ehe Pippy etwas erwidern konnte, klingelte Ryans Handy. Sofort ruhten alle Blicke auf ihm. Weil er den Druck spürte, stand er auf und ging nach draußen.

„Sieht so aus, als will er das Ergebnis erst mal alleine hören", sagte Parker.

„Er muss es uns doch sowieso erzählen", meinte Ethan. „Warum haut er denn ab?"

„Weil es alle auf einmal erfahren sollen." Er sagte es zwar nicht laut, doch das *Du Idiot*, das Parker anscheinend auf der Zunge lag, schwang deutlich mit. „Und es fehlt noch eine Person in diesem Puzzle."

Nicole seufzte, und Dec drückte ihre Hand.

Einige Minuten später kam Ryan wieder ins Zimmer. „Das war das Labor. Und Lili ist auf dem Weg hierher."

Brooke merkte, wie ihr Herz zu klopfen begann. Wie auch immer das Ergebnis ausfallen würde, dieser Familie standen gravierende Veränderungen bevor. Sie sah zu dem Mann, den sie von ganzem Herzen liebte, und fragte sich, wie sich das alles auf ihn auswirken würde.

Als Lili schließlich zur Tür hereinkam, hatten Jordan und Lucy Nicole zwischen sich aufs Sofa genommen. Sie hielt den Kopf gesenkt und weigerte sich, die junge Frau anzuschauen, die das Zimmer betreten hatte. Dec verstand, wie sie sich fühlte. Zumindest versuchte er es. In Nickis Augen war sie von ihrem Vater unfair behandelt worden, und Lili konnte der Grund dafür sein. Wenn das stimmte, war es Lili allerdings ähnlich ergangen.

Es war nicht fair.

Und es ergab keinen Sinn, dass ihr Vater zu solch einem Betrug fähig gewesen sein sollte. Aber falls ja, mussten sie damit leben.

Lili lächelte zögernd in die Runde, blieb aber abrupt stehen, als sie Nicole entdeckte. Dec warf Lili einen warnenden Blick zu, aber die Situation war für sie genauso schwierig wie für sie alle, und niemandem sollte hier der Mund verboten werden. Nur einer hätte den Zorn verdient, den sie vermutlich spürte, aber der war nicht mehr hier, um alles zu erklären.

„Es tut mir so leid", sagte Lili zu Nicole, die noch immer nicht aufblickte. „Ich bin wirklich nicht gekommen, um jemandem wehzutun", sagte sie zu allen. „Ist ja nicht so, dass ich das alles schon jahrelang gewusst hätte. Meine Mutter ist erst vor wenigen Wochen gestorben. Ob ihr mir glaubt oder nicht, es ist für mich genauso schmerzhaft wie für euch."

„Kaum." Nicoles Kopf fuhr ruckartig hoch. „Wenn du die Tochter unseres Vaters bist und die Wahrheit sprichst, hast du nicht dein ganzes Leben lang mit diesem Verrat leben müssen. Deinetwegen hat er mich mein Leben lang ignoriert. Versuch dir einmal diesen Schmerz vorzustellen."

„Es tut mir wirklich leid, Nicole." Lili sah sie voller Mitleid an. „Sosehr ich deinen Schmerz auch bedaure, du irrst dich. Ich habe mein Leben lang darunter gelitten, ohne Vater aufzuwachsen, darunter, dass er sich nicht um mich gekümmert hat. Genau wie du."

Ryan bot Lili an, sich zu setzen, doch sie blieb stehen.

Dec mochte die junge Frau, aber wenn sie aus einem anderen Grund hier war als dem, die Wahrheit zu erfahren, würde sie bereuen, dass sie je einen Fuß ins Sunshine Valley gesetzt hatte. Wenn ihre Behauptung jedoch wahr war, gab es für Dec einiges zu überdenken.

Er war so froh, dass Brooke da war. Er wollte sie immer an seiner Seite haben. Er wollte sie glücklich machen, so wie sie ihn glücklich machte. Er würde sie beschützen, koste es, was es wolle. Er liebte sie mehr, als er es je für möglich gehalten hatte.

Jetzt verstand Dec, warum Jordan seine Karriere als Eishockeyspieler aufgegeben hatte, um mit Lucy zusammen zu sein, obwohl er Millionen hätte verdienen können. Hatte sein Vater jemals derartige Gefühle für seine Mutter gehegt?

Wenn ja, was zum Teufel war dann schiefgelaufen?

Die Anspannung wuchs, als Ryan sich neben den Kamin stellte und sich zu ihnen herumdrehte.

„Das Labor mailt uns allen eine notariell beglaubigte Kopie der DNA-Ergebnisse, falls wir irgendwelche Fragen haben. Aber die Kernaussage lautet …“ Ryan blickte zu Lili, die neben der Tür stand und nervös die Hände rang. „Basierend auf der DNA, die von diversen Gegenständen stammt, die Dad gehörten, sowie Lilis DNA-Probe, ist es zu 99,99 Prozent sicher, dass Lili seine Tochter ist.“

Nicole schnappte nach Luft. Schrie auf. Und lief aus dem Zimmer.

Lili sank zu Boden und bedeckte das Gesicht mit ihren Händen.

Und Dec wusste nicht, wohin er zuerst laufen sollte.

20. Kapitel

„Was für ein verdammtes Durcheinander." Parker kratzte das Etikett von seiner Bierflasche.

Ryan schnappte sich die Flasche Jameson und schenkte sich einen Doppelten ein.

„Gieß mir auch einen ein", sagte Dec.

„Mir einen Dreifachen", meinte Ethan.

Jordan hob seine Bierflasche. „Ihr wisst schon, dass wir keine Lösung finden, wenn wir uns volllaufen lassen, oder?"

„Ich lasse mich nicht volllaufen", widersprach Parker. „Ich muss noch nach Hause fahren und dann die ganze Nacht auf einem Hausboot schlafen. Alkohol verträgt sich nicht mit dem Geschaukel auf einem Boot."

„Dann zieh wieder aufs Trockene, verdammt noch mal, und hör auf zu jammern." Ethan versetzte Parker einen Schlag auf den Arm.

„Ich jammere nicht."

„Alter, tust du wohl."

Dec stöhnte. „Wisst ihr was, Leute? Ihr seid ein Haufen Idioten, aber ich liebe euch trotzdem."

„Fang jetzt nicht an, rumzusülzen", sagte Jordan. „Das ist Parkers Job."

Sie lachten alle, obwohl die Situation alles andere als lustig war. Brooke und Lucy waren im Haupthaus bei Nicole, denn ihre Brüder hatte sie nicht sehen wollen. Das tat weh, schließlich wollte Dec nur helfen. Aber Nicole war nun einmal Nicole und hatte klargemacht, dass die männliche Spezies zurzeit in ihrem

Leben weder gebraucht noch geduldet wurde. Genauso wenig wie Tante Pippy und ihre neue Schwester, die, kaum hatten die Streitereien begonnen, still das Haus verlassen hatte.

Brooke hatte Dec zur Seite genommen und ihm versprochen, dass sie und Lucy alles tun würden, um Nicole wieder zur Vernunft zu bringen. Und dann würden sie zu Lili gehen und auch ihr helfen.

Sein Herz zog sich zusammen.

Gott, er liebte Brooke.

Sie hatte so viele Facetten. Sie konnte einen Karaoke-Song schmettern, der so furchtbar klang, dass einem die Ohren klingelten. Sie tanzte im Regen nach einer Melodie in ihrem Kopf. Und sie brachte sein Herz zum Schmelzen. Sie konnte furchtbar wütend sein und im nächsten Moment liebte sie ihn, dass ihm Hören und Sehen verging. Sie war nicht die Frau, für die er sie einmal gehalten hatte.

Sie war viel mehr.

Sie war eine Frau mit schrecklicher Vergangenheit, die positiv in die Zukunft schaute. Und sie inspirierte ihn, genauso zu denken.

Und doch hatte er ihr immer noch nicht gesagt, dass er sie liebte.

Das musste jetzt aber verdammt schnell passieren.

„Ich werde Brooke fragen, ob sie mich heiraten will", verkündete er seinen angetrunkenen Brüdern, die mit ihm im Wohnzimmer seines Großvaters saßen.

„Fuck, wann ist das passiert?" Parker starrte ihn an. „Ich wollte mit ihr ausgehen."

„Versuch's, und ich breche dir deine süßen Fingerchen", erwiderte Dec.

„Ich bin stolz auf dich, Kumpel." Jordan schlug Dec auf die Schulter. „Endlich hast du es begriffen."

„Ja. Mit meiner Hilfe." Ethan grinste und hob sein Glas. „Auf clevere Männer, die dumme große Brüder in die richtige Richtung stoßen."

„Darauf trinke ich nicht." Dec warf ihm eine Zeitschrift an den Kopf. „Du bist nicht cleverer als ich."

„Das sagst du."

Ryan – Mr. Ernsthaftigkeit – mischte sich ein. „Bist du dir sicher, Dec? Ihr seid doch erst ganz kurz zusammen."

„Wir sind seit vier Jahren zusammen. Wir schlafen nur erst seit Kurzem miteinander." Dec trank sein Glas leer. „Ich kenne sie besser als sonst jemanden, Anwesende ausgenommen. Und sie kennt mich."

„Ja." Parker schnaubte. „Deshalb wird sie auch Nein sagen."

„Hast du ihr überhaupt schon gesagt, dass du sie liebst?", fragte Ryan.

„Nein. Hab ich ja gerade erst selbst herausgefunden."

„Und dann? Wolltest du nicht gerade nach Chicago expandieren?", fuhr Ryan fort.

„Kleine Planänderung." Dec hielt Ryan sein Glas hin, damit der es noch einmal füllte. „Brooke will drüben am Parkway, kurz hinter der Main Street, ein Grundstück erwerben, um ein Freizeitcenter für Familien zu eröffnen."

„Das klingt großartig." Ryan nickte. „In der Gegend fehlt etwas, wo die Kids ihre überschüssige Energie abarbeiten können. Das sage ich als Vater einer lebhaften Neunjährigen."

„Wie willst du denn eine derartige Fernbeziehung managen?", wollte Parker wissen. „Du in Südkalifornien und sie hier in Sunshine? Da wird sie doch hin und wieder ein wenig Gesellschaft brauchen, oder?"

Dec wusste, dass sein Bruder ihn nur aufziehen wollte, aber seine Drohung galt trotzdem. „Mir scheint, du brauchst deine

Finger doch nicht so dringend, um das Essen für deinen Foodtruck zuzubereiten."

„Meine Finger bleiben genau dort, wo sie hingehören."

„Auf einer heißen Blondine?", fragte Ethan lachend. „Oder einem Rotschopf? Vielleicht auch auf einer Brünetten?"

„Auf allen", antwortete Parker. „Und wenn ich ganz viel Glück habe, alle auf einmal."

„Oh, mein Gott." Jordan lachte. „Das Niveau sinkt."

„Natürlich ziehe ich auch her, du Blödmann", sagte Dec. „Warum sollte ich keine Zweigniederlassung in Portland oder Vancouver eröffnen?"

„Verdammt, Alter!" Ethan schlug ihm auf den Rücken. „Du meinst es tatsächlich ernst."

„Immer." Dec blickte auf sein Handy, das gerade zu klingeln begann. „So, und jetzt verschwindet gefälligst von hier, denn meine Frau kommt nach Hause. Und ich möchte viel lieber in ihr hübsches Gesicht als in eure hässlichen Fratzen blicken. Wir können uns auch morgen noch überlegen, wie wir die Sache mit unserer neuen Schwester regeln."

„Wohin genau fahren wir?" Brooke musterte Decs konzentriertes Gesicht, als er am nächsten Tag den von Jordan geliehenen SUV lenkte. Die Straße, anfangs noch geteert, war jetzt nur noch eine Schotterpiste, die sich immer weiter den Berg hinaufwand.

„Das ist eine Überraschung."

„Was ist, wenn ich keine Überraschungen mag?"

Lachend streckte er den Arm aus und griff nach ihrer Hand. „Du liebst Überraschungen."

„Woher weißt du das? Vielleicht bin ich wie du und schätze es, wenn mein Tag durchgeplant ist."

„Ich habe ein neues Kapitel aufgeschlagen, schon vergessen? Ich bin jetzt der Typ, der Spaß haben will."

„Oh. Richtig.“

Moochie krabbelte von hinten auf Brookes Schoß.

„Ich vermute, du hast gar nicht den Kopf dafür bei all den Problemen“, meinte Brooke. Sie konnte sich gut vorstellen, dass Dec das Gefühl hatte, alles würde aus dem Ruder laufen.

„Es war eine Herausforderung.“ Er drückte ihre Finger. „Nachdem Nicki wieder in der Trotzphase ist und Lili zurück an der Ostküste, fühlt es sich an, als wäre alles in Auflösung begriffen.“

„Wie geht es dir damit?“

„Ich habe ja dich.“ Er küsste ihre Finger. „Und du hast mich. Wir sind zusammen, und das ist alles, was im Moment zählt.“

„Oh. Ich mag diese neue süße Seite an dir.“

„Wunderbar. Wir sind nämlich da.“

„Und das ist jetzt genau wo?“ Brooke schaute gerade noch rechtzeitig auf, um zu sehen, wie die Sonne hinter den Bergkuppen verschwand und den blauen Himmel in ein Meer aus Rosa und Gold tauchte. Hohe Kiefern ragten zwischen den Espen, den Farnen und den bunten Wildblumen auf. „Wo auch immer wir sind, es ist wunderschön hier. Ich komme mir vor, als stünde ich auf dem Dach der Welt.“

„Fast.“ Er öffnete die Wagentür. „Komm.“

Moochie sprang von Brookes Schoß in das hohe Gras und begann herumzuschnüffeln. Brooke stieg aus dem SUV aus und atmete die frische, kühle Luft ein. „Also, nun sag endlich, wo sind wir? Und vor allem, was tun wir hier?“

Dec öffnete den Kofferraum und hob mehrere Kisten mit Campingzubehör und Essen heraus. Dann zog er zwei Schlafsäcke und Kissen hervor und brachte alles zu einer Lichtung. Als er zurückkam, stand Brooke immer noch neben dem SUV. Er nahm ihre Hände in seine, und ihr Herz schlug schneller.

Er sah sie offen an, und obwohl er die Worte noch nicht ausgesprochen hatte, war sein Blick voller Liebe.

„Auf dem Küstenweg hast du mir von den Dingen erzählt, die ganz oben auf deiner Löffel-Liste stehen“, sagte er. „Du hast gesagt, dass du das Polarlicht sehen möchtest, unter den Sternen auf der Spitze eines Berges schlafen willst, den Blarney Stone in Irland küssen und dein eigenes Unternehmen gründen möchtest. Ich kann dir das Polarlicht im Augenblick zwar nicht bieten, aber dafür diesen wunderbaren Sonnenuntergang. Den Blarney Stone kann ich dir auch nicht bieten, aber du könntest mich küssen.“

„Noch besser.“ Sie schlang ihm die Arme um den Hals und zeigte ihm, *wie viel* besser.

„Und du bist auf dem besten Weg, dein eigenes Unternehmen zu gründen“, fuhr er fort und hauchte ihr einen weiteren Kuss auf die Lippen. „Daher biete ich dir jetzt die Gelegenheit, auf einem Berg unter den Sternen zu schlafen.“

„Oh, Dec. Ich fasse es nicht, dass du dir das alles gemerkt hast.“ Sie umarmte ihn fest. „Das ist so aufmerksam. Ich liebe dich dafür, dass du daran gedacht hast.“

„Liebst du mich, Brooke? Obwohl ich so viel mit mir rumschleppe? Obwohl ich so ein Workaholic sein kann?“

„Ja, ich liebe dich, Dec. Den neuen Dec, der Spaß haben will, der mit mir im Regen tanzt, der sich nicht über meinen Karaoke-Gesang lustig macht. Dem seine Familie so wichtig ist, dass er allen helfen möchte. Und den hart arbeitenden Dec, den ich seit Jahren kenne. Ich liebe dich, Dec, wer auch immer du in einem bestimmten Moment gerade bist.“

Er zog sie wieder in die Arme und küsste sie so zärtlich, dass sie es vor Glück kaum mehr aushielt. Dass er ihre Worte nicht erwiderte, versetzte ihr nur einen kleinen Stich, denn sie wusste, dass er sie irgendwann, wenn er so weit war, ebenfalls äußern würde.

Hoffte sie zumindest.

Als sie den Kuss beendeten, blieben sie eng umschlungen stehen und wiegten sich im Takt zu der Musik, die sie nur in ihren Herzen hören konnten.

„Mir ist etwas bewusst geworden“, sagte er.

„Was denn?“

„Dass ich meine Familie vermisst habe. Und ich habe erkannt, dass sie weniger mich braucht, als ich sie brauche. Also werde ich die Sache mit dem Büro in Chicago vergessen und stattdessen lieber eine Niederlassung in Portland oder Umgebung errichten.“

„Ehrlich?“ Brooke legte den Kopf in den Nacken, um ihn anschauen zu können. „Wann hast du das denn entschieden?“

„Als ich erkannt habe, dass ich keine Minute mehr ohne dich sein möchte.“ Er hob ihr Kinn. „Als ich begriffen habe, dass ich schon seit vier Jahren in dich verliebt bin, aber zu viel Angst hatte, die Grenze zu überschreiten, um es mir einzugestehen.“

„Du … liebst mich?“ Wie konnte es sein, dass ihr Herz weiterschlug, wenn sie das Gefühl hatte, die Zeit sei stehen geblieben?

„Ich liebe dich, Brooke. Ich bin unbeschreiblich in dich verliebt. Mehr als ich je sagen könnte.“

„Oh, mein Gott.“ Sie wollte die Hände nach ihm ausstrecken, doch er hielt ihre Finger fest.

„Warte, meine Karaoke-Königin. Ich bin noch nicht fertig.“ Er küsste ihre Hand. „Du hast gesagt, ganz oben auf deiner Löffel-Liste steht, dass du die Liebe deines Lebens heiraten willst.“

„Das stimmt. Das habe ich gesagt.“

„Möchtest du wissen, was ganz oben auf meiner Liste steht?“

„Auf jeden Fall.“

„Die Liebe meines Lebens zu heiraten. Wenn sie mich denn haben will.“

Brookes Herz schlug Purzelbäume, als er auf die Knie ging, in die Tasche seines Kapuzenpullis griff und einen funkelnden Diamantring hervorzauberte.

„Ich liebe dich, Brooke Hastings." Er küsste ihre Finger. „Leb mit mir. Lass uns eine Familie gründen. Ich wünsche mir, dass du meine Hand in guten wie in schlechten Zeiten hältst, und ich verspreche dir, dass ich alles tun werde, dich jeden Tag zum Lächeln zu bringen. Bitte sag, dass du mich heiratest."

Brooke liefen die Tränen über die Wangen, und ihr versagte die Stimme, aber schließlich schaffte sie es, zu antworten. „Ich will, Declan Kincade. Und weißt du auch, warum?"

Er nickte. „Weil wir perfekt füreinander sind."

„Und wie." Er schob ihr den Ring auf den Finger, gerade als der Mond am Himmel aufging und die ersten Sterne zu funkeln begannen. Als Dec sie wieder in die Arme zog, wusste Brooke: Wenn Perfektion im Auge des Betrachters lag, brauchte sie nie wieder eine rosarote Brille zu tragen.

– ENDE –

Danksagung

Kein Buch wird von einem Menschen allein geschrieben. Auch ich habe ein Team wirklich inspirierender und brillanter Leute um mich, die mich besser erscheinen lassen, als ich bin.

Es ist eine große Sache, eine neue Buchreihe zu schreiben, und ich fühle mich geehrt, dass mir dabei die unglaublich kluge, versierte und hübsche Lektorin Amanda Bergeron die Hand gehalten hat. Ich weiß nicht, wieso ich das Glück hatte, dass unsere Wege sich gekreuzt haben, aber ich bin auf ewig dankbar dafür.

Manchmal sollte man auf die Stimme der Vernunft hören. Daher geht mein Dank an meinen großartigen Agenten Kevan Lyon, der mich über alles informiert, auf dem Boden hält und meine Zukunft gestaltet.

Bei manchen Menschen weiß man gleich, dass sie Freunde fürs Leben werden könnten. Ich kann mich glücklich schätzen, gleich mehrere davon zu haben, und ich wünsche mir, mir ihre Freundschaft zu erhalten, bis ich in den riesigen Buchladen im Himmel aufsteige. Caroline Perny (sie kümmert sich um Werbung und Pressearbeit), du bist einfach die Beste. Ich finde dich großartig und danke dir von ganzem Herzen. Pam Jaffee und Jessie Edwards, ihr seid einfach klasse! Elle Keck, wo wäre ich, wenn du mich nicht in der Spur halten würdest? Ein Hoch auf die Blueberry Pop-Tarts! Lisa Filipe, von dem Augenblick an, als wir zum ersten Mal miteinander plauderten, wusste ich, dass wir beste Freundinnen werden würden. Danke, dass du so hart für mich arbeitest und mir immer wieder Mut machst. Shawn Nichols, du bist ein Marketing-Ass, und das weiß ich wirklich zu schätzen. Bedanken möchte ich mich auch bei Gail Dubov und Nadine Badalaty, den beiden wunderbaren Frauen, die meine fantastischen Buch-Covers kreieren.

Und wie immer danke ich ganz herzlich meiner Familie – den Hubsters, Pickleheads und Binks – für eure Liebe, eure Geduld und eure Toleranz. Ihr ahnt ja gar nicht, wie sehr ich euch liebe.

Informationen zu unserem Verlagsprogramm, Anmeldung zum Newsletter und vieles mehr finden Sie unter:

www.harpercollins.de

Deutsche Erstveröffentlichung

Candis Terry

Neue Träume in Sunshine Valley

Nach dem Tod seiner Eltern ändert sich für Eishockeyprofi Jordan Kincade alles. Zusammen mit seinen Geschwistern erbt er das Weingut und trägt die Verantwortung für seine kleine Schwester. Zurück in seiner Heimatstadt fühlt er sich, als ob ihm ein Puck in den Magen knallt: Sunshine Creek, seit Generationen im Familienbesitz, steckt in finanziellen Schwierigkeiten. Und dann trifft Jordan ausgerechnet auf Lucy, die nichts mehr mit dem Mauerblümchen von früher gemein hat – und ihm anscheinend nie verziehen hat, was vor Jahren geschah …

ISBN: 978-3-95649-605-9
9,99 € (D)

Deutsche Erstveröffentlichung

Linda Lael Miller

Sehnsucht ist mein Wort für Dich

Hotelmanagerin Grace hätte nie gedacht, dass ein berühmter Filmemacher wie Slater Carson eines Tages ihr Ritter in schimmernder Rüstung sein könnte. Doch als der Sohn ihres Exmannes in Schwierigkeiten gerät, bietet Slater sofort an, sich um ihn zu kümmern und ihn auf seiner Ranch zu beschäftigen. Schnell stellt Grace fest: Slater tut es vor allem für sie - was sein heißer Kuss verrät. Das Glück scheint so nah ... aber plötzlich taucht ihr Ex in Mustang Creek auf.

ISBN: 978-3-95649-638-7

9,99 € (D)